鲁彦精品选

中国书籍文学馆 大师经典

鲁 彦◎著

中国书籍出版社
China Book Press

图书在版编目（CIP）数据

鲁彦精品选 / 鲁彦著. —北京：中国书籍出版社，2014.3
（中国书籍文学馆·大师经典）
ISBN 978-7-5068-3926-6

Ⅰ.①鲁… Ⅱ.①鲁… Ⅲ.①中国文学—现代文学—作品综合集 Ⅳ.①I216.2

中国版本图书馆CIP数据核字（2013）第306375号

鲁彦精品选

鲁彦　著

图书策划	武　斌　崔付建
责任编辑	李国永
责任印制	孙马飞　张智勇
出版发行	中国书籍出版社
地　　址	北京市丰台区三路居路97号（邮编：100073）
电　　话	（010）52257143（总编室）（010）52257153（发行部）
电子邮箱	chinabp@vip.sina.com
经　　销	全国新华书店
印　　刷	北京世纪雨田印刷有限公司
开　　本	710毫米×960毫米　1/16
字　　数	296千字
印　　张	23
版　　次	2014年6月第1版　2016年1月第2次印刷
书　　号	ISBN 978-7-5068-3926-6
定　　价	39.80元

版权所有　翻印必究

出版前言

我国现代文学是指用现代文学语言与文学形式，表达现代中国人思想、感情、心理的文学。是在20世纪初"五四"新文化运动的影响下，广泛接受外国文学影响而形成的新兴文学。其不仅用现代语言表现现代科学民主思想，而且在艺术形式与表现手法上都对传统文学进行了革新，建立了新的文学体裁，在叙述角度、抒情方式、描写手段以及结构组成等方面，都有新的创造。

我国现代文学的主流是人民的文学，集中表现为大大加强了文学与人民群众的结合，文学与进步社会思潮及民族解放、革命运动的自觉联系，构成了我国现代文学的基本历史特点与传统。此时的文学，以表现普通人民生活、改造民族性格和社会人生为文学根本任务。

在创作实践上，我国现代文学中出现了从未有过的彻底反封建的新主题和新人物，普通农民与下层人民，以及具有民主倾向的新式知识分子，成为了文学主人公，充分展示了批判封建旧道德、旧传统、旧制度以及表现下层人民不幸、改造国民性与争取个性解放等全新主题。也是通过这些内涵和元素，现代文学对推动历史进步起到了独特作用。

我们刚刚跨入21世纪，今天的历史状况和时代主题与现代文学的成长背景存在巨大差异，但文学表现人物、反映社会、推动进步的主旨并没有改变，在此背景下，我们非常有必要重温现代文学的经验，吸取其有益的因素，开创我们新世纪的文学春天，我们编辑《中国书籍文学馆·大师经典》丛书，精选鲁迅、郁达夫、闻一多、徐志摩、朱自清、萧红、夏丏尊、邹韬奋、鲁彦、梁遇春、戴望舒、郑振铎、庐隐、许地山、石评梅、李叔同、朱湘、林徽因、苏曼殊、章衣萍等我国现代著名作家的文学作品，正是为了向今天的读者展示现代文学的成就，让当代文学能在与现代文学对话中开拓创新，生机盎然。因为这些著名作家都是我国现代文学的开拓者和各种文学形式的集大成者，他们的作品来源于他们生活的时代，包含了作家本人对社会、生活的体验与思考，影响着社会的发展进程，具有永恒的魅力。

鲁彦简介

鲁彦（1901~1944），浙江镇海人，原名王衡臣，又名王衡、王鲁彦、返我。20世纪20年代初，他曾在北京大学旁听鲁迅的"中国小说史"课程，大受启发，于是，他开始文学创作时便用笔名"鲁彦"，以表达他对鲁迅的仰慕之情。他是我国20世纪20年代著名的乡土小说家、翻译家。

鲁彦少年时期曾受过高小教育。1920年，他参加由著名人士李大钊、蔡元培等创办的工读互助团，从上海到北京大学旁听。1923年夏，他先后到湖南长沙平民大学、周南女学和第一师范任教。同年，他在11月号的《东方杂志》发表处女作《秋夜》。1927年，他任湖北武汉《民国日报》副刊编辑。

1928年春，鲁彦到南京国民政府国际宣传部任世界语翻译。1930年，他到福建厦门任《民钟日报》副刊编辑。此后，他辗转在福建、上海、陕西等地的中学任教，在极不安定的生活中迎来了他文学创作的丰收期。

1941年，鲁彦参加了中华全国文艺界抗敌协会的组织工作。这一时期，他最主要的贡献是主编大型文学刊物《文艺杂志》，而该杂志为抗战后期大后方最有影响力的文学期刊之一。1944年，他于贫病交困中在桂林逝世。

鲁彦在作品的创作风格上以细腻、朴素、自然为主。他往往用细腻的文笔描绘生活的场景和人物的心理活动，主旨在朴素的故事叙述中自然地流泻，语言清新质朴，娓娓道来，如话家常。

鲁彦代表作《黄金》标志着他乡土写实小说走向成熟。说的是陈四桥的如史伯伯本是一个小康人家，生活安定，受人敬重，只因儿子年终不曾汇款来，他就遭到乡邻的偷窃、猜忌、鄙视和捉弄，令人不寒而栗。"黄金"的作祟，造成了世态的炎凉，小说揭露了在金钱驱使下人与人之间那种势利、冷酷的关系。

此外，鲁彦的《许是不至于吧》，通过土财主对自家财产忧虑的描写，剖析了自私自利的灰暗心理。《桥上》的伊新叔是个经营小本买卖的生意人，但在洋机器和大商家的竞争和挤压下却走上了亏本、破产的命运。

同时，鲁彦小说也表达了对底层人民的关切。如在《李妈》中，描写了老实本分的农妇变为狡黠的上海姨娘的李妈；在《屋顶下》，描写了因对经济担忧而与媳妇发生激烈矛盾的本德婆婆；在《陈老奶》中，描写了背负重任却百折不回的陈老奶；在《乡下》中，描写了被恶势力欺压的青年劳动者阿毛。

鲁彦还创作了《柚子》《童年的悲哀》《小小的心》《屋顶下》《驴子和骡子》《婴儿日记》《雀鼠集》《乡土》《河边》《旅人的心》《野火》（又名《愤怒的乡村》）《伤兵医院》《随踪琐记》《桥上》《惠泽公公》《我们的喇叭》等一系列作品。

鲁彦的创作大多以半殖民地化的中国江南小镇为背景，描摹了浙东农村的人情世态、民风习俗，显示了朴实细密的写实风尚。在作品中，他采用浪漫、象征等不同手法进行创作探索，逐渐成为当时乡土写实派的一位重要作家。

鲁彦乡土小说创作成就卓著，他"对于浙东滨海乡土风情的熟稔，对于其中饶有文学意味与现实意义的内容的开掘，以及他扎实、淳朴的写实手法"，使他成为当时乡土小说作家的代表，在文坛享有很高声誉。

著名作家茅盾评价他是"人生派"作家，"在描写手腕方面，自然和朴素,是作者卓特的面目"。

著名作家鲁迅评价他是"一代乡土文学作家的代表"。

目录

—散文—

雪	2
故乡的杨梅	6
狗	10
我们的太平洋	17
父亲的玳瑁	22
伴　侣	29
寂　寞	42
活在人类的心里	44
清　明	46
新的枝叶	51
旅人的心	53
孩子的马车	59
听潮的故事	66

小说

伤兵旅馆	76
菊英的出嫁	89
黄　金	98
一个危险的人物	115
童年的悲哀	130
小小的心	133
岔　路	149
安　舍	158
惠泽公公	170
中　人	184
一只拖鞋	200
陈老夫子	228
陈老奶	250
李　妈	265
许是不至于罢	286
银　变	299
屋顶下	322
秋　夜	346

文学精品选

散文
鲁彦精品选

雪

美丽的雪花飞舞起来了。我已经有三年不曾见着它。

去年在福建,仿佛比现在更迟一点,也曾见过雪。但那是远处山顶的积雪,可不是飞舞着的雪花。在平原上,它只是偶然的随着雨点洒下来几颗,没有落到地面的时候。它的颜色是灰的,不是白色;它的重量像是雨点,并不会飞舞。一到地面,它立刻融成了水,没有痕迹,也未尝跳跃,也未尝发出声音,像江浙一带下雪时的模样。这样的雪,在四十年来第一次看见它的老年的福建人,诚然能感到特别的意味,谈得津津有味,但在我,却总觉得索然。"福建下过雪",我可没有这样想过。

我喜欢眼前飞舞着的上海的雪花。它才是"雪白"的白色,也才是花一样的美丽。它好像比空气还轻,并不从半空里落下来,而是被空气从地面卷起来的。然而它又像是活的生物,像夏天黄昏时候的成群的蚊蚋,像春天流蜜时期的蜜蜂,它的忙碌的飞翔,或上或下,或快或慢,或粘着人身,或拥入窗隙,仿佛自有它自己的意志和目的。它静默无声。但在它飞舞的时候，我们似乎听见了千百万人马的呼号和脚步声，大海的汹涌的波涛声，森林的狂吼声，有时又似乎听见了情人的窃窃的密语声，礼拜堂的平静的晚祷声，花园里的欢乐的鸟歌声……它所带来的是阴沉与严寒。但在它的飞舞的姿态中，我们看见了慈善的母亲，柔和的情人，活泼的孩子，微笑的花，温暖的太阳，静默的晚霞……它没有气息。但当它扑到我们面上的时候，我们似乎闻到了旷野间鲜洁的空气的气息，山谷中幽雅的兰花的气息，花园里浓郁的玫瑰的气息，清淡的茉莉花的气息……

在白天，它做出千百种婀娜的姿态；夜间，它发出银色的光辉，照耀着我们行路的人，又在我们的玻璃窗上札札的绘就了各式各样的花卉和树木，斜的，直的，弯的，倒的。还有那河流，那天上的云……

现在，美丽的雪花飞舞了。我喜欢，我已经有二年不曾见着它。我的喜欢有如四十年来第一次看见它的老年的福建人。

但是，和老年的福建人一样，我回想着过去下雪时候的生活，现在的喜悦就像这钻进窗隙落到我桌上的雪花似的，渐渐融化，而且立刻消失了。

记得某年在北京，一个朋友的寓所里，围着火炉，煮着全中国最好的白菜和面，喝着酒，剥着花生，谈笑得几乎忘记了身在异乡；吃得满面通红，两个人一路唱着，一路踏着吱吱的叫着的雪，跟跄的从东长安街的起头跋到西长安街的尽头，又忘记了正是异乡最寒冷的时候。这样的生活，和今天的一比，不禁使我感到惘然。上海的朋友们都像走工厂里的机器，忙碌得一刻没有休息；而在下雪的今天，他们又叫我一个人看守着永不会有人或电话来访问的房子。这是多么孤单，寂寞，乏味的生活。

"没有意思！"我听见过去的我对今天的我这样说了。正像我在福建的时候，对四十年来第一次看见雪的老年的福建人所说的一样。

但是，另一个我出现了。他是足以对看过去的北京的我射出骄傲的眼光来的我。这个我，某年在南京下雪的时候，曾经有过更快活的生活：雪落得很厚，盖住了一切的田野和道路。

我和我的爱人在一片荒野中走着。我们辨别不出路径来，也并没有终止的目的。我们只让我们的脚欢喜怎样就怎样。我们的脚常常欢喜踏在最深的沟里。我们未尝感到这是旷野，这是下雪的时节。我们仿佛是在花园里，路是平坦的，而且是柔软的。

我们未尝觉得一点寒冷，因为我们的心是热的。

"没有意思！"我听见在南京的我对在北京的我这样说了。

正像在北京的我对着今天的我所说的一样，也正像在福建的我对着四十年来第一次看见雪的老年的福建人所说的一样。

然而，我还有一个更可骄傲的我在呢。这个我，是有过更快乐的生活的，在故乡：冬天的早晨，当我从被窝里伸出头来，感觉到特别的寒冷，隔着蚊帐望见天窗特别的阴暗，我就首先知道外面下了雪了。"雪落啦白洋洋，老虎拖娘娘……"这是我躺在被窝里反复的唱着的欢迎雪的歌。别的早晨，照例是母亲和姊姊先起床，等她们煮熟了饭，拿了火炉来，代我烘暖了衣裤鞋袜，才肯钻出被窝，但是在下雪天，我就有了最大的勇气。我不需要火炉，雪就是我的火炉。我把它捻成了团，捧着，丢着。我把它堆成了一个和尚，在它的口里，插上一支香烟。

我把它当做糖，放在口里。地上厚的积雪，是我的地毡，我在它上面打着滚，翻着筋斗。它在我的底下发出嗤嗤的笑声，我在它上面哈哈的回答着。我的心是和它合一的。我和它一样的柔和，和它一样的洁白。我同它到处跳跃，我同它到处飞跑着。

我站在屋外，我愿意它把我造成一个雪和尚，我躺在地上愿意它像母亲似的在我身上盖下柔软的美丽的被窝。我愿意随着它在空中飞舞。我愿意随着它落在人的肩上。我愿意雪就是我，我就是雪。我年青。

我有勇气。我有最宝贵的生命的力。我不知道忧虑，不知道苦恼和悲哀……

"没有意思！你这老年人！"我听见幼年的我对着过去的那些我这样说了。正如过去的那些我骄傲的对别个所说的一样。

不错，一切的雪天的生活和幼年的雪天的生活一比，过去和现在的喜悦是像这钻进窗隙落到我桌上的雪花一样，渐渐融化，而且立刻消失了。

然而对着这时穿着一袭破单衣，站在屋角里发抖的或竟至于僵死在雪地上的穷人，则我的幼年时候快乐的雪天生活的意义，又如何呢？这个他对着这个我，不也在说着"没有意思！"的话吗？

而这个死有完肤的他，对着这时正在零度以下的长城下，捧着冻结了的机关枪，即将被炮弹打成雪片似的兵士，则其意义又将怎样呢？

"没有意思！"这句话，该是谁说呢？

天呵，我们能再想了。人间的欢乐无平衡，人间的苦恼亦无边限。世界无终极之点，人类亦无末日之时。我既生为今日的我，为什么要追求或留念今日的我以外的我呢？今日的我虽说是寂寞的孤单的看守着永没有人或电话来访问的房子，但既可以安逸的躲在房子里烤着火，避免风雪的寒冷；又可以隔着玻璃，诗人一般的静默的鉴赏着雪花飞舞的美的世界，不也是足以自满的吗？

抓住现实。只有现实是最宝贵的。

眼前雪花飞舞着的世界，就是最现实的现实。

看呵！美丽的雪花在飞舞着呢。这就是我三年来相思着而不能见到的雪花。

故乡的杨梅

过完了长期的蛰伏生活，眼看着新黄嫩绿的春天爬上了枯枝，正欣喜着想跑到大自然的怀中，发泄胸中的郁抑，却忽然病了。

唉，忽然病了。

我这粗壮的躯壳，不知道经过了多少炎夏和严冬，被轮船和火车抛掷过多少次海角与天涯，尝受过多少辛劳与艰苦，从来不知道颤栗或疲倦的呵，现在却呆木的躺在床上，不能随意的转侧了。

尤其是这躯壳内的这一颗心。它历年可是铁一样的。对着眼前的艰苦，它不会畏缩；对着未来的憧憬，它不肯绝望；对着过去的痛苦，它不愿回忆的呵，然而现在，它却尽管凄凉的往复的想了。

唉，唉，可悲呵，这病着的躯壳的病着的心。

尤其是对着这细雨连绵的春天。

这雨，落在西北，可不全像江南的故乡的雨吗？细细的，丝一样，若断若续的。

故乡的雨，故乡的天，故乡的山河和田野……，还有那蔚蓝中衬着整齐的金黄的菜花的春天，藤黄的稻穗带着可爱的气息的夏天，蟋蟀和纺织娘们在濡湿的草中唱着诗的秋天，小船吱吱的独着沉默的薄冰的冬天……还有那熟识的道路，还有那亲密的故居……

不，不，我不想这些，我现在不能回去，而且是病着，我得让我的心平静：恢复我过去的铁一般的坚硬，告诉自己：这雨是落在西北，不是故乡的雨——而且不像春天的雨，却像夏天的雨。

不要那样想吧，我的可怜的心呵，我的头正像夏天的烈日下的汽油缸，将要炸裂了，我的嘴唇正干燥得将要迸出火花来了呢。让这夏天的雨来压下我头部的炎热，让……让……

唉，唉，就说是故乡的杨梅吧……它正是在类似这样的雨天成熟的呵。

故乡的食物，我没有比这更喜欢的了。倘若我爱故乡，不如就说我完全是爱的这叫做杨梅的果子吧。

呵，相思的杨梅！它有着多么惊异的形状，多么可爱的颜色，多么甜美的滋味呀。

它是圆的，和大的龙眼一样大小，远看并不稀奇，拿到手里，原来它是遍身生着刺的哩。这并非是它的壳，这就是它的肉。不知道的人，一定以为这满身生着刺的果子是不能进口的了，否则也须用什么刀子削去那刺的尖端的吧？然而这是过虑。

它原来是希望人家爱它吃它的。只要等它渐渐长熟，它的刺也渐渐软了，平了。那时放到嘴里，软滑之外还带着什么感觉呢？

没有人能想得到，它还保存着它的特点，每一根刺平滑的在舌尖上触了过去，细腻柔软而且亲切——这好比最甜蜜的吻，使人迷醉呵。

颜色更可爱呢。它最先是淡红的，像娇嫩的婴儿的面颊，随后变成了深红，像是处女的害羞，最后黑红了——不，我们说它是黑的。然而它并不是黑，也不是黑红，原来是红的。太红了，所以像是黑。轻轻的啄开它，我们就看见了那新鲜红嫩的内部，同时我们已染上了一嘴的红水。说他新鲜红嫩，有的人也许以为一定像贵妃的肉色似的荔枝吧？嗳，那就错了。荔枝的光色是呆板的，像玻璃，像鱼目；杨梅的光色却是生动的，像映着朝霞的露水呢。

滋味吗？没有十分成熟是酸带甜，成熟了便单是甜。这甜味可决不使人讨厌，不但爱吃甜味的人尝了一下舍不得丢掉，就连不爱吃甜味的人也会完全给它吸引住，越吃越爱吃。它是甜的，然而又依然是酸的，而这酸味，我们须待吃饱了杨梅以后，再吃别的东西的时候，才能领会得到。那时我们才知道自己的牙齿酸了，软了，连豆腐也咬不下了，于是我们才恍然悟到刚才吃多了酸的杨梅。我们知道这个，然而我们仍然爱它，我们仍须吃一个大饱。它真是世上最迷人的东西。

唉，唉，故乡的杨梅呵。

细雨如丝的时节，人家把它一船一船的载来，一担一担的挑来，我们一篮一篮的买了进来，挂一篮在檐口下，放一篮在水缸盖上，倒上一脸盆，用冷水一洗，一颗一颗的放进嘴里，一面还没有吃了，一面又早已从脸盆里拿起了一颗，一口气吃了一二十颗，有时来不及把它的核一一吐出来，便一直吞进了肚里。

"生了虫呢……蛇吃过了呢……"母亲看见我们吃得快，吃得多，便这样的说了起来，要我们仔细的看一看，多多的洗一番。

但我们并不管这些，它成了我们的生命，我们越吃越快了。

"好吃，好吃，"我们心里这样想着，嘴里却没有余暇说话。待肚子胀上加胀，胀上加胀，眼看着一脸盆的杨梅吃得一颗也不留，这才呆笨的挺着肚子，走了开去，叹气似的嘘出一声"咳"来……

唉，可爱的故乡的杨梅呵。

一年，二年……我已有十六七年不曾尝到它的滋味了。偶而回到故乡，不是在严寒的冬天，便是在酷热的夏天，或者杨梅还未成熟，或者杨梅已经落完了。这中间，曾经有两次，在异地见到过杨梅，比故乡的小，比故乡的酸，颜色又不及故乡的红。我想回味过去，把它买了许多来。

"长在树上，有虫爬过，有蛇吃过呢……"

我现在成了大人，有了知识，爱惜自己的生命甚于杨梅了。

我用沸滚的开水去细细的洗杨梅，觉得还不够消除那上面的微菌似的。

于是它不但更不像故乡的，简直不是杨梅了。我只尝了一二颗，便不再吃下去。

最后一次我终于在离故乡不远的地方见到了可爱的故乡的杨梅。

然而又因为我成了大人，有了知识，爱惜自己的生命甚于杨梅，偶然发现一条小虫，也就拒绝了回味的欢愉。

现在我的味觉也显然改变了，即使回到故乡，遇到细雨如丝的杨梅时节，即使并不害怕从前的那种吃法，我的舌头应该感觉不出从前的那种美味了，我的牙齿应该不能像从前似的能够容忍那酸性了。

唉，故乡离开我愈远了。

我们中间横着许多鸿沟。那不是千万里的山河的阻隔，那是……

唉，唉，我到底病了。我为什么要想到这些呢？

看呵，这眼前的如丝的细雨，不是若断若续的落在西北的春天里吗？

狗

"我们的学校明天放假,爱罗先珂君请你明晨八时到他那里,一同往西山去玩。"一位和爱罗先珂君同住的朋友来告诉我说。

"好极了,好极了!"我喜欢得跳了起来,两只手如鼓槌似的乱敲着桌子。

同房的两位朋友见我那种样子,哈哈的大笑了。

住在北京城里,只是整天的吃灰吃沙,纵使有鲜花一般的灵魂的人也得憔悴了。

到马路上去,不用说;大风起时,院子内一畚箕一畚箕扫不尽的黄沙也不算希奇;可是没有什么风时关着门,房内桌上的灰也会渐渐的厚起来,这又怎么说呢?

北京城里有几条河,都如沟一样的大,而且臭不堪闻。有几个池多关在皇宫里,我不知他们为什么叫那些池为"海",或许想聊以自慰罢。所谓后海,现在已种了东西。

北京城里也有几个小山，但是都被锁在皇宫里。

这样苦恼的地方，竟将我飘流的人留了四五年，我若是不曾见过江南的风景倒也罢了，却偏偏又是生长在江南。

许多朋友都羡慕我，说我在北京读了这许久的书，却不知道我肚里吃饱了灰。

西山离城三十余里，是一座有名的山，到过北京的人，大概都要去游几次。只有我这倒霉的人，一听人家谈起西山就红了脸

来去的用费原花不了多少，然而"钱"大哥不听我的命令，实在也是无可奈何的事情。

扑满虽曾买过几次，但总不出半月就碎了。

从高柜子上换得的几千钱，也屡屡不能在衣袋中过夜。

不幸，住在北京四五年，竟不曾去过一次。这次爱罗先珂君邀我一道去游这里的名山，我还不喜欢吗？

和爱罗先珂君同住的朋友定后，我就急忙预备我的东西。从洗衣作里取回了一身衬衣，从抽斗角里找出了一本久已弃置的抄写簿，削尖了一只短短的铅笔，从朋友处借来了一只金黄色的热水瓶。

晚饭只吃了一碗，因为我希望黑夜早点上来。

约莫八点钟，我就不耐烦的躺在床上等候睡神了。

"时间"是我们少年人的仇敌。越望它慢一点来，好让我们少长一根胡髭，它却越来得迅速，比闪电还迅速；越希望它快一点来，好让我们早接一个甜蜜的吻，它却越来得迟缓，比骆驼还迟缓。

"天亮了吗？天亮了吗？"我时时睡眼蒙胧的问，然而仔细一看，只是窗外的星和挂在墙上的热水瓶的光。

"亮了！亮了！……"窗外的雀儿叫了起来。我穿了衣，下了床，东方才发白，不敢惊动同房的朋友，只轻轻的开了门走到院中。

天空浅灰色，西北角上浮着几颗失光的星。隔墙的柳条儿静静的飘荡着，一切都还在甜睡中，只有三五只小雀儿唱着悦耳的晨歌，打破了沉寂。我静静的站着，吸着新鲜的空气，脑中充满了无限的希望，浑身沐在欢乐之中了。

天空渐渐变成淡白的——白的——浅红的——红的——玫瑰色的颜色。雀儿的歌声渐渐高了起来，各处都和奏着。巷外的车声和脚步声渐渐繁杂起来。一忽儿，柳梢上首先吻到了一线金色的曙光，和奏中加入了鹊儿的清脆的歌声。巷内的人家都砰砰的开了门，我的旅馆的茶房也咳嗽着开了大门。

我回到房中，那两位朋友还呼呼的酣睡着。开了窗子，在桌旁坐下，看着他们沉醉似的微笑的脸，我暗暗的想到：

"西山也有如梦一般的甜蜜吗？"

一会儿，茶房送了脸水来。我洗过脸，挂上热水瓶，带了簿子和铅笔要走了。回过头去一看，那两位朋友依然呼呼的酣睡着，看着他们沉醉似的微笑的脸，我对他们低低的吟道：

"静静的睡着罢，亲爱的朋友们。梦中如有可爱的人儿，就不必回来了。"

太阳已将世界照得灿烂，微风招曳着地上的柳影，我慢慢儿的踏了过去。

在路旁的小店里，我买了几个烧饼，一面咬着，一面含糊的唱着歌，仰着头呆看那天上的彩云，脚步极其缓慢的移动着。今天出门早，早到爱罗先珂君处也要等待，所以走得特别的慢。

然而事实并不这样，这极长极长的路，却不知不觉的一会儿就走完了。

爱罗先珂君仍和平日一样的赤着脚躺在床上和一个朋友谈话。他热烈的握着我的手，问我为什么来得这样早，我说我的灵魂还要早呢，它昨夜已到了西山了。他微微一笑，将我的手紧紧的捏了一捏。

我们三人吃了一点饼干，谈了一会，就陆续来了几位朋友。要动身时凑巧又来了一个日本的记者，谈论许久，说是爱罗先珂君将离开中国，要照一个相。照相后，我们方才动身。去的人一起十二个．除爱罗先珂君外，其中有一个日本人，一个台湾人，三个中国人，其余都是朝鲜人；我们随身带去一点橘子，糕饼等物。

出了西直门，我们分两路走。坐洋车的往大路，骑驴子的往小路。我和爱罗先珂君都喜欢骑驴子。

那时正是植树节，又逢晴天，我们曲曲折折的在田间小路上走，享受不尽春日的野景。有些人唱着日本歌，有些人唱着世界语歌，有些人唱着中国歌。我的驴子比谁的都快，只要我"得而……"一喝，拉紧缰绳，它就飞也似的往前疾驰。只是别的驴子多不肯跟着上来，它们都走得很慢，使我屡次不耐烦的在前面等。有一次我的驴子在路旁等它们，让它们往前走，不知怎的，忽然那些驴子都疾驰起来。我很奇怪，将自己的驴子跟在别一匹驴子后一试，也多是这样。后来我仔细一看，原来我的驴子要咬别的驴子的屁股，别的怕了起来，所以疾驰了。于是我发明了一种方法，等大家鞭不快驴子时，我就挽转缰绳跑了回去，跟在后面。这样一来，大家就走得快了。

"为什么它们不怕鞭子，只怕你呀？"爱罗先珂君惊异的问我。

"因为我的驴子是雄的……"我回答说。

大家都笑了。

西山原不很远，我们出城门时早已望见，但是仿佛有谁妒忌我们似的，任我们如何走得快，他只是将西山暗暗的往远处移去。我很焦急，爱罗先河君也时时问我远近。确实的里数我不知道，我便问驴夫。

离山不远时，路上的石子渐渐多了起来，最后便满路上都是。那些灰白色的石子重重的堆盖着，高高低低，不曾砌入泥中，与普通的石子路完全不同。驴子的脚踏下去，石子就往四面移动。在这一条路上，真是"英雄无用武之地"，我的驴子虽有"千里之材"，也不能在这里施展，一不小心，就是颠蹶。大家只好叹一口气，无可奈何的慢慢儿走。驴蹄落在石子上，发出轧轧的声音。我觉得我是坐在骆驼上。

这时离山已很近，山上青苍的丛林，孤野的茅亭，黄色的寺院，以及山脚下的屋子都渐渐在我们眼前清楚起来。喜悦从我的心底涌了上来，我时时喊着"到了！到了！"爱罗先珂君的眉毛飞舞着，他似乎比我还喜欢。大家望着山景，手指着东，指着西，谈那风景。

我仿佛得了胜利似的，在他们的前面走。

忽然，一阵低低的呜咽声激动了我的耳鼓。我朝前一看，有一个衣服褴褛的妇人坐在路的右边哭泣。她的头发蓬乱，脸色又黑又黄，消瘦得很，约莫四十余岁。她坐在路外斜地上，下面是一条一丈许深的干了的沟。她拉着草坐着，似要倒下去的一般。哭泣声很低微，无力似的低微。

"游览的地方，都有这种乞丐。"我略略一想，就昂着头过去了。

"先生！先生！"爱罗先珂君在后面喝了起来。

我仍然往前走着，只回过头来问他什么。

"什么人在路旁哭呀！王先生？"他说着已经走过了那妇人的面前。

"是一个妇人。"我说。

"她为什么哭着?什么样的人呢?"

"或许是要钱罢，穷人。"我说着仍昂然的往前走。

爱罗先珂君是在我后面的第四个人，他的前面是一个朝鲜人。他用日本话问那朝鲜人，朝鲜人也用日本话回答他，似乎在将那妇人模样描写给他听。

"王先生！你为什么不下去问问她呀？"爱罗先珂君忿然的问我。这时离那妇人已经很远了。

我没有回答。我觉得这没有问的必要。在游览的地方，我曾看见过许多没有手和脚的乞丐，他们都是用这种方法讨钱的。

"你为什么不下去问问她呢，王先生?你为什么不给她一点钱呢?"爱罗先珂君接连的问我。

乞丐不来扯我的驴子，我却下去问她?平日乞丐扯了我的车子跟了来，我总是摇一摇头。多跟了一程，我就圆睁着眼，暴怒似的大声的说："没有!"向来不肯说"滚!"这已是很慈悲的了，今天却要我下去问她?——但是我想不出一句话回答爱罗先珂君。

我一摸口袋，袋中有六七元的铜子票。爱罗先珂君出来时共带了十二三元，在路上都换了铜子票，一半交给了坐车去的，一半交给了我，我这时想依从爱罗先河君的意思回转去给她一点钱，但回头一看，已距离得很远，便仍往前走了。

爱罗先珂君知道我没有什么话可以回答，很忿怒的在后面和朝鲜的朋友谈着。

我听见那忿怒的声音，渐渐不安起来。我知道由己错了。

到了山脚下，我们都下了驴子。我握着爱罗先珂君的右手，那位朝鲜的朋友握着他的左手，在宽阔的山路上走。

"你为什么不下去问她呢，王先生?"他依然忿怒的问我，皱了眉毛。

我浑身不安起来，脸上火一般的发烧，依然没有话可以回答，只低下了头。

"在我们那里，"他忿怒着继续说，"谁一见这种不幸的人时，谁就将她扶了回去。在这里，你却经过她面前时，如对待一只狗似的安然走了过去!……"

狗，我才是一只狗!我从良心里看见了我所做的事情，我承认他所说的是对的，我才是一只狗!我恨不得立刻钻入地下!……

我如落在油锅中,沸滚的油煎着我。我羞耻,我恨不得立刻死了!……

西山有如何的好玩,我不知道。在山间,我们曾喝过溪水,但是在水中,我照见了我自己是一只狗;在岩石上我曾躺了一会,但是我觉得我那种躺着的样子与别的狗完全一样。在山上吃蛋时,我曾和爱罗先珂君敲尖,赌过胜负,在半山里,我们曾猜过石子;但是我同时都觉得不配和他,和其余的玩耍。

的确,我经过她面前时,我是如对待一只狗似的安然走了过去!

我时时刻刻觉得我自己是一只狗,是一只真的狗!我觉得不配握爱罗先珂君的手,不配握一切的人的手!我羞耻,我无面目!……

在夜间,我是夜夜有梦;白天,我觉得也是一样的继续不断的做着梦。这梦似乎很长很慢,永没有完结的一般,但同时又觉得很短很快。立刻就会完结的一般。和爱罗先珂君游西山去的时候,正是植树节,一转瞬间现在又将到植树节了。爱罗先珂君离开北京是在去年植树节后不久的某一晚间。那时大雨正倾盆的下着。在这一年中我曾发了好几次的誓,再不做这样无耻的事了,但是现在还是时常的犯罪,而且没有人责备我,爱我的爱罗先珂君不在这里了。

晚间的大雨常在这里倾盆的下着,爱罗光珂君还不回来,莫非我永远要在这里做狗了吗?

我们的太平洋

倘若我问你:"你喜欢西湖吗?"你一定回答说:"是的,我非常喜欢!"

但是,倘若我问你说:"你喜欢后湖吗?"你一定摇一摇头说:"那里比得上西湖!"或者,你竟露着奇异的眼光,反问我说:"那一个后湖呀!"

哦,我所说的是南京的后湖,它又叫做玄武湖。

倘若你以前到过南京,你一定知道这个又叫做玄武湖的后湖。倘若你近来住在南京或到过南京,你一定知道它又改了名字了。它现在叫做五洲公园了,是不是?

但是,说你喜欢,我不能够代你确定的答复,如其说你喜欢后湖比喜欢西湖更甚,那我简直想也不敢这样想了。自然,你一定更喜欢西湖的。

然而,我自己却和你相反。我更喜欢后湖。你要用西湖的山水名胜来和我所喜欢的后湖比较,你是徒然的。我是不注意这些。我可以给你满意的答复:"后湖并不像西湖那样的秀丽。"而且我还敢保证你说:"你更喜欢西湖,是完全对的。"但我这样的说法,可并不取消我自己的喜欢。我自己,还是更喜欢后湖的。

后湖的一边有一座紫金山,你一定知道。它很高。它没有生产什么树木。它只是一座裸秃的山,一座没有春夏的山。没有什么山洞。也没有什么蹊径。它这里的云雾没有像在西湖的那末神秘奇妙,不能引起你的甜美的幻梦。它能给你的常是寂寞与悲凉,浩歌与哀悼。但是,这样也就很好了,我觉得。它虽没有西湖的秀丽,它可有它的雄壮。

后湖的又一边有一座城墙,你也一定知道。这是西湖所没有的。在游人这一点上来比较,有点像西湖的苏堤。但是它没有抚媚的红桃绿柳的映衬。它是一座废堞残垣的古城。它不能给青年男女黄金一样的迷梦。你到了那里,就好像热情之神Apollo到了雅典的卫城上,发觉了潜伏在幸福背后的悲哀。我觉得,这样更好。她能使你味澈到人生的真谛。

但是我喜欢后湖,还不在这里。我对它的喜欢的开始,这不是在最近。那已是十年以前的事了。

十年以前,我曾在南京住了将近半年。如同我喜欢吃多量的醋——你可不要取笑我——拌干丝一样,我几乎是天天到后湖去的。我很少独自去的时候,常有很多的同伴。有时,一只船容不下,便分开在两只船里。

第一个使我喜欢后湖的原因,是在同伴。他们都和我一样年轻,活泼得有点类于疯狂的放荡。大家还不曾肩上生活的重担,只知道快乐。只有其中的一位广东朋友,常去拜访爱人被取笑"割草"的,和我已经负上了人的生活的担子的,比较有点忧郁,但是实际上还是非常的轻微,它像是浮云一样,最容易被微风吹开。这几个有着十足的天真的青年凑在一起,有说有笑,有叫有唱,常常到后湖去,于是后湖便被我喜欢了。

第二个原因，是在船。它是一种平常的朴素的小渔船，没有修饰，老老实实的破着，漏的漏着。船中偶然放着一二个乡人用的小竹椅或破板凳．我们须分坐在船头和船栏上。没有篷，使我们容易接受阳光或风雨，船里有了四支桨，一支篙。船夫并不拘束我们，不需要他时他可以留岸上。我是从小在故乡的河里，瞒着母亲弄惯了船的．我当然非常高兴拿着一支桨坐在船尾，替代了船夫。船既由我们自己弄，于是要纵要横，要搁浅要抛锚，要靠岸要随风飘荡，一切都可以随便了。这样，船既朴素得可爱，又玩得自由，后湖便更被我喜欢了。

第三个原因是湖中的荬儿菜与荷花。当它们最茂盛的时候，很多地方几乎只有一线狭窄的船路。船从中间驶了去，沙沙的挤动着两边的枝叶，闻到清鲜的香气，时时受到叶上的水滴的袭击。它们高高的遮住了我们的视线，迷住了我们的方向，柳暗花明的常常觉得前面是绝径了，又豁然开朗的展开一条路来。当它们枯萎到水面水下的时候，我们的船常常遇到搁浅，经过一番努力，又荡漾在无阻碍的所在。有时，四五个人合着力，故意往搁浅的所在驶了去，你撑篙，我扯草根，想探出一条路来。我们的精力正是最充足的时候，我们并不惋惜几小时的徒然的探险。这样，湖中有了荬儿菜与荷花，使我们趣味横生，我自然愈加喜欢后湖了。

第四，是后湖的水闸。靠了船，爬到城墙根，水闸的上面有一个可怕的阴暗的深洞。从另一条路走到水闸边，看见了迸发的瀑布。我们在这里大声唱了起来，宛如音乐家对着海的洪涛练习喉音一样。洁白的瀑布诱惑着我们脱鞋袜，走去受洗礼，随后还逼我们到湖中去洗浴游泳，倘若天气暖热的话。在这里，我们的精力完全随着喜欢消耗尽了。这又是我更喜欢后湖的一个原因。

第五，最后而又最大的使我喜欢后湖的原因了。那就是，我们的太平洋。太平洋，原来被我们发现在后湖里了。这是被我们中间的一个同伴，一个诗人兼哲学家的同伴所首先发现，所提议而加衔的。它的区域就在离开水闸不远起，到对面的洲的末尾的近处止。这里是一个最宽广的所在，也是湖水最深的所在。后湖里几乎到处都有茭菜与荷花或水草，只有这里是一年四季露着汪洋的一片的。这里的太阳显得特别强烈，风也显得特别大。显然的，这里的气候也俨然不同了。我们中间没有一个人反对这"太平洋"新名字。我们都的确觉得到了真正的太平洋了。梦呵，我们已经占据了半个地球了！我们已经很疲乏，我们现在要在太平洋里休息了。任你把我们飘到地球的那一角去吧，太平洋上的风！我们丢了桨，躺在船上，仰望着空间的浮云，不复注意到时间的流动。我们把脚拖在太平洋里，听着默默的波声，呼吸着最清新的空气。我们暂时的静默了。我们已经和大自然融合在一起。还有什么比太平洋更可爱，更伟大呢？而我们是，每次每次在那里飘漾着，在那里梦想着未来，在那里观望着宇宙间的幻变，在那里倾听着地球的转动，在那里消磨它幸福的青春。我们完全占有了太平洋了……

够了，我不再说到洲上的樱桃，也不再说到翻船的朋友那些事，是怎样怎样的有趣，我只举出了上面的五点。你说西湖比后湖好．你可能说后湖所有的这几点，西湖也有？尤其是，我们的太平洋？

或者你要说，几十年以前，西湖的船，西湖的水草，西湖的水，都和我说的相仿佛，和我所喜欢的后湖一样朴素，一样自然。但是，我告诉你，我没有亲自看见过。当我离开南京后两年光景，当我看见西湖的时候，西湖已经是粉饰华丽得不象一个处女似的西子了。

"就是后湖，也已经大大的改变，不象你所说的十年前的可爱了。"你一定会这样的说的，是不是？

那是我承认的。几年前我已经看见它改变了许多了。

后湖的船已经变得十分的华丽，水闸已经不通，马路已经展开在洲上。它的名字也已经换做五洲公园了。

尤其是，我的同伴已经散失了：我们中间最有天才的画家已经睡在地下，诗人兼哲学家流落在极远的边疆，拖木屐的朋友在南海入了赘，"割草"的工人和在后湖里栽跟斗的莽汉等等都已不晓得行踪和存亡了。我呢，在生活的重担下磨炼着，已经将要老了。倘若我的年青时代的同伴再能集合起来，我相信每个人的额上已经刻下了很深的创痕，而天真和快乐，也一定不复存在了。

然而，只要我活着，即使我们的太平洋填成了大陆，甚至整个的后湖变成了大陆，我还是喜欢后湖的。因为我活着的时候，我不会忘记我们的太平洋。

你说你更喜欢西湖。

我说我更喜欢后湖。

你喜欢你的西湖，我喜欢我的后湖就是。

你说西湖最好。

我说后湖最好。

你说你的，我说我的。

天下事，原来喜欢的都是好的，从没有好的都使人喜欢，你说是吗？

父亲的玳瑁

在墙脚跟刷然溜过的那黑猫的影,又触动了我对于父亲的玳瑁的怀念。

净洁的白毛的中间,夹杂些淡黄的云霞似的柔毛,恰如透明的妇人的玳瑁首饰的那种猫儿,是被称为"玳瑁猫"的。我们家里的猫儿正是那一类,父亲就给了它"玳瑁"这个名字。

在近来的这一匹玳瑁之前,我们还曾有过另外的一匹。它有着同样的颜色,得到了同样的名字,同是从我姊妹家里带来,一样的为我们所爱。

但那是我不幸的妹妹的玳瑁,它曾经和她盘桓了十二年的岁月。

而现在的这一批,是属于父亲的。

它什么时候来到我们家里,我不很清楚,据说大约已有三年光景了。父亲给我的信,从来不曾提过它。在他的理智中,仿佛以为玳瑁毕竟是一匹小小的兽,比不上任何的家事,足以通知我似的。

但当我去年回到家里的时候,我看到了父亲和玳瑁的感情了。

每当厨房的碗筷一搬动，父亲在后房餐桌边坐下的时候，玳瑁便在门外"咪咪"的叫了起来。这叫声是只有两三声，从不多叫的。它仿佛在问父亲，可不可以进来似的。

于是父亲就说了，完全像对什么人说话一样：

"玳瑁，这里来!"

我初到的几天，家里突然增多了四个人，在玳瑁似乎感觉到热闹与生疏的恐惧，常不肯即刻进来。

"来吧，玳瑁!"父亲望着门外，不见它进来，又说了。

但是玳瑁只回答了两声"咪咪"仍在门外徘徊着。

"小孩一样，看见生疏的人，就怕进来了。"父亲笑着对我们说。

但是过了一会，玳瑁在大家的不注意中，已经跃上了父亲的膝上。

"哪，在这里儿。"父亲说。

我们弯过头去看，它伏在父亲的膝上，睁着惧怯的眼望着我们，仿佛预备逃遁似的。

父亲立刻理会它的感觉，用于抚摩着它的颈背，说："困吧，玳瑁。"一面他又转过来对我们说："不要多看它，它像姑娘一样的呢。"

我们吃着饭，玳瑁从不跳到桌上来，只是静静的伏在父亲的膝上。有时鱼腥的气息引诱了它，它便偶尔伸出半个头来望了一望，又立刻缩了回去。它的脚不肯触着桌。这是它的规矩，父亲告诉我们说，向来是这样的。

父亲吃完饭，站起来的时候，玳瑁便先走出门外去。它知道父亲要到厨房里去给它预备饭了。那是真的。父亲从来不曾忘记过，他自己一吃完饭，便去添饭给玳瑁的。玳瑁的饭每次都有鱼或鱼汤拌着。父亲自己这几年来对于鱼的滋味据说有点厌，但即使自己不吃，他总是每次上街去，给玳瑁带了一些鱼来，而且给它储存着的。

白天，玳瑁常在储藏东西的楼上，不常到楼下的房子里来。但每当父亲有什么事情将要出去的时候，玳瑁像是在楼上看着的样子，便溜到父亲的身边，绕着父亲的脚转了几下，一直跟父亲到门边。父亲回来的时候，它又像是在什么地方远远望着，静静的倾听着的样子，待父亲一跨进门限，它又在父亲的脚边了。它并不时时刻刻跟着父亲，但父亲的一举一动，父亲的进出，它似乎时刻在那里留心着。

晚上，玳瑁睡在父亲的脚后的被上，陪伴着父亲。

我们回家后，父亲换了一个寝室。他现在睡到弄堂门外一间从来没有人去的房子里了。

玳瑁有两夜没有找到父亲，只在原地方走着，叫着。它第一夜跳到父亲的床上，发现睡着的是我们，便立刻跳了出去。

正是很冷的天气。父亲记念着玳瑁夜里受冷，说它恐怕不会想到他会搬到那样冷落的地方去的。而且晚上弄堂门又关得很早。

但是第三天的夜里，父亲一觉醒来，玳瑁已在床上睡着了，静静的，"咕咕"念着猫经。

半个月后，玳瑁对我也渐渐熟了。它不复躲避我。当它在父亲身边的时候，我伸出手去，轻轻抚摩着它的颊背。它伏着不动。然而它从不自己走近我。我叫它，它仍不来。就是母亲，她是永久和父亲在一起的，它也不肯走近她。父亲呢，只要叫一声"玳瑁"，甚至咳嗽一声，它便不晓得从什么地方溜出来了，而且绕着父亲的脚。

有两次玳瑁到邻居去游走，忘记了吃饭。我们大家叫着"玳瑁玳瑁"，东西寻找着，不见它回来。父亲却猜到它那里去了。他拿着玳瑁的饭碗走出门外，用筷子敲着，只喊了两声"玳瑁"，玳瑁便从很远的邻屋上走来了。

"你的声音像格外不同似的，"母亲对父亲说，只消叫两声，又不大，它便老远的听见了。"

"是哪，它只听我管的哩。"

对于寂寞的度着残年的老人，玳瑁所给与的是儿子和孙子的安慰，我觉得。

六月四日的早晨，我带着战栗的心重到家里，父亲只躺在床上远远的望了我一下，便疲倦的合上了眼皮。我悲苦的牵着他的手在我的面上抚摩。他的手已经有点生硬，不复像往日柔和的抚摩玳瑁的颈背那么自然。据说在头一天的下午，玳瑁曾经跳上他的身边，悲鸣着，父亲还很自然的抚摩着它亲密的叫着"玳瑁"。而我呢，已经迟了。

从这一天起，玳瑁便不再走进父亲的以及和父亲相连的我们的房子。我们有好几天没有看见玳瑁的影子。我代替了父亲的工作，给玳瑁在厨房里备好鱼拌的饭，敲着碗，叫着"玳瑁"。玳瑁没有回答，也不出来。母亲说，这几天家里人多，闹得很，它该是躲在楼上怕出来的。于是我把饭碗一直送到楼上。然而玳瑁仍没有影子。过了一天，碗里的饭照样的摆在楼上，只饭粒干瘪了一些。

玳瑁正怀着孕，需要好的滋养。一想到这，大家更其焦虑了。

第五天早晨，母亲才发现给玳瑁在厨房预备着的另一只饭碗里的饭略略少了一些。大约它在没有人的夜里走进了厨房。它应该是非常饥饿了。然而仍像吃不下的样子。

一星期后，家里的戚友渐渐少了。玳瑁仍不大肯露面。无论谁叫它，都不答应，偶然在楼梯上溜过的后影，显得憔悴而且瘦削，连那怀着孕的肚子也好像小了一些似的。

一天一天家里愈加冷静了。满屋里主宰着静默的悲哀。一到晚上，人还没有睡，老鼠便吱吱叫着活动起来，甚至我们房间的楼上也在叫着跑着。玳瑁是最会捕鼠的。当去年我们回家的时候，即使它跟着父亲睡在远一点的地方，我们的房间里从没有听见过老鼠的声音，但现在玳瑁就睡在隔壁的楼上，也不过问了。我们毫不埋怨它。我们知道它所以这样的原因。

可怜的玳瑁。它不能再听到那熟识的亲密的声音，不能再得到那慈爱的抚摩，它是在怎样的悲伤呵！

三星期后，我们全家要离开故乡。大家预先就在商量，怎样把玳瑁带出来。但是离开预定的日子前一星期，玳瑁生了小孩了。我们看见它的肚子松瘪着。

怎样可以把它带出来呢？

然而为了玳瑁，我们还是不能不带它出来。我们家里的门将要全锁上。邻居们不会像我们似的爱它，而且大家全吃着素菜，不会舍得买鱼饲它。单看玳瑁的脾气，连对于母亲也是冷淡淡的，决不会喜欢别的邻居。

我们还是决定带它一道来上海。

它生了几个小孩，什么样子，放在那里，我们虽然极想知道，却不敢去惊动玳瑁。我们预定在饲玳瑁的时候，先捉到它，然后再寻觅它的小孩。因为这几天来，玳瑁在吃饭的时候，已经不大避人，捉到它应该是容易的。

但是两天后，我们十几岁的外甥遏抑不住他的热情了。不知怎样，玳瑁的孩子们所在的地方先被他很容易的发现了。它们原来就在楼梯门口，一只半掩着的糠箱里。玳瑁和它的小孩们就住在这里，是谁也想不到的。外甥很喜欢，叫大家去看。玳瑁已经溜得远远的在惧怯的望着。

我们想，既然玳瑁已经知道我们发觉了它的小孩的住所，不如便先把它的小孩看守起来，因为这样，也可以引诱玳瑁的来到，否则它会把小孩衔到更没有人晓得的地方去的。

于是我们便做了一个更安适的窠，给它的小孩们，携进了以前父亲的寝室，而且就在父亲的床边。

那里是四个小孩，白的，黑的，黄的，玳瑁的，都还没有睁开眼睛。贴着压着，钻做一团，肥圆的。捉到它们的时候，偶然发出微弱的老鼠似的吱吱的鸣声。

"生了几只呀?"母亲问着。

"四只。"

"嗨,四只!怪不得!扛了你父亲的棺材,不要再扛我的呢!"母亲叹息着,不快活的说。

大家听着这话,愣住了。

"把它们丢出去!"外甥叫着说,但他同时却又喜悦的抚摩着玳瑁的小孩们,舍不得走开。

玳瑁现在在楼上寻觅了,它大声的叫着。

"玳瑁,这里来,在这里。"我们学着父亲仿佛对人说话似的叫着玳瑁说。

但是玳瑁像只懂得父亲的话,不能了解我们说什么。它在楼上寻觅着,在弄堂里寻觅着,在厨房里寻觅着,可不走进以前父亲天天夜里带着它睡觉的房子。我们有时故意作弄它的小孩们,使它们发出微弱的鸣声。玳瑁仍像没有听见似的。

过了一会,玳瑁给我们女工捉住了。它似乎饿了,走到厨房去吃饭,却不防给她一手捉住了颈背的皮。

"快来!快来!捉住了!"她大声叫着。

我扯了早已预备好的绳圈,跑出去。

玳瑁大声的叫着,用力的挣扎着,待至我伸出手去,还没抱住玳瑁,女工的手一松,玳瑁溜走了。

它再不到厨房里去,只在楼上叫着,寻觅着。

几点钟后,我们只得把玳瑁的小孩们送回楼上。它们显然也和玳瑁似的在忍受着饥饿和痛苦。

玳瑁又静默了,不到十分钟,我们已看不见它的小孩们的影子。现在可不必再费气力,谁也不会知道它们的所在。

有一天一夜，玳瑁没有动过厨房里的饭。以后几天，它也只在夜里，待大家睡了以后到厨房里去。

我们还想设法带玳瑁出来，但是母亲说：

"随它去吧，这样有灵性的猫，那里会不晓得我们要离开这里。要出去自然不会躲开的。你们看它，父亲过世以后，再也不忍走进那两间房里，并且几天没有吃饭，明明在非常的伤心。现在怕是还想在这里陪伴你们父亲的灵魂呢。它原是你父亲的。"

我们只好随玳瑁自己了。它显然比我们还舍不得父亲，舍不得父亲所住过的房子，走过的路以及手所抚摸过的一切。父亲的声音，父亲的形象，父亲的气息，应该都还很深刻的萦绕在它的脑中。

可怜的玳瑁，它比我们还爱父亲！

然而玳瑁也太凄惨了。以后还有谁再像父亲似的按时给它好的食物，而且慈爱的抚摩着它，像对人说话似的一声声的叫它呢？

离家的那天早晨，母亲曾给它留下了许多给孩子吃的稀饭在厨房里。门虽然锁着，玳瑁应该仍然晓得走进去。邻居们也曾答应代我们给它饲料。然而又怎能和父亲在的时候相比呢？

现在距我们离家的时候又已一月多了。玳瑁应该很健康着，它的小孩们也该是很活泼可爱了吧？

我希望能再见到和父亲的灵魂永久同在着的玳瑁。

伴　侣

一九三二年的冬天，我们由福建回到了久别的故乡。

那时父亲还健在着，母亲正患着病。他们的年纪都早已超过了六十，所谓风烛之年，无时不在战栗着暴风雨的来到。我们的回家，给与他们的欣慰，真非言语所能形容。尤其是，他们还看见了一个从来不曾见面过的三岁的孙子。

"做人足心了！"

这话正像后来父亲弥留的时候，突然看见我到了他身边，所说的一样。

这便是最大的幸福了，在他们。

母亲病着。她的肥胖的，结实的身体，现在变得非常消瘦而衰弱了。然而仗着往年坚强的筋骨和劳苦的习惯，她仍勉强的在管理日常家务，不肯躺在床上。

我们一进门，母亲便特别忙碌起来，仿佛她没有一点病似的。她拿出来许多专门为孙子储藏着的糕饼和糖果，又做许多点心。

父亲只是往远近的街上跑。大冷天，不肯穿皮衣。又要买好吃的东西，又要买好玩的东西。

"唐哥！唐哥！"

他们不息的叫着，这亲切的名字，他们应该早已暗暗的叫过千万遍，而现在才愉快的对着面叫出来了。

然而唐哥不懂得老人的心，整日在地上跑着，跳着，爬着玩，疲乏时只依靠到自己的父亲和母亲身边。他需要食物时，才去找到祖父和祖母；待东西一到手，又自己去玩了。

唐哥是一个不安静的孩子。手脚特别生得有力，喜欢爬上椅，爬上桌。大家给他捏一把汗，他却笑嘻嘻的得意非常。一刻没有注意他，他已经溜出大门外，在河边丢掷石子了。看见一只狗，一只鸡，他便拖着棍子或扫帚追了出去。说是三岁，实际上他还只有两岁半。他的脚步是小的，虽然有力，跑得快的时候，依然像球在那里滚着的一样，使人担心。

到家没有几天，他身上已经碰破了好几处。然而他不爱哭，哼几下，对碰痛他的东西打了几拳，满足了报复的心，便忘记了。谁要是给他不快活，他也伸出小小的拳头。

他安静的时候，是在每天的晚上。灯一点上，他便捧出他的红绿的积木来，在桌上叠着，摆着。摆成长的，他叫做船或火车，呜呜的叫着；摆成高的，他叫做门或房子。他认为已经摆成一种东西的时候，便立刻把它推翻，从新摆出一种别的花样。这样的反复着，一直会继续上一二个钟头，直至疲倦到了他的眼里。

"日里也能这样的安静，就不必给他担心了。"父亲和母亲都这样说。

然而在白天，他绝不肯搬弄一下他的任何玩具。不是在房子里爬上爬下拿东西，便跑往门外去。我们现在住的是一幢孤零的屋，没有几家邻居。这几家邻居中只有一个六七岁的小女孩。她的家长管束得很严，不常让她出来。唐哥在家里可以说完全没有伴侣。因此住了不久，他显得很野了。他只是往门外的田边或河边去找趣味。那些地方可以常常看见鸡鸭或船只的来往。天气虽然冷，他穿着一身笨重的衣服，却毫不畏缩，仿佛在夏天里那样的自由的玩着。

"有了伴，就不会这样野了。"母亲说。

我们都觉得母亲的话是对的。唐哥在福建的时候，他几乎常常在房里，因为我们的隔壁一间房里就住着他的两个小伴侣。

就是唐哥自己，他似乎也已经感觉到了。他不时的提到旧伴侣的名字。

于是我们都渴望的等待着玲玲的来到。

几天后，玲玲果真来了。

那是我的姊妹的一个小女儿。比我们的孩子大了两岁。她的皮肤仿佛被夏天的太阳熏炙过的那样黑。大的面孔，大的眼睛，粗的鼻子，厚的嘴唇，穿着特别厚的棉衣，戴着一顶大的绒帽，脚上一双塞着棉花的大皮鞋。橐橐橐，在地上踏了两三脚，便缩着手呆住了。

"和弟弟去玩吧。"姊姊推动着她的孩子。

但是她只睁大着眼望着，过了一会，爬到姊姊身边的椅上坐着，一动也不动。

"像一尊菩萨！"母亲笑着说。"去吧，唐哥！和小姊姊去玩！"

唐哥也不动的望着。

"叫小姊姊。"我推着唐哥。

但是他不开口，只伸出一只手指来，指着玲玲头上那顶红色的绒帽，朝着我笑了一笑。

"是呀!小姊姊的帽子好看哩！"我说。

他顽皮的伸出一只脚，又用手指了两指，对我一笑，那是在指玲玲的衣服了。

"红红的，好看哩，小姊姊的衣服！"

他突然跑过去，摸了一下玲玲的皮鞋，嘻嘻笑着，立刻退了回来。

"好看吧！"静默到现在的玲玲说话了，得意的点着头。"爸爸买给我的哩！"

"我也有的！"唐哥也得意的点着头。他望了一望自己的脚，立刻到后房的床上去拿了另外一双新的皮鞋来。

"诺！有花花哩！"

"黑的，不好看！"玲玲摇着头。

"你没有花！"唐哥一手提着自己的鞋，一手拍着玲的脚。

"怎么啦把我的鞋打坏啦！"玲玲皱着眉头。

"坏的！坏的！"唐哥故意作弄着她，又接连拍了几下，顽皮的笑着。

他的力很大，玲玲晃动几下，几乎倒了下来。

玲玲撇着嘴，哭了。

"嘎，多吃两年饭，白吃，还是阿弟本领大！母亲得意的说。

"女孩总是斯文的，"父亲说着，抱了外孙女，抚摩着，"玲玲也乖哩！不要哭，外公去买糖！"

"我也要！一个红的！"唐哥叫着。

"我要红的！"玲玲止住了哭。

"唐哥红的，小姊姊绿的！"唐哥大声叫着说。

"唐哥绿的，小姊姊红的！"玲玲的回答。

唐哥发气了。

他睁着眼睛，望了一刻，突然赶到他祖父的身边，往玲玲的身上拍的一拳。

玲玲撇了两下嘴，又哭了。

她并不抵抗。用力的哭，仿佛就是她报复的方法似的。

"唐哥真不乖，怎么动手就打小姊姊！"我说着，走过去抚慰着玲玲。

唐哥一声不响的，在我的大脑上也拍的一拳。

"反啦，反啦！怎么打爸爸呀？"大家几乎一致的说。

"你打爸爸，爸爸走啦！"我说。

"你去好啦！小姊姊也去！"唐哥回答着，"唐哥跟妈妈！"

"妈妈也去！"妻说。

"我跟妈妈去！"

"你会打妈妈！"

"不打妈妈！"

"你听话吗？要打人吗？"

"听话。不打人啦。"唐哥低声的说，怕给别人听到似的。"还要打爸爸，小姊姊吗？"

唐哥不做声。停了一会，他说。

"跟妈妈好，阿公好，阿婆好，姑妈好。"

"爸爸呢？小姊姊呢？"

他仍不做声。

"真硬！"母亲说，心里似乎在称赞唐哥。

但是过了不久，唐哥终于忘记了。他开始和这个新的伴侣玩了起来。

玲玲对他有点怕。虽然喜欢和他玩。她在依从着他，学着他。她只说话比唐哥学得完全些，她的智力，体力，似乎还在唐哥之下。唐哥时时想出新的玩法，她没有。唐哥会从高高的地方跳下来，她不会。她时常被唐哥作弄得撇着嘴，哭着。

"只会哭！"母亲常常责备着玲玲。"又笨又呆！"

"她倒是一个有福气的人哩。"父亲说。"大了自然会聪明的。"

"我可喜欢唐哥！"母亲说。

"孙子和外孙，男的和女的，总不同！"姊姊说了。

"自然哪！外孙到底姓别的，女的嫁了人就完啦！"

"你偏心得很！"父亲说，笑着。

"动不动就哭，谁喜欢！这样的女孩，还那么喜欢她。"

"自己生的，自然不同！"姊姊回答说。

真的，姑姑对玲玲的爱，真像母亲对自己的孙子一样，是无微不至的。玲玲那么样的喜欢哭，几乎大家都起了嫌烦，尤其是有着不爱哭的唐哥在眼前。然而姊姊一见玲玲哭，就去抱她，抚慰她了。

"这样的娘！"母亲时常埋怨着姊姊："不做一点规矩！"

姊姊只笑着，绝不肯动手打玲玲。

"这样难看！印度人一样黑！"

"大了会白的！"姊姊说。

"唐哥白白的，小姊姊黑黑的！"唐哥听见了母亲的话，指着自己，指着玲玲，得意的说。

玲玲一听见这话，又撇着嘴哭了。

"白的好看，黑的也好看！"我们安慰着玲玲。

但是唐哥摇着头，笑着，仿佛故意嘲弄玲玲似的。

于是有一天，玲玲终于不能忍耐了。唐哥还没说完，她便是拍的一拳。一面又撇着嘴，哭了起来。

唐哥呆了一呆，睁着眼望了一会，似乎很惊异玲玲也会打人。他没做声。我知道他的静默的意味，立刻叫着："唐哥！"

但已来不及了。

唐哥已赶上一步，在玲玲的肩上拍拍打了两拳。

同时玲玲也抓住了唐哥的前胸，号叫着。

然而玲玲又吃亏了。她只知道一只手抓住唐哥的前胸，另一只手不知道动作。而唐哥却拍拍的打了过来，两手并用着。

"你想打阿弟！怎么打得过他！"母亲笑着说。"让开一点吧！"

"你是姊姊，姊姊怎么打弟弟！你比他大两岁，总要乖一点吧！"姊姊抱了玲玲。

然而玲玲不服气。

等到吃中饭的时候，玲玲先爬上椅子，把唐哥的红的饭碗捧去了。她把自己的绿碗放在唐哥面前。

唐哥在地上的时候，已经远远望见。他没做声，爬上椅子，他睁着眼望着玲玲面前的红碗。

"红碗是我的！"玲玲得意的说，以为终于给她占据到了。

唐哥突然伸出手去："我的！"便把红碗从玲玲的手里抢了过来。

"把绿的给小姊姊！"姊姊说，"红的本是唐哥的！"

但是唐哥连绿的也不肯了。他一手按着一只碗："我的！"

玲玲又哭了，撇着嘴；一面也伸出手来抢碗。

唐哥把两只碗推在一只手里，另一只手已经抓住了玲玲的手。

我们总算把他们扯开了，玲玲没吃亏。

然而玲玲不满足，她爬下椅子，在地上打起滚来，大声的哭着。

"喏，小姊姊哭了，拿碗给她吧，唐哥。"

唐哥望了一望，似乎有点感动了。把红碗绿碗捧着放着，像在那里思量。

"红的吗？唐哥的吗?"他问。

"是的，把唐哥的红碗给小姊姊。"

他点了一点头，立刻爬下椅，把红碗捧了去。

玲玲没理他，仍然哭着，还伸过脚来，踢他一下。

唐哥望了望被踢过的染了灰的腿子，没做声，红碗放在玲玲的头边。

玲玲用手推翻了红碗，又把脚转了过来踢唐哥。

唐哥很灵活的走开了。

吃完饭，玲玲也和唐哥好起来，一同玩着。但是到了晚上，他们又吵架了。

唐哥在用积木造房子，玲玲把它推翻了。

唐哥大声的叫着："小姊姊走开！"一面仍叠着积木。

玲玲不肯走。她拾了两条积木，也要造房子。

唐哥伸手抢过来，恶狠狠的说："我要打你啦！"

玲玲撇了一下嘴，这回可没哭。唐哥低下头去的时候，她在唐哥背上打了一拳，立刻跑着走了。

唐哥吃了亏，叫着追击。玲玲哭着逃着。走到床边，终于给唐哥扯住了衣服。她转身也扯住了唐哥的前胸。现在玲玲晓得使用另外一只手了。她用力抓住了唐哥扯着自己衣服的那一只手。

我们扯开他们的时候，玲玲的左颊已经出血，被唐哥抓破了。

"你怎么这样凶呀！"我骂着唐哥。

唐哥也撇起嘴来，哭着，在地上打滚了。

"阿呀！"母亲皱着眉头说："两个人都看样啦！一个学着打人，一个学着打滚啦！怎么唐哥也会哭呀！"

家内渐渐闹了。那是唐哥和玲玲的哭声，唐哥和玲玲的蹬脚声，打滚声。唐哥和玲玲时刻争吵着，仿佛两个死对头。然而他们又像是手和脚，一刻也离不开。玲玲走到那里，唐哥便跟到那里。唐哥玩什么，玲玲也要玩什么。每餐吃饭，偏要并坐着，而又每餐抢碗筷和菜。只有到了睡觉的时候，两个人才分做两处睡。但第二天早晨，谁先醒来，就去扯别个的被窝，于是被弄醒的便在床上闭着眼睛哭号了。

"一天到晚只听见哭！"母亲怨恨的说。

姊姊几次要回去，知道母亲爱清静。但父亲和我坚留着。姊姊的家离开我们很远，来一次很不容易，而我又是不大回家，和姊姊已有六七年没会面了。

母亲并非不喜欢姊姊在家里多住一向，她只有这一个女儿。对于玲玲，据说她以前也是很喜欢的。但自从见到唐哥以后，她的确生了偏心了，她自己承认。

"要去就让她们去吧，不必多留。两个孩子在一起，只听见吵架！"母亲就在姊姊的面前对我说。

"小孩子总要吵闹的，譬如玲玲也是你的孩子。"我说。

"你阿姊家里也有事情，关了门，成什么样子。"母亲提出了另外的一个理由。

我说了一大套的话，终于劝不转母亲的意思。

"吵起来，真烦！"母亲时常这样说着。

其实烦的只是唐哥一个人。没有玲玲，唐哥也是整天闹着的。母亲并非不知道这些。她实在是太爱唐哥了。她要把她的爱给与唐哥所专有。玲玲没有来的时候，她想念着玲玲来，是为的爱唐哥。现在不留玲玲，也是为的唐哥。

过了几天，我们也只得让姊姊回去了。

这一天早晨的饭前，当姊姊整理行李的时候，我把唐哥的绿球送给了玲玲，因为这是玲玲所喜欢的东西。怕唐哥看见，我把它暗地里塞在姊姊的网篮里。又用纸盖着。

但是唐哥看见房里的网篮忽然装满了东西绕着网篮窥张着。

"小姊姊要回去啦！"我告诉唐哥。

"我也要去！"唐哥说。

"你要打小姊姊的！"

唐哥摇了一摇头，表示他不打了，但嘴里不肯说。

"通通去吗？"随后唐哥问了，"爸爸也去，唐哥也去，妈妈，姑妈，小姊姊，阿公，阿婆，通通去！"

他说着，随后无意的把手伸进了网篮。

"喂喂！"他高兴叫着，把绿的球拿出来了。"小姊姊！球来啦！球来啦！"

玲玲明白，这是给她带回去的。她看见现在给唐哥拿到了，着了急。

"是我的啦！"玲玲跑上去抢唐哥的球了。

"唐哥的！"唐哥紧紧的捧着，跑了开去。

"唐哥！你还有红的呢？"我扯住了唐哥。

但这正给了玲玲的机会，她已经赶到，抱住了唐哥手里的球。

两个人争夺着，咬着牙齿，发出尖利的叫声。

"唐哥听话，把这个给小姊姊，你还有一个红的，爸爸再买一个！……"

唐哥不待我说完，已经把玲玲推倒地上了。

"真不听话！小姊姊不要你去！"

唐哥撅起嘴来，恶狠狠的把球朝着玲玲身上丢去，自己也就哭着滚倒在地上。

"这本是唐哥的！给唐哥！"姊姊拾起球放到唐哥面前，又立刻转过去，抱起玲玲轻轻的说："舅舅会给你的！不要哭！"

好不容易，我们止住了他们的哭。而最后绿的球还是归了唐哥。我又到街上去买了一只绿的，暗暗交给了玲玲。

吃完饭，姊姊给玲玲换了衣服。唐哥知道现在真要去了。他闹着也要换衣服，自己把床下的皮鞋拿了出来。

"绿绿的球送给小姊姊，带你去！"我说。

唐哥答应了。他从自己的抽屉里，把红的和绿的球都拿了来送给玲玲。

"统统！"他说。

"不要啦！"玲玲高兴的说。"唐哥的！"

唐哥笑着，把两个球都塞在网篮里。

我们雇了一只船，父亲和我和唐哥决定送姊姊到岭下，给她雇好轿子。

唐哥和玲玲非常快活，坐在船里望着岸上来往的人和牛，狗，鸡，鸭。

船靠了岸，我请父亲先带了唐哥到埠头的庙里去等我，自己就到轿行里雇好轿。

"唐哥呢，妈！"玲玲走进轿子，发现唐哥已不在眼前了。

"等一等会来的。"

"唐哥同我坐，妈！舅舅和外公坐！"

"好的，我们就来啦！"我回答着。

轿子已经抬起了。

"唐哥！快来哪！唐哥！……小姊姊去啦！舅舅！唐哥！"

轿子已经渐渐远了。玲玲从轿窗里伸出半边面孔来。

我挥着手。玲玲似乎还在喊着。

随后我和父亲带着唐哥，坐着原船回家了。

"小姊姊呢？"唐哥东西望了一会，说了。

"在后面来啦！"

"这个船吗？"

"是的。"

"大大船！"

唐哥似乎想起了别的事，一会儿又注意到岸上的东西，不再问玲玲了。

到了家，我看见母亲的眼睛有点红了。她显然舍不得姊姊和玲玲，如同往日似的，分离的时候，起了感伤。

"嫁得这样远！"她是常常这样埋怨父亲的。"人家嫁在近边，只看见女儿带着外孙回来！"

"小姊妹呢？"母亲问唐哥。

"去啦！"

"到那里去啦？"

唐哥呆了一会，说：

"大大船去啦！还有爸爸，阿公，姑妈，唐哥，小姊姊。"

"小姊姊去了好吗？"

"好！"

唐哥像是立刻忘记了他的伴侣。他仍跳着，跑着。

吃中饭的时候，我们改变了原先的座位。我坐在玲玲坐的那一边。

"小姊姊的！"唐哥推着我，要我换地方。

我故意把绿的碗拿在手里。

唐哥抢去了："小姊姊的！他换了一只白的给我。

第二天早晨，唐哥一醒来，便像往日似得，跑到玲玲睡过的床边去。

呆了一会，像在想着。

"小姊姊呢？"

"去啦！"他立刻回答说，"大大船！"

几天后，唐哥不再提起玲玲了。他像完全忘记了一样。

但他像重又感觉到一个人玩着没有趣味似的，又时常跑到大门外的田边或河边去了。

"大大船？小姊姊来啦！"他一见到河里的船、便又想到了玲玲，呆呆的望着，仿佛在等待着玲玲。

日子一天一天过去，唐哥对于玲玲的印像显然而渐渐淡了。我们偶尔提到玲玲，问他"小姊姊"，他像不晓得这个人似的，没有回答，只管自己玩着。

但当我们把玲玲的相片给他看的时候,他却记得。

"小姊姊!"

当他看到船,或者和他讲到船,他也还记得。

"大大船吗?小姊姊来啦!"

然而小姊姊并没有来,也不晓得什么时候再会和唐哥在一起。

寂 寞

忽然回忆起往日，就怀念到寂寞，起了怅惘之感。

在那矗立的松树下，松软的黄土上，她常常陪着我坐着，不说一句话。我从稀疏的枝叶织成的篮网间，望着天

空的白云，看见了云的流动，看见了它所给与枝叶的各种奇特的颜色。我想知道这情景给与她的是些什么，但她只是闭着口，静默着连眼睛也不稍微向我转动一下。

我站起来，向着那斜坡上的小径走去，她也跟了走来。我默默的数着自己的脚步，轻声的踏着地上的沙砾。我仿佛听见了一种切切的密语。我想问她听见了一些什么，但她只是低着头在后面跟着，仿佛没有看见她前面的人，只是静默着。

我停住在一个坟墓的前面，望着它顶上战栗着的那些小草。我仿佛看见了那里有人走过。我记不起那熟识的影子是谁。我想问她，但她转过身去，用背对着我，只是静默着。

我走到了一道小河的旁边，我就坐在那木桥的一头。她也在我旁边

坐了下来。我静静的望着那流水，那浮萍，倾听着小鱼的跳跃声，想到了很多很多的事情。我感到了抑郁，从心底里哼出了不可遏抑的叹息。但她没有听见似的，全不安慰我，也不问我。我看见了自己的影子，我哭了。我的眼泪落到流水上，发出响亮的声音，流水涌了起来，滚到了我的脚边。我发了狂，我想走下去，因为我爱那流水。但是她毫不感到恐怕，她仿佛完全不知道我想的什么。她只是低着头，合着眼，闭着嘴，静默着，静默着。

我对她起了厌恶，我走了，我不准她再跟着我，我把她毫不留情的推了开去。我离开她走到了很远很远的地方。我发誓永不再见她。

但是那矗立的松树和松软的黄土，那斜坡的小径和沙砾，和那坟墓上的小草，以及那流水，木桥，浮萍，都和我太熟识了，我几乎能够数出它们的每一根纤维。它们和我是那样的亲切。

我愿意再回到那里，和它们盘桓，再让寂寞陪伴着我！

活在人类的心里

在千万个悲肃的面孔和哀痛的心灵的围绕中,鲁迅先生安静的躺下了——正当黄昏朦胧的掩上大地,新月投着凄清的光的时候。

我们听见了人类的有声和无声的欷歔,看见了有形和无形的眼泪。

没有谁的死曾经激动过这样广大的群众的哀伤;而同时,也没有谁活着的时候曾经激动过这样广大的群众的欢笑。

只有鲁迅先生。

每次每次,当鲁迅先生仰着冷静的苍白的面孔,走进北大的教室时,教室里两人一排的座位上总是挤坐着四五个人,连门边连走道都站满了校内的和校外的正式的和非正式的学生。教室里主宰着极大的喧闹。但当鲁迅先生一进门,立刻安静得只剩了呼吸的声音。他站住在讲桌边,用着锐利的目光望了一下听众,就开始了《中国小说史》那一课题。

他的身材并不高大,常穿着一件黑色的短短的旧长袍,不常修理的粗长的头发下露出方正的前额和长厚的耳朵,两条粗浓方长的眉毛平躺在高出的眉棱骨上，眼窝是下陷着的，眼角微微朝下垂着，并不十分高大的鼻子给两边深刻的皱纹映衬着这才显出了一点高大的模样，浓密的上唇上的短须掩着他的阔的上唇，——这种种看不出来有什么奇特，既不威严也似乎不慈和。说起话来，声音是平缓的，既不抑扬顿挫，也无慷慨激昂的音调，他那拿着粉笔和讲义的两手，从来没有表情的姿势帮助着他的语言，他的脸上也老是那样的冷静，薄薄的肌肉完全是凝定着的。

他叙述着极平常的中国小说史实，用着极平常的语句，既不赞誉，也不贬毁。

然而，教室里却突然爆发笑声了。他的每句极平常的话几乎都须被迫的停顿下来，中断下来。每个听众的眼前赤裸裸的显示出了美与丑，善与恶，真实与虚伪，光明与黑暗，过去现在和未来。大家在听他的中国小说史的讲述，却仿佛听到了全人类的灵魂的历史。每一件事态的甚至是人心的重重叠叠的外套都给他连根撕掉了。于是教室里的人全笑了起来，笑声里混杂着欢乐与悲哀，爱恋与憎恨，羞惭与愤怒……于是大家的眼前浮露出来了一盏光耀的明灯，灯光下映出了一条宽阔无边的大道……大家抬起头来，见到了鲁迅先生的苍白冷静的面孔上浮动着慈祥亲切的光辉，像是严冬的太阳。

但是教室里又忽然异常静默了，可以听见脉搏的击动声。鲁迅先生的冷静苍白的脸上始终不曾露出过一丝的微笑。

他沉着的继续着他的工作，直至他不得不安静的休息的时候。

还没见过谁将自己的一生献给全人类，做着刺穿现实的黑暗和显示未来的光明的伟大的工作，使那广大的群众欢笑又使那广大的群众哀伤。

只有鲁迅先生。

他将永久活在现在的和未来的人类的心灵里。

清　明

晨光还没有从窗眼里爬进来，我已经钻出被窝坐着，推着熟睡的母亲：

"迟啦，妈，锣声响啦！"

母亲便突然从梦中坐起，揉着睡眼，静静的倾听者。

"没有的！天还没亮呢！"

"好像敲过去啦。"

于是母亲也就不再睡觉，急忙推开窗子，点着灯，煮早饭了。

"嘉溪上坟去罗！……喤喤……五公祀上坟去罗！……"待母亲将饭煮熟，第一次的锣声才真的响了，一路有人叫喊着，从桥头绕向东芭弄。

我打开门，在清白的晨光中，奔跑到埠头边：河边静俏俏的，不见一个人，船还没有来。

正吃早饭，第二次的锣声又响了，敲锣的人依然大声的喊着：

"嘉溪上坟去罗！……喤喤……五公祀上坟去罗！……"

我匆忙的吃了半碗，便推开碗筷，又跑了出去。河边显得忙碌了。三只大船已经靠在埠头，几个大人正在船中戽水，铺竹垫，摆椅凳。岸上围观看许多大人和小孩，含着紧张的神情。我呆木的站着，心在辘辘的跳动。

"慌什么呀！饭没有吃饱，怎么上山呀？快些回去，再吃一碗。"母亲从后面追上来了。

"老早吃饱啦！"

"半碗，怎么就饱啦！起码也得吃两碗！回去！回去！"

"吃饱啦就吃饱啦！谁骗你。"我不耐烦的说。

于是母亲喃喃的说着走回家里去了。

埠头边的人愈聚愈多，一部分人看热闹，一部分人是去参加上祖先的坟的。有些人挑羹饭，有些人提纸钱，有些人探问何时出发。喧闹忙乱，仿佛平静的河水搅起了波浪。我静默的等着，心中却像河水似的荡漾着。

"加一件背心吧，冷了会生病的呀！"

我转过头去，母亲又来了，她已经给我拿了一件背心来。

"走起来热煞啦，还要加背心做什么？拿回去吧！"我摇着头，回答说。

"老是不听话！"母亲喃喃的埋怨着，用力把我扯了过去，亲自给我穿上，扣好了扣子。

这时第三次的锣声响了。

"嘉溪上坟去罗！……喤喤……五公祀上坟去罗……
船要开啦……船要开啦……"

岸上的人纷纷走到船上，我也就跳上了船头，

"什么要紧呀！"母亲又叫着说了，"船头坐不得的！……船仓里去！……听见吗？"

我只得跳到船头与船仓的中间，坐在插纤竿的旁边。

但是母亲仍不放心，她又在叫喊了：

"坐到船底上去，再进去一点!那里会给纤竿打下河去的呀！"

"不会的！愁什么！"我不快活的瞪着眼睛说。

"真不听话！……阿成叔．烦你照顾照顾这孩子吧！"她对着坐在我身边的阿成叔说。

"那自然，你放心好啦!你回去吧！"

但是母亲仍不放心，站在河边要等着船开走。

这时三只大船里都已坐满了人，放满了东西。还不时有人上下，船在微微的左右倾侧着。

"天会落雨呢！"

"不会的！"

"我已带了雨伞。"

"我连木屐也带上了。"

船上忽然有些人这样说了起来。我抬头望着天上，天色略带一点阴沉，云在空中缓慢的移动着，远远的东边映照着山后的阳光。

"开船啦！开船啦!……喤喤……"这是最后一次的锣声了，敲锣的接着走上我们这只最后开的船，摇船的开始解缆了。

我往岸上望去，母亲已经不在岸上，不知什么时候走的。我喜欢坐在船头上，这时便又扶着船边，从人丛中向前挤了两三步。

"不要动！不要动！会掉下水里去！"阿成叔叫着，但他已经迟了。

"好吧，好吧！以后可再不要动啦！"摇船的把船撑开岸，叫着说。

"你这孩子好大胆!……再不要动啦！"我身边一个祖公辈的责备似的说了，"你看，你妈又来了哪！"

我把眼光转到岸上，母亲果然又来了。她左手扶着一柄纸伞，摇着右手，叫着摇船的人，慌急的移动着脚步。一颠一簸，好像立刻要栽倒似的迫扑了过来。

"船慢点开！……阿连叔！……还有一把伞给小孩！……"

但这时船已驶到河的中心，在岸上拉纤的已经弯着背跑着，船已咽咽咽的破浪前进了。

"算啦!算啦！不会下雨的！"摇船的阿连叔一面用力扳着橹，一面大声的回答着。

母亲着慌了，她愈加急促的沿着船行的方向奔跑起来，一路摇着手，叫着："要落雨的呀！……拉纤的是谁！……慢点走哪！"

我在船上望见她踉跄得快跌倒了。着了急，忽然站了起来，用力踢着船沿。船突然倾侧几下，满船的人慌了，这才大家齐声的大喊，阻住了拉纤的人。

"交给我吧，到了桥边会递给他的。"一个拉纤的跑回来，向母亲接了伞，显出不快活的神情。

这时母亲已跑到和船相并的地方站住了。我看见她一脸通红，额上像滴着汗珠，喘着气。

"真是多事，那里会落雨！落了雨又有什么要紧！"我暗暗的埋怨着，又大声叫着说："回去吧，妈！"

"好回去啦！好回去啦!"船上的人也叫着，都显出不很高兴的神情。

船又开着走了。母亲还站在那里望着，一直到船转了弯。

两岸的绿草渐渐多了起来，岸上的屋子渐渐少了。河水平静而且碧绿，只在船头下咽咽的响着，在船的两边翻起了轻快的分水波浪。船朝着拉纤的方向倾侧着。一根直的竹竿的纤竿这时已成了弓形，不时发出格格的声音，顶上拴着的纤绳时时颤动着，一松一紧的拖住了岸上三个将要前仆的人的背，摇橹的人侧着橹推着扳着，船尾发出劈拍的声音，有些地方大树挡住了纤路，或者船在十字河口须转方向，放纤的人便收了纤绳，跳到船上，摇橹的人开始用船尾的大橹拨动着水，船像摇篮似的左右荡漾着慢慢前进。

　　一湾又一湾，一村又一村，亮溪山渐渐近了，最先走过狮子似的山外的小山，随后从山峡中驶了进去。这里的河面反而特别宽了，水流急了起来，浅滩中露着一堆堆的沙石。我们的船一直驶到河道的尽头，船头冲上了沙滩，现在船上的人全上岸了。我和几个十几岁的同伴早已在船上脱了鞋袜，卷起了裤脚，不走山路，却从沁人的清凉的溪水里走向山上去，一面叫着跳着，像是笼里逃出来的小鸟。

　　祖先的故墓是在山麓的上部，那里生满了松树和柏树。我们几个孩子先在树林中跑了几个圈子，听见爆竹和锣声，才到坟前拜了一拜，拿了一只竹签，好带回家里去换点心。随后跑向松树林中，爬了上去采松花，兜满了衣袋，兜满了前襟，听见爆竹和锣声又一直奔下山坡，到庄家那里去吃午饭，这时肚子特别饿了，跑到庄前就远远的闻到了午饭的香气。我平常最爱吃的是毛笋烤咸菜，这时桌上最多的正是这一样菜，便站在长桌旁，挤在大人们的身边，开始吃了起来，饭虽然粗硬，菜虽然冷，却觉得特别的有味，一连吃了三大粗碗饭。筷子一丢，又往附近去跑了。隆重的热闹的扫墓典礼，我只到坟边学样的拜了一拜，我的目的却在游玩。但也并不知道游玩，只觉得自由快乐，到处乱跑着。

　　回家的锣声又响时，果然落雨了。它像雾一样，细细的袭了过来。我挟着雨伞，并不使用，披着一身细雨，踏着溪流，欢乐的回到了泊船的河滩上。

　　清明节就是这样的完了。它在我是一个最欢乐的季节。

新的枝叶

许久不曾出城了，原来连岩石土也长了新的枝叶。隐蔽着小径的春草，多么引人怜惜。虽是野生的植物，毕竟刚生长呀。这里可也存在着泼剌的生命，给风雨吹润着，阳光抚爱着，希望茁壮的成长起来的。夏天一到，不就茂密而且高大，变成了音乐的摇篮吗？

看呵，那细嫩的肢体，怯弱的姿态，清冽的呼吸，虽是无知的小小生命，也够可爱了。谁不想加以亲切的抚摩，报以温和的微笑呢？

这样想着，我依恋的轻缓的走在小径上，生怕给与可爱的春草重大的伤害。我厌憎那在我身边急促的走过的人们。他们用粗暴而且沉重的脚步到处蹂躏着，对那吱吱的惨叫着的声音，也不生一点同情。

然而，世上还有比这更使人切齿的厌恶的。

在前面，一幢新的小屋旁．离我不十分远的地方，突然出现了一棵奇异的树木。枯萎的叶子，焦黑的枝干。是曾经被猛烈的火焰燃烧过的。我不禁愤怒得连毛发也竖起来了。

几个月的，那时还是冬天，我曾经到过这地方。我看见了一堆瓦砾，一堆余烬未熄的木料，和这样一棵刚被燃烧过的树木。不知是在这树木的那一边，许多人团做了一团，叹息着，悲愤着。我看见一个失了血色的小小的脸庞躺在地上……

是魔手在这里抛下了恶毒的炸弹，戕害着这小小的生命！

现在，他不复在这地上了，地上铺满了青色的娇嫩怯

弱的春草。瓦砾堆上已经建筑起新的小屋。而那还残留着燃烧的痕迹的树木，也已渐渐苏醒过来，在丫杈间伸出了短小的嫩芽。

希望是无穷的，人的力和自然的力在改换着世界。但把仇恨记在心头吧，被戕害的是个可爱的小小的生命呵！倘使他活着，转瞬间不就是个茁壮的青年吗？

即使在岩石上，也要生长出新的枝叶呀！

旅人的心

或是因为年幼善忘,或是因为不常见面,我最初几年中对父亲的感情怎样,一点也记不起来了。至于父亲那时对我的爱,却从母亲的话里就可知道。母亲近来显然在深深的记念父亲,又加上年纪老了,所以一见到她的小孙儿吃牛奶,就对我说了又说:

"正是这牌子,有一只老鹰!……你从前奶子不够吃,也吃的这牛奶。你父亲真舍得,不晓得给你吃了多少。有一次竟带了一打来,用木箱子装着。那是比现在贵得多了。他的收入又比你现在的少……"

不用说,父亲是从我出世后就深爱着我的。

但是我自己所能记忆的我对于父亲的感情,却是从六七岁起。

父亲向来是出远门的。他每年只回家一次,每次约在家里住一个月。时期多在年底年初。每次回来总带了许多东西:肥皂、蜡烛、洋火、布匹、花生、豆油、粉干……都够一年的吃用。此外还有专门给我的帽子、衣料、玩具、纸笔、书籍……

我平日最喜欢和姊姊吵架,什么事情都不能安静,常挨了母亲的打，也还不肯屈服。但是父亲一进门，我就完全改变了，安静得仿佛天上的神到了我们家里，我的心里充满了畏惧，但父不像对神似的慑于他的权威，却是在畏惧中间藏着无限的喜悦，而这喜悦中间却又藏着说不出的亲切的。我现在不再叫喊，甚至不大说话了；我不再跳跑，甚至连走路的脚步也十分轻了；什么事情我该做的，用不着母亲说，就自己去做好；什么事情我该对姊姊退让的，也全退让了。我简直换了一个人，连自己也觉得：聪明，诚实，和气，勤力。

父亲从来不对我说半句埋怨话，他有着宏亮而温和的音调。他的态度是庄重的，但脸上没有威严却是和气。他每餐都喝一定分量的酒。他的皮肤的血色本来很好，喝了一点酒，脸上就显出一种可亲的红光。他爱讲故事给我听，尤其是喝酒的时候常常因此把一顿饭延长了一二个钟点。他所讲的多是他亲身的阅历，没有一个故事里不含着诚实，忠厚，勇敢，耐劳。他学过拳术，偶然也打拳给我看，但他接着就讲打拳的故事给我听：学会了这一套不可露锋芒，只能在万不得已时用来保护自己。父亲虽然不是医生，但因为祖父是业医的，遗有许多医书，他一生就专门研究医学。他抄写了许多方子，配了许多药，赠送人家，常常叫我帮他的忙。因此我们的墙上贴满了方子，衣柜里和抽屉里满是大大小小的药瓶。

一年一度，父亲一回来，我仿佛新生了一样，得到了学好的机会：有事可做也有学问可求。

然而这时间是短促的。将近一个月他慢慢开始整理他的行装，一样一样的和母亲商议着别后一年内的计划了。

到了远行的那夜一时前，他先起了床，一面打扎着被包箱夹，一面要母亲去预备早饭。二时后，吃过早饭，就有划船老大在墙外叫喊起来，是父亲离家的时候了。

父亲和平日一样，满脸笑容。他确信他这一年的事业将比往年更好。母亲和姊姊虽然眼眶里贮着惜别的眼泪，但为了这是一个吉口，终于勉强的把眼泪忍住了。只有我大声啼哭着，牵着父亲的衣襟，跟到了大门外的埠头上。

父亲把我交给母亲，在灯笼的光中仔细的走下阶级，上了船，船就静静的离开了岸。

"进去吧，很快就回来的，好孩子。"父亲从船里伸出头来，说。

船上的灯笼熄了，白茫茫的水面上只显出一个移动着的黑影。几分钟后，它迅速的消失在几步外的桥的后面。一阵关闭船篷声，接着便是渐远渐低的咕呀咕呀的桨声。

"进去吧，还在夜里呀。"过了一会，母亲说着，带了我和姊姊转了身。"很快就回来了，不听见吗?留在家里。谁去赚钱呢?"

其实我并没想到把父亲留在家里．我每次是只想跟父亲一道出门的。

父亲离家老是在夜里，又冷又黑。想起来这旅途很觉可怕。那样的夜里，岸上是没有行人也没有声音的，倘使有什么发现，那就十分之九是可怕的鬼怪或恶兽。尤其是在河里，常常起着风，到处都潜着吃人的水鬼。一路所经过的两岸大部分极其荒凉，这里一个坟墓，那里一个棺材，连白天也少有行人。

但父亲却平静的走了，露着微笑。他不畏惧，也不感伤，他常说男子汉要胆大量宽，而男子汉的眼泪和珍珠一样宝贵。

一年一年过去着，我渐渐大了，想和父亲一道出门的念头也跟着深起来，甚至对于夜间的旅行起了好奇和羡慕。到了十四五岁，乡间的生话完全过厌了，倘不是父亲时常寄小说书给我，我说不定会背着母亲私自出门远行的。

十七岁那年的春天，我终于达到了我的志愿。父亲是往江北去，他送我到上海。那时姊姊已出了嫁生了孩子，母亲身边只留着一个五岁的妹妹。她这次终于遏抑不住情感，离别前几天就不时流下眼泪来，到得那天夜里她伤心的哭了。

但我没有被她的眼泪所感动。我很久以前听到我可以出远门就在焦急的等待着那日子。那一夜我几乎没有合眼。心里充满了说不出的快乐。我满脸笑容，跟着父亲在暗淡的灯笼光中走出了大门。我没注意母亲站在岸上对我的叮嘱，一进船舱，就像脱离了火坑一样。

"竟有这样硬心肠，我哭着，他笑着！"

这是母亲后来常提起的话。我当时欢喜什么，我不知道。我只觉得心里十分的轻松，对着未来，有着模糊的憧憬，仿佛一切都将是快乐的，光明的。

"牛上轭了！"

别人常在我出门前就这样的说，像是讥笑我，像是怜悯我。但我不以为意。我觉得那所谓轭是人所应该负担的。我勇敢的挺了一挺胸部，仿佛乐意的用两肩承受了那负担。而且觉得从此才成为一个"人"了。

夜是美的。黑暗与沉寂的美。从篷隙里望出去。看见一幅黑布蒙在天空上，这里那里涣着亮晶晶的珍珠。两岸上缓慢的往后移动的高大的坟墓仿佛是保护我们的炮垒，平躺着的草扎的和砖盖的棺木就成了我们的埋伏的卫兵。树枝上的鸟巢里不时发出喊喊的拍翅声和细碎的鸟语，像在庆祝着我们的远行。河面上一片白茫茫的光微微波动着，船像在柔软轻漾的绸子上滑了过去。船头下低低的响着淙淙的波声，接着是咕呀咕呀的前桨声和有节奏的喊嚓喊嚓的后桨拨水声。清洌的水的气息，重浊的泥土的气息和复杂的草木的气息在河面上混合成了一种特殊的亲切的香气。

我们的船弯弯曲曲的前进着，过了一桥又一桥。父亲不时告诉着我，这是什么桥，现在到了什么地方。我静默的坐着，听见前桨暂时停下来，一股寒气和黑影袭进舱里，知道又过了一个桥。

一小时以后，天色渐渐转白了，岸上的景物开始露出明显的轮廓来，船舱里映进了一点亮光，稍稍推开篷，可以望见天边的黑云慢慢的变成了灰白色，浮在薄亮的空中。前面的山峰隐约的走了出来，然后像一层一层的脱下衣衫似的，按次的展出了山腰和山麓。

"东方发白了，"父亲喃喃的念着。

白光像凝定了一会，接着就迅速的揭开了夜幕，到处都明亮起来。现在连岸上的细小的枝叶也清晰了。星光暗淡着，稀疏着，消失着。白云增多了，东边天上的渐渐变成了紫色，红色。天空变成了蓝色。山是青的，这里那里弥漫着乳白色的烟云。

我们的船驶进了山峡里，两边全是繁密的松柏、竹林和一些不知名的常青树。河水渐渐清浅，两边露出石子滩来，前后左右都驶着从各处来的船只。不久船靠了岸，我们完成了第一段的旅程。

当我踏上埠头的时候，我发现太阳已在我的背后。这约莫二小时的行进，仿佛我已经赶过了太阳，心里暗暗的充满了快乐。

完全是个美丽的早晨。东边山头上的天空全红了，紫红的云像是被小孩用毛笔乱涂出的一样，无意的成了巨大的天使的翅膀。山顶上一团浓云的中间露出了一个血红的可爱的紧合着的嘴唇，像在等待着谁去接吻。西边的最高峰上已经涂上了明耀的光辉。平原上这里那里升腾着白色的炊烟，雾一样。埠头上忙碌着男女旅客，成群的往山坡上走了去。挑夫，轿夫喊着道，追赶着，跟随着，显得格外的紧张。

就在这热闹中、我跟在父亲的后面走上了山坡，第一次远离故乡跋涉山水，去探问另一个憧憬着的世界，勇往的肩起了"人"所应负的担子。我的血在沸腾着，我的心是平静的，平静中含着欢乐。我坚定的相信我将有一个光明的伟大的未来。

但是暴风雨卷着我的旅程，我愈走愈远离了家乡。没有好的消息给母亲，也没有如母亲所期待的三年后回到家乡。一直过了七八年，我才负着沉重的心，第一次重踏到生长我的土地。那时虽走着出门时的原来路线，但山的两边的两条长的水路已经改驶了汽船，过岭时换了洋车。叮叮叮叮的铃子和呜呜的汽笛声激动着旅人的心。

到得最近，路线完全改变了。山岭已给铲平，离开我们村庄不远的地方，开了一条极长的汽车路。她把我们旅行的时间从夜里二时出发改做了午后二时。然而旅人的心愈加乱了，没有一刻不是强烈的被震动着。父亲出门时是多么的安静，舒缓，快乐，有希望。他有十年二十年的计划，有安定的终身的职业。而我呢？紊乱，匆忙，忧郁，失望，今天管不着明天，没有一种安定的生活。

实际上，父亲一生是劳碌的，他独自负荷着家庭的重任，远离家乡一直到他七十岁为止。到得将近去世的几年中，他虽然得到了休息，但还依然刻苦的帮着母亲治理杂务。然而，他一生是快乐的。尽管天灾烧去了他亲手支起的小屋，尽管我这个做儿子的时时在毁损着他的遗产，因而他也难免起了一点忧郁，但他的心一直到临死的时候为止仍是十分平静的。他相信着自己，也相信着他的儿子。

我呢？我连自己也不能相信。我的心没有一刻能够平静。

当父亲死后二年，深秋的一个夜里二时，我出发到同一方向的山边去，船同样的在柔软轻漾的绸子似的水面滑着，黑色的天空同样的镶着珍珠似的明星，但我的心里却充满了烦恼，忧郁，凄凉，悲哀，和第一次跟着父亲出远门时的我仿佛是两个人了。

原来我这一次是去掘开父亲给自己造成的坟墓，把他永久的安葬的。

孩子的马车

　　为了工作的关系，我带着家眷从故乡迁到上海来住了。收入是微薄的，我决定在离开热闹的区域较远的所在租下了两间房子。照着过去的习惯，这里是依然被称为乡下的，但我却很满意，觉得比那被称为上海的热闹区域还好。这里有火车，有汽车，交通颇方便，这里有田野，有树木，空气很新鲜，这里的房租相当的便宜，合于我的经济情形；最后则是这里的邻居多和我一样的穷困，不至于对我射出轻蔑的眼光来。

　　于是我住下了，很安心的，而且一星期之后，甚至还发现了几个特点，几乎想永久的住下去了；第一是清静，合宜于我的工作；其次是朴素，合宜于我的孩子们的教养；再次是前后左右的邻居大部分是书店的编辑或学校的教员，颇可做做朋友的。

　　但是过了不久我不能安静的工作了。

　　"爸爸！爸爸！"……我的两个孩子一天到晚的叫着，扯我的衣服，推我的椅子，爬到我的桌子上来，抢我的纸笔，扰乱我的工作。

　　为的什么呢？

"去买一个汽车来，红红的！像金生的那样！"

这真是天晓得，我那里去弄这许多钱？房租要付，衣服要做，饭要吃，每天还愁着支持不下来，却斜刺里来了这一个要求。

"金生是谁呀？"

"六号的小朋友！"他们已经交结下了朋友了。

红的！两个人好坐的，有玻璃，有喇叭——嘟……"

这就够了，我知道那样的车子是非三十几元钱不办的。

"去问妈妈，我没有钱。"我说。

他们去了，但又立刻跑了回来，叫着说：

"问爸爸呀！妈妈说的！"

我摇了一摇头：

"我没有钱。"

于是他们哭了，蹬着脚，挥着手，扭着身子，整个房子像要被震动得塌下来了似的。

"好呀，好呀，等我拿到钱去买呀！现在不准闹。"我终于把他们遏制住了。

但这也只是暂时的。第二天，他们又闹了，第三天又闹了，一直闹了下去，用眼泪，用叫号，仿佛永不会完结似的。

"唉，七岁了还这么不懂事，"妻对着大的孩子说。"你比妹妹大了两岁，应该知道呀！买这样贵的玩具的钱，可以给你做许多漂亮的衣服呢！"

"那你买一个脚踏车给我，像八号的！"大的孩子回答说，他算是让步了。

"好的，好的，等爸爸有了钱，是吗？"妻说，对我丢了一个眼色。

我点了一点头。

但这也是不可能的。像八号的孩子那样，就要八九元，而且是一个人坐的，买起来就得买两只。这希望，只好叫他们无限期的等待下去了。夏天已经来到，蚊子嗡嗡的叫了起来，帐子还没有做。我的身上的夹衣有点不能耐了，两件半新旧的单衫还寄在人家的箱子里。今天有人来收米账，明天有人来收煤账。偶然预支到一点薪水，没有留过夜，就分配完了。生活的重担紧紧的压迫着我透不过气来，我终于发气了，有一天，当他们又来扰乱我的工作的时候。

"滚开！"我捻着拳头，几乎往孩子的头上打了下去，一面愤怒的说着，忘记了他们是孩子。"不会偷，不会盗，又不会像人家似的向资本家讨好，我到那里去弄这许多钱来呀？……"

孩子们害怕了，这次一点也不敢哭，睁着惊惧的眼睛，偷偷的溜着走了出去。

他们有好几天不曾来扰乱我的工作。尤其是大的孩子，一看见我就远远的躲了开去，一天到晚低着头没有走出门外去。我起初很满意自己的举动，觉得意外的发现了管束孩子的方法，但随后却渐渐看出了我的大孩子不仅对我冷淡，对什么人都冷淡了，他变得很沉默，没有一点笑脸。他的眼睛里含着失望的忧郁的光，常常一个人在屋角里坐着翕动着嘴唇，仿佛在自言自语似的。

"为了一个车子呵，"有一天，妻对我说，"这几天来变了样子连饭也不大爱吃，昨夜还听见他说梦话，问你要一个车子呢！"

我的心立刻沉下了，想不到一个小小的孩子对于自己的欲望就行着这样的固执。真的，他这几天来不但胃口坏得很，连颜色也变黄了。肌肉显然消瘦了许多，额上，颈上和手腕上都露出青筋来。这样下去是可怕的，我这个做父亲的人须得实现他的希望了，无论怎样的困难。

"好了，好了，爸爸就给你去买来，好孩子，"我于是安慰着孩子说，"但可只有一个，和妹妹分着骑，你是哥哥不能和她争夺的，听话吗？"

他的眼中立刻射出闪烁的光来，满脸都是笑容，他的妹妹也喜欢得跳跃了。

"听话的！我让妹妹先骑！"大的孩子叫着说。

于是我戴上帽子，预备走了，但妻却止住了我：

"你做什么要哄骗孩子呢？回来没有车子，不是更使他们失望吗？你口袋里不是只有两元钱了，那里够买一辆车子呀！"

"我自有办法，"我说着走了，"一定给买来的。"

我从报上知道有一家公司正在廉价，说是有一种车子只要一元几毛钱。那么我的孩子可以得到一辆了。

那是一种小小的马车，有着木做的白色的马头，但没有马的身子。坐人的地方是圈椅的形式，漆得红红的，也颇美丽，轮子是铁的，也有薄薄的橡皮围着。

"是牺牲品呢！"公司里的人说。"从前差不多要卖四元，现在只有两辆了。"

我检查了一遍，尚无什么损坏，就立刻付了一元七毛半的代价，提着走了。

来去的时间相当的长，下午二时出门，到得家里已是黄昏时候。四个孩子正在弄堂外站着，据说是从我出门不到半点钟就在那里等候着的。

"啊，车子！啊！车子！"他们远远的就这样叫着，迎了上来，到得身边，一个抱住马头，一个扳住圈椅，便像要把它拆成两截一样。

"这车子，比人家的怎么样呀？"我按住了他们的手，问着。

"比人家的好！比人家的好！这是个马车，好看，好看！"两个孩子一致的回答说，欢喜得像要把它吞下去了似的。

"可不能争夺，一个一个轮着骑呢，听见了吗？"

"听见的。"

"谁先骑？"

"妹妹先骑吧。"大孩子说着放了手，但又像舍不得似的，热情的亲爱的摸一摸那马头上的鬃毛，然后才怅惘的红着脸退了开去。

我不能知道他是怎样克服他自己的，我只看见他的眼睛里亮晶晶的闪动着泪珠。他的心显然在强烈的跳跃着。

我发现这辆车子够好了，它很轻快，没有那汽车的呆笨，而且给大孩子骑不会太小，给小孩子骑不会太大。他们很快的就练习得纯熟了。

"得而！得而！"他们一面这样喊着，像是骑在真的马上一样。

这是我的大孩子记起来的，他到过北方，看见过许多马车和骡车。现在他居然成了沙漠上的旅行者了。而且他还很得意，说是六号的小汽车不如这马车。

"我的是汽车呀！嘟……"六号的孩子说。

"我的是马车！得而……"

"是匹死马呀！"

"是个假汽车哩！"

"看谁跑的快！"

"比赛——一，二，三！"

我看见马车跑赢了，汽车到底是呆笨的，铁塔铁塔，既会响又吃力，不像马车的轻捷，尤其是转弯抹角，非跳出车子外，把它拖着走不可。尤其是跳进跳出，只能像绅士似的慢慢的来，不然就钓住了衣服，钩住了腿子。

我和妻都非常的喜悦。我们以前总以为穷人的孩子是没有享受幸福的命运的。

"早晓得这样，早就给他们买了，"我喃喃的说。

我从此可以安静的工作了，孩子们再也不来扰乱，他们一天到晚在外面玩那车子，甚至连饭也忘记吃，没有心思吃了。

然而这样幸福的时间，却继续得并不久。不到十天，那辆小小的马车完结了。

我听见孩子在弄堂里尖利的哭号的声音，跑出去看时，这辆马车已经倒在地上。它的头可怜的弯曲着，睁着损伤的眼暗，仿佛在那里流眼泪，它的前面的一个铁轮子折断了，不胜痛苦似的屈伏者。大孩子刚从地上爬起来，手背流着血。

"是他呀！他呀！"我的五岁的小孩叫着说，用手指指着。

那是六号的小核。他坐在他的汽车里，睁着愤怒的眼望着我的孩子。

"是他来撞我的！"他说。

"是他呀！他对我一直冲了过来！我的大孩子哭号着说。"他恨我的车子跑得快！"

"要你赔！"小的孩子叫着说。

"你把我车头的漆撞坏了，要你赔！"

他们开始争吵了，大家握着拳，像要相打起来。

"算了，算了，"我叫着说，"赶快回家！"

"我早就说过，买车子不如做衣服穿！果然没几天就撞坏了！"妻也走了出来说，"投有撞坏人，还算好的呀！"

我们拖着那可怜的马车，逼着孩子回到了家里。好不容易止住了大孩子的哭泣，细细检查那辆马车，已经没有一点救济的办法，只好把它丢到屋角去。

"一定是原来就坏的，所以这样便宜哪！"妻说。

"那自然，"我说，"即使不坏，也不会结实的，所以是牺牲品呵。这十天来也玩得够了，现在就废物利用，把木头的一部分拆下来烧饭吧。"

"那不能！"大孩子着急的叫着说，"我要的！"

他立刻跑去，把那个歪曲了的马头抱住了。许久许久，我还看见他露着忧郁的眼光，翕动着嘴唇在低声的说着什么，轻轻的抚摸着他所珍爱的结束了生命的马车。

一连几天，他没有开过笑脸。

听潮的故事

一年夏天，趁着刚离开厌烦的军队的职务，我和妻坐着海轮，到了一个有名的岛上。

这里是佛国，全岛周围三十里中，除了七八家店铺以外，全是寺院。为了要完全隔绝红尘的凡缘，几千个出了俗的和尚绝对的拒绝了出家的尼姑在这里修道，连开店铺的人也被禁止了带女眷在这里居住。荤菜是不准上岸的，开店的人也受这拘束。

只有香客是例外，可以带着女眷，办了荤菜上这佛国。岛上没有旅店，每一个专院都特设了许多房子给香客住宿，而且允许男女香客同住在一间房子里。厨房虽然是单煮素菜的，但香客可以自备一只锅子，在那里烧肉吃。这样的香客多半是去观光游览的，不是真正烧香念佛的香客。

我们就属于这一类。

这时佛国的香会正在最热闹的时期里，四方善男信女都跨山过海集中在这里。寺院里一天到晚做着佛事，满岛上来去进香领牒的男女恰似热锅上的蚂蚁，把清净的佛国变成了热闹的都市。

我们游览完了寺刹和名胜，觉得海的神秘和伟大不是短促的时间里领略得尽，便决计在这岛上多住一些时候，待香客们散尽再离开。几天后，我们选了一个幽静的寺院，搬了过去。

它就在海边，有三间住客的房子，一个凉台还突出在海上。当时这三间房子里正住着香客，当家的答应过几天待他们走了就给我们一间房子，我们便暂在靠海湾的一间楼房住下了。

楼房的地位已经相当的好，从狭小的窗洞里可以望见落日和海湾尽头的一角。每次潮来的时候，听见海水冲击岩石的声音，看见空中细雨似的，朝雾似的，暮烟似的飞沫的升落。有时它带着腥气，带着咸味，一直冲进了我们的小窗，粘在我们的身上，润湿着房中的一切。

像是因为寺院的地点偏僻了一点的缘故，到这里来的香客比较少了许多，佛事也只三五天一次，住宿在寺院里的香客只有十几个人。这冷静正合我们的意，而我们的来到，却仿佛因为减少了寺院里的一分冷静，受了当家的欢迎。待遇显得特别周到：早上晚上和下午三时，都有一些不同的点心端了出来，饭菜也很鲜美，进出的时候，大小和尚全对我们打招呼，有时当家的还特地跑了来闲谈。

这一切都使我们高兴，妻简直起了在那里住上几个月的念头了。

"要是搬到了突出在海上的房子里，海就完全属于我们的了！"妻渴望的说。

过了几天，那边走了一部分香客，空了一间房子出来，我们果然搬过去了。

这里是新式的平屋，但因为突出在海上，它像是楼房。房间宽而且深，中间一个厅。住在厅的那边的房里的是一对年青的夫妻，才从上海的一个学校里毕业出来，目的想在这里一面游玩，一面读书，度过暑假。

"现在这海——这海完全是我们的了！"当天晚上，我们靠着凉台的栏杆，赏玩海景的时候，妻又高兴的叫着说。

大海上一片静寂。在我们的脚下，波浪轻轻的吻着岩石，睡眠了似的。在平静的深暗的海面上，月光辟了一条狭而且长的明亮的路，闪闪的颤动着，银鳞一般。远处灯塔上的红光镶在黑暗的空间，像是一个宝玉。它和那海面银光在我们面前揭开了海的神秘——那不是狂暴的不测的可怕的神秘，那是幽静的和平的愉悦的神秘。我们的脚下仿佛轻松起来，平静的，宽怀的，带着欣幸与希望，走上了那银光的道路，朝着宝玉般的红光走了去。

"岂止成佛呵！"妻低声的说着，偏过脸来偎着我的脸。她心中的喜悦正和我的一样。

海在我们脚下沉吟着，诗人一般。那声音像是朦胧的月光和玫瑰花间的晨雾那样的温柔，像是情人的蜜语那样的甜美。低低的，轻轻的，像微风拂过琴弦，像落花飘到水上。

海睡熟了。

大小的岛屿拥抱着，偎依着，也静静的朦胧的入了睡乡。星星在头上也眨着疲倦的眼，也将睡了。许久许久，我们也像入了睡似的，停止了一切的思念和情绪。

不晓得过了多少时候，远处一个寺院里的钟声突然惊醒了海的沉睡。它现在激起了海水的兴奋，渐渐向我们脚下的岩石推了过来，发出哺哺的声音，仿佛谁在海里吐着气。海面的银光跟着翻动起来，银龙似的。接着我们脚下的岩石里就像铃子，铙钹，钟鼓在响着，愈响放大了。

没有风。海自己醒了，动着。它转侧着，打着呵欠，伸着腰和脚，抹着眼睛。因为岛屿挡住了它的转动，它在用脚踢着，用手拍着，用牙咬着。它一刻比一刻兴奋，一刻比一刻用力。岩石渐渐起了战栗，发出抵抗的叫声，打碎了海的鳞片。

海受了创伤，愤怒了。

它叫吼着，猛烈的往岸边袭击了过来，冲进了岩石的每一个罅隙里，扰乱岩石的后方，接着又来了正面的攻击，刺打着岩石的壁垒。

声音越来越大了。战鼓声，金锣声，枪炮声，呐喊声，叫号声，哭泣声，马蹄声，车轮声，飞机的机翼声，火车的汽笛声，都掺杂在一起，千军万马混战了起来。

银光消失了。海水疯狂的汹涌着，吞没了远近的岛屿。它从我们的脚下浮了起来，雷似的怒吼着，一阵阵的将满带着血腥的浪花泼溅在我们的身上。

"可怕的海！"妻战栗的叫着说，"这里会塌哩！"

"那里的话！"

"至少这声音是可怕得够了！"

"伟大的声音！海的美就在这里了！"我说。

"你看那红光！"妻指着远处越发明亮的灯塔上的红灯说，"它镶在黑暗的空间，像是血！可怕的血！"

"倘若是血，就愈显得海的伟大哩！"

妻不复做声了，她像感觉到我的话的残忍似的，静默而又恐怖的走进了房里。

现在她开始起了回家的念头。她不再说那海是我们的话了。每次潮来的时候，她便忧郁的坐在房里，把窗子也关了起来。

"向来是这样的，你看！"退潮的时候，我指着海边对她说。"一来一去，是故事！来的时候凶猛，去的时候多么平静呵！一样的美！"

然而她不承认我的话。她总觉得那是使她恐惧，使她厌憎的。倘使我的感觉和她的一样，她愿意立刻就离开这里。但为了我，她愿意再留半个月。我喜欢海，尤其是潮来的时候。因此即使是和妻一道关在房子里，从闭着的窗户里听着外面模糊的潮音，也觉得很满意，再留半个月，尽够欣幸了。

一天，两天，我珍视的日子，已经过去了四天。我们的寺院里忽然来了两个肥胖的外国人，随带着一个中国茶房，几件行李，那是和尚们从轮船码头上接来的。当家的陪他们到我们的屋子里看了一遍，合了他们的意以后，忽然对我们对面住着的年青夫妻提出了迁让的要求。

"一样给你们钱，为什么要我们让给外国人？"他们拒绝了。

随后这要求轮到了我们，也得到了同样的回答。

当家的去后，别的和尚又来了，他们明白的说明了外国人可以多出一点钱的原因，要求我们四个人同住在一间房子里，让一间房子出来给外国人。他们甚至已经把行李搬到我们的厅里来了。

"什么话！"年轻的学生发怒了，"外国人出多少钱，我们也出多少钱就是！我们都有女眷，怎么可以同住在一间房子里！"

他们受不了这侮辱，开始骂了起来，终于立刻卷起行李，走了。妻也生了气，提议一道走。但我觉得这是常情，劝她忍受一下。

"只有十天了。管他这些！谁晓得什么时候还能再来听这潮音呵！"

妻的气愤虽然给我劝住了，但因她的感觉的太灵敏，却愈加不快活起来。她远远的看见了路上的香客，就以为是到这个寺院来住的，怀疑着我们将得到第二次的被驱逐。她觉察出当家的已几天没有来和我们打招呼，大小和尚看见我们的时候脸上没有笑容，莱蔬也坏了，甚至生了虫的。

"早些走吧！"妻时常催促我。

"只有八天了。"我说。

"不能留了！"过了一天，妻又催了。

"只有七天了。"

"只有六天，五天半了。"我又回答着妻的催促。

"等到将来我们有了钱，自己在海边造起房子来，尽你享受的，那时海就完全是你的了！"

"好了，好了，只有四天半了哩！以后不再到海边听潮也行。海是不能属于一个人的。造了房子，说不定还要做和尚的。"

然而妻终于不能忍耐了。这天晚上，当家的忽然跑来和我们打招呼，脸上没有一点笑容。

"香期快完了，大轮船不转这里，菜蔬会成问题哩！……"

我们看见他给外国人吃的菜比我们好而且多到几倍，他说这话，明明是一种逐客的借口，甚至是一种恫吓。

"我们就要走了！你不用说谎！"

"那里，那里！"他狡猾的微笑一下，走了。

"都是你糊涂！潮呀，海呀，听到一次，看过一次，就够了，偏要留着不肯走！明天再不走，还要等到人家把我们的行李摔出去吗？我刚才已经看见他们又接了两个香客来了！"妻喃喃的埋怨着。

"好，好，明天就走吧，也享受得够快乐了。"

"受了人家的侮辱，还说快乐！"

"那是常情，"我说，"到处都一样的。"

"我可受不了！"

"明天一上轮船，这些事情就成为故事了。二十四，二十三，二十二，二十一，十八，不是只有十八个钟头吗？"我笑着说。

然而这时间也确实有点难以度过。第二天早晨，正当我们取了钱，预备去付账，声明下午要走的时候，我们的厅堂里忽然又搬进行李来了，正放在我们这一边。那正是昨天才来的香客。

妻气得失了色，说不出话来，只是瞪着眼睛望着我。不用说，当家的立刻又要来到，第一次的故事又要重演一次了。

"给这故事变一个喜剧让妻消一点闷吧！"我这样想着，从箱子里取出了军队里的制服，穿在身上，把那方绫的符号和银质的徽章特别露挂在外面，往厅里走了去。

当家的正从外面走了进来，看见我的奇异的形状，突然站住了。

他非常惊愕的注视着我，皱一皱眉头，又立刻现出了一个不自然的笑容。

"鲁……"他不晓得应该怎样称呼我了，机械的合了掌，"老爷，你好！"

"有什么事吗，当家的？"我瞪着眼望他。

"没有什么——特来请个安。唔！这是谁的行李？"他转过头去，问跟在后背的小和尚。

"这就是李先生的。"

"哼——阿弥陀佛！你们这些人真不中用！怎么拿到这里来了？我不是说过，安置在西楼上的吗？"

"师父不是说……"

"阿弥陀佛！快些拿去！快些拿去！——这样不中用！"

我看见了他对小和尚睒着眼睛。

"到我房子里坐坐吧，当家的，我正想去找你呢！"

"是，是，"他睁着疑惑的眼光注意着我的脸色。

"请不要生气，吵闹了你，这完全是他们弄错了。咳！真不中用！请老爷多多原谅。"他又对站在我后背发笑的妻合着掌说："请太太多多原谅！"

"那里，那里！"我微笑的回答着。

我待他跟进了房里，从衣袋里摸出几张钞票，放在他面前说：

"我们今天要走了，当家的，这一点点香钱，请收了吧。"

他惊愕的站着，又机械的合了掌，似乎还怀疑着我发了气。

"原谅，老爷！我们太怠慢了！天气热得很，还请住过夏再走！钱是决不敢领的！"

　　为要使他安静，我反复的说明了要走的原因，是军队里的假期已满，而且还有别的重要的公事。钱呢，是给他买香烛的，必须给我们收下。他安了心，恭敬的合着掌走了，不肯拿钱。我叫茶房送去了两次，他又亲自送了回来。最后我自己送了去，说了许多话，他才收下了。

　　他办了一桌酒席，给我们送行，又送了一些佛国的特产和蔬菜。

　　"这一个玩笑开得太凶了！和尚也可怜哩！"现在妻的气愤不但完全消失，反而觉得不忍了。

　　"这只是平常的故事，一来一去，完全和潮一样的！"

　　我说，"无爱无憎，才能见到真正的美，所以释迦成了佛呢！"

　　"无论你怎样玄之又玄，总之这海，这潮，这佛国，使我厌憎！"妻临行前喃喃的不快活的说。

　　她没有注意到当家的站在门口，还在大声的说着，要我们明年再来。

文学精品选

鲁彦精品选

小说

伤兵旅馆

天还没亮，远东旅馆的老板张二娘醒来了。她捏着拳头，咬着嘴唇，简直要发疯了。

半个月来，上海南京逃难来的人好像排山倒海一样，城里黑压压的，连她这个小客栈的过厅也挤满了人。多么好的买卖啊！她开了十年旅馆，这还是第一次呀！

可是前天夜里——天呵！来了一批什么样的人！他们把大门——唉，门闩给撞得好几段！

一批什么样的人呀？拐着杖，络着手臂，拖着铁棍，眼里冒着火，开口就是"肏你娘！"横行不法，无天无地，不到天亮，满客栈的客人，不分男女老小，全给他们赶光了。

这些人叫做"伤兵"呀！唉，伤兵！伤兵！日本鬼不去打，却来害自己的老百姓！谁晓得是真伤假伤！没看见一个躺着，没看见一个流血！说是子弹还没取出，谁相信呀！都是用布包着的，谁都假装得出的呀！

哼！不能想！一想到这些，火就冒出来了。张二娘是不怕死的，从开客栈起，流氓地痞碰的多，她从来没有怕过，难道就怕这些家伙吗？任你铁棍也好，手枪也好，她决计拚命！已经活上五十八岁，这条老命有什么舍不得呀！

硬到底！张二娘向来做事不含糊，昨天就这样决定了的。客人一走，她就打发她的媳妇带着小孙子下乡去了，接着是胡大嫂和张小二。于是这客栈里剩下来的就只有她和厨司李老干和十岁的大孙子了。

可是今天，她又决计把李老干也打发走了。为什么？难道留着李老干侍候那些家伙吗？不，趁着他们没起来，她得布置好，决不给他们开伙食！

张二娘起来了。她扭开电灯，披上衣，轻轻开了房门，一直走向厨房。

李老干已经把炉火生旺，正好洗完米，预备下锅，张二娘走过去，一手抢住了。

"你煮这许多米给谁吃呀？他们给你多少钱？"

"不是说过，以后会算给你的吗？"李老干抹抹火眼睛，惊讶的回答说。

"以后！"张二娘叫着说，"以后再倒贴他们一点呀！你这老不死，亏你活到六十岁了，还这么糊涂，怪不得做一生厨子没出息！你晓得他们是伤兵老爷吗？"

"已经进来了，"李老干过了半响回答说，"伙食总是要开的……"

"你自己去开客栈！我这里用不着你！"张二娘拿起一瓢水，气冲冲的往炉火上一泼，嘶嘶嘶，冒出一阵白烟灰，炉火很快就熄灭了。

李老干吃了惊。他抹抹火眼睛，拍拍身上的烟灰，吞吞吐吐的说：

"那……那你自己……吃什么呢？……这是……"

"你管不着！把东西搬进去！油盐酱醋碗盏汤匙！"张二娘说着，自己把几个大蒜头也拿着走了。

李老干叹口气摇着头，只好都依从她，把厨房里的东西全搬进账房间。看看天色大亮，他急忙卷起被包，离开远东旅馆回到乡下去了。

"伤兵起来，把我剥皮还不够呀！"他喃喃的说。

但是张二娘却毫不理会。她的怒气反而有点消了。她觉得"这么办最痛快！不，这简直使她高兴呢！一等到伤兵们发气的时候，她紧紧抱着她的大孙子毛毛嘻嘻的笑了。

她听见他们在大声的叫喊李老干。在大声的骂李老干，在厨房里找东西，敲东西。张二娘只是不理睬，笑嘻嘻的低声对毛毛说：

"不要动，好乖乖，不要做声！我们假装着睡熟去！"

但没过好久，张二娘再也不能假装睡熟了。她的房门口已经站满了伤兵，门快给摇开了，还有人想爬窗子进来。

"啊……啊！"她假装着打了个呵欠，"谁呀？老娘正睡得好好的！"

"她妈的！这个狗婆子！"有人在外面骂。

张二娘又冒火了，她按着毛毛钻到被窝里，自己立刻开开门，站到门槛外，恶狠狠的瞪着眼睛，厉声的说：

"干什么呀，你们这些生八！狗㞗的！"

伤兵们忽然给惊住了，谁也想不到这个老太婆来得这么狠。

"㞗你妈的！你这狗婆子，开口就骂人吗？"为头的一个伤兵叫着说。

"㞗你祖宗三代！"张二娘蹬着脚，拍着手掌，"你们这些强盗，土匪，流氓，王八，猪猡！"

"揍死她！"好几个伤兵叫了起来，"揍死这个恶婆！"

"揍呀！你们揍呀！老娘不要命的！"张二娘叫着，一直向那几个伤兵冲了过去。

那几个伤兵又给呆住了。大家让了开去，惊诧的瞪着她，喃喃的说：

"这个老太婆简直疯了……"

"疯的是你们这些王八！你们简直瞎了眼睛！"

"退后！"忽然一个官长模样的伤兵叫着说，"让我来问她！"他说着挥开了别的伤兵，走到张二娘的面前，"喂！老板娘，你可讲道理？"

"你讲来！做什么撞我的房门？"

"叫你不醒，急了……"

"急什么呀？"张二娘不觉得意的笑了起来，端过一条凳子坐下，好像审问犯人一样。

"找不见厨子，炉子也没生火，什么也不见……"那个伤兵说着，用眼光盯着张二娘。

"厨子怕打，他走了。"

"东西呢？怎么连碗筷也没有了呀？"

"那是我的东西！"张二娘昂着头说。

"这么说，你不肯开伙食？"

"先拿钱来！"张二娘冷然的说。

"不能欠一欠吗？"

"欠一欠！"张二娘偏过头去说："我认得你们什么人！"

"伤兵，五〇七师，有符号。"

"我不识字！"张二娘摇着头。

"没看见我们受了伤吗？这个包着手那个拐着脚！"那伤兵激昂的说，显然忍不住他心中的愤怒了。"为的保护你们老百姓，我们到前线去杀日本鬼子，留了半条命回来，你们却要看着我们饿死！"

张二娘突然站起身来，咆哮的叫着说：

"保护老百姓！拖着铁棍，丁零当啷，这里敲，那里撞！半夜三更，劈开大门，开口'揍死你'，闭口'肏你娘'，不管你有地方没有，'老子要住'！不管你没米没菜，'老子要吃'！不到一天，把我的客人全赶光了！这……这……"张二娘越说越生气，蹬着脚，眼里冒出火来了。"这是保护老百姓吗？你讲出道理来！"

"你难道叫我们饿死冻死吗？你那里晓得我们苦！又痛又累又饿又冷，没医生，没上药，火车上坐了五六天，一下站来没人管，这里找旅馆，那里找旅馆，南门跑到北门，东城跑到西城，每一家旅馆都卸下了招牌，锁着大门后门，前天夜里，要不是拼命的撞门，你那个老厨子会开门吗？……那些客人我们并没赶过他们！有些是好人，晓得我们苦，让地方给我们，有些是把我们当坏人看待，自己吓走的……"

"可不是呀！客人全给你们吓走的！我开什么客栈呀？没一个客人，换来你们这一批穷光蛋！"张二娘叫着说。

"咳！不告诉过你，这几天退下来的人太多，官长一时照顾不到，过几天拿到钱就算给你吗？"

"先付后住，随便哪个客栈都是这规矩！现在你们要住就住，我可不开伙食！"张二娘说着走进了自己的房里。"我们是做买卖的，懂得吗？"接着呼的一声，把门关上了。

"揍死她！赵德夫！捞死她！"外面一齐叫了起来，气势汹汹，好像伤兵们要立刻冲进张二娘的房里来模样。

但过了一会，外面又忽然沉寂了。不晓得那个和张二娘说了半天的赵德夫对大家说了几句什么话，大家笑嘻嘻的走散了。

不到半点钟，赵德夫从外带来了一袋米，一些蔬菜。伤兵们哈哈笑着，亲自把炉子生起火，煮了起来。他们不再理睬张二娘，什么东西都是自己想办法。只有她的大孙子毛毛，伤兵们个个喜欢他，十几个人一天到晚抢着跟他玩。

"你为什么跟那些鬼东西混在一起呀！"张二娘时时骂毛毛。

但毛毛却只是喜欢跟伤兵们玩。张二娘一个不留心，他就跑到伤兵的房间里去了，怎样也叫他不回来。

毛毛生得非常可爱，白嫩嫩的皮肤，红润润的两颊，一对又大又圆的眼睛，口角旁含着一颗笑窝，会画图，会写字，会唱歌，又爱跳绳怕皮球。他喜欢翻伤兵们的红布符号，更喜欢伤兵们的叮吟哨啷的铁棍。

"你们打日本鬼子回来的吗？日本鬼子是矮子，比我矮多少呢？……"

"哈哈，没有比你高……"

"那怕他们做什么呀！再过几年，我也去打日本鬼子！一脚踩死他几个！"

"他们有枪呀！"

"我有炮！"毛毛得意的点点头。

"他们还有飞机哩。"

"我就用高射炮，把飞机一只一只打下来！"

"哈哈哈哈！你真能干呀！"

毛毛高兴得跳起来了，一面大声的唱着：

"小小兵，小小兵，

我是中国的小小兵……"

"当兵可苦呢，你看，"赵德夫指着左臂说，"我这里的子弹还没取出，他们的伤也都还没好哩，……"

"我大起来一定做个医生，给你们医好……"毛毛睁着眼睛，说。

大家都笑了。

"谢谢你，小朋友，"赵德夫牵着毛毛的手说，"你真是个好孩子！受伤还不要紧，可是没饭吃才苦呢……我们回到这里，谁也不帮我们呀！……"

毛毛不做声了，他含着眼泪，像要哭出来的模样。但忽然又像想到了什么，笑了起来，说：

"我来帮你们好吗？"

"好呀，你多唱几个歌，我们就快乐得什么都忘记了……"大家笑着说。

但毛毛却真的帮起忙来了。张二娘一离开账房间，他就一样一样的把东西搬到赵德夫的房里，最先是筷子汤匙，随后是碗盏油盐，有几次是饭菜，有几次还有饼子和糖果……

"要什么都问我吧，我有法子想的……"他低声的对赵德夫说。

伤兵们感动得眼泪都流出来了。他们常常团团围着他，把他高高举了起来，大声的喊着：

"万岁！万万岁！……"

可是这声音，张二娘顶不爱听，天翻地覆，闹得她头昏。她总是强硬得厉害，奔出来把毛毛抢了去，一面还大声的骂着：

"你们这些鬼东西，清静一点不好吗？生了一身疮毒，还想传给我孙子吗？"

但是伤兵们现在不再和她作对了。任她怎样恶毒的骂，只是哈哈的笑着。

这笑声，张二娘觉得比刀子刺心还厉害。她只想逼他们出去，却想不到他们一天比一天快乐了，好像准备永久住下去的一样。每天有许多客人来问房间，一看见伤兵，就都走了。她真心痛，眼看着好买卖落了空，弄得一个钱也赚不到；还要贴本。"决不放松！"她咬着牙齿，越想越气，又想出许多对付的方法来。

她索性通知电灯公司把电线剪断了，自己改用了洋灯。接着她又通知担水的人，只隔一天挑一担，放在她自己的房里。账房里还有一些瓶甑罐钵，她搬到了账房间。最后她又把凳子桌子慢慢的一件件堆到自己的房里来了。

"看他们怎么过日子！"她恶狠狠的想。

但伤兵们是过惯了顶简单的生活的。他们并不大用得到许多凳子桌子，吃饭老是蹲着吃，要坐就坐在地上。厨房里有一只饭锅一只菜锅就够了，每餐就把菜锅端出来，大家围着吃。水和灯倒是不可少的，毛毛很快的给他们叫了担水的人来。电灯呢，有人爬上屋檐，就接通了路灯的线。买煤和米，带着毛毛去，记着远东旅馆的账。

"看她怎么办吧！"

大家只是笑着。有时见到她，还特别的客气，一齐举起手来，做个敬礼，说：

"老板娘，你好呀！"

张二娘立刻气得跳起来了。她知道这是故意和她开玩笑，就开口骂了起来。

"你们这些王八！……"

"哈哈哈哈，老板娘真是个好人……"大家笑着走开了，好像并没听见她在骂人。

张二娘现在可真要发疯了。她想尽了方法对付他们，竟没有丝毫用处。这边越凶，那边越和气；这边越硬，那边越软。张二娘觉得这好比打仗，她几次进攻都给人家打败了。还有什么办法呢？用软工夫，说不定会有用处吧？但是她已经硬到这地步，没法再变了。她一面气到极点，一面又苦恼到极点。她慢慢不大做声了，可是心中却像有火在烧一样，弄得坐卧不安。

但这还不够，还有比这更难受的哩！她慢慢看出这样那样少了，伤兵那里却这样那样多了起来。

怎么一回事呀？

她很快的查出来了。原来是毛毛干的。

"真干的好事,真干的好事!"她咬着牙齿说。

可是这事情,比哑子吃黄连还难受。倘若是小孙子做的,那她就决不轻易放过,一定会打得他皮破肉烂。但毛毛却是她的命,自从生出来到现在十年了,全是她带大的。这十年来,她没有用指头打过他一次,连骂也舍不得骂。媳妇要动一动他,那是绝对不行的,她会拼命。

"他还小呀!他还不懂事呀!"

但是,小孙子可只有四岁呢,比毛毛小得多了,她却毫不放松,媳妇不打,她来打。

"这么一点大,就不听话,大起来做贼做强盗吗?越小越要管得严呀!"

她的理由没有人敢反对,媳妇只好暗地里摇摇头对别人说:

"啊啊,毛毛是什么都比他的弟弟好!连屁也是香的哪!"

那是的确的,在张二娘看起来,毛毛是什么都好的。就连现在,她也原谅着毛毛因为他小,不懂事。但这事情可把她苦住了。别的事情她可以依从毛毛,这个却不能!

"当兵的不是好东西,不要跟他们一起玩呀,好宝宝!好铁不打钉,好男不当兵呀!我买好东西给你玩去!"

她只能想出这一个方法,使毛毛更加喜欢她,更加听她的话。她带着他跑进这一家店铺,跑进那一家店铺,任毛毛自己选玩具。

"喜欢什么就买什么吧,有的是钱呀!只是回到家里,只准在自己的房间里玩的,听见吗?"

毛毛笑着点点头,可是回到了客栈里,他就带着玩具跟伤兵们去玩了,满院嘻嘻哈哈的,闹得天翻地覆。好像这是毛毛故意和她作对,鼓动起大家笑给她听的一般。

"你这里可真快乐热闹呀,老板娘!"

正当她气得发昏的时候,忽然门外进来了一个人。她强自镇定,仔细一望,原来是福生米店的老板。

"无事不上三宝殿,月底到了,老板娘,请你付一点吧,你这里一共是十担半,七元八角算,八十一元九……"

"什么?"张二娘突然跳起来了。"上个月不是清了账,只差一担没付,这一个月哪来这许多呀?……"

"老板娘又讲笑话了。你这里客人多,吃这一点点米算什么呢,一定还有一二十担米照顾别家米店去了……要不是毛毛跟我们熟,只怕这几担也照顾不到我们呢……"

张二娘气得透不过气来了。

"毛毛!……什么?……毛毛?……"

她立刻跑到街上,去问煤铺,油店,肉店……

天呵,欠了多少的账!不是毛毛带着人去,就是远东旅馆开了条子去,那上面还盖着远东的图章,一点也不错呀!

毛毛懂得什么,他人小,还只十岁,伤兵们全是狼心狗肺,骗他做的!可不是吗?

问毛毛,他糊里糊涂,简直说不清楚!什么事做过就记不清了!

"关了旅馆,带着毛毛下乡,看你们这批王人怎么办!"她狠狠的想。

但这事情她不愿意。这里还有许多财产没办法。搬回去没用处,丢了太可惜。这旅馆开了十年了,比把毛毛养大还苦,现在怎么放手得下呢?

张二娘坐着想,躺着想,终于想到办法了。她亲自一家一家去通知,以后除非她自己亲身来发了货她不管,连远东的图章也不足为凭!通知完了,她就一天到晚带着毛毛在外跑,看京戏,看电影,看变戏法,看出丧,买糖果,吃点心,进饭店,坐茶馆。毛毛要怎样就怎样!

"有的是钱！有的是钱！"

这办法成功了。毛毛好像飞鸟出笼，老虎出押一般，欢天喜地，玩得不想回家了。每天夜里，已经闭上眼睛，还闹着要看戏，睡着了叫个不住，笑个不住。

这样的玩了几天，他还没有厌。有一天，照样的清早出了门，这里那里跑，将到中午，他们转到了火车站去看热闹。这里离开远东旅馆只有半里路，毛毛却很少来过。这时正是一辆火车到站，别一辆火车快出站，人山人海，好不热闹！毛毛问这样问那样，一直呆了一点多钟，忽然听见远远的锣鼓响，便牵着张二娘向一块空地走了去。

那里正在做猴子戏，看的人密密层层的围得水泄不通。张二娘牵着毛毛挤了半天，只是挤不进去。锣鼓声越响，毛毛越急着要看。半天看不到，他哭了。没有别的办法，只有抱着他看，但是张二娘可没有这本领，她到底年纪大了。

正当这时，她忽然看见赵德夫和两个伤兵从旁边走过来了。赵德夫非常高兴的叫着说：

"来呀，毛毛！做得真有趣，我抱着你看呀！"赵德夫一面说，一面就用右手把毛毛抱了起来。

但是仇人相见，分外眼明，张二娘立刻把毛毛抢过来了：

"自有人抱的，用不着你！"她做着厌恶的神情说，随即转过身，朝着旁边一个苦工模样的人："请你抱这个孩子看戏吧，我给你一角钱！"

那人立刻答应了，高高的抱起了毛毛。

"抱到那边去！"张二娘看见赵德夫他们还站在旁边，就同那个抱毛毛的绕到对面去了。

赵德夫他们会意的笑着，并不跟着走，只是用眼光钉住了毛毛，对他摇摇手，毛毛也笑着摇摇手。

猴子骑羊的一节正快演完的时候，大家忽然听见了一种沉重的声音由远而近的来了。毛毛比什么人的眼光都快，他早已仰起头来，望见了很远的地方飞来了六架大飞机。

"喂！喂！喂！看呀！中国飞机来了呀！"他高兴的叫着，用手指着远处的天空。

观众一齐抬起了头，露出好奇的高兴的神色。飞机原是常常看到的，但不知怎的，大家总是看不厌。尤其是这次，六架一道，分做两队，声音和样子特别使人注意。比平常飞得高，却比平常还响，并且是单翼的两头尖尖。这时天气特别晴朗，没有一点云，飞机在高空中盘旋着，发着夺目的光亮，有时还闪着一点红光。

"我们买了新的飞机……有人这样说。

但是这话未完，赵德夫突然狂叫起来了：

"敌机！敌机！快跑！快倒下！"他冲进场中，抢下了人家的铜锣，再从人丛中冲到毛毛身边，把他一手夺过来，飞也似的跑了。

人群立刻起了可怕的叫喊，四散奔逃了，张二娘吓得魂不附体，只是在人们中间撞着。

她听见飞机可怕的叫着，从头顶上下来了……山崩地裂一般，四处响了起来……眼前只看见一团黑……有什么东西把她压倒了地下……随后她就什么也不知道了……

过了半天，她终于醒了过来，睁开眼睛，许多屋子在烧着，人闹嚷嚷的奔走着。她的身边蹲着两个伤兵，拖着她的手。

"走吧，老板娘，飞机走远了……你有福气，没受伤哩……"

"怎么呀？毛毛啊……"她哭了起来。

"他没事，要不是赵德夫跑得快，就完了。你看，一个炸弹正落在你们站的地方呀……"

张二娘往那伤兵指着的地方望去，不由得发起抖来。一个好大的窟窿呀！离开她只有几丈远，那里躺着一块肉浆，一堆血迹，一个猴脑壳，半只羊腿，几片碎铜锣，还有什么人的血淋淋的手，血淋淋的肠子……天呵！张二娘不忍看了，眼泪只是籁籁的滚下来。

"我怎么没死呀？……没受伤？"她不相信似的摸摸自己的头和身体，只摸到一身的泥土。

"要不是我们把你推倒，你也完了。"伤兵笑着说。"伏在地上，只要炸弹不落在身上，总还是有救星的……"

"那么，你们……也没……"张二娘忽然看见他们俩一身泥土和血迹，又禁不住哭了。

"别慌呀，老板娘，我们好好的呢。这是别人的血迹……只是我的腿子上给破片擦伤了一点点——呀，你看呀！毛毛来了！他好好的呀！"

张二娘抬起头，果然看见毛毛来了，赵德夫抱着他。

"你福气好，老板娘……"赵德夫快活的说。

张二娘立刻跑过去，把赵德夫和毛毛一把抱住，又大声的哭了。

"要不是你们，天啊……我和毛毛都完了……你们良心好……你们都是好人……我瞎了眼，错怪了你们呀！……"

"那是我们不好，弄得你生气。"

"别提了！"张二娘抹干了眼泪说，"一个炸弹落到头上，什么都完了！我不再做买卖了！旅馆就让你们住下去吧。要什么东西都来问我，我样样都给你们办到……你们是我的恩人，我没什么可报答呀！给日本鬼子炸完，不如趁早帮自己人呵！……"

"是呀，我们都是中国人呵！"赵德夫笑着回答说。他抱着毛毛，两个伤兵扶着张二娘，快活的回到旅馆里。

远东旅馆从此就成了伤兵旅馆了。张二娘好像换了一个人，换了一副心肠，把所有的钱都拿出来了。桌子、椅子、碗盏、瓶甑、油盐煤米……一切都给了伤兵，比照顾上等的客人还好。

菊英的出嫁

菊英离开她已有整整的十年了。这十年中她不知道滴了多少眼泪，瘦了多少肌肉了，为了菊英，为了她的心肝儿。

人家的女儿都在自己的娘身边长大，时时刻刻倚傍着自己的娘，"阿姆阿姆"的喊。只有她的菊英，她的心肝儿，不在她的身边长大，不在她的身边倚傍着喊"阿姆阿姆"。

人家的女儿离开娘的也有，例如出了嫁，她便不和娘住在一起。但做娘的仍可以看见她的女儿，她可以到女儿那边去，女儿可以到她这里来。即使女儿被丈夫带到远处去了，做娘的可以写信给女儿，女儿也可以写信给娘，娘不能见女儿的面，女儿可以寄一张相片给娘。现在只有她，菊英的娘，十年中不曾见过菊英，不曾收到菊英一封信，甚至一张明片。十年以前，她又不曾给菊英照过相。

她能知道她的菊英现在的情形吗？菊英的口角露着微笑？菊英的眼边留着泪痕？菊英的世界是一个光明的？是一个黑暗的？有神在保佑菊英？有恶鬼在捉弄菊英？菊英肥了？菊英瘦了？或者病了？——这种

种，只有天知道！

但是菊英长得高了，发育成熟了，她相信是一定的。无论男子或女子，到了十七八岁的时候想要一个老婆或老公，她相信是必然的。她确信——这用不着问菊英——菊英现在非常的需要一个丈夫了。菊英现在一定感觉到非常的寂寞，非常的孤单。菊英所呼吸的空气一定是沉重的，闷人的。菊英一定非常的苦恼，非常的忧郁。菊英一定感觉到了活着没有趣味。或者——她想——菊英甚至于想自杀了。要把她的心肝儿菊英从悲观的、绝望的、危险的地方拖到乐观的、希望的、平安的地方，她知道不是威吓，不是理论，不是劝告，不是母爱，所能济事；唯一的方法是给菊英一个老公，一个年轻的老公。自然，菊英绝不至于说自己的苦恼是因为没有老公；或者菊英竟当真的不晓得自己的苦恼是因何而起的也未可知。但是给菊英一个老公，必可除却菊英的寂寞，菊英的孤单。他会给菊英许多温和的安慰和许多的快乐。菊英的身体有了托付，灵魂有了依附，便会快活起来，不至于再陷入这样危险的地方去了。问一个十七八岁的女子要不要老公，这是不会得到"要"字的回答的。不论她平日如何注意男子，喜欢男子，想念男子，或甚至已爱上了一个男子，你都无须多礼。菊英的娘明白这个道理，所以也毅然的把对女儿的责任照着向来的风俗放在自己的肩上了。她已经耗费了许多心血。五六年前，一听见媒人来说某人要给儿子讨一个老婆，她便要冒风冒雨，跋山涉水的去东西打听。于今，她心满意足了，她找到了一个非常好的女婿。虽然她现在看不见女婿，但是女婿在七八岁时照的一张相片，她看见过。他生的非常的秀丽，显见得是一个聪明的孩子。因了媒人的说合，她已和他的爹娘订了婚约。他的家里很有钱，聘金的多少是用不着开口的。四百元大洋已做一次送来。她现在正忙着办嫁妆，她的力量能好到什么地步，她便好到什么地步。这样，她才心安，才觉得对得住女儿。

菊英的爹是一个商人。虽然他并不懂得洋文，但是因为他老成忠厚，森森煤油公司的外国人遂把银根托付了他，请他做经理。他的薪水不多，每月只有三十元，但每年年底的花红往往超过他一年的薪水。他在森森公司五年，手头已有数千元的积蓄。菊英的娘对于穿吃，非常的俭省。虽然菊英的爹不时一百元二百元的从远处带来给她，但她总是不肯做一件好的衣服，买一点好的小菜。她身体很不强健，屡因稍微过度的劳动或心中有点不乐，她的大腿腰背便会酸起来，太阳心口会痛起来，牙床会浮肿起来，眼睛会模糊起来。但是她虽然这样的多病，她总是不肯雇一个女工，甚至一个工钱极便宜的小女孩。她往往带着病还要工作。腰和背尽管酸痛，她有衣服要洗时，还是不肯在家用水缸里的水洗——她说水缸里的水是备紧要时用的——定要跑到河边，走下那高高低低摇动而且狭窄的一级一级的埠头，跪倒在最末的一级，弯着酸痛的腰和背，用力的洗衣服。眼睛尽管起了红丝，模糊而且疼痛，有什么衣或鞋要做时，她还是要带上眼镜，勉强的做衣或鞋。她的几种病所以成为医不好的老病，而且一天比一天利害了下去，未始不是她过度的勉强支持所致。菊英的爹和邻居都屡次劝她雇一个女工，不要这样过度的操劳，但她总是不肯。她知道别人的劝告是对的。她知道自己的身体一天不如一天的缘故。但是她以为自己是不要紧的，不论多病或不寿。她以为要紧的是，赶快给女儿嫁一个老公，给儿子讨一个老婆，而且都要热热闹闹阔阔绰绰的举办。菊英的娘和爹，一个千辛万苦的在家工作，一个飘海过洋的在外面经商，一大半是为的儿女的大事。如果儿女的婚姻草草的了事，他们的心中便要生出非常的不安。因为他们觉得儿女的婚嫁，是做爹娘责任内应尽的事，做儿女的除了拜堂以外，可以袖手旁观。不能使喜事热闹阔绰，他们便觉得对不住儿女。人家女儿多的，也须东挪西扯的弄一点钱来尽力的把她们一个一个、热热闹闹阔阔绰绰的嫁出去，何况他们除了菊英没有第二个女儿，而且菊英又是娘所最爱的心肝儿。

尽她所有的力给菊英预备嫁妆，是她的责任，又是她十分的心愿。

哈，这样好的嫁妆，菊英还会不喜欢吗？人家还会不称赞吗？你看，哪一种不完备？哪一种不漂亮？哪一种不值钱？

大略的说一说：金簪二枚，银簪珠簪各一枚。金银发钗各二枚。挖耳，金的二个，银的一个。金的、银的和钻石的耳环各两副。金戒指四枚，又钻石的二枚。手镯三对，金的倒有二对。自内至外，四季衣服粗穿的俱备三套四套，细穿的各二套。凡丝罗缎如纺绸等衣服皆在粗穿之列。棉被八条，湖绉的占了四条。毯子四条，外国绒的占了两条。十字布乌贼枕六对，两面都挑出山水人物。大床一张，衣橱二个，方桌及琴桌各一个。椅、凳、茶几及各种木器，都用花梨木和其他上等的硬木做成，或雕刻，或嵌镶，都非常细致，全件漆上淡黄、金黄和淡红等各种颜色。玻璃的橱头箱中的银器光彩夺目。大小的蜡烛台六副，最大的每只重十二斤。其余日用的各种小件没有一件不精致，新奇，值钱。在种种不能详说（就是菊英的娘也不能一一记得清楚）的东西之外，还随去了良田十亩，每亩约计价一百二十元。

吉期近了，有许多嫁妆都须在前几天送到男家去，菊英的娘愈加一天比一天忙碌起来。一切的事情都要经过她的考虑，她的点督，或亲自动手。但是尽管日夜的忙碌，她总是不觉得容易疲倦，她的身体反而比平时强健了数倍。她心中非常的快活。人家都由"阿姆"而至"丈姆"，由"丈姆"而至"外婆"，她以前看着好不难过，现在她可也轮到了！邻居亲戚们知道罢，菊英的娘不是一个没有福气的人！

她进进出出总是看见菊英一脸的笑容。"是的呀，喜期近了呢，我的心肝儿！"她暗暗的对菊英说。菊英的两颊上突然飞出来两朵红云。"是一个好看的郎君，聪明的郎君哩！你到他的家里去，做'他的人'去！让你日日夜夜跟着他，守着他，让他日日夜夜陪着你，抱着你！"菊英羞得抱住了头想逃走了。"好好的服侍他，"她又庄重的训导菊英说："依从他，不要使他不高兴。欢欢喜喜的明年就给他生一个儿子！对于公婆要孝顺，要周到。对于其他的长者要恭敬，幼者要和蔼。不要被人家说半句坏话，给娘争气，给自己争气，牢牢的记着！……"

音乐热闹的奏着，渐渐由远而近了。住在街上的人家都晓得菊英的轿子出了门。菊英的出嫁比别人要热闹，要阔绰，他们都知道。他们都预先扶老携幼的在街上等候着观看。

最先走过的是两个送嫂。她们的背上各斜披着一幅大红绫子，送嫂约过去有半里远近，队伍就到了。为首的是两盏红字的大灯笼。灯笼后八面旗子，八个吹手。随后便是一长排精制的、逼真的，各色纸童、纸婢、纸马、纸轿、纸桌、纸椅、纸箱、纸屋，以及许多纸做的器具。后面一顶鼓阁两杠纸铺陈，两杠真铺陈。铺陈后一顶香亭，香亭后才是菊英的轿子。这轿子与平常花轿不同，不是红色，却是青色，四面结着彩。轿后十几个人抬着一口十分沉重的棺材，这就是菊英的灵柩。棺材在一套呆大的格子架中，架上盖着红色的绒毯，四面结着彩，后面跟送着两个坐轿的，和许多预备在中途折回的、步行的孩子。

看的人多说菊英的娘办得好，称赞她平日能吃苦耐劳。她们又谈到菊英的聪明和新郎生前的漂亮，都说配合的得当。

这时，菊英的娘在家里哭得昏过去了。娘的心中是这样的悲苦，娘从此连心肝儿的棺材也要永久看不见了。菊英幼时是何等的好看，何等的聪明，又是何等听娘的话！她才学会走路，尚不能说话的时候，一举一动已很可爱了。来了一位客，娘喊她去行个礼，她便过去弯了一弯腰。客给她糖或饼吃，她红了脸不肯去接，但看着娘，娘说"接了罢，谢谢！"她便用两手捧了，弯了一弯腰。她随后便走到娘的身边，放了一点在自己的口里，拿了一点给娘吃，娘说，"娘不要吃，"她便"嗯"的响了一声，露出不高兴的样子，高高的举着手，硬要娘吃，娘接了放在口里，她便高兴得伏在娘的膝上嘻嘻的笑了。那时她的爹不走运，跑到千里迢迢的云南去做生意，半年六个月没有家信，四年没有回家，也没有半边烂钱寄回来。娘和她的祖母千辛万苦的给人家做粗做细，赚钱来养她，她六岁时自己学磨纸，七岁绣花，学做小脚娘子的衣裤，八岁便能帮娘磨纸，挑花边了。她不同别的孩子去玩耍，也不噪吃闲食，只是整天的坐在房子里做工。她离不开娘，娘也离不开她。她是娘的肉，她是娘的唯一的心肝儿！好几次，娘想到她的爹不走运，娘和祖母日日夜夜低着头给人家做苦工，还不能多赚一点钱，做一件好看的新衣给她穿，买点好吃的糖果给她吃，反而要她日日夜夜的帮着娘做苦工，娘的心酸了起来，忽然抱着她哭了。她看见娘哭，也就放声大哭起来。娘没有告诉她，娘想些什么，但是娘的心酸苦了，她也酸苦了。夜间娘要她早一点睡，她总是说做完了这一点，做完了这一点。娘恐怕她疲倦，但是她反说娘一定疲倦了，她说娘的事情比她多。她好几次的对娘说，"阿姆，我再过几年，人高了，气力大了，我来代你煮饭。你太苦了，又要做这个，又要做那个。"娘笑了，娘抱着她说，"好的，我的肉！"这时，眼泪几乎从娘的眼中滚出来了。娘有时心中悲伤不过，脸上露着愁容，一言不发的独自坐着，她便走了过来，靠着娘站着说："阿姆，我猜阿爹明天要回来了。"她看见娘病了，躺在床上，她的脸上的笑容就没有了。她没有心思再做工，但她整天的坐在娘的床边，牵着娘的手，或给娘敲背，或给娘敲腿。八年来，娘没有打过她一下，骂过她半句，她实在也无须娘用指尖去轻轻的触一触！菩萨，娘是敬重的，娘没有做过一件亵渎菩萨的事情。但是，天呵！为什么不留心肝儿在娘的身边呢？那时虽是娘不小心，但也是为的她苦得太可怜了，所以娘才要她跟着祖母到表兄弟那里去吃喜酒，好趁此热闹热闹，开开心。谁能够晓得反而害了她呢？早知这样，咳，何必要她去呢！她原是不肯去的。"阿姆不去，我也不去。"她对娘这样说。但是又有吃，又好看，又好耍，做娘的怎么不该劝她偶尔的去一次呢？"那末只有阿姆一个人在家了，"她固执不过娘，便答应了，但她又加上这一句。娘愿意离开她吗？娘能离开她吗？天呵，她去了八天，娘已经尽够苦恼了！她的爹在千里迢迢的地方，钱也没有，信也没有，人又不回来，娘日日夜夜在愁城中做苦工，还有什么生趣？娘的唯一的安慰只有这一个心肝儿，没有她，娘早就不想再活下去了。第九天，她跟着祖母回来了。娘是这样的喜欢：好像娘的灵魂失去了又回来一般！她一看见娘便喊着"阿姆"，跑到娘的身边来。娘把她抱了起来，她便用手臂挽住了娘的颈，将面颊贴到娘的脸上来。娘问她去了八天喜欢不喜欢，她说，"喜欢，只是阿姆不在那里没有十分趣味。"娘摸她的手，看她的脸，觉得反而比先瘦了。娘心中有点不乐。过了一会，她咳嗽了几声，娘没有留意。谁知过了一会，她又咳嗽了。娘连忙问她咳嗽了几天，她说两天。娘问她身体好过不好过，她说好过，只是咳了又咳，有点讨厌。娘听了有点懊悔，忙到街上去买了两个铜子的苏梗来泡茶给她吃。她把新娘子生得什么样子，穿什么好的衣服，闹房时怎样，以及种种事情讲给娘听，她的确很喜欢，她讲起来津津有味。第二天早晨，她的声音有点哑了，娘很担忧。但因为要预备早饭，娘没有仔细的问她，娘烧饭时，她还代娘扫了房中的地。吃饭时，娘见她吃不下去，两颊有点红色，忙去摸她的头，她的头发烧了。娘问她还有什么地方难过，她说喉咙有点痛。这一来，娘懊悔得不得了了，娘觉得以先不该要她去。祖母愈加懊悔，她说不知道哪里疏忽了，竟使她受了寒，咳嗽而至于喉痛。娘放下饭碗，看她的喉咙，她的喉咙已如血一般的红了。收拾过饭碗，娘又喊她到屋外去，给她仔细的看。这时，娘看见她喉咙的右边起了一个小小的雪白的点子。娘不晓得这是什么病，娘只知道喉病是极危险的。娘的心跳了起来，祖母也非常的担忧。娘又问她，哪一天便觉得喉咙不好过了，这时她才告诉说，前天就觉得有点干燥了似的。娘连忙喊了一只划船，带她到四里远的一个喉科医生那里去。医生的话，骇死了娘，他说这是白喉，已起了两三天了。"白喉！"这是一个可怕的名字！娘听见许多人说，生这病的人都是一礼拜就死的！医生要把一根明晃晃的东西拿到她的喉咙里去搽药，她怕，她闭着嘴不肯。娘劝她说这不痛的，但是她依然不肯。最后，娘急得哭了："为了阿姆呀，我的肉！"于是她也哭了，她依了娘的话，让医生搽了一次药。回来时，医生又给了一包吃的和漱的药。

第二天，她更加利害了：声音愈加哑，咳嗽愈加多，喉咙里面起了一层白的薄膜，白点愈加多，人愈发烧了。娘和祖母都非常的害怕。一个邻居来说，昨天的医生不大好，他是中医，这种病应该早点请西医。西医最好的办法是打药水针，只要病人在二十四点钟内不至于窒息，药水针便可保好。娘虽然不大相信西医，但是眼见得中医医不好，也就不得不去试一试。首善医院是在万邱山那边，娘想顺路去求药，便带了香烛和香灰去。她怕中医，一定更怕西医，娘只好不告诉她到医院里，只说到万邱山求药去。她相信了娘的话，和娘坐着船去了。但是到要上岸的时候，她明白了。因为她到过万邱山两次，医院的样子与万邱山一点也不像。她哭了，她无论如何不肯上岸去。娘劝她，两个划船的也劝她说，不医是不会好的，你不好，娘也不能活了，她总是不肯。划船的想把她抱上岸去，她用手足乱打乱挣，哑着声音号哭得更利害了，娘看着心中非常的不好过，又想到外国医生的利害，怕要开刀做什么，她既一定不肯去，不如依了她，因此只到万邱山去求了药回来了。第三天早晨，她的呼吸是这样的困难：喉咙中发出嘶嘶的声音，好像有什么塞住了喉咙一般，咳嗽愈利害，她的脸色非常的青白。她瘦了许多，她有两天没有吃饭了。娘的心如烈火一般的烧着，只会抱着流泪。祖母也没有一点主意，也只会流眼泪了。许多人说可以拿荸荠汁，莱菔汁给她吃，娘也一一的依着办来给她吃过。但是第四天早晨，她的喉咙中声音响得如猪的一般了。说话的声音已经听不清楚。嘴巴大大的开着，鼻子跟着呼吸很快的一开一闭。咳嗽得非常利害。脸色又是青又是白，两颊陷了进去。下颚变得又长又尖。两眼呆呆的圆睁着，凹了进去，眼白青白的失了光，眼珠暗淡的不活泼了——像山羊的面孔！死相！娘怕看了。娘看起来，心要碎了！但是娘肯甘心吗？娘肯看着她死吗？娘肯舍却心肝儿吗？不的！娘是无论如何也要想法子的！娘没有钱，娘去借了钱来请医生。内科医生请来了两个，都说是肺风，各人开了一个方子。娘又暗自的跪倒在灶前，眼泪如潮一般的流了出来，对灶君菩萨许了高王经三千，吃斋一年的愿，求灶君菩萨的保佑。娘又诚心的在房中暗祝说，如果有客在房中请求饶恕了她。今晚瘥了，今晚就烧元宝五十锭，直到完全好了，摆一桌十六大碗的羹饭。上半天，那个要娘送她到医院去看的邻居又来了。他说今天再不去请医生来打药水针，一定不会好了。他说他亲眼看见过医好几个人，如果她在二十四点钟内不至于"走"，打了这药水针一定保好。请医院的医生来，必须喊轿子给他，打针和药钱都贵，他说总须六元钱才能请来，他既然这样说，娘在走投无路的时候也必须试一试看。娘没有钱，也没有地方可以再借了，娘只有把自己的皮袄托人拿去当了请医生。皮袄还有什么用处呢，她如果没有法子救了，娘还能活下去吗？吃中饭的时候，医生请来了。他说不应该这样迟才去请他，现在须看今夜的十二点钟了，过了这一关便可放心。她听见，哭了，紧紧的挽住了娘的头颈。她心里非常的清楚。她怕打针，几个人硬按住了她，医生便在她的屁股上打了一针，灌了一瓶药水进去。——但是，命运注定了，还有什么用处呢！咳，娘是该要这样可怜的！下半天，她的呼吸渐渐透不转来，就在夜间十一点钟……天呀！

黄　金

陈四桥虽然是一个偏僻冷静的乡村，四面围着山，不通轮船，不通火车，村里的人不大往城里去，城里的人也不大到村里来。但每一家人家却是设着无线电话的，关于村中和附近地方的消息，无论大小，他们立刻就会知道，而且，这样的详细，这样的清楚，仿佛是他们自己做的一般。例如，一天清晨，桂生婶提着一篮衣服到河边去洗涤，走到大门口，遇见如史伯伯由一家小店里出来，一眼瞥去，看见他手中拿着一个白色的信封，她就知道如史伯伯的儿子来了信了，眼光转到他的脸上去，看见如史伯伯低着头一声不响的走着，她就知道他的儿子在外面不很如意了，倘若她再叫一声说，"如史伯伯，近来萝菔很便宜，今天我和你去合买一担来好不好？"如史伯伯摇一摇头，微笑着说，"今天不买，我家里还有菜吃，"于是她就知道如史伯伯的儿子最近没有钱寄来，他家里的钱快要用完，快要……快要……了。

不到半天，这消息便会由他们自设的无线电话传遍陈四桥，由家家户户的门缝里窗隙里钻了进去，仿佛阳光似的，风似的。

的确，如史伯伯手里拿的是他儿子的信：一封不很如意的信。最近，信中说，不能寄钱来；的确，如史伯伯的钱快要用完了，快要……快要……

如史伯伯很忧郁，他一回到家里便倒在藤椅上，躺了许久，随后便在房子里踱来踱去，苦恼地默想着。

"悔不该把这些重担完全交给了伊明，把自己的职务辞去，现在……"他想，"现在不到二年便难以维持，便要摇动，便要撑持不来原先的门面了……悔不该——但这有什么法子想呢？我自己已是这样的老，这样的衰，讲了话马上就忘记，算算账常常算错，走路又跟跟跄跄，谁喜欢我去做账房，谁喜欢我去做跑街，谁喜欢我……谁喜欢我呢？"

如史伯伯想到这里，忧郁地举起两手往头上去抓，但一触着头发脱了顶的光滑的头皮，他立刻就缩回了手，叹了一口气，这显然是悲哀侵占了他的心，觉得自己老得不堪了。

"你总是这样的不快乐，"如史伯母忽然由厨房里走出来，说。她还没有像如史伯那么老，很有精神，一个肥胖的女人，但头发也有几茎白了。"你父母留给我们的只有一间破屋，一口破衣橱，一张旧床，几条板凳，没有田，没有多的屋。现在，我们已把家庭弄得安安稳稳，有了十几亩田，有了几间新屋，一切应用的东西都有，不必再向人家去借，只有人家向我们借，儿子读书知礼，又很勤苦——弄到这步田地，也够满意了，你还是这样忧郁的做什么！"

"我没有什么不满意，"如史伯伯假装出笑容，说，"也没有什么不快乐，只是在外面做事惯了，有吃有笑有看，住在家里冷清清的，没有趣味，所以常常想，最好是再出去做几年事，而且，儿子书虽然读了多年，毕竟年纪还轻，我不妨再帮他几年。"

"你总是这样的想法，儿子够能干了，放心罢。——哦，我昨晚做了一个梦,忘记告诉你了,我看见伊明戴了一顶五光十色的帽子,摇摇摆摆的走进门来,后面七八个人抬着一口沉重的棺材,我吓了一跳,醒来了。但是醒后一想,这是一个好梦:伊明戴着五光十色的帽子,一定是做了官了;沉重的棺材,明明就是做官得来的大财。这几天,伊明一定有银信寄到的了。"如史伯母说着,不知不觉的眉飞色舞的欢喜起来。

听了这个,如史伯伯的脸上也现出了一阵微笑,他相信这帽子确是官帽,棺材确是财。但忽然想到刚才接得的信,不由得又忧郁起来,脸上的笑容又飞散了。

"这几天一定有钱寄到的,这是一个好梦,"他又勉强装出笑容,说。

刚才接到了儿子一封信,他没有告诉她。

第二天午后,如史伯母坐在家里寂寞不过,便走到阿彩婶家里去。阿彩婶平日和她最谈得来,时常来往,她们两家在陈四桥都算是第二等的人家。但今天不知怎的,如史伯母一进门,便觉得有点异样:那时阿彩婶正侧面的立在巷子那一头,忽然转过身去,往里走了。

"阿彩婶,午饭吃过吗?"如史伯母叫着说。

阿彩婶很慢很慢的转过头来,说,"啊,原来是如史伯母,你坐一坐,我到里间去去就来。"说着就进去了。

如史伯母是一个聪明人,她立刻又感到了一种异样:阿彩婶平日看见她来了,总是搬凳拿茶,嘻嘻哈哈的说个不休,做衣的时候,放下针线,吃饭的时候,放下碗筷,今天只隔几步路侧着面立着,竟会不曾看见,喊她时,她只掉过头来,说你坐一坐就走了进去,这显然是对她冷淡了。

她闷闷的独自坐了约莫十五分钟,阿彩婶才从里面慢慢的走了出来。

"真该死！他平信也不来，银信也不来，家里的钱快要用完了也不管！"阿彩婶劈头就是这样说。"他们男子都是这样，一出门，便任你是父亲母亲，老婆子女，都丢开了。"

"不要着急，阿彩叔不是这样一个人，"如史伯母安慰着她说。但同时，她又觉得奇怪了：十天以前，阿彩婶曾亲自对她说过，她还有五百元钱存在裕生木行里，家里还有一百几十元，怎的今天忽然说快要用完了呢？……

过了一天，这消息又因无线电话传遍陈四桥了：如史伯伯接到儿子的信后，愁苦得不得了，要如史伯母跑到阿彩婶那里去借钱，但被阿彩婶拒绝了。

有一天是裕生本行老板陈云廷的第三个儿子结婚的日子，满屋都挂着灯结着彩，到的客非常之多。陈四桥的男男女女都穿得红红绿绿，不是绸的便是缎的。对着外来的客，他们常露着一种骄矜的神气，仿佛说：你看，裕生老板是四近首屈一指的富翁，而我们，就是他的同族！

如史伯伯也到了。他穿着一件灰色的湖绉棉袍，玄色大花的花缎马褂。他在陈四桥的名声本是很好，而且，年纪都比别人大，除了一个七十岁的阿瑚先生。因此，平日无论走到哪里，都受族人的尊敬。但这一天不知怎的，他觉得别人对他冷淡了，尤其是当大家笑嘻嘻的议论他灰色湖绉棉袍的时候。

"呵，如史伯伯，你这件袍子变了色了，黄了！"一个三十来岁的人说。

"真是，这样旧的袍子还穿着，也太俭省了，如史伯伯！"绰号叫做小耳朵的珊贵说，接着便是一阵冷笑。

"年纪老了还要什么好看，随随便便算了，还做什么新的，知道我还能活……"如史伯伯想到今天是人家的喜期，说到"活"字便停了口。

"老年人都是这样想，但儿子总应该做几件新的给爹娘穿。"

"你听，这个人专门说些不懂世事的话，阿凌哥！"如史伯伯听见背后稍远一点的地方有人这样说。"现在的世界，只有老子养儿子，还有儿子养老子的吗？你去打听打听，他儿子出门了一年多，寄了几个钱给他了！年轻的人一有了钱，不是赌就是嫖，还管什么爹娘！"接着就是一阵冷笑。

如史伯伯非常苦恼，也非常生气，这是他第一次听见人家的奚落。的确，他想，儿子出门一年多，不曾寄了多少钱回家，但他是一个勤苦的孩子，没有一刻忘记过爹娘，谁说他是喜欢赌喜欢嫖的呢？

他生着气踱到别一间房子里去了。

喜酒开始，大家嚷着"坐，坐"，便都一一的坐在桌边，没有谁提到如史伯伯，待他走到，为老年人而设，地位最尊敬，也是他常坐的第一二桌已坐满了人，次一点的第三第五桌也已坐满，只有第四桌的下位还空着一位。

"我坐到这一桌来，"如史伯伯说着，没有往凳上坐。他想，坐在上位的品生看见他来了，一定会让给他的。但是品生看见他要坐到这桌来，便假装着不注意，和别个谈话了。

"我坐到这一桌来。"他重又说了一次，看有人让位子给他没有。

"我让给你。"坐在旁边，比上位卑一点地方的阿琴看见品生故意装做不注意，过意不去，站起来，坐到下位去，说。

如史伯伯只得坐下了。但这侮辱是这样的难以忍受，他几乎要举起拳头敲碗盏了。

"品生是什么东西！"他愤怒的想，"三十几岁的木匠！他应该叫我伯伯！平常对我那样的恭敬，而今天，竟敢坐在我的上位！……"

他觉得隔座的人都诧异的望着他，便低下了头。

平常，大家总要谈到他，当面称赞他的儿子如何的能干，如何的孝顺，他的福气如何的好，名誉如何的好，又有田，又有钱；但今天座上的人都仿佛没有看见他似的，只是讲些别的话。

没有终席，如史伯伯便推说已经吃饱，郁郁的起身回家。甚至没有走得几步，他还听见背后一阵冷笑，仿佛正是对他而发的。

"品生这东西！我有一天总得报复他！"回到家里，他气愤愤的对如史伯母说。

如史伯母听见他坐在品生的下面，几乎气得要哭了。

"他们明明是有意欺侮我们！"她吸着声说，"咳，运气不好，儿子没有钱寄家，人家就看不起我们，欺侮我们了！你看，这班人多么会造谣言：不知哪一天我到阿彩婶那里去了一次，竟说我是向她借钱去的，怪不得她许久不到我这里来了，见面时总是冷淡淡的。"

"伊明再不寄钱来，真是要倒霉了！你知道，家里只有十几元钱了，天天要买菜买东西，如何混得下去！"

如史伯伯说着，又忧郁起来，他知道这十几元钱用完时，是没有地方去借的。虽然陈四桥尽多有钱的人家，但他们都一样的小器，你还没有开口，他们就先说他们怎样的穷了。

三天过去，第四天晚上，如史伯伯最爱的十五岁小女儿放学回来，把书包一丢，忍不住大哭了。如史伯伯和如史伯母好不伤心，看见最钟爱的女儿哭了起来，他们连忙抚慰着她，问她哭什么。过了许久，几乎如史伯母也要流泪了，她才停止啼哭，呜呜咽咽的说：

"在学校里，天天有人问我，我的哥哥写信来了没有，寄钱回来了没有。许多同学，原先都是和我很要好的，但自从听见哥哥没有钱寄来，都和我冷淡了，而且还不时的讥笑的对我说，你明年不能读书了，你们要倒霉了，你爹娘生了一个这样的儿子！……先生对我也不和气了，他总是天天的骂我愚蠢……我没有做错的功课，他也说我做错了……今天，他出了一个题目，叫做《冬天的乡野》，我做好交给他看，他起初称赞说，做得很好，但忽然发起气来，说我是抄的！我问他从什么地方抄来，有没有证据，他回答不出来，反而愈加气怒，不由分说，拖去打了二十下手心，还叫我面壁一点钟……"她说到这里又哭了，"他这样冤枉我……我不愿意再到那里读书去了！……"

如史伯伯气得呆了，如史伯母也只会跟着哭。他们都知道那位先生的脾气：对于有钱人家的孩子一向和气，对于没有钱人家的孩子只是骂打的，无论他错了没有。

"什么东西！一个连中学也没有进过的光蛋！"如史伯伯拍着桌子说，"只认得钱，不认得人，配做先生！"

"说来说去，又是自己穷了，儿子没有寄钱来！咳，咳！"如史伯母揩着女儿的眼泪说，"明年让你到县里去读，但愿你哥哥在外面弄得好！"

一块极其沉重的石头压在如史伯伯夫妻的心上似的，他们都几乎透不过气来了。真的穷了吗？当然不穷，屋子比人家精致，田比人家多，器用什物比人家齐备，谁说穷了呢？但是，但是，这一切不能拿去当卖！四周的人都睁着眼睛看着你，如果你给他们知道，那么你真的穷了，比讨饭的还要穷了！讨饭的，人家是不敢欺侮的；但是你，一家中等人家，如果给了他们一点点，只要一点点穷的预兆，那么什么人都要欺侮你了，比对于讨饭的，对于狗，还利害！……

过去了几天忧郁的时日，如史伯伯的不幸又来了。

他们夫妻两个只生了一个儿子，二个女儿；儿子出了门，大女儿出了嫁，现在住在家里的只有三个人。如果说此外还有，那便只有那只年轻的黑狗了。来法，这是黑狗的名字。它生得这样的伶俐，这样的可爱；它日夜只是躺在门口，不常到外面去找情人，或去偷别人家的东西吃。遇见熟人或是面貌和善的生人，它仍躺着让他进来，但如果遇见一个坏人，无论他是生人或熟人，它远远的就爆了起来，如果没有得到主人的许可，他就想进来，那么它就会跳过去咬那人的衣服或脚跟。的确奇怪，它不晓得是怎样辨别的，好人或坏人，而它的辨别，又竟和主人所知道的无异。夜里，如果有什么声响，它便站起来四处巡行，直至遇见了什么意外，它才嗥，否则是不做声的。如史伯伯一家人是这样的爱它，与爱一个二三岁的小孩一般。

一年以前，如史伯伯做六十岁生辰那一天，来了许多客。有一家人家差了一个曾经偷过东西的人来送礼，一到门口，来法就一声不响的跳过去，在他的脚骨上咬了一口。如史伯伯觉得它这一天太凶了，在它头上打了一下，用绳子套了它的头，把它牵到花园里拴着，一面又连忙向那个人赔罪，拿药给他敷。来法起初嗥着，挣扎着，但后来就躺下了。酒席散后，有的是残鱼残肉，伊云，如史伯伯的小女儿，拿去放在来法的面前喂它吃，它一点也不吃，只是躺着。伊云知道它生气了，连忙解了它的绳子。但它仍旧躺着，不想吃。拖它起来，推它出去，它也不出去。如史伯伯知道了，非常的感动，觉得这惩罚的确太重了，走过去抚摩着它，叫它出去吃一点东西，它这才摇着尾巴走了。

"它比人还可爱！"如史伯伯常常这样的说。

然而不知怎的，它这次遇了害了。

约莫在上午十点钟光景，有人来告诉如史伯伯，说是来法跑到屠坊去拾肉骨吃，肚子上被屠户阿灰砍了一刀，现在躺在大门口嗥着。如史伯伯和如史伯母听见都吓了一跳，急急忙忙跑出去看，果然它躺在那里嗥，浑身发着抖，流了一地的血。看见主人去了，它掉转头来望着如史伯伯的眼睛。它的目光是这样的凄惨动人，仿佛知道自己就将永久离开主人，再也看不见主人，眼泪要涌了出来似的。如史伯伯看着心酸，如史伯母流泪了。他们检查它的肚子，割破了一尺多长的地方，肠都拖出来了。

"你回去，来法，我马上给你医好，我去买药来。"如史伯伯推着它说，但来法只是望着嗥着，不能起来。

如史伯伯没法，急忙忙的跑到药店里，买了一点药回来，给它敷上，包上。隔了几分钟，他们夫妻俩出去看它一次，临了几分钟，又出去看它一次。吃中饭时，伊云从学校里回来了。她哭着抚摩着它很久很久，如同亲生的兄弟遇了害一般的伤心，看见的人也都心酸。看看它哼得好一些，她又去拿了肉和饭给它吃，但它不想吃，只是望着伊云。

下午二点钟，它哼着进来了，肚上还滴着血。如史伯母忙找了一点旧棉花旧布和草，给它做了一个柔软的躺的窝，推它去躺着，但它不肯躺。它一直踱进屋后，满房走了一遍，又出去了，怎样留它也留不住。如史伯母哭了。她说它明明知道自己不能活了，舍不得主人和主人的家，所以又最后来走了一次，不愿意自己肮脏的死在主人的家里，又到大门口去躺着等死了，虽然已走不动。

果然，来法是这样的，第二天早晨，他们看见它吐着舌头死在大门口了，地上还流了一地的血。

"我必须为来法报仇！叫阿灰一样的死法！"伊云哭着，咒诅说。

"咳！不要做声，伊云，他是一个恶棍，没有办法的。受他欺侮的人多着呢！说来说去，又是我们穷了，不然他怎敢做这事情！……"说着，如史伯母也哭了起来。

听见"穷"字，如史伯伯脸色渐渐青白了，他的心撞得这样的利害：犹如雷雨狂至时，一个过路的客人用着全力急急的敲一家不相识者的门，恨不得立时冲进门去的一般。

在他的账簿上，已只有十二元另几角存款。而三天后，是他们远祖的死忌，必须做两桌羹饭；供过后，给亲房的人吃，这里就须化六元钱。离开小年，十二月二十四，只有十几天，在这十几天内，店铺都要来收账，每一个收账的人都将说，"中秋没有付清，年底必须完全付清的，现在……"现在，现在怎么办呢？伊明不是来信说，年底不限定能够张罗一点钱，在二十四以前寄到家吗？……他几乎也急得流泪了。

三天过去，便是做羹饭的日子。如史伯伯一清早便提着篮子到三里外的林家塘去买菜。簿子上写着，这一天羹饭的鱼，必须是支鱼。但寻遍鱼摊，如史伯伯看不见一条支鱼，不得已，他买了一条米鱼代替。米鱼的价钱比支鱼大，味道也比支鱼好，吃的人一定满意的，他想。

晚间，羹饭供在祖堂中的时候，亲房的人都来拜了。大房这一天没有人在家，他们知道二房轮着吃的是阿安，他的叔伯兄弟阿黑今年轮不到吃，便派阿黑来代大房。

阿黑是一个驼背的泥水匠，从前曾经有过不名誉的事，被人家在屋柱上绑了半天。他平常对如史伯伯是很恭敬的。这一天不知怎样，他有点异样：拜过后，他睁着眼睛，绕着桌子看了一遍，像在那里寻找什么似的。如史伯母很注意他。随后，他拖着阿安走到屋角里，低低的说了一些什么。

酒才一巡，阿黑便先动筷箝鱼吃。尝了一尝，便大声的说：

"这是什么鱼？米鱼！簿子上明明写的是支鱼！做不起羹饭，不做还要好些！……"

如史伯伯气得跳了起来，说：

"阿黑，支鱼买不到，用米鱼代还不好吗？哪种贵？哪种便宜？哪种好吃？哪种不好吃？"

"支鱼贵！支鱼好吃！"

"米鱼便宜！米鱼不好吃！"阿安突然也站了起来说。

如史伯伯气得呆了。别的人都停了筷，愤怒的看着阿黑和阿安，显然觉得他们是无理的。但因为阿黑这个人不好惹，都只得不做声。

"人家儿子也有，却没有看见过连羹饭钱也不寄给爹娘的儿子！米鱼代支鱼！这样不好吃！"阿黑左手拍着桌子，右手却只是箝鱼吃。

"你说什么话！畜生！"如史伯母从房里跳了出来，气得脸色青白了。"没有良心的东西！你靠了谁，才有今天？绑在屋柱上，是谁把你保释的？你今天有没有资格说话？今天轮得到你吃饭吗？……"

"从前管从前，今天管今天！……我是代表大房！……明年轮到我当办，我用鲤鱼来代替！鸭蛋代鸡蛋！小碗代大碗！……"阿黑似乎不曾生气，这话仿佛并不是由他口里出来，由另一个传声机里出来一般。他只是喝一口酒，箝一筷鱼，慢吞吞的吃着。如史伯母还在骂他，如史伯伯在和别人谈论他不是，他仿佛都不曾听见。

几天之后，陈四桥的人都知道如史伯伯的确穷了：别人家忙着买过年的东西，他没有买一点，而且，没有钱给收账的人，总是约他们二十三，而且，连做羹饭也没有钱，反而给阿黑骂了一顿，而且，有一天跑到裕生木行那里去借钱，没有借到，而且，跑到女婿家里去借钱，没有借到，坐着船回来，船钱也不够，而且……而且……

的确，如史伯伯着急得没法，曾到他女婿家里去借过钱。女婿不在家里。和女儿说着说着，他哭了。女儿哭得更利害。伊光，他的大女儿，最懂得陈四桥人的性格：你有钱了，他们都来了，对神似的恭敬你；你穷了，他们转过背去，冷笑你，诽谤你，尽力的欺侮你，没有一点人心。她小时，不晓得在陈四桥受了多少的气，看见了多少这一类的事情。现在，想不到竟转到老年的父母身上了。她越想越伤心起来。

"最好是不要住在那里，搬到别的地方去。"她哭着说，"那里的人比畜生还不如！"

"别的地方就不是这样吗？咳！"老年的如史伯伯叹着气，说。他显然知道生在这世间的人都是一样的。

伊光答应由她具名打一个电报给弟弟，叫他赶快电汇一点钱来，同时她又叫丈夫设法，最后给了父亲三十元钱，安慰着，含着泪送她父亲到船边。

但这三十元钱有什么用呢？当天付了两家店铺就没有了。店账还欠着五十几元。过年不敬神是不行的，这里还需十几元。

在他的账簿上，只有三元另几个铜子的存款了！

收账的人天天来，他约他们二十三那一天一定付清。

十二月十六日，账簿上只有二元八角的存款……

"这样羞耻的发抖的日子，我还不曾遇到过……"如史伯伯颤动着语音，说。

如史伯母含着泪，低着头坐着，不时在沉寂中发出沉重的长声的叹息。

"啊啊，多福多寿，发财发财！"忽然有人在门外叫着说。

隔着玻璃窗一望，如史伯伯看见强讨饭的阿水来了。

他不由得颤动着站了起来。"这个人来，没有好结果，"他想着走了出去。

"啊，发财发财，恭喜恭喜！财神菩萨！多化一点！"

"好，好，你等一等，我去拿来。"如史伯伯又走了进来。

他知道阿水来到是要比别的讨饭的拿得多的，于是就满满的盛了一碗米出去。

"不行，不行，老板，这是今年最末的一次！"阿水远远的就叫了起来。

"那末你拿了，我再去盛一碗来。"如史伯伯知道，如果阿水说"不行"，是真的不行的。

"差得远，差得远！像你们这样的人家，米是不要的。"

"你要什么呢？"

"我吗？现洋！"阿水睁着两只凶恶的眼睛，说。

"不要说笑话，阿水，像我们这样的人家，哪里……"

"哼！你们这样的人家！你们这样的人家！我不知道吗？到这几

天，过年货也还不买，藏着钱做什么！施一点给讨饭的！"阿水带着冷笑，恶狠狠的说。

"今年实在……"如史伯伯忧郁的说。

但阿水立刻把他的话打断了。

"不必多说，快去拿现洋来，不要耽搁我的工夫！"

如史伯伯没法，慢慢的进去了，从柜子里，拿了四角钱。正要出去，如史伯母急得跳了起来，叫着说：

"发疯了吗？一个讨饭的，给他这许多钱！"

"没有办法，没有办法！"如史伯伯低声的说着，又走了出去。

"四角吗？看也没有看见。我又不是小讨饭的，哼！"阿水忿然的说，偏着头，看着门外。"一千多亩田，二万元现金的人家，竟拿出这一点点来哄小孩子！谁要你的！"

"你去打听打听，阿水！我哪里有这许多……"

"不要多说！快去拿来！"阿水不耐烦的说。

如史伯伯又进去了，他又拿了两角钱。

"六角总该够了罢，阿水？我的确没有……"

"不上一元，用不着拿出来！钱，我看得多了！"阿水仍偏着头说。

这显然是没有办法的。如史伯伯又进去了。

在柜子里，只有两元另两角……

"把这角子统统给了他算了，罢，罢，罢！"如史伯伯叹着气说。

"天呀！你要我们的命吗？一个讨饭的要这许多钱！"如史伯母气得脸色青白，叫着跳了出去。

"哼！又是两角！又是两角！"阿水冷笑的说。

"好了，好了，阿水！明年多给你一点。儿子的钱的确还没有寄到，家里的钱已经用完了……"

"再要多，我同你到林家塘警察所去拚老命！看有没有这种规矩！"如史伯母暴躁的说。

"好好！去就去！哼！……"

"她是女人家，阿水，原谅她。我明年多给你一点就是了。"如史伯伯忍气吞声的说，在他的灵魂中，这是第一次充满了羞辱。

"既这样说，我就拿着走了，到底是男人家。哼！我是一个讨饭的，要知道，一个穷光蛋，什么事情都做得出来的！……"他拿了钱，喃喃的说着，走了。

走进房里，如史伯母哭了。如史伯伯也只会陪着流泪。

"阿水这东西，就是这样的坏！"如史伯伯非常气忿的说。"真正有钱的人家，他是决不敢这样的，给他多少，他就拿多少。今天，他知道我们穷了，故意来敲诈。"

忽然，他想到柜子里只有两元，只有两元了……

他点了一炷香，跑到厨房里，对着灶神跪下了……不一会，如史伯母也跑进去在旁边跪下了：

……两个人口里喃喃的祷祝着，面上流着泪……

十二月二十二日的清晨，如史伯伯捧着账簿，失了魂似的呆呆的望着。簿子上很清楚的写着：尚存小洋八角。

"啊，这是一个好梦！"如史伯母由后房叫着说，走了出来。她的脸上露着希望的微笑。

"又讲梦话了！日前不是做了不少的好梦吗？但是钱呢？"如史伯伯皱着眉头说。

"自然会应验的，昨夜，"如史伯母坚决的相信着，开始叙述她的梦了，"不知在什么地方，我看见地上没着一堆饭，'罪过，饭没了一地，'我说着用手去抢，却不知怎的，到手就烂了，像浆糊似的，仔细一看，却是黄色的粪。'啊，这怎么办呢，满手都是粪了。'我说着，便用衣服去揩手，哪知揩来揩去，只是揩不干净，反而愈揩愈多，满身都是粪了。'用水去洗罢，'我正想着要走的时候，忽然伊明和几个朋友进来了。'啊，慢一点！伊明慢一点进来！'我慌慌张张叫着说，着急了，看着自己满身都是粪，满地都是粪。'不要紧的，妈妈，都是熟人，'他说着向我走来，我慌慌张张的往别处跑，跑着跑着，好像伊明和他的朋友追了来似的。'怎么办呢，怎么办呢，满身都是粪！'我叫着醒来了。你说，粪不就是黄金吗？啊，这许多……"

"不见得应验，"如史伯伯说。但想到梦书上写着"梦粪染身，主得黄金"，确也有点相信了。

然而这不过是一阵清爽的微风，它过去后，苦恼重又充满了老年人的心。

来了几个收账的人，严重的声明，如果明天再不给他们的钱，他们只得对不住他，坐索了……

时日在如史伯伯夫妻是这样的艰苦，这样的沉重，他们俩都消瘦了，尤其是如史伯伯。他觉得自己仿佛是一匹拖重载的驴子，挨着饿，耐着苦，忍着叱咤的鞭子，颠蹶着在雨后泥途中行走。但前途又是这样的渺茫，没有一线光明，没有一点希望。时光留住着罢，不要走近年底！但它并不留住，它一天一天的向这个难关上走着。迅速的跨过这难关罢！但它却有意延宕，要走不走的徘徊着。咳，咳……

夜上来了。他们睡得很迟。他近来常常咳嗽，仿佛有什么梗在他的喉咙里一般。

时钟警告的敲了十二下。四周非常的沉寂。如史伯伯也已入在睡眠里。

钟敲二下，如史伯伯又醒了。他记得柜子里只有小洋八角，他预算二十四那一天就要用完了。伊明为什么这几天连信也没有呢？伊光打去的电报没有收到吗？来不及了，来不及了，现在已是二十三，最末的一天，一切店铺里的收账人都将来坐索了！这是一种什么样的耻辱！六十年来没有遇到过！不幸！不幸！

忽然，他倾着耳朵细听了，仿佛有谁在房子里轻着脚步走动似的。

"谁呀？"

但没有谁回答，轻微的脚步出去了。

"啊！伊云的娘！伊云的娘！起来！起来！"他一面叫着，一面翻起身点灯。

如史伯母和伊云都吓了一惊，发着抖起来了。

衣杨门开着，柜子门也开着，地上放着两只箱子，外面还丢着几件衣服。

"有贼！有贼！"如史伯伯敲着板壁，叫着说。

住在隔壁的是南货店老板松生，他好像没有听见。

如史伯母抬头来看，衣橱旁少了四只箱子，两只在地上，两只不见了。

"打！打！打贼！打贼！"如史伯伯大声的喊着，但他不敢出去。如史伯母和伊云都牵着他的衣服，发着抖。

约莫过去了十五分钟，听听没有动静，大家渐渐镇静了。如史伯伯拿着灯，四处的照，从卧房里照起，直照到厨房。他看见房门上烧了一个洞，厨房的砖墙挖了一个大洞。

如史伯母检查一遍，哭着说把她冬季的衣服都偷去了。此外还有许多衣服，她一时也记不清楚。

"如果，"她哭着说，"来法在这里，决不会让贼进来的。……仿佛他们把来法砍死了，就是为的这个……阿灰不是好人，你记得。我已经好几次听人家说他的手脚靠不住……明天，我们到林家塘警察所去报告，而且，叫他们注意阿灰。"

"没有钱，休提起警察！"如史伯伯狠狠的说，"而且，你知道，明天如果儿子没有钱寄来，不要对人家说我们来了贼，不然，就会有更不好的名声加到我们的头上，一班人一定会说这是我们的计策，假装出来了贼，可以赖钱。你想，你想，……在这样的世界上，最好是不要活着！……"

如史伯伯叹了一口气，躺倒在藤椅上，昏过去了。

但过了一会，他的青白的脸色渐渐鲜红起来，微笑显露在上面了。

他看见阳光已经上升，充满着希望和欢乐的景象。阿黑拿着一个极大的信封，驼背一耸一耸的颠了进来，满面露着笑容，嘴里哼着恭喜，恭喜。信封上印着红色的大字，什么司令部什么处缄。红字上盖着墨笔字，是清清楚楚的"陈伊明"。如史伯伯喜欢得跳了起来。拆开信，以下这些字眼就飞进他的眼里：

……儿已在……任秘书主任……兹先汇上大洋二千元，新正……再当亲解价值三十万元之黄金来家……

"啊！啊！……"如史伯伯喜欢得说不出话了。

门外走进来许多人，齐声大叫："老太爷！老太太！恭喜恭喜！"

阿黑、阿灰、阿水都跪在他们的前面，磕着头……

一个危险的人物

夏天的一个早晨，惠明先生的房内坐满了人。语声和扇子声混合着，喧嚷而且嘈杂，有如机器房一般。烟雾迷漫，向窗外流出去了一些，又从各人的口内喷出来许多，使房内愈加炎热。

这是因为子平，惠明先生的侄子，刚从T城回来，所以邻居们都走过来和他打招呼，并且借此听听外面的新闻。

他离家很久，已有八年了。那时他还是一个矮小的中学生，不大懂得人事，只喜欢玩耍，大家都看他不起。现在他已长得很高。嘴唇上稀稀的留着一撇胡髭。穿着一身洋服，走起路来，脚下的皮鞋发出橐橐的声音，庄重而且威严。说话时，吸着烟，缓慢，老练。他在许多中学校、大学校里教过书，不但不能以孩子相看，且俨然是许多青年的师长了。老年的银品先生是一个秀才，他知道子平如果生长在清朝，现在至少是一个翰林，因此也另眼看他，走了过来和他谈话。

一切都还满意，只有一件，在邻居们觉得不以为然。那就是子平的衣服，他把领子翻在肩上，前胸露着一部分的肉。外衣上明明生着扣子，却一个也不扣，连裤带、裤裆都露了出来。他如果是一个种田的或做工的，自然没有什么关系，但他既然是一个读书人，便大大的不像样了。

"看他的神色，颇有做官发迹的希望呢，燕生哥！"做铜匠的阿金别了惠明先生和子平，在路上对做木匠的燕生这样说。

"哼，只怕官路不正！"燕生木匠慢吞吞的回答，"我问你，衣扣是做什么用的？"

"真是呀！做流氓的人才是不扣衣襟的！若说天气热，脱了衣服怕不凉快？赤了膊不更凉快？"

子平回家已有五六天，还不曾出大门一步，使林家塘的邻居们感觉到奇异。村中仅有他的公公，叔叔辈，到了家里应去拜访拜访，他却像闺阁姑娘似的躲着不出来。如果家里有妻子，倒也还说得去，说是陪老婆，然而他还没有结婚。如果有父母兄妹，也未尝不可以说离家这许多年，现在在忙着和父母兄妹细谈，然而他都没有。况且惠明先生除了自己和大媳妇，一个男仆，一个女仆，大的儿子在北京读书，小的在上海读书，此外便没有什么人了。这到底是什么东西扯住了他的脚呢？为了什么呢？

大家常常这样的谈论。终于猜不出子平不出门的缘由。于是有一天，好事的长庭货郎便决计冲进他的卧室里去观察他的行动了。

他和惠明先生很要好，常常到他家里去走。他知道子平住的那一间房子。他假装着去看惠明先生，坐谈了一会，就说要看子平，一直往他的房里走了进去。

子平正躺在藤椅上看书。长庭货郎一面和他打招呼，一面就坐在桌子旁的一把椅子上。

仰起头来，他一眼看见壁上挂着一张相片，比他还未卖去的一面大镜子还大。他看见相片上还有十几个年青的女人，三个男子，一个就是子平。女子中，只有两个梳着髻，其余的都把头发剪得短短的，像男子一样。要不是底下穿裙子，他几乎辨不出是男是女了。

"这相片上是你的什么人，子平？"他比子平大一辈。所以便直呼其名。

"是几个要好的同事和学生，他们听说我要回家，都不忍分别。照了这张相片，做一个纪念。"

"唔，唔！"长庭货郎喃喃的说着，就走了回去。"原来有这许多要好的，相好的女人！不忍分别，怪不得爹娘死时，打了电报去，不回来！纪念，纪念，相思！哈哈哈！好一个读书人！有这许多相好的，女人的相片在房里，还出去拜访什么长者！……"

长庭货郎这个人，最会造谣言，说谎话，满村的人都知道。不晓得他从哪里学来了这样本事，三分的事情，一到他的口里，便变了十二分，的的确确的真有其事了。他挑着货郎担不问人家买东西不买，一放下担子就攀谈起来，讲那个，讲这个、咕咕哝哝的说些毫不相干的新闻，引得人家走不开，团团围着他的货郎担，结果就买了他一大批的货物。关于子平有十几个妻子的话，大家都不相信。阿正婶和他赌了一对猪蹄，一天下午便闯进子平的房里去观看。

房门开着。她叫着子平，揭起门帘，走了进去。子平正对着窗子，坐在桌子旁写字。他看阿正婶进去，便站起身，迎了出来。

这使阿正婶吃了一大惊。她看见子平披着一件宽宽的短短的花的和尚衣，拖着鞋，赤着脚，露着两膝，显然没有穿裤子……

她急得不知怎样才好，匆遽的转过身去，说一声我是找你叔叔来的，拔腿就跑了。

"杀千刀，青天白日，开着门，这样的打扮！"

她没有看见那相片，但她已相信长庭货郎的话是靠得住的了，便买了一对猪蹄，请他下酒。

一次，惠明先生的第二个儿子由上海回家了。第二天早晨，林家塘的人就看见子平第一次走出大门，带着这个弟弟。他沿路和人家点头，略略说几句便一直往田间的小路走去。他带着一顶草帽，前面罩到眉间，后背高耸耸的没有带下去，整个的草帽偏向左边。看见他的人都只会在背后摇头。

"流氓的帽子才是这样的歪着，想不到读书人也学得这样！"杂货店老板史法说着，掉转了头。

"君子行大道，小人走小路！你看，他往哪里走！"在上海一家洋行里做账房先生的教童颇知道几句四书，那时正坐在杂货店柜台内，眼看着子平往田间走去，大不以为然。

许多人站在桥上，远远的注意着子平。他们看见子平一面走，一面指手划脚的和他的弟弟谈着话。循着那路弯弯曲曲的转过去，便到了河边。这时正有一个衣服褴褛的人在河边钓鱼。他们走到那里就站住了。看了一会，子平便先蹲了下去，坐倒在草地上，随后口里不知说什么，他的弟弟也坐下去了。

在桥上远远望着的人都失望的摇着头。他们从来不曾看见过读书人站在河边看下流人钓鱼，而且这样的地方竟会坐了下去。

钓鱼的始终没有钓上一尾，子平只是呆呆的望着，直至桥上的人站得腿酸，他才站了起来，带着他的弟弟回来。

晚间，和惠明先生最要好的邻居富克先生把他们叔侄请了去吃饭，还邀了几个粗通文字的邻人相陪。子平的吃相很不好。他不大说话，只是一杯又一杯的吃酒。一盘菜上来，他也不叫别人吃，先把筷子插了下去。

"读书人竟一点不讲礼节！"同桌的人都气闷闷的暗想着。同时，他又做出一件不堪入目的事。那就是他把落在桌上的饭用筷子刷到地上。这如果在别人，不要说饭落在桌上，即使落在地上又踏了一脚，也要拾起来吃。三岁的小孩都知道糟蹋米饭是要被天雷打的，他竟这样的大胆！

碗边碗底还有好几十颗饭米，他放下筷子算吃完了。

"连饭米也不敬惜！读的什么书！"大家都暗暗愤怒的想着，散了席。

林家塘这个村庄是一个风景很好的地方，它的东边有一重很高的山。后南至北迤逦着，有几十里路。山上长着很高的松柏，繁茂的竹子，好几处，柴草长得比人身还高，密密丛丛的，人进去了便看不见一点踪影，山中最多虫鸟，时刻鸣叫着。一到夏天和秋天，便如山崩海决的号响。一条上山巅的路又长又耸，转了十八个弯，才能到得极顶。从那里可以望见西边许多起伏如裙边，如坟墓的大小山冈，和山外的苍茫的海和海中屹立的群岛。西边由林家塘起，像鸟巢似的村屋接连不断，绵延到极边碧绿的田野中，一脉线似的小河明亮亮的蜿蜒着，围绕着。在小河与溪流相通的山脚下，四季中或点点滴滴的鸣着，或雷鸣而暴的号着。整个的林家塘都被围在丛林中，一年到头开着各色的花。

一天下午，约在一点钟左右，有人看见子平挟了一包东西，独自向山边走了去。

那时林家塘的明生和仁才正在半山里砍柴。他们看见子平循着山路从山脚下彳亍的走上山去，这里站了一会，那里坐了一会。走到离明生和仁才不远的地方，他在一株大树下歇了半天。明生看见他解开那一扎纸包，拿出来一瓶酒似的东西，呆望着远远的云或村庄，一口一口的喝着，手里剥着花生或豆子一类的东西，往口里塞。明生和仁才都不觉暗暗的笑了起来。

坐了许久，子平包了酒瓶，又彳亍的往山顶走了上去。明生和仁才好奇心动，便都偷偷的从别一条山路上跟着走去。

一到山巅，子平便狂呼着来回的跑了起来，跳了起来，发了疯的一般。他们又看见他呆呆的，想什么心事似的坐了许久，又喝了不少的酒。

"这到底是一种什么人啊？"

在他们过去的几十年中，几乎天天在山上砍着柴，还不曾看见过这样的人物。说他疯了罢，显然不是的。小孩子罢，也不是。他是一个教书的先生，千百人所模拟的人物，应该庄重而且威严才是。像这个样子，如何教得书来！然而，然而他居然又在外面教了好几年好几个学校的书了！……

奇异的事还有。子平忽然丢了酒瓶，揉升到一株大树上去了。

他坐在桠杈上，摇着树枝，唱着歌。在明生和仁才看起来，竟像他们往常所看见的猴子。

他玩了许久，折了一枝树枝，便又跳下来喝酒，一会儿，便躺倒在大树下，似乎睡熟了。

"不要再看这些难以入目的丑态，还是砍我们的柴去罢！"明生和仁才摇着头，往半山里走去。

炎热之后，壁垒似的云迅速的从山顶上腾了起来，一霎时便布满了天空，掩住了火一般的太阳。电比箭还急的从那边的天空射到这边的天空。雷声如从远的海底滚出来一般，隐隐约约响了起来，愈响愈近愈隆，偶然间发出惊山崩石的霹雳。接着大雨便狂怒的落着。林家塘全村这时仿佛是恶涛中的一只小艇，簸荡得没有一刻平静，瓦片拉拉的发出声音。水从檐间的水溜边上呼号的冲了出来，拍拍地击着地上的石头。各处院子中的水，带着各种的积污和泥土凶猛的涌到较高的窗槛下又撞了回去。树林在水中跳动着，像要带根拔了起来，上面当不住严重的袭击，弯着头又像要折断树干往地下扑倒一般。山上的水瀑布似的滚到溪中，发出和雷相呼应的巨声。天将崩塌了。村中的人都战战兢兢的躲在屋中，不敢走出门外。

就在这时候,住在村尾的农夫四林忽然听见了屋外大声呼号的声音。他从后窗望出去,看见一个人撑着一顶纸伞,赤着脚,裤脚卷到大腿上,大声的唱着歌,往山脚下走了去。

那是子平。

"发了疯了,到那里去寻什么狗肉吃呀!"四林不禁喊了起来。

穿过竹林望去,四林看见子平走到溪边站住了。他呆呆的望着,时或抱起一块大石,往急流中撩去。一会儿,他走了下去,只露出了伞顶,似已站在溪流中。

不久雨停了。子平收了伞,还站在那溪中。四林背上锄头,走出门,假装到田间去,想走近一点窥他做什么。

子平脱了上衣,弯着身在溪水上,用手舀着水,在洗他的上身。

"贼骨头!"四林掉转身,远远的就折回自己的家里。

孟母择邻而居,士君子择友而交,正所谓鸡随鸡群,羊随羊群,贼有贼队,官有官党。有钱的和有钱的来往,好人与好人来往。像子平,算是一个读书人,而不与读书人来往,他的为人就可想而知了。林家塘尽有的是读书人,一百年前,出过举人,出过进士,也曾出过翰林。祠堂门口至今还高高的挂着钦赐的匾额。现在有两个秀才都还活着。有两家人家请着先生在教子弟。像林元,虽已改了业做了医生,但他笔墨的好是人人知道的,他从前也是一个童生。年青的像进安,村中有什么信札都是他代看代写。评理讲事有丹生。募捐倡议有芝亭。此外还尽有识字能文的人。而子平,一个也不理,这算是什么呢?他回家已二十多天,没有去看过人,也没有人去看过他。大家只看见他做出了许多难以入目的事情。若说他疯狂,则又不像。只有说他是下流的读书人,便比较的确切。

但一天,林家塘的人看见子平的朋友来了。那是两个外地人,言语有点异样,穿着袋子很多的短衣。其中的一个,手里提着一只黑色的皮包，里面似乎装满了东西。到了林家塘，便问子平的住处，说是由县里的党部来的，和子平同过学。子平非常欢喜的接见他们，高谈阔论的谈了一天，又陪着他们到山上去走。宿了一夜，这两个人走了。子平送得极远极远。

三天后，子平到县城去了。这显然是去看那两个朋友的。他去了三天才回家。

那时田间正是一片黄色，早稻将熟的时候。农夫们都忙着预备收割，田主计算着称租谷的事情。忽然一天，林家塘来了一个贴告示的人。大家都围着去看，只见：

"……农夫栽培辛勤……租谷一律七折……县党部县农民协会示……"

"入他娘的！这样好的年成，要他多管事！……"看的人都切齿的痛恨。有几个人甚至动手撕告示了。

林家塘里的人原是做生意的人最多，种田的没有几个。这一种办法，可以说是于林家塘全村有极大的损失。于是全村的人便纷纷议论，署骂起来。

"什么叫做党部！什么叫做农民协会！狗屁！害人的东西！"有一种不堪言说的疑惑，同时涌上了大家的心头：觉得这件事情似乎是子平在其中唆使。从这疑惑中，又加上了平时的鄙视，便生出了仇恨。

那是谁都知道的，他和党部有关系。

炊烟在各家的屋上盘绕，结成了一个大的朦胧的网，笼罩着整个的村庄。夜又从不知不觉中撒下幕来，使林家塘渐渐入于黑暗的境界。星星似不愿夜的独霸，便发出闪闪的光辉，照耀着下面的世界。云敛了迹，繁密的银河横在天空。过了一会，月亮也出来了。她带着凉爽的气，射出更大的光到地上。微风从幽秘的山谷中，树林中偷偷的晃了出来，给与林家塘一种不堪言说的凉爽。喧哗和扰扰攘攘已退去休息。在清静中，蟋蟀与纺织娘发出清脆的歌声，颂扬着夜的秘密。

经过了炎热而又劳苦的工作，全村的男女便都休息在院中，河边，树下，受着甜蜜的夜的抚慰，三三两两的低声的谈着欢乐或悲苦的往事。

不久，奇异的事发生了。

有人看见头上有无数的小星拥簇在一堆，上窄下阔，形成了扫帚的样式，发出极大的光芒，如大麦的须一般。这叫做扫帚星，是一颗凶星。它发现时，必有王莽一类的人出世，倾覆着朝代，扰乱着安静。像这样的星，林家塘人已有几百年不曾看见过。

大家都指点着，观望着，谈论着。恐怖充满了各人的心中。它正直对着林家塘，显然这个人已出现在林家塘了。

约莫半点钟之久，东南角上忽然起了一朵大的黑云，渐渐上升着，有一分钟左右盖住了光明的月亮。它不歇的往天空的正中飘来，愈走愈近林家塘。扫帚星似已模糊起来，渐渐失了光芒。大家都很惊异的望着，那云很快的便盖住了扫帚星。

"好了！扫帚星不见了！"云过后，果然已看不见光芒的扫帚星，只是几颗隐约的小星在那里闪烁着。于是大家就很喜欢的叫了起来。各人的心中重又回复了平安，渐渐走进屋里去睡眠。

阿武婶的房子正在惠明先生的花园旁边。她走入房内后，忽然听见一阵风声，接着便是脚步声，不由得奇怪起来，她仔细倾听，那声音似在惠明先生的花园里，便走入厨房，由小窗里望了出去。模糊的月光下，她看见一个人正在那里拿着一柄长的剑呼呼的舞着。雪亮的光闪烁得非常可怕。剑在那人的头上身边，前后左右盘旋着。忽然听见那人叱咤一声，那剑便刺在一株树干上。收了剑，又做了几个姿势，那人便走了。阿武婶隐隐约约的看去，正是子平。

一阵战栗从她的心中发出，遍了她的全身。她连忙走进卧房里去。

恐怖主宰着她的整个灵魂。她明白扫帚星所照的是谁，方才许多人撅着嘴所暗指的是谁了。

"咳，不幸，林家塘竟出了这样的一个恶魔！"她颤颤的自言自语的说。

林家塘离县城只有三十里路，一切的消息都很灵通，国内的大事他们也颇有一点知道。但因为经商的经商，做工的做工，种田的种田，各有自己的职业，只是日出而作，日入而息，不大去理会那些闲事。谁做皇帝谁做总统，在他们都没有关系，北军来了也好，南军来了也好。这次自从南军赶走北军，把附近的地方占领后，纷纷设立党部，工会，农会，他们还不以为意。最近这么一来，他们疑心起来了。北军在时，加粮加税，但好好的年成租谷打七折还不曾有过。这显然是北军比南军好得多。

林家塘扰扰攘攘了几天，忽然来了消息了。

"这是共产党，做的事！"在县内医院里当账房的生贵刚从城里回家，对邻居们说。

"什么是共产党呢？"有好几个人向来没有听见过，问生贵说。

"共产党就是破产党！共人家的钱，共人家的妻子！"

"啊！这还了得！"听的人都惊骇起来。

"他们不认父母，不认子女，凡女人都是男人的妻子，凡男人都是女人的丈夫！别人的产业就是他们的产业！"

这话愈说愈可怕了。听的人愈加多了起来。这样奇怪的事，他们还是头一次听见。

"南军有许许多多共产党，女人也很多。她们都剪了头发，和男子一样的打扮。"

"啊，南军就是共产军吗？"

"不是。南军是国民军。共产党是混在里面的。现在国民军正在到处捉共产党。一查出就捉去枪毙。前日起，县里已枪毙了十几个。现在搜索得极严。有许多共产党都藏着手枪，炸弹。学界里最多。这几天来，街上站满了兵，凡看见剪了头发的女学生都要解开上衣露出胸来，脱了裙子，给他们搜摸。"

"啊！痛快！"

"什么党部，农会，工会！那里面没一个不是共产党。现在都已解散。被捉去的捉去，逃走的逃走了。"

"好，好！问你还共产不共产！"

听的人都喜欢的不得了。眼见得租谷不能打七折，自己的老婆也不会被人家共了。

这消息像电似的立刻就传遍了林家塘。

许许多多人都谈着谈着，便转到扫帚星上去，剑与一群剪头发的女人，以及晴天在山顶上打滚，雨天在山脚下洗澡等等的下流的出奇的举动……

有几个人便相约去讽示惠明先生，探他的意见了，因为他是扫帚星的叔叔，村中不好惹的前辈。

邻居们走后，惠明先生非常的生气。他一方面恶邻居们竟敢这样的大胆，把他的侄子当做共产党，一方面恨子平不争气，会被人家疑忌到如此。七八年前，他在林家塘是一个最威风，最有名声的人，村中有什么事情，殴斗或争论，都请他去判断。他像一个阎王，一句话说出去，怎样重大的案件便解决。村中没有一个人不怕他，不尊敬他。家家请他吃酒，送礼物送钱给他用。近几年来他已把家基筑得很稳固，有屋有田，年纪也老了，不再管别人的事，只日夜躺在床上，点着烟灯，吸吸鸦片消遣。最近两年来，他甚至连家事也交给了大媳妇，不大出自己的房门。子平回来后，只同他同桌吃过三次饭，一次还是在富克先生家里。谈话的次数也很少，而且每次都很短促。他想不到子平竟会这样的下流。他怒气冲冲的叫女仆把子平喊来。

"你知道共产党吗,子平?"他劈头就是这样问。

"知道的。"子平毫不介意的回答说。

这使惠明先生吃了一惊。显然邻居们的观察是对的了。

"为什么要共产呢?"

"因为不平等。不造房子的人有房子住,造房子的反而没有房子住。不种田的人有饭吃,种田的反而没有饭吃。不做衣服的有衣服穿,

"为什么要共妻呢?"惠明先生截断他的话,问。

"没有这回事。"他笑着回答说,"只有自由结婚,自由离婚是有的。"

惠明先生点了一点头。

"哈,今日同这个自由结婚,睡了一夜,明日就可以自由离婚,再和别个去自由结婚,后天又自由离婚,又自由结婚,又自由离婚……这不就是共妻?"他想。

"生出来的儿子怎么办呢?"他又问子平说。

"那时到处都设着儿童公育院,有人代养。"

"岂不是不认得父母了。"

"没有什么关系。"

"哦!你怎么知道这许多呢?"

"书上讲得很详细。"

惠明先生气忿的躺在床上,拿起烟筒,装上烟,一头含在口里,便往烟灯上烧,不再理子平。

子平还有话要说似的,站了一会,看他已生了气,便索然无味的走回自己的房里。

惠明先生一肚子的气愤。烟越吸越急,怒气也愈加增长起来。自己家里隐藏着一个这样危险的人,他如做梦似的,到现在才知道。林家塘

人的观察是多么真确。问他知道吗？——知道。而且非常的详细。他几十年心血所争来的名声，眼见得要被这畜生破坏了！报告，捉了去是要枪毙的。他毕竟是自己的侄子。不报告，生贵说过，隐藏共产党的人家是一样要枪毙的。这事情两难。

新的思想随着他的烟上来，他有了办法了。

他想到他兄弟名下尚有二十几亩田，几千元现款存在钱庄里。他兄弟这一家现在只有子平一个人。子平如果死了，是应该他的大儿子承继的，那时连田和现款便统统归到他手里。不去报告，也不见得不被捉去，而且还将株连及自己。报告了，既可脱出罪，又可拿到他的产业，何乐而不为？这本是他自作自受，难怪得叔叔。况且，共产党连父母也不认，怎会认得叔叔？他将来也难免反转来把叔叔当做侄子看待，两个儿子难免受他的欺，被他共了产，共了妻去。

主意拿定，他在夜间请了村中的几个地位较高的人，秘密的商量许久，写好一张报告，由他领衔，打发人送到县里去。

林家塘是一个守不住秘密的地方，第二天早晨，这消息便已传遍了。大家都觉得心里有点痒痒，巴不得这事立刻就发作。

生贵却故意装做不知道似的，偏要去看看子平。

九点钟，他去时，门关着，子平还睡着。十点钟，也还没有起来。他有点疑惑。十二点又去了一次。子平在里面答应说，人不好过，不能起来。下午二点和四点，他觉得自己不好意思再去，叫别人去敲了两次门，也是一样的回答。

"一定是给他知道了！"生贵对教童说，"在里面关着门，想什么方法哩！"

"自然着急的！昨晚惠明先生的话问得太明白了！"

"不要让他逃走！逃走了，我们这班人便要受官厅的殃，说是我们放走的呢！"

第三天早晨，浓厚的雾笼罩了整个的林家塘。炊烟从各家的烟囱中冒了出来，渐渐混合在雾里，使林家塘更沉没在朦胧中，对面辨不出人物。太阳只是淡淡的发着光，似不想冲破雾的网，给林家塘人一个清明的世界一般。只有许多鸟在树林里惆嗽的鸣着，不堪烦闷似的。

阿武婶拿着洗净了的一篮衣服回来，忽然听见一阵橐橐的皮鞋声，有一个人便在她的身边迅速的掠过去。她回头细看时，那人已隐没在雾中了。林家塘没有第二个人穿皮鞋，她知道那一定是子平逃走了。她急忙跟着皮鞋声追去。路上遇到了史法，便轻轻的告诉他，叫他跟去，因为她自己是小脚，走不快的。

"万不会让他逃走！"史法想，"那边只有往县城去的一条大路，我跟着去就是了。"

子平走得很快，只听见脚步声，看不见人。

雾渐渐淡了起来，隐约中，史法已看见子平。但脚步声忽然没有了。他仔细望去，子平已走入小路。

"哼！看你往哪里逃罢！"史法喃喃的说着，跟了去。

雾渐渐消散，他看得很清楚，子平走进一个树林里站住了。他正要走过去，忽然树林中起了一声狂叫，吓得他连忙站住了脚步。

对面的山谷猛然又应答了一声。

他看见子平捻着拳头在那里打起拳来了。

"嗯，他知道我跟着，要和我相打了！"

他不由得心里突突的跳了起来，不敢动了。

"走远一点罢，"他想。转过身去，他看见前面来了六个人。那是生贵、仁才、明生、长庭、教童、四林，后面还有一群男女，为首的仿佛是惠明先生，丹生先生，富克先生，他们似已知道子平逃走，追了来的。

"逃走了吗？"

"不，在树林内。他死到临头，看见我一个人，磨拳擦掌的，还想打我呢！"史法轻轻的说。看见来了这许多人，他又胆壮了。

"去，追去捉住他！"生贵像发号施令的说。

"不！怕有手枪呢！"仁才这么一说，把几个人都呆住了。

雾已完全敛迹，太阳很明亮的照着。他们忽然看见对面来了七八个人。前面走的都背着枪，穿着军服，后背的一个正是送报告信去的惠明先生的仆人。

"逃走了，逃走了！"大家都大声的喊了起来。"还在树林里！快去，快去！当心他的手枪！"

那些兵就很快的卸下刺刀，装上子弹，吹着哨子，往树林包围了去。

子平似已觉得了。他已飞步往树林外逃去。

突然间，一阵劈拍的枪声，子平倒在田中了。

大家围了上去，看见他手臂和腿上中了两枪，流着鲜红的血。就在昏迷中，两个兵士用粗长的绳索把他捆了起来。有几个兵士便跑到他的屋子里去搜查。

证据是一柄剑。

过了一天，消息传到林家塘：子平抬到县里已不会说谈，官长命令……

几天之后，林家塘人的兴奋渐渐消失，又安心而且平静的做他们自己的事情。溪流仍点点滴滴的流着，树林巍然的站着，鸟儿啁啾的唱着快乐的歌，各色的野花天天开着，如往日一般。即如子平击倒的那一处，也依然有蟋蟀和纺织娘歌唱着，蚱蜢跳跃着，粉蝶飞舞着，不复记得曾有一个青年凄惨的倒在那里流着鲜红的血……

呵，多么美丽的乡村！

童年的悲哀

这是如何的可怕，时光过得这样的迅速！

它像清晨的流星，它像夏夜的闪电，刹那间便溜了过去，而且，不知不觉的带着我那一生中最可爱的一叶走了。

像太阳已经下了山，夜渐渐展开了它的黑色的幕似的，我感觉到无穷的恐怖。像狂风卷着乱云，暴雨掀着波涛似的，我感觉到无边的惊骇。像周围哀啼着凄凉的鬼魑，影闪着死僵的人骸似的，我心中充满了不堪形容的悲哀和绝望。

谁说青年是一生中最宝贵的时代，是黄金的时代呢？我没有看见，我没有感觉到。我只看见黑暗与沉寂，我只感觉到苦恼与悲哀。是谁在这样说着，是谁在这样羡慕着，我愿意把这时代交给了他。

呵，我愿意回到我的可爱的童年时代，回到那梦幻的浮云的时代！

神呵，给我伟大的力，不能让我回到那时代去，至少也让我的回忆拍着翅膀飞到那最凄凉的一隅去，暂时让悲哀的梦来充实我吧！我愿意这样，因为即使是童年的悲哀也比青年的欢乐来得梦幻，来得甜蜜呵！

那是在哪一年，我不大记得了。好像是在我十一二岁的时候。

时间是在正月的初上。正是故乡锣声遍地，龙灯和马灯来往不绝的几天。

这是一年中最欢乐的几天。过了长久的生活的劳碌，乡下人都一致的暂时搁下了重担，用娱乐来洗涤他们的疲乏了。街上的店铺全都关了门。词庙和桥上这里那里的一堆堆的簇拥着打牌九的人群。平日最节俭的人在这几天里都握着满把的瓜子，不息的剥啄着。最正经最严肃的人现在都背着旗子或是敲着铜锣随着龙灯马灯出发了。他们谈笑着，歌唱着，没有一个人的脸上会发现忧愁的影子。孩子们像从笼里放出来的一般，到处跳跃着，放着鞭炮，或是在地上围做一团，用尖石划了格子打着钱，占据了街上的角隅。

母亲对我拘束得很严。她认为打钱一类的游戏是不长进的孩子们的表征，她平日总是不许我和其他的孩子们一同玩耍，她把她的钱柜子镇得很紧密。倘若我偶然在抽屉的角落里找到了几个铜钱，偷偷的出去和别的孩子们打钱，她便会很快的找到我，赶回家去大骂一顿，有时挨了一场打，还得挨一餐饿。

但一到正月初上，母亲给与我自由了。我不必再在抽屉角落里寻找剩余的铜钱，我自己的枕头下已有了母亲给我的丰富的压岁钱。除了当着大路以外，就在母亲的面前也可以和别的孩子们打钱了。

打钱的游戏是最方便最有趣不过的。只要两个孩子碰在一起，问一声"来不来"？回答说"怕你吗"？同找一块不太光滑也不太凹凸的石板，就地找一块小的尖石，划出一个四方的格子，再在方格里对着角划上两根斜线，就开始了。随后自有别的孩子们来陆续加入，摆下钱来，许多人簇拥在一堆。

我虽然不常有机会打钱，没有练习得十分凶狠的铲法，但我却能很稳当的使用刨法，那就是不像铲似的把自己手中的钱往前面跌下去，却是往后落下去。用这种方法，无论能不能把别人的钱刨到格子或线外去，而自己的钱却能常常落在方格里，不会像铲似的，自己的钱总是一直冲到方格外面去，易于发生危险。

常和我打钱的多是一些年纪不相上下的孩子，而且都知道把自己的钱拿得最平稳。年纪小的不凑到我们这一伙来，年纪过大或拿钱拿得不平稳的也常被我们所拒绝。

在正月初上的几天里，我们总是到处打钱，祠堂里，街上，桥上，屋檐下，划满了方格。我的心像野马似的，欢喜得忘记了家，忘记了吃饭。

但有一天，正当我们闹得兴高采烈的时候，来了一个捣乱的孩子。

他比我们这一伙人都长得大些，他大约已经有了十四五岁，他的名字叫做生福。他没有母亲也没有父亲。他平时帮着人家划船，赚了钱一个人花费，不是挤到牌九摊里去，就和他的一伙打铜板。他不大喜欢和人家打铜钱，他觉得输赢太小，没有多大的趣味。他的打法是很凶的，老是把自己的铜板紧紧的斜扣在手指中，狂风暴雨似的錾了下去。因此在方格中很平稳的躺着的钱，在别人打不出去的，常被他錾了出去。同时，他的手又来得很快，每当将錾之前，先伸出食指去摸一摸被打的钱，在人家不知不觉中把平稳的躺着的钱移动得有了蹊跷。这种打法，无论谁见了都要害怕。

小小的心

赖友人的帮助，我有了一间比较舒适而清洁的住室。淡薄的夕阳的光在屋顶上徘徊的时候，我和一个挑着沉重的行李的挑夫穿过了几条热闹的街道，到了一个清静的小巷。我数了几家门牌，不久便听见我的朋友的叫声。

"在这里！"他说，一手指着白色围墙中间的大门。

呈现在我的眼前的是一座半旧的三层洋楼：映在夕阳中的枯黄的屋顶露着衰疲的神情；白的墙壁现在已经变成了灰色，颇带几分忧郁；第三层的楼窗全关着，好几个百叶窗的格子斜支着；二层楼的走廊上，晾晒着几件白色的衣服。

我带着几分莫名的怅惘，跟着我的朋友走进了大门。这里有很清鲜的空气，小小的院子中栽着几株花木。楼下的房子比较新了一点，似乎曾经加过粉饰的工夫。厅堂中满挂着字画，一个穿西装的中年男子在那里和我的朋友招呼。经过他的身边，我们走上了一条楼梯。楼上有几个妇人和孩子在楼梯口观望着我们。楼上的厅堂中供着神主的牌位，正中的墙壁上挂着一副面貌和善的老人的坐像,从香炉中盘绕出几缕残烟,带着沉幽的气息。供桌外面摆着两张方桌,最外面的一张桌上放着几双碗筷,预备晚餐了。我的新的住室就在厅堂东边第一间,两个门:一个通厅堂,一个朝南通走廊的两扇玻璃门。从朝东的窗子望出去,可以看见邻家园子里的极大的榕树。床铺和桌椅已由我的朋友代我布置好,我打发挑夫走了,便开始整理我的行李。

妇人和孩子们走到我的房里来了,眼中露着好奇的光。

"请坐,请坐。"我招待她们说。

她们嘻嘻笑着,点了点头,似乎会了意。

"这是二房东孙先生的夫人。"我的朋友指着一位面色黝黑的三十余岁的妇人,对我介绍说。

"这位老太太是住在厅堂那边,李先生的母亲。"他又指着一个和善的白头发的老妇人,说。

"这两位女人是他们的亲戚……"

"啊!啊,请她们坐罢。"我说。

她们仍嘻嘻的笑着,好奇的眼光不息的在我的身上和我的行李上流动。

最后我的朋友操着流利的本地话和她们说了。他是在介绍我,说我姓王,在某一个学校当教员,现在放了假,到某一家报馆来做编辑了。

"上海郎?"那位老太太这样的问。

"上海郎。"我的朋友回答说。

我不觉笑了。这样的话我已经听见不少的次数,只要是说普通话,或者是说类似普通话的人,在这里是常被本地人看做上海人的。"上海",这两个字在许多本地人的脑中好像是福建以外的一个版图很大的国名,它包含着:辽宁,吉林,黑龙江,河北,河南,山东,江苏,浙江,山西,陕西,甘肃,四川,湖北,湖南,江西,……一句话,这就等于中国的别名了。我的朋友并非不知道我不是上海人，只因这地方的习惯，他就顺口的承认了。

"上海郎！红阿！"忽然一个孩子在我的身边低声的试叫起来。

黄昏已在房内撒下了朦胧的网，我不十分能够辨别出这孩子的相貌。他约莫有四五岁年纪，很觉瘦小，一身肮脏的灰色衣服，左眼角下有一个很长的深的疤痕，好像被谁挖了一条沟。

"顽皮的孩子！"我想，心里颇有几分不高兴。虽然是孩子，我觉得他第一次这样叫我是有点轻视的意味的。

"阿品！"果然那老太太有点生气了，她很严厉的对这孩子说了一些本地话，"——红先生！"

"红先生……"孩子很小心的学着叫了一句，声音比前更低了。

"红先生！"另外在那里呆望着的三个小孩也跟着叫了起来。

我立刻走过去，牵住了他的小手，蹲在他的面前。我看见他的眼睛有点润湿了。我抚摩着他的脸，转过头来向着老太太说："好孩子哪！"

"好孩子寄？——Peh！"她笑着说。

"里姓西米？"我操着不纯粹的本地话问这孩子说。

"姓……谭！"他沉着眼睛，好像想了一想，说。

"他姓陈，"我的朋友立刻插入说，"在这里，陈字是念做谭字的。"

我点了一点头。

"他是这位老太太的外孙——喔，时候不早了，我们出去吃饭吧！"我的朋友对我说。

我站起来，又望了望孩子，跟着我的朋友走了。

阿品，这瘦小的孩子，他有一对使人感动的眼睛。他的微黄的眼珠，好像蒙着一层薄的雾，透过这薄雾，闪闪的发着光。两个圆的孔仿佛生得太大了，显得眼皮不易合拢的模样，不常看见它的眨动，它好像永久是睁开着的。眼珠往上泛着，下面露出了一大块鲜洁的眼白，像在沉思什么，像被什么所感动。在他的眼睛里，我看见了忧郁，悲哀。

"住在外婆家里，应该是极得老人家的抚爱的——他的父母可在这里？"在路上，我这样的问我的朋友。

"没有，他的父亲是工程师，全家住在泉州。"

"那么，为什么愿意孩子离开他们呢？"我好像一个侦探似的，极想知道他的一切。"大概是因为外婆太寂寞了吧？"

"不，外婆这里有三个孙子，不会寂寞的。听说是因为那边孩子太多了，才把他送到这里来的哩！"

"喔——"

我沉默了，孩子的两个忧郁的眼睛立刻又显露在我的眼前，像在沉思，像在凝视着我。在他的眼光里，我听见了微弱的忧郁的失了母爱的诉苦；看见了一颗小小的悲哀的心……

第二天早晨，阿品独自到了我的房里。"红先生！"他显出高兴的样子叫着，同时睁着他的沉思的眼睛凝望着我。我叫着他的名字，走过去牵住了他的小手。这房子，在他好像是一个神异的所在，他凝视着桌子、床铺，又抬起头凝望着壁上的画片。他的眼光的流动是这样的迟缓，每见着一样东西，就好像触动了他的幻想，呆住了许久。

"红先生！"他忽然指着壁上的一张相片，笑着叫了起来。

我也笑了，他并不是叫那站在他的身边的王先生，他是在和那站在亭子边，挟着一包东西的王先生招呼，我把这相片取下来，放在椅子上。他凝视了许久，随后伸出一只小指头，指着那一包东西说了起来。我不懂得他说些什么，只猜想他是在问我，拿着什么东西。"几本书，"我说。他抬起头来望着我，口里咕噜着。"书！"我更简单的说，希望他能够听出来。但他依然凝视着我，显然他不懂得。我便从桌上拿起一本书,指着说,"这个,这个,"他明白了,指着那包东西,叫着"兹!兹!""读兹?"我问他说。"读兹,里读兹!"他笑着回答。"这个叫西米?"我指着茶壶。"队阁。""这叫西米?"我指着茶杯。"队杯,""队阁,队杯!队阁,队杯!"我重覆的念着。想立刻记住了本地音。"队阁,队杯!队阁,队杯!"他笑着,缓慢的张着小嘴,泛着沉思的眼睛,故意反学我了。薄的红嫩的两唇,配着黄黑残缺的牙齿,张开来时很像一个破烂了的小石榴。

从这一天起,我有了一个很好的教师了,他不懂得我的话,我也不懂得他的话,但大家叽哩咕噜的说着,经过了一番推测,做姿势以后,我们都能够了解几分。就在这种情形中,我从他那里学会了几句本地话。清晨,我还没有起床的时候,他已经轻轻的敲我的门。得到了我的允许,他进来了。爬上凳子,他常常抽开屉子找东西玩耍。一张纸,一枝铅笔,在他都是好玩的东西。他乱涂了一番,把纸搓成团,随后又展开来,又搓成了团。我曾经买了一些玩具给他,但他所最爱的却是晚上的蜡烛。一到我房里点起蜡烛,他就跑进来凝视着蜡烛的溶化,随后挖着凝结在烛旁的余滴,用一只洋铁盒子装了起来。我把它在火上烧溶了,等到将要凝结时,取出来捻成了鱼或鸭。他喜欢这蜡做的东西,但过了几分钟,他便故意把它们打碎,要我重做。于是我把蜡烛捻成了麻雀,猴子,随后又把破烂的麻雀捻成了碗,把猴子捻成了筷子和汤匙,最后这些东西又变成了人,兔子,牛,羊……他笑着叫着,外婆家里一个十二三岁的丫头几次叫他去吃晚饭,只是不理她。"吃了饭再来玩吧,"我推着他去,也不肯走。最后外婆亲自来了,她严厉的说了几句,好像在说:如果不回去,今晚就关上门,不准他回去睡觉,他才走了,走时还把蜡烛带了去。吃完饭,他又来继续玩耍,有几次疲倦了就躺在我身上,问他睡在这里吧,他并不固执的要回去,但随后外婆来时,也便去了。

阿品有一种很好的习惯，就是拿动了什么东西必定把它归还原处。有一天，他在我抽屉里发现了一只空的美丽的信封盒子。他显然很喜欢这东西，从家里搬来了一些旧的玩具，装进在盒子里。摇着，反覆着，来回走了几次，到晚上又把玩具取出来搬回了家，把空的盒子放在我的抽屉里。盒子上面本来堆集着几本书，他照样的放好了。日子久了，我们愈加要好起来，像一家人一样，但他拿动了我的房子里的东西，还是要把它放在原处。此外，他要进来时，必定先在门外敲门或喊我，进了门或出了门就竖着脚尖，握着门键的把手，把门关上。

阿品的舅舅是一个画家，他有许多很好看的画片，但阿品绝不去拿动他什么，也不跟他玩耍。他的舅舅是一个严肃寡言的人，不大理睬他，阿品也只远远的凝望着他。他有三个孩子都穿得很漂亮，阿品也不常和他们在一块玩耍。他只跟着他的公正慈和的外婆。自从我搬到那里，他才有了一个老大的伴侣。虽然我们彼此的语言都听不懂，但我们总是叽哩咕噜的说着，也互相了解着，好像我完全懂得本地话，他也完全懂得普通话一样。有时，他高兴起来，也跟我学普通话，代替了游戏。

"茶壶！"我指着桌上的茶壶说。

"茶涡！"他学着说。

"茶杯！"

"茶杯！"

"茶瓶！"

"茶饼！"

"这个叫西米？"我指着茶壶，问他。

"茶饼！"他睁着眼睛，想了一会，说。

"不，茶壶！"

"茶涡！"

"这个？"我指着茶杯。

"茶杯！"

"这个？"我指着茶壶。

"茶涡！"他笑着回答。

待他完全学会了，我倒了两杯茶，说。"请，请！喝茶，喝茶！"

于是他大笑起来，学着说："请，请，喝茶！喝茶！里夹，里夹！"

"你喝，你喝！"我改正了他的话。

他立刻知道自己说错了，又哈哈大笑起来。随后却又故意说："你喝，你喝！里夹，里夹。"

"夹里，夹里！"我紧紧的抱住了他，吻着他的面颊。

他把头贴着我的头，静默的睁着眼睛，像有所感动似的。我也静默了，一样的有所感动。他，这可爱的阿品，这样幼小的时候，就离开了他的父母，失掉了慈爱的亲热的抚慰，寂寞伶仃的寄居在外婆家里，该是有着莫名的怅惘吧？外婆虽然是够慈和了，但她还有三个孙子，一个儿子，又没有媳妇，须独自管理家务，显然是没有多大的闲空可以尽量的抚养外孙，把整个的心安排在阿品身上的。阿品是不是懂得这个，有所感动呢？我不知道。但至少我是这样的感动了。一样的，我也离开了我的老年的父母，伶仃的寂寞的在这异乡。虽说是也有着不少的朋友，但世间有什么样的爱情能和生身父母的爱相比呢？……他愿意占有我吗？是的，我愿意占有他，永不离开他；……让他做我的孩子，让我们永久在一起，让胶一般的把我们粘在一起……

"但是，你是谁的孩子呢？你姓什么呢？"我含着眼泪这样的问他。

他用惊异的眼光望着我。

"里姓西米？"

"姓谭！"

"不，"我摇着头，"里姓王！"

"里姓红，瓦姓谭！"

"我姓王，里也姓王！"

"瓦也姓红，里也姓红！"他笑了，在他，这是很有趣味的。

于是我再重复的问了他几句，他都答应姓王了。

外婆从外面走了进来，听见我们的问答，对他说："姓谭！"但是他摇了一摇头，说："红。"外婆笑着走了。外婆的这种态度，在他好像一种准许，从此无论谁问他，他都说姓王了，有些人对他取笑说，你就叫王先生做爸爸吧，他就笑着叫我一声爸爸。

这原是徒然的事，不会使我们满足，不会把我们中间的缺陷消除，不会改变我们的命运的。但阿品喜欢我，爱我，却是足够使我暂时自慰了。

一次，我们附近做起马戏来了。我们可以在楼顶上望见那搭在空地上的极大的帐篷，帐篷上满缀着红绿的电灯，晚上照耀得异常的光明，军乐声日夜奏个不休。满街贴着极大的广告，列着一些惊人的节目：狮子，熊，西班牙女人，法国儿童，非洲男子……登场奏技，说是五国人合办的，叫做世界马戏团。承朋友相邀，我去看了一次，觉得儿童的走索，打秋千，女人的跳舞，矮子翻跟斗，阿品一定喜欢看，特选了和这节目相同，而没有狮子，熊奏技的一天，得到了他的外婆的同意，带他到马戏场去。场内三等的座位已经满了，只有头二等的票子，二等每人二元，儿童半价，我只带了两块钱。我要回家取钱，阿品却不肯，拉着我的手定要走进去，他听不懂我的话，以为我不看了，急得眼泪都快流出来。直到我在那里遇见了一位朋友，阿品才高兴的跳跃着跑了进去。

几分钟后，幕开了。一个美国人出来说了几句恭敬的英语，接着就是矮子的滑稽的跟斗。阿品很高兴的叫着，摇着手，像表示他也会翻跟斗似的。随后一个十二三岁的女孩子出来了。她攀着一根索子一直揉到帐篷顶下，在那里，她纵身一跳，攀住了一个秋千，即刻踏住木板，摇荡几下翻了几个转身，又突然一翻身，落下来，两脚勾住了木板。这个秋千架措得非常高，底下又无遮拦，倘使技术不娴熟，落到地上，粉身碎骨是无疑的。在悠扬的军乐中，四面的观众都齐声鼓起掌来，惊羡这小小女孩子的绝技。我转过脸去看阿品，他只是睁着眼睛，惊讶的望着，不做一声。他的额角上流着许多汗。这时正是暑天的午后，阳光照在篷布上，场内坐满了人，外婆又给阿品罩上了一件干净的蓝衣，他一定太热了，我便给他脱了外面的罩衣，又给他抹去头上的汗。但是他一手牵着我的手，一手指着地，站了起来。我不懂得他的意思，猜他想买东西吃，便从衣袋里摸出一包糖来，递给了他，扯他再坐下来。他接了糖没有吃，望了一望秋千架上的女孩子，重又站起来要走。这样的扯住他几次，我看见他的眼中包满了眼泪。我想，他该是要小便了，所以这样的急，便领他出了马戏场。牵着他的手，我把他带到一个僻静的角落里，但他只是东张西望，却不肯小便。我知道他平常是什么事情都不肯随便的，又把他带到一处更僻静，看不见一个人的所在。但他仍不肯小便。许是要大便了，我想，从袋里拿出一张纸来，扯扯他的裤子，叫他蹲下。他依然不肯。他只叽哩咕噜的说着，扯着我的手要走。难道是要吃什么吗？我想。带他在许多摊旁走过去，指着各种食品问他，但他摇着头，一样也不要，扯他再进马戏场又不肯。这样，他着急，我也着急了。十几分钟之后，我只好把他送回了家，我想，大概是什么地方不舒服吧？倒给他担心起来。一见着外婆，他就跑了过去，流着眼泪，指手划脚的说了许多话。

"有什么事吗？"我问他的舅舅说，"为什么就要离开马戏场呢？"

"真是蠢东西，说是翻秋千的女孩子这样高的地方掉下来怎么办呢？所以不要看了哩！"他的舅舅埋怨着他，这样的告诉我。

咳，我才是蠢东西呢！我一点也没有想到这上面来，我完全忘记了阿品是一个孩子，是一个有着洁白的纸一样的心的孩子，是一个富于同情心的孩子！我完全忘记了这个，我把他当做大人，当做了一个有着蛮心的大人看待，当做了和我一样残忍的人看待了……

从这一天起，我不敢再带阿品到外面去玩耍了。我只很小心的和他在屋子里玩耍。没有必要的事，我便不大出门。附近有海，对面有岛，在沙滩上够我闲步散闷，但我宁愿守在房里等待着阿品，和阿品作伴。阿品也并不喜欢怎样的到外面去，他的兴趣完全和大人的不同。房内的日常的用具，如桌子，椅子，床铺，火柴，手巾，面盆，报纸，书籍，甚至于一粒沙，一根草，在他都可以发生兴味出来。

一天，他在地上拾东西，忽然发现了我的床铺底下放着一双已经破烂了的旧皮鞋。他爬进去拿了出来，不管它罩满了多少的灰尘，便两脚踏了进去。他的脚是这样的小，旧皮鞋好像成了一只大的船。他摇摆着，拐着，走了起来，发着铁妥铁妥的沉重声音。走到桌边，把我的帽子放在头上，一直罩住了眼皮，向我走来，口里叫着："红先生来了，红先生来了！"

"王先生！"我对他叫着说："请坐！请坐！喝茶，喝茶！"

"喔！多谢，多谢！"他便大笑起来，倒在我的身边。

他喜欢音乐，我买了一只小小的口琴给他，时常来往吹着。他说他会跳舞，喊着一二三，突然坐倒在地下，翻转身，打起滚来，又爬着，站起来，冲撞了几步——跳舞就完了。

两个月后，阿品的父亲带着全家的人来了。两个约莫八九岁的女孩，一个才会跑路的男孩，阿品母亲的肚子里还怀着一个六七个月的孩子。他的父亲是一个颇有才干的人，普通话说得很流利，善于应酬。阿品的母亲正和她的兄弟一样，有着一副严肃的面孔，不大露出笑容来，也不大和别人讲话。女孩的面貌像她的父亲，有两颗很大的眼睛；男孩像母亲，显得很沉默，日夜要一个丫头背着。从外形看来，几乎使人疑心到阿品和他的姊弟是异母生的,因为他们都比阿品长得丰满,穿得美丽。

"阿品现在姓王了!"我笑着对他的父亲说。

"你姓西米,阿品?"

"姓红!"阿品回答说。

他的父亲哈哈笑了,他说,就送给王先生吧!阿品的母亲不做声,只是低着头。

全家的人都来了,我倒很高兴,我想,阿品一定会快乐起来。但阿品却对他们很冷淡,尤其是对他的母亲,生疏得几乎和他的舅舅一样。他只比较的欢喜他的父亲,但暗中带着几分畏惧。阿品对我并不因他们的来到稍为冷淡,我仍是他的唯一的伴侣,他宁愿静坐在我的房里。这情形使我非常的苦恼,我愿意阿品至少有一个亲爱的父亲或母亲,我愿意因为他们的来到,阿品对我比较的冷淡。为着什么,他的父母竟是这样的冷淡,这样的歧视阿品,而阿品为什么也是这样的疏远他们呢?呵,正需要阳光一般热烈的小小的心……

从我的故乡来了一位同学,他从小就和我在一起,后来也时常和我一同在外面。为了生活的压迫,他现在也来厦门了。我很快乐,日夜和他用宁波话谈说着关于故乡的情形。我对于故乡,历来有深的厌恶,但同时却也十分关心,详细的询问着一切。阿品露着很惊讶的眼光倾听着,他好像在竭力的想听出我们说的什么,总是呆睁着眼睛像沉思着什么似的。

但三四天后,他的眼睛忽然活泼了。他对于我们所说的宁波话,好像有所领会,眼睛不时转动着,不复像先前那般的呆着,凝视着,同时他像在寻找什么,要唤回他的某一种幻影。我们很觉奇怪,我们的宁波话会引起他特别的兴趣和注意。

"报纸阿旁滑姆未送来,"我的朋友要看报纸,我回答他说,报纸大约还没有送来，送报的人近来特别忙碌，因为政局有点变动，订阅报纸的人突然增加了许多……

阿品这时正在翻抽屉，他忽然转过头来望着我，嘴唇翕动了几下，像要说话而一时说不出来的样子。随后他摇着头，用手指着楼板。我们不懂得他的意思，问他要什么，他又把嘴唇翕动了几下，仍没有发出声音来。他呆了一会，不久就跑下楼去了。回来时，他手中拿着一份报纸。

"好聪明的孩子，听了几天宁波话就懂得了吗？"我惊异的说。

"怕是无意的吧。"我的朋友这样说。

一样的，我也不相信，但好奇心驱使着我，我要试验阿品的听觉了。

"阿品，口琴起驼来吹吹好勿？"

他呆住了，仿佛没有听懂。

"口琴起驼来！"

"口琴起驼来！"我的朋友也重覆的说。

他先睁着沉思的眼睛，随后眼珠又活泼起来。翕动了几下嘴唇，出去了。

拿进来的正是一个口琴！

"滑有一只Angwa！"我恐怕本地话的报纸，口琴和宁波话有点大同小异，特别想出了宁波小孩叫牛的别名。

但这一次，他的眼睛立刻发光了，他高兴得叫着：Angwa！Angwa！立刻出去把一匹泥涂的小牛拿来了。

我和我的朋友都呆住了。为着什么缘故，他懂得宁波话呢？怎样懂得的呢？难道他曾经跟着他的父亲，到过宁波吗？不然，怎能学得这样快？怎能领会得出呢？决不是猜想出来，猜想是不可能的。他曾经懂得宁波话，是一定的。他的嘴唇翕动，要说而说不出来的表情，很可以证明他曾经知道宁波话，现在是因为在别一个环境中，隔了若干时日生疏了，忘却了。

充满着好奇的兴趣，我和我的朋友走到阿品父亲那里。我们很想知道他们和宁波人有过什么样的关系。

"你先生，曾经到过宁波吗？"我很和气的问他，觉得我将得到一个与我故乡相熟的朋友了。

"莫！莫！我没有到过！"他很惊讶的望着我，用夹杂着本地话的普通话回答说。

"阿品不是懂得宁波话吗？"

他突然呆住了，惊愕的沉默了一会，便严重的否认说："不，他不会懂得！"

我们便把刚才的事情告诉了他，并且说，我们确信他懂得宁波话。

"两位先生是宁波人吗？"他惊愕的问。

"是的。"我们点了点头。

"那末一定是两位先生误会了，他不会懂得，他是在厦门生长的！"他仍严重的说。

我们不能再固执的追问了。不知道其中还有什么关系，阿品的父亲颇像失了常态。

第二天早晨，我在房里等待着阿品，但八九点过去了，没有来敲门，也不听见外面厅堂里有他的声音。

"跟他母亲到姨妈家里去了。"我四处寻找不着阿品，便去询问他的父亲，他就是这样的淡淡的回答了一句。

天渐渐昏暗了，阿品没有回来。一天没有看见他，我像失去了什么似的，只是不安的等待着。我真寂寞，我的朋友又离开厦门了。

长的日子！两天三天过去了，阿品依然没有回来！自然，和他母亲在一起，阿品是不会有什么意外的，但我却不自主的忧虑着：生病了吗？跌伤了吗？……

在焦急和苦闷的包围中，我一连等待了一个星期。第八天下午，阿品终于回来了。他消瘦了许多，眼睛的周围起了青的色圈，好像哭过一般。

"阿品！"我叫着跑了过去。

他没有回答，畏缩的倒退了一步，呆睁着沉思的眼睛。我抱住他，吻着他的面颊，心里充满了喜悦。我所失去的，现在又回来了。他很感动，眼睛里满是喜悦与悲伤的眼泪。但几分钟后，他若有所惊惧似的，突然溜出我的手臂，跑到他母亲那里去了。

这一天下午，他只到过我房里一次。没有走近我，只远远的站着，睁着沉思的眼睛凝望着我，我走过去牵他时，他立刻走出去了。

几天不见，就忘记了吗？我苦恼起来。显然的，他对我生疏了。他像有意的在躲避着我。我们中间有了什么隔膜吗？

但一两天后，阿品到我房子里的次数又渐渐加多了。虽然比不上从前那般的亲热，虽然他现在来了不久就去，可是我相信他对我的感情并未冷淡下来。他现在不很做声了，他只是凝望着我，或者默然靠在我的身边。

有一种事实，不久被我看出了。每当阿品走进我的房里，我的门外就现出一个人影。几分钟后，就有人来叫他出去。外婆，舅舅，父亲，母亲，两个丫头，一共六个人，好像在轮流的监视他，不许他和我接近。从前，阿品有点顽强，常常不听他外婆和丫头的话，现在却不同了，无论哪一个丫头，只要一叫他的名字，他就立刻走了。他现在已不复姓王，他坚决的说他姓谭了。

为着什么，他一家人要把我们隔离，我猜想不出来。我曾经对他家里的人有过什么恶感吗？没有。曾经有什么事情有害于阿品吗？没有……这原因，只有阿品知道吧。但他的话，我不懂；即使懂得，阿品怕也不会说出来，他显然有所恐怖的。

几天以后，家人对于阿品的监视愈严了。每当阿品踱到我的门前，就有人来把他扯回去。他只哼着，不敢抵抗。但一遇到机会，他又来了，轻轻的竖着脚尖，一进门，就把门关上。一听见门外有人叫阿品，他就从另一个门走出去，做出并未到过我房里的模样。有一次，他竟这样的绕了三个圈子：丫头从朝南的门走进来时，他已从朝西的门走了出去；丫头从朝西的门出去时，他又从朝南的门走了进来。过了不久，我听见他在母亲房里号叫着，夹杂着好几种严厉的骂声，似有人在虐待他的皮肤。这对待显然是很可怕的，但是无论怎样，阿品还是要来。进了我的房子，他不敢和我接近，只是躲在屋隅里，默然望着我，好像心里就满足，就安慰了。偶然和我说起话来，也只是低低的，不敢大声。

可怜的孩子！我不能够知道他的被压迫的心有着什么样的痛楚！两颗凝滞的眼珠，像在望着，像没有望着，该是他的忧郁，痛苦与悲哀的表示吧……

到底为着什么呢？我反覆的问着自己。阿品爱我，我爱阿品，为什么做父母的不愿意，定要使我们离开呢？……

我不幸，阿品不幸！命运注定着，我们还须受到更严酷的处分：我必须离开厦门，与阿品分别了。我们的报纸停了版，为着生活，我得到泉州的一家学校去教书了。我不愿意阿品知道这消息。头一天下午，我紧张的抱着他，流着眼泪，热烈的吻他的面颊，吻他的额角。他惊骇的凝视着我，也感动得眼眶里包满了眼泪。但他不知道我的痛苦的原因。随后我锁上了房门，不许任何人进来，开始收拾我的行李。第二天，东方微明，我就凄凉的离开了那所忧郁的屋子。

呵，枯黄的屋顶，灰色的墙壁……

到泉州不久，我终于打听出了阿品的不幸的消息。这里正是阿品的父亲先前工作的城市，不少知道他的人。阿品是我的同乡。他是在十个月以前,被人家骗来卖给这个工程师的……这是这里最流行的事:用一二百元钱买一个小女孩做丫头,或一个男孩做儿子,从小当奴隶使用着……这就是人家不许阿品和我接近的原因了。可怜的阿品!……

几个月后,直到我再回厦门,阿品已跟着他的父亲往南洋去。

我不能再见到阿品了……

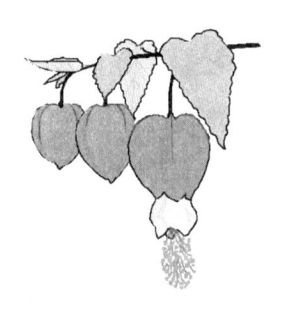

岔　路

希望滋长了，在袁家村和吴家村里。没有谁知道，它怎样开始，但它伸展着，流动着，现在已经充塞在每一个人的心的深处。

有谁能把这两个陷落在深坑里的村庄拖出来吗？有的，大家都这样的回答说，而且很快了。

关爷的脸对着红的火光在闪动，额上起了油汗，眉梢高举着，睡着似的眼睛一天比一天睁大开来。他将站起来了。不用说，他的心已被这些无穷数的善男信女所打动，每天每夜的诉苦与悲号，已经激起了他的愤怒。

没有谁有这样的权威，能够驱散可恶的魔鬼，把袁家村和吴家村救出来，除了他。人们的方法早已用遍了：熟食，忌荤，清洁，注射……但一切都徒然。魔鬼仍在街头，巷角，屋隅，甚至空气里，不息的播扬着瘟疫的种子。白发的老人，强壮的青年，吮乳的小孩，在先后的死亡。一秒钟前，他在工作或游息，一秒钟后，他被强烈的燃烧迫到了床上，两三天后，灵魂离开了他的躯壳。

这是鼠疫，可怕的鼠疫！它每年都来，一到春将尽夏将始的时候，它毁灭了无数的生命，直至夏末。它不分善和恶，不姑恤老和幼，也不选择穷或富。谁在冥冥中给它撞到，谁就完了，决没有例外。袁家村里常常发现，一个家庭里不止死亡一个人。在吴家村，有一个大家庭，一共十六个人，全都断了气。乡间的木匠一天比一天缺乏，城里的棺材也已供不应求。倘若没有那些不怕死的温州小工从城里来，每天七八十个死尸怕没有人埋葬了。尸车在大路上走过，轧轧的声音刺着每个人的心，白的幡晃摇着，像是死神的惨白的面孔。

恐怖充满在袁家村和吴家村。人口虽多，这样的持续到夏末，人烟将绝迹了。山谷，树木，墙屋，土地，都在战栗着，齐声发出绝望的呻吟。

然而，希望终于滋长了。

关爷已在那里发气，他要站起来了。

出巡！出巡！抬他出来！大家都一致的说着。

两个村长已经商议了许多次，这事情必须赶紧办起来。谁到县府去说话？除了袁家村的村长袁筱头，没有第二个。他和第一科科长有过来往。谁来筹备一切杂务？除了吴家村的村长吴大毕，也没有第二个。他的村里有许多商人和工人。费用预定两万元，两村平摊。

一天黎明，袁筱头坐着轿子进城了。

名片送到传达室，科长没有到。下午等到四点钟，来了电话，科长出城拜客去了，明天才回。袁筱头没法，下了客栈。然而第二天，科长仍没有来办公。他焦急的等待着，询问着。传达的眼睛从他的头上打量到脚跟，随后又瞪着眼睛望了他一眼。

第三天终于见到了。但是科长微笑的摇一摇头，说，"做不到！"袁筱头早已明白，这在现在是犯法的。如果在五年前，自己就不必进城，要怎样就怎样；倘使不办，县知事就会贴出告示来，要老百姓办的，在鼠疫厉行的时候。可是现在做官的人全反了。他们不相信菩萨和关爷，说这是迷信，绝对禁止。告示早已贴过好几次。年年出巡的关爷一直有三年不曾抬出来了，谁都相信，今年的鼠疫格外利害，就是为的这个。三年前，曾经秘密的举行过一次，虽然捕了人，罚了款，前两年的鼠疫到底轻了许多。袁筱头不是不知道这些。正因为知道，才进城。老百姓非把关爷抬出来不可。捕人罚款，这时成了很小的事。

"人死的太多……"

"关爷没有灵。"

"没有灵，老百姓也要抬出来……"

"违法的。"

"人心不安……"

"徒然多花钱。"

袁筱头宁可多花钱。他早已和吴大毕看到这一点，商决好了，才进城的。现在话锋转到了这里，他就请科长吃饭了。一次两次密谈后，他便欣然坐着轿子回到村里。

袁家村和吴家村复活了。忙碌支配着所有的人。扎花的扎花，折纸箔的折纸箔，买香烛的买香烛，办菜蔬的办菜蔬。从前行人绝迹的路上，现在来往如梭的走着背的抬的捐的乡人，骡马接踵的跟了来。锣和鼓的声音这里那里欢乐的响了起来，有人在开始练习。年轻的姑娘们忙着添制新衣，时时对着镜子修饰面孔，她们将出色的打扮着，成群结队的坐在骡马上，跟着关爷出巡。男子们在洗刷那些积了三年尘埃的旗子，香亭，彩担。老年人对着金箔，喃喃的诵着经。小孩子们在劈扣地偷放鞭炮。牛和羊，鸡和猪，高兴的啼叫着，表示它们牺牲的心愿。虽然村中的人仍在不息的倒下，不息的死亡，但整个的空气已弥漫了生的希望，盖过了创痛和悲伤。每一个人的心已经镇定下来。他们相信，在他们忙碌的预备着关爷出巡的时候，便已得到了关爷的保护了。

没有什么能够比这更迅速，当大家的心一致，所有的手一齐工作的时候。只忙碌了三天，一切都已预备齐全。谁背旗子，谁敲锣，谁放鞭炮，谁抬轿，按着各人的能力和愿意，早已自由认定，无须谁来分配。现在只须依照向例，推定总管和副总管了。这也很简单，照例是村长担任的。袁家村的村长是袁筱头，吴家村的是吴大毕。只有这两个人。总管和副总管应做的职务，实际上他们已经同心合力的办得十分停当了。名义是空的，两个人都说，"还是你正我副。"两个人都推让着。

在往年，没有这情形，总是年老的做正。但现在可不同了。袁筱头虽然比吴大毕小了十岁，县府里的关节却是他去打通的。没有他，抬不出关爷。吴大毕非把第一把交椅让给他不可。然而袁筱头到底少活了十年，不能破坏老规矩。他得让给吴大毕。

"但是，县府里说这次是我主办的，岂不又要多花钱？"

吴大毕说出最有理由的话来，袁筱头不能再推辞了。

名义原是空的，吴大毕说。然而是老规矩，吴家村的人都这样说，当他们听见了这决定以后。年轻的把年老的挤到下位，这是大大的不敬，吴大毕怎样见人？若论功绩，拿着大家的钱，坐着轿子去送给别人，你我都会做，何况还有酒喝？吴大毕可为了这样那样小问题，忙得一刻没有休息，绞尽了脑汁！他们纷纷议论着。吴家村的空气立刻改变了。它变得这样快，电一般，胜过鼠疫的传播千万倍。大家的脸上都现着不快乐的颜色。吴大毕丢了脸，就是全村的人丢脸。这事情一破例，从此别的事情也不堪设想了。吴家村和袁家村相隔只有半里路，可以互相望到炊烟，山谷，森林和墙屋，可以听到鸡犬的叫声。往城里去的是一条路，往关帝庙会的也是一条路。人和人会碰着脚跟，牲畜和畜生会混淆，尤其每天不可避免的，总有小孩子和小孩子吵架。在吴家村的人看起来，袁家村的人本来已经够凶了，而现在又给他们添了骄傲，以后很难抬头了，大家忧虑的想着。

吴大毕也在忧虑的想着，在他自己的庭中徘徊，当天晚上。外面的空气，他全知道。而且他是早已料到的。在他个人，本来并不打紧。他的胡须都白了，一个人活到六十七岁，还有什么看不透，何况总管一类的头衔也享受过不晓得多少次数。袁筱头虽然小了十岁，可是也已白了头发，同是一个老人，有什么高下可争。在做事方面，袁筱头的本领比他大，是事实。他自己到底太老了，不大能活动。打通县府的关节，就是最眼前的一个实例。他觉得把这个空头衔让给袁筱头是应该的。然而这在全村的人，确实很严重，他早已看到，本村人会不服，会对袁家村生恶感。平日两村的青年，是常常凭着血气，免不了冲突的。谦让是老规矩，他当时可并不坚决的要把总管让给袁筱头。但袁家村有几个青年却已经骄傲的睁着蔑视的眼光，在推袁筱头的背，促他答应了。他想避免两村的恶感，才再三谦让，决心把总管让给了袁筱头。可是现在，自己一村的人不安了。

"你这样的老实，我们以后怎样做人呢？"吴大毕的大儿子气愤的对着自己的父亲说。

"你哪里晓得我的苦衷！"

"事实就在眼前，我们吴家村的人从此抬不起头了！"他说着冲了出去。

他确实比他的父亲强。他生得一脸麻子，浓眉，粗鼻，阔口，年轻，有力，聪明，事前有计划，遇事不怕死，会打拳，会开枪。村里村外的人都有点怕他，所以他的绰号叫做吴阿霸。

吴阿霸从自己的屋内出去后，全村的空气立刻紧张了。忧虑已经变成了愤怒。有一种切切的密语飞进了每个年轻人的耳内。

同时在袁家村里，快乐充满了到处。有人在吃酒，在歌唱，在谈笑。尤其是袁载良，袁筱头的儿子，满脸光彩的在东奔西跑。"现在吴家村的人可凶不起来了，尤其是那个吴阿霸！"他说。他有一个瘦长的身材，高鼻，尖嘴，凹眼，脾气躁急，喜欢骂人。他最看不上吴阿霸，曾经同他龃龉过几次。"单是那一脸麻子，也就够讨厌了！"他常常这样说。在袁家村的人看起来，吴家村的人本来是凶狠的，自从吴阿霸出世后，觉得愈加蛮横无理了。这次的事情，可以说是给吴阿霸一个大打击，也就是给吴家村的人一个大打击。到底哪一村的力量大，现在可分晓了，他们说。

但是吴家村的人同时在咬着牙齿说，到底哪一村的力量大，明日便分晓！这一着我让你，那一着你可该让我！明天，看明天！

明天来到了。

吴家村的人很像没有睡觉，清早三点钟便已挑着抬着背着扛着一切东西，络绎不绝的从大道上走向虎头谷。关帝庙巍立。在丛林中，阴森而且严肃。在火炬的照耀下，关爷的脸显得格外的红了。他在愤怒。

天明时，袁家村的人也到了。袁筱头和吴大毕穿着长袍马褂，捧着香，跪倒在蒲团上，叩着头。鞭炮声和锣鼓声同时响了起来。外面已经自由的在排行列。

"还是请老兄过去，"袁筱头又向吴大毕谦让着说。

"偏劳老弟。"

在浓密的烟雾围绕中，袁筱头严肃的走进神龛，站住在神像前，慢慢抬起低着的头。锣鼓和鞭炮声暂时静默下来。吴大毕领着所有的人跪倒在四周的阶上。一会儿，袁筱头睁着朦胧似的眼睛，虔诚的说了：

"求神救我们袁家村和吴家村！"他说着，战颤的伸出右手，拍着神像的膝盖。

关爷突然站起来了。

锣鼓和鞭炮声又响了起来，森林和山谷呼号着。伏在阶上的人都起了战栗。

有两个童男震惊的献上一袭新袍，帮着袁披头加在神像上。

袁披头战栗的又拍着神像的另一膝盖，神像复了原位。

有几个人扶着神像，连坐椅扛出神龛，安置在神轿里。

袁披头挥一挥手，表示已经妥帖，四周的人便站了起来，呐喊着。

队伍开始动了。

为头的是大旗，号角，鞭炮，香亭，彩担，锣鼓，旗帜，花篮，乐队，随后又是各色的旗帜，彩担，松柏扎成的龙虎和各种动物，锣鼓，鞭炮，香亭，各种各样草扎的人，木牌，灯龙……随后捧着香的吴大毕，袁筱头，关爷的神轿……二三十个打扮着各色人物骑马的童男，百余个新旧古装的骑骡的童女……队伍在山谷和大道上蜿蜒着，呼号着，鞭炮声鼓声震撼着两旁的树木，烟雾像龙蛇似的跟着队伍一路行进。路的两旁站立着许多由邻村而来的男女和过客，惊异地观望着。他们知道这是为的什么，但是他们毫不恐惧，他们仿佛已经忘记了不幸的悲剧了。

是哪，就是袁家村和吴家村的人也全忘记了。行进着，行进着，他们忽然走错了路了。在袁家村和吴家村分路的大道上，队伍忽然紊乱起来。有一部分人一直向吴家村走去，一部分人在叫喊，警告他们走错了路。但他们像被各种嘈杂声蒙住了耳朵似的，仍叫喊着前进。有些人在岔路上停住了。他们警告着，阻挡着后来的队伍。可是后面仍有人冲上来。人撞着人，脚踏着脚，东西碰着了东西。辱骂的声音起来了。有人在大叫着："往吴家村去！往吴家村去！"

谁叫着往吴家村去呀？袁家村的人明白了：全是吴家村的人！这简直发了疯！老规矩也不记得吗？每年每年，都是先到袁家村的！每年每年都是先把神像在袁家村供奉一天，然后顺路转到吴家村去，而今天，却有人要先到吴家村了！袁家村的人不是早已杀好了猪羊，预备好了鸡鸭？要是给耽搁一天，这些东西还能吃？而且关爷迟一天巡到袁家村，不要多死一些人？该打，该打！袁家村人叫起来了。

"前面什么事情呀，这样的闹，这样的乱？"袁披头和吴大毕惊异的查问着。

"吴家村的人要先到吴家村去，不肯依照老规矩！"袁载良愤怒的回答说，对着站在吴大毕身边的吴阿霸圆睁着眼睛。

"他们说，老规矩已经被袁家村的人破坏，所以也要翻新花样哩！"吴阿霸回答说，讥笑的眼光直射到袁载良的面上。

"这话怎样讲？"吴大毕吃惊的问。他已经有了不好的预感了。

"问你自己！"袁载良的愤怒的眼光移到了吴大毕面上。"你是村长，你该晓得！"

"不许问！"袁筱头厉声的喊住了自己的儿子。

"问你父亲去吧！"吴阿霸说，"他是总管老爷哩！"

袁筱头已经明白了。他的脸突然苍白起来。显然这事情是极其严重的。前面的队伍早已紊乱，喊打声代替了炮声和鼓声，恐怖遍彻了各处。

"就传令过去，先到吴家村！"他大声的喊着。

"不行！父亲！"袁载良坚决的回答说。"全村的人不能答应！"

"为了两村的平安！"

"袁家村人宁可死光！"

"抽签！由关帝爷决定！好吗，老兄？"袁筱头转过头去问吴大毕。

"也好，老弟，由你决定吧！吴家村人太不讲理了！"

"不行！父亲！谁也不能答应的！吴老伯晓得自己的人错了，当然依照老规矩！"

"老规矩早就给你们破坏了！现在须照我们的新规矩。"吴阿霸说着，握紧了拳头，"不必抽签！我们比一比拳头，看谁的硬吧！"

"打死你这恶霸！"袁载良握着拳，跳起来，冲了过去。

"不准闹！为了两村的平安！"袁筱头把自己的儿子拦住了。

"滚开去！你这畜生！"吴大毕愤怒的紧锁了一脸的皱纹，骂起自己的儿子来。"你忘记吴家村死了多少人了！你忘记今天为什么要求关帝爷出巡了！……"

"没有办法，父亲！你可以退步，全村的人不能退步！你看我滚开了以后怎样吧！"吴阿霸说，咬着牙齿，立刻隐入在人丛中。

尖锐的哨子声接二连三的响了。打骂声，呼号声，到处回答着。队伍完全紊乱了。扁担，木杠，旗子，石头，全成了武器。年轻的从后面往前冲，年老的和妇女们往后退，连路旁的看客们也慌张的跑了开去，有的人打破了头，有的踏伤了脚，有的撕破了衣，有的挤倒在的上……山谷，森林，空气，道路，全呼号着，战栗着……鲜红的血在到处喷洒……

袁筱头和吴大毕已经被疯狂的人群挤倒在路旁的烂田中，呻吟着，低微的声音从他们受伤的口角边颤动了出来：

"关帝爷救救我们两村的人！……"

关帝爷愤怒的在路旁蹲着，他的一只眼睛已经受了石子的伤，他的一只手臂和两只腿子被木杠打脱了。他本威严的坐在神轿的椅子里，可是现在神轿和椅子全被拆得粉碎，变成了武器。强烈的太阳从上面晒到他的脸上，他的脸同火一样的红，愤怒的睁着左眼，流着发光的汗……

真正的械斗开始了。两村的人都擦亮了储藏着的刀和枪，堆起了矮墙和土垒，子弹在空中呼啸着……

瘟疫在两个村庄里巡行，敲着每一家的门，但人们开大了门，听它自由出入，只封锁了各个村庄的周围，同时又希冀着突破别人的土垒。

每个村庄里的人在加倍的死亡，没有谁注意到。仇恨毁灭了生的希望。

"宁可死得一个也不留！"吴阿霸这样说，袁载良这样说，两村的人也这样说。

安　舍

南国的炎夏的午后，空气特别重浊，雾似的迷漫的凝集在眼前。安舍的屋子高大宽敞，前面一个院子里栽着颀长的芭蕉和相思树，后面又对着满是枇杷和龙眼树的花园，浓厚的空气在这里便比较的稀淡了些。安舍生成一副冰肌玉骨，四十五年来，不大流过汗。尤其是她的内心的冷寞和屋子的周围的静寂打成了一片，使她更感觉清凉。

和平日一样，她这时仍盘着脚坐在床上，合了眼，微翕着嘴唇，顺手数着念珠。虽然现在的情形改变了，她的凄凉的生活已经告了一个段落，她还是习惯的，在寂寞的时候，将自己的思念凝集在观音菩萨的塑像上。倘不是这样，自从二十岁过门守寡的时节起，也许她的生命早已毁灭了。这冗长的二十五年的时光，可真不易度过。四十岁以前，她不但没有出过院子，就连前面的厅堂，也很少到过。这一间房子，或者甚至于可以说，现在坐着的这一个床，就是她的整个的世界。德是六岁才买来的，也只看见她这五年来的生活。再以前，曾经陪伴着她度过一部分日子的两个丫头，现在也早已不在了。谁是她的永久的唯一的伴侣呢？谁在她孤独和凄凉的时候，时时安慰着她呢？怕只有这一刻不离手的念珠了。它使她抛弃了一切的思念，告诉她把自己的精神完全集中在佛的身上，一切人间的苦痛便会全消灭。她依从着这个最好的伴侣的劝告，果真把失去了的心重复收了回来，使暴风雨中的汹涌的思潮，归于静止；直到今日，还保留着像二十岁姑娘那样的健康。——而且，她现在也有了儿子，她终于做了母亲了……

"毕清……"

安舍突然被这喊声惊醒过来，一时辨别不出是谁的声音，只觉得这声音尖锐而且拖长，尾音在空气里颤扬着，周围的静寂全被它搅动了。她惧怯的轻轻推醒了伏在床沿打盹的德，低声的说：

"谁来了，德，去看一看，不要做声。"

德勉强的睁着一对红眼，呆了一会，不快活的蹑着脚走到前面的厅堂。

厅堂的门虚掩着。德从门隙里窥视出去。

院子里，在相思树下，站着一个年青的学生。他左手挟着一包书，右手急促的挥动着洁白的草帽，一脸通红，淌着汗，朝着厅堂望着，但没有注意到露在门隙里的德的眼睛。

"毕清……毕清在家吗？……"

他等了一会，焦急的皱着眉头，格外提高着喉咙，又喊了。

但是德不做声，蹑着脚走了。她认识这一个学生。他是常来看毕清的。

"妈，姓陈的学生。"德低声的回复安舍说，撅着嘴。

"快把门拴上，说我也不在。"安舍弯下头来，低声的说。她的心又如往常似的跳了起来，脸也红了。她怕年青的客人。

德很高兴，又蹑着脚走到厅堂。她和安舍一样，也最怕年青的客人，尤其是这一个学生。刚才她才将睡熟，这不识相的客人把她嗓醒了，她可没有忘记。

"没有凳子给你坐！不许你进来！"德得意的想着，点了几次头，撅着嘴。

随后她走到门边，先故意咳嗽了两声，在门隙里望着。她看见那学生正蹲在树下，把书本放在膝上，用铅笔写着字。他似乎听见了德的咳嗽声，抬起头来，望着，不自信的又问了一声：

"里面有人吗？"

"看谁呀？"德的声音细而且响。

"看毕清！"那学生说着站了起来。

"出去了！"

"什么时候回来？"

"谁晓得！"

"你妈呢？"那学生向着厅堂走近来了。他显然想进来休息一会。

"也不在！"德的语气转硬了。她用力推着门，砰的一声响了起来，随后便把它拴上。

学生立刻停住在檐下，惊讶的呆了一会，起了不快的感觉。

"明天来！"德的声音里含着嫌恶，眼睛仍在门隙里注视着檐下的学生，仿佛怕他会冲开门，走进来。

"妈的！这小鬼！"客人生了气，在低低的骂着。他知道这丫头是在故意奚落他。他可记得，屡次当他来的时候，毕清叫她倒茶，总是懒洋洋的站着不动，还背着毕清恶狠狠的瞪他一眼。现在没有一个主人在家，她愈加凶了。他本想留一张字条给毕清，给她这一气，便顺手撕成粉碎，嘘着气走了。

德仍在门隙里张望，猫儿似的屏息的倾听着，像怕那学生再走回来。许久许久，她才放了心，笑着走到后房。

"妈！学生走了，门不关得快，他一定闯进来了！"德得意的说。

"真讨厌！还咕噜咕噜骂我呢！"

"你说话像骂人，他一定生了气！对你说过多少次，老是不改！"安舍闭着眼，埋怨说。但她的上唇和两颊上却露出了安静的微笑的神色。她的惧怯已经消失了。

"妈！你又怪我了！这种人，不对他凶，怎么办？来了老是不走！香烟一支一支抽不完，茶喝了又喝！吃了点心还要吃饭！人家要睡了，他还坐着！毕清不见得喜欢他！妈！你可也讨厌！"

"他可是毕清的同学，不能不招待。我倒并不讨厌。"

"妈叫我关的门！还说不讨厌！"

"你还只九岁，到了十七八岁才会懂得！去吧，后园里的鸡该喂一点东西了。"安舍打发德走了，重又合上两眼，静坐着。她的嘴唇，在微微的翕动，两手数着念珠。她的脸上发着安静的，凝集的光辉。她的精神又集中在佛的身上了。

但是过了不久，院子里又起了脚步声。有人在故意的咳嗽。那是一种洪亮的，带痰的，老人的声音。

安舍突然睁开眼睛，急促的站了起来。她已认识咳嗽的声音。

"有人吗？"门外缓慢的询问。

"康伯吗？——来了。——德！德！康伯来了！快开门！"

她一面叫着，一面走到镜架边，用手帕揩着眼角和两颊。她的两颊很红润，额上也还没有皱纹。虽然已经有了四十五岁，可仍像年青的女人。她用梳整理着本来已经很光滑的黑发，像怕一走动，便会松散下来似的。随后又非常注意的整理着自己的衣服；加了一条裙，把纤嫩洁白的手，又用肥皂水洗了又洗，才走到厅堂去。

"康伯长久不来了。"她说着，面上起了红晕。"德，泡茶来！"

"这一晌很忙呢。"康伯含着烟管摇着蒲扇，回答说。他已在厅堂坐了一会了。

"府上可好？"

"托福托福。"康伯说着，在满是皱纹的两颊和稀疏的胡须里露出笑容来。

"毕清近来可听话？肯用功吗？"康伯又缓慢的问，眼光注视着她。

她感到这个，脸上又起了一阵红晕，连忙低下头来，扯着自己的衣角，像怕风把它掀起来似的。随后她想了一想，回答说：

"都还可以。"

"这孩子，"康伯抽了一口烟，说，"从小顽皮惯了。虽然上了二十四岁，脾气还没有改哩。有什么不是，打打他骂骂他，要多多教训呢。"

"谢谢康伯。我很满意哩。"

"那里的话。你承继了我这个儿子，我和他的娘应该谢谢你。我们每天受气的真够了。——这时还没有回来吗？"

"大概还在上课。"

"三点多了，早该下了课！一定又到哪里去玩了！第二个实在比他好得多，可惜年纪太大了。你苦了一生，应该有一个比这个更好的过继儿子！老实说，天下有几个守节的女人，像你这样过门守寡，愈加不用说了！"康伯说着，仰着头，喷着烟，摇着扇，非常得意的神情。

安舍听着这赞扬，虽然高兴，但过去的苦恼却被康伯无意中提醒了。她凄怆的低头回忆起来。

过去是一团黑。她几乎不曾见到太阳。四十一岁那一年，她已开始爬上老年的阶段，算是结束了禁居的生活，可以自由的进出了。那时候，当她第一次走到前面的院子里，二十年来第一次见到明亮的天空和光明的太阳的时候，她那习惯了黑暗的眼睛刺痛得睁不开，头晕眩得像没落在波涛中的小舟，两腿战栗着，仿佛地要塌下去，翻转来的一般。那是一种什么样的生活！……

她这样想着的时候，突然觉察出自己的眼睛里已经充满了泪水，并且正是坐在康伯的对面，又不觉红了脸，急忙用手帕去拭眼睛。康伯虽然是自己的没见过面的丈夫的亲兄弟，她在四十岁以前可并不曾和他在一个房子里坐谈过一次。像现在这样对面的坐着，也只这半年来，自从他把毕清过继给她以后，才有了这样的勇气。可是康伯到底是男人，她依然时刻怀着惧怯。就在当她伸手拭着眼睛的时候，她又立刻觉察出自己的嫩白的手腕在袖口露出太多了，又羞涩的立刻缩了回来，去扯裙子和衣角，像怕风会把它们掀起来似的。

　　康伯抽着烟，喝着茶，也许久没有说话。他虽然喜欢谈话，但在安舍的面前，却也开不开话盒子来。他知道安舍向来不喜欢和人谈话，而且在她的面前也不容易说话，一点不留心，便会触动她的感伤。于是他坐了一会，随便寒暄几句，算是来看过她，便不久辞去了。

　　安舍像完成了一件最大最艰难的工作似的，叫德把厅堂门掩上，重又回到自己的房里，仔细的照着镜子，整理着头发和衣服，随后又在床上盘着脚，默坐起来。

　　现在她的思念不自主的集中在毕清的身上了。

　　康伯刚才说过，已经有了三点多，现在应该过了四点。学校三点下课，华清早该回来了。然而还一点没有声息。做什么去了呢？倘有事情，也该先回来一趟，把书本放在家里。学校离家并不远。康伯说他虽然有了二十四岁，仍像小的时候一样顽皮，是不错的。他常常在后园里爬树，从很高的地方跳下来。安舍好几次给他吓得透不出气。在外面，又谁晓得他在怎样的顽皮。这时不回家，难保不闯下了什么祸。

　　安舍这样想着，禁不住心跳起来，眼睛也润湿了。她只有这一个儿子。虽然是别人生的，她的生命可全在他的身上。艰苦的二十五年，已经度过了。她现在才开始做人，才享受到一点人间的生趣。没有毕清，虽然已经过了禁居的时期，她可仍不愿走出大门外去。现在她可有了勇气了。在万目注视的人丛间,毕情可以保护着她。因为他是她的儿子。在喊娘喊儿的人家门口,她敢于昂然走过去。因为她也有一个儿子。这一切,还只是一个开始。在最近的将来,她还想带着华清,一道到遥远的普陀去进香,经过闹热的上海,杭州,观光几天。随后造一所大屋,和毕清一道,舒适的住在那里。最后她还需要一个像自己亲生似的小孩,从出胎起,一直抚养到像现在的毕清那么大。不用说,才生出的小孩,拉屎拉尿,可怕的厉害,但毕清生的,也就怕不了这许多。

她想到这里,又不禁微笑起来。她现在是这个世上最幸福最光荣的主人了……

她突然从床上走下来了。她已经听到大门外的脚步声和嘘嘘的口哨声。这便是毕清的声音,丝毫不错的。她不再推醒伏在床沿打吨的德,急忙跑到厅堂里。

"清呀!"还没有看见毕清,她便高兴得叫了起来。

"啊呀!天气真热!"毕清推开门,跳进了门限。

他的被日光晒炙得棕色的面上,流着大颗的汗,柔薄的富绸衬衫,前后全湿透了,黏贴在身上。他把手中的书本丢在桌上,便往睡榻上倒了下去。

"走路老是那么快,"安舍埋怨似的柔和的说。她本想责备他几句,回得那么迟,一见他流着一身的汗,疲乏得可怜,便说了这一句话。

"德!倒脸水来!毕清回来了!德!"她现在不能不把德喊醒了。

德在后房里含糊的答应着,慢慢的走到厨房去。

安舍一面端了一杯茶给华清,一面用扇子扇着他,她想和他说话,但他像没有一点气力似的,闭上了眼睛。扇了一会,安舍走到毕清的房里,给他取来一套换洗的衣服。德已经捧了一盆水来。安舍在睡榻边坐下,给他脱去了球鞋和袜子,又用手轻轻敲着,抚摩着他的腿子。她相信他的腿子已经走得很疲乏。

"起来呀，清换衣服，洗脸呢！"

"我要睡了。"

"一定饿了——德！你去把锅里的饭煮起来吧。可是，清呀！先换衣服吧！一身的汗，会生病的呢。"她说着，便去扯他的手。

但是毕清仍然懒洋洋的躺着，不肯起来，安舍有点急了。她摸摸他的头，又摸摸他的手心，怕他真的生了病。随后又像对一个几岁小孩似的，绞了一把面巾，给他揩去脸上和颈上的汗。她又动手去解他的衬衣的扣子。但是毕清立刻翻身起来了，红着面孔。

"我自己来！"他说着，紧紧的捻住了自己的衣襟。

"你没有气力，就让我给你换吧！"

毕清摇一摇头，脸色愈加红了，转过背来。安舍知道他的意思，微笑着，说：

"怕什么，男子汉！我可是你的母亲！"

毕清又摇了一摇头，转过脸来，故意顽皮的说：

"你是我的婶母！"

安舍立刻缩回手来，脸色沉下了。

但是毕清早已用手攀住了她的红嫩的头颈，亲蜜的叫着说：

"妈！你是我最好的妈！"他又把他的脸贴着她的脸。

安舍感觉到全身发了热，怒气和不快全消失了。

"你真顽皮！"她埋怨似的说，便重又伸出手去，给他脱下衬衣，轻缓的用面巾在他的上身抹去汗，给他穿上一件洁白的衬衣。

"老是不早点回来！全不管我在这里想念着。"这回可真的埋怨了。

"开会去了。"

"难道姓陈的学生今天没有到学校里去？他三点多就来看过你。"

"陈洪范吗？"

"就是他。还有你的爹。"

"为什么不叫陈洪范等我回来呢?我有话和他说。"

"叫我女人家怎样招待男客!"

"和我一样年纪,也要怕!难道又把门关上了不成?"

"自然。"

毕清从床上跳了起来。他有点生气了。

"大热天,也不叫人家息一息,喝一杯茶!我的朋友都给你赶走了!"

安舍又沉下脸,起了不快的感觉。但看见毕清生了气,也就掩饰住了自己的情感。她勉强的微笑着说:

"你的朋友真多,老是来了不走,怎怪得我。我是一个女人。"

"这样下去,我也不必出门了!没有一个朋友!"毕清说着,气闷的走到隔壁自己的房里,倒在床上。

安舍只得跟了去,坐在他的床边,说:

"好了,好了,就算我错了,别生气吧,身体要紧!"

但是毕清索性滚到床的里面去了,背朝着外面,一声也不响。

安舍盘着脚,坐到床的中央去,扯着他。过了一会,毕清仍不理她,她也生气了。

"你叫我对你下跪吗?"她咬着牙齿说狠狠的伸出手打去,但将落到他的大腿上,她的手立刻松了,只发出轻轻的拍声。

"你要打就打吧!"毕清转过脸来,挑拨着说。

"打你不来吗?你的爹刚才还叫我打你的!"

"打吧,打吧!"

"你敢强扯开你的嘴巴!"她仍咬着牙齿,狠狠的说。

"扯呀!嘴巴就在这里!"

"扯就扯!"安舍的两手同时捻住了他的两颊。但她的力只停止在臂上，没有通到腕上。她的手轻轻的捻着，如同抚摩着一样，虽然她紧咬着牙齿，摇着头，像用尽了气力一样。

"并不痛！再狠些！"毕清又挑拨了。

"咬下你这块肉！"

"咬吧！"

"就咬！"她凶狠的张开嘴，当真咬住了他的左颊，还狠狠的摇着头。然而也并没有用牙齿，只是用嘴唇夹住了面颊的肉，像是一个热烈的吻。

"好了，好了！妈！"毕清攀住她的头颈，低声叫着说。

安舍突然从他的手弯里缩了出来，走下床。她的面色显得非常苍白，眼眶里全润湿了。

"我是你的妈！"她的声音颤动着。像站不稳脚似的，她踉跄的走回自己的房里。

毕清也下了床，摸不着头脑一样的呆了一会，跟了去。

安舍已经在自己的床上盘着脚默坐着。从她的合着的两眼里流出来两行伤心的泪。

"妈！我错了！以后听你的话！"毕清吃了惊，扯着她的手。

"我没有生你的气，你去安心的休息吧。不要扰我，让我静坐一会。"她仍闭着眼，推开了毕清的手。

毕清又摸不着头脑的走了出去，独自在院子里站了许久。他觉得他的这位继母的心，真奇异得不可思议。她怕一切的男人，只不怕他。她对他比自己的亲娘还亲热。然而当他也用亲热回报她的时候，她却哭着把他推开了。刚才的一场顽皮，他可并没有使她真正生气的必要。他也知道，她的确没有生气。可是又为的什么哭呢？他猜测不出，愈想愈模糊。院子里的光线也愈加暗淡了。摸出时表一看，原来已经六点半了。他觉得肚子饥饿起来，便再转到安舍的房里去。

安舍没有在房里。他找到她在厨房里煮菜。

"你饿了吧,立刻好吃了。"她并不像刚才有过什么不快活的样子。

她正在锅上煎一条鱼。煮菜的方法,她在近五年来才学会。以前她并不走到厨房里来。她的饭菜是由一个女工煮好了送到她的房里去的。但是这荤菜,尤其是煮鱼的方法,她也只在毕清来了以后才学会。她不但不吃这种荤菜,她甚至远远的一闻到它的气息,就要作呕。现在为了毕清,她却把自己的嗅觉也勉强改过来了。她每餐总要给毕清煮一碗肉或者一碗鱼的。因为毕清很喜欢吃荤菜。

但当他们刚在餐桌边坐下,还没有动筷的时候,外面又有客人来了。

"毕清!"是一种短促的女人的声音,"你怎么忘记了我们的聚餐会呀!"

毕清立刻站了起来。进来的是一个十八九岁的清秀的女学生,打扮得很雅致。她对安舍行了一个恭敬的礼,把眼光投射到毕清的脸上,微笑着。

安舍的心里立刻起了很不快的感觉。她认得这个女学生,知道她和毕清很要好,时常叫他一道出去玩。这且不管她,但现在这里正坐下要吃饭,怎么又要把他引走呢?

"这里的饭菜都已经摆在桌上了。"安舍很冷淡的说。

"那里也立刻可吃了。"

"他已经很饿。"

"还有好几个人在那里等他呢。"

"不要紧,不要紧,"毕清对着安舍说,"坐着车子去,立刻就到的。"

"先在这里吃了一点再走吧——德!添一副碗筷来,请林小姐也在这里先吃一点便饭。"

但是站在门边的德，只懒洋洋的睁着眼望着，并没有动。她知道这是徒然的。这个可厌的女学生便常常突如其来的把人家的计划打破。她还记得，有一天毕清答应带她出去看戏，已经换好了衣服，正要动身的时候，这个女学生便忽然来到，把毕清引去了。

"不必，不必！我没有饿；那里等的人多呢！"

"就去，就去！那里人多菜多，有趣得多！"毕清高兴的叫着，披上外衣，扯着女学生的手，跨上门限，跳着走了。

安舍的脸色和黄昏的光一样阴暗。她默然望着毕清的后影，站了起来，感觉得一切都被那个可憎的女子带走了。她的心里起了强烈的痛楚。她的眼前黑了下去，她不能再支持，急忙走到自己的房里，躲进她的床上。她还想使自己镇定起来，但眼前已经全黑了。天和地在旋转着。她没有一点力气，不得不倒了下去。

过了许久，在黑暗与静寂的包围中，她哼出一声悲凉的，绝望的，充满着爱与憎的沉重的叹息。

惠泽公公

一

"好啦,好啦。您老人家别管啦!吃一点现成饭不好吗?我又不是三两岁小孩!"英华躺在藤椅上,抽着烟,皱着眉说。

"你忘记了你是怎样长大的!你像他那样年纪,不也是整天爱吃零碎的东西!并没有看见你生什么病!为什么你现在要禁止他呢?难道他不是我的孙子吗?我不想他好吗?"惠泽公公说着,从这里到那里的踱着。

"我并没有说你不爱他,说你不把他当自己的孙子看待!我是说你太爱他啦!只是买这样那样的东西给他吃!小孩子懂得什么!只贪零碎的东西吃,吃惯了就不爱吃饭,就会生病的!"

"你那里懂得!哪一个小孩子不爱吃零碎的东西!他们一天到晚跳着跑着,常常玩得没有心吃饭,不拿别的东西给他们吃,才会饿出病来呢！"

"你不看见他常常生蛔虫吗？还不是零碎的东西吃得太多啦？"

"你怎么晓得就是零碎东西吃出来的？就是吃出来的，也不要紧。生了蛔虫，吃一颗宝塔糖就好啦，又不必吃药，总比饿出病来好些吧？"

"糖呢？牙齿已经蛀坏好几颗啦，不看见吗？糖也能饱肚吗？"

"哪一个孩子的牙齿不生蛀虫？谁不爱吃糖？你忘记你自己小的时候了吗？进进出出只是要我买糖给你吃！有了一颗要两颗，有了两颗要三颗，总是越多越好，最好当饭吃！有什么办法不买糖给你？不答应你，就号啕大哭起来，怎么也哄不好！……"

"好啦！好啦！老人家总是说不清楚，不跟你说啦！这样大的年纪啦，少管一点闲事吧！孩子，我会管的！"英华说着，换了一支烟，又对惠泽公公摇着手，要他停止说话。

但是惠泽公公仍然来去的走着，不息的说：

"你会管的！你会管的！老是骂得他哭！打得他哭！为了一点点小事情！你忘记了你小的时候啦！谁又这样骂你打你？我连指头也不肯碰你一碰的！……我只有这一个孙子，我不管，谁管？……我自己的孙子，管不着吗？……"

"老是说不清楚！"英华说着，从椅子上站了起来，往门外走了。"谁又说你管不着来！……我是说你好清闲不清闲，有福不会享！……"

走出门外，英华一直向办公厅走了去。他心里很苦闷。两个月前，他把家眷从乡里接到省城来的目的，第一是觉得自己父亲老了，想与他在外面一道住着，享一点天伦之乐，让他快活的度过老年；第二是阿毛大了，放在身边好多多教训他，好让他进学校读书。却想不到出来两个月，惠泽公公只是爱管闲事。这一个儿子呢，自己又管不着，惠泽公公样样要做主意。他想使儿子身体好，惠泽公公却在不断的暗中损坏他的健康。他想使儿子学好，惠泽公公却只是放任他，连做父亲的也不准教训他。刚才只大声骂了阿毛几句，惠泽公公便把他叫到房里，嗦了半天。同他讲理，又讲不清楚。要他少管闲事，又不肯。他已经多少次数了，劝惠泽公公多睡，多到门外看看热闹散散心。他希望惠泽公公要无忧无虑的把闲事丢开，家里的事自己会料理的，不必他操心劳神，年纪这样大了，应该享一点后福，但惠泽公公却有福不愿享。

"唉！真没办法！真没办法！"英华暗暗叹息着，自言自语的说。

惠泽公公看着他一直出去了，像得了胜利似的，心里觉得有一点舒畅；但同时却又有点苦闷，仿佛他要说的话还没完，现在没有人听了。

"总是说我多管闲事！好像阿毛不是我的孙子一样！"他仍喃喃的说着。独自在房子里踱来踱去。

"阿毛还只有七岁，还不满六岁！就要把阿毛当大人看待啦！这样那样的为难他！说我多管闲事，多管闲事！我只有这一个孙子，怎么能够丢开不管！就是你，我也不能不管！你上了三十岁啦！还是糊里糊涂的过日子，今天这里打牌，明天那里吃酒！赚得百把元钱一月，做什么好……叫我享福！享什么福！……"

惠泽公公这样想着，觉得有点气问起来，但同时又感觉到了悲哀似的东西袭到了他的心里。他觉得儿子像在厌烦他，只想把他推开去，所以老是叫他吃现成饭，不要管闲事，还说他总是讲不清楚。

"你老啦！你蠢啦！你糊涂啦！你早点死啦！"他好像听见英华在暗地里这样的对他说。

然而惠泽公公虽然知道自己上了七十岁了，老了，可不相信自己变得蠢，变得糊涂了。他对家里的一切的事仍看得清清楚楚。他觉得自己的意见都是对的，话也有道理。糊涂的是英华，不是他。阿毛从小跟着他，四岁那年，有了妹妹，阿毛就跟着他睡觉，夜里起来一二次给他小便，全没糊涂过。他出门，阿毛跟着他出去；他回来，阿毛跟着他回来。他吃饭，阿毛坐在他旁边。小孩子比大人难对付，如果他真的糊涂了，阿毛就不会喜欢他。然而阿毛现在到了父亲这里还是只喜欢他，连对母亲都没有对祖父亲近。

"我没有糊涂！你自己糊涂！说出来的话全不讲理！"他喃喃的说着。

然而英华却要把他推开了。一切不问他，自己做主意，好像没有看见他似的。对他说说，他就说他说不清楚，多管闲事！"好啦！好啦！您老人家别管啦！吃一点现成饭吧！"好像他是一个全不中用的，只会吃饭的废物似的！

阿毛明天就要上学了。他早就叮嘱媳妇给阿毛做一件好一点的府绸长衫。材料扯来了，英华一看见就说不必这样好，自己去扯了几尺自由布来，叫做一套短的。他和媳妇都以为头一天上学，阿毛不可不穿的阔气一点，尤其是英华自己是一个体面的人，在省政府里办公的，什么地方省不来，他却要在这里省了。他并没有要阿毛天天穿这一件衣服，他原是给他细穿的。

"小孩子穿惯了好衣服，大了穿什么！"这是英华的理由。

"你忘记了你小的时候啦，你是没有好衣服不肯出门的！"惠泽公公回答他说。"有一次……"

他想说许多事实给英华听，但是英华立刻截断了他的话，说：

"又来啦！又来啦！总是说不清楚！"

英华自己的衣服倒是可以穿得省一点的，但是他却不肯省。今天西服，明天绸长裤。

"做两套竹布长衫换换吧。"

"你那里晓得我们做人的难处！"

英华又把他推开了。

有一天……

惠泽公公想起来，简直想不完，倘若没有阿毛，他真的会吃不下饭，睡不熟觉。幸亏阿毛乖，立刻进到他的房里来，扑在他的身上。

"公公明天送我进学堂！"

"好宝宝！"惠泽公公紧紧的抱着阿毛，感觉到了无穷的快慰。

"心满意足啦！"他喃喃的说。

二

第二天，惠泽公公起得很早，给阿毛换了衣服，洗了脸，吃了早饭，英华还没起来，便带着他到学校去了。

学校里的孩子们全在叫着跳着玩，惠泽公公看过去仿佛一群小喽罗，心里非常的喜欢。阿毛到了学校也如鱼得水似的快乐。只是看见有些孩子穿得阔气的，惠泽公公心里未免有点不痛快。他总觉得阿毛那一套自由布衣服太难看了。

"这上面可不要去站呢，好宝宝！……那里也不要爬上去！跌下来没有命的！"他叮嘱着阿毛，一次又一次。

他怕那浪桥，铁杠，秋千。他回来以后时刻记挂着阿毛。

"学堂里真野蛮，竟想出这样危险的东西给孩子玩！断了脚，破了头，怎样办啊！私塾好得多啦！私塾！"

"私塾！私塾！"英华立刻截断了他的话。"现在什么时候啦！还想私塾！"

"真是一代不如一代！从前考秀才考进士，只晓得读四书五经，现在什么唱歌游戏还不够，竟想出那些危险的花样来啦！你反对私塾，你不怕危险吗？"

"那有什么危险！跌几交就会玩啦！像从前私塾里整天到晚坐着

不动，一个一个都是驼背，痨病鬼！现在学堂里出身的哪一个不身强力壮！"

"哼！身强力壮！性命先送掉啦！读书人只要书读得好，学问高深就够啦，又不会去砍柴种田，炼成了铜筋铁骨也没用的！钢筋铁骨！……"

"你哪里晓得！又是和你说不清楚！"

"好啦！好啦！你让阿毛跌几交去！出了钱，是要叫他去跌几交的！儿子这么不要紧！还只有这一个！只有这一个呢！你答应，我不答应！他是我的孙子！我宁可把他带到乡里去进私塾！私塾好得多啦！……你忘记了你是私塾里读过书的！没有看见你驼背，也没有生痨病！……阿毛是我的孙子，你不要紧，我要紧！我们四代单了，你三十多啦，还只这一个男孩！……"惠泽公公越说越气了。

"公公的话一点不错！我也不赞成他的话！阿毛到底还只七岁！"英华的妻子插入说。

"你懂得什么！你是一个女人！"

"蠢家伙！还要多说吗？"她捻了一下英华的腿子，咬着牙齿，做出厌恨的样子。

英华笑了一笑，不再说话了，点起一支烟来，闭上了眼睛。

"到底是亲生的儿子！这么大年纪啦，不如一个女人的见识！"惠泽公公喃喃的说着，心里得到了一点安慰。"你现在到底没话可说啦！……"

他一个人咕罗了许久，看见英华睡熟了，才走到自己的房间去。

"真没办法！真没办法！"英华听见他已经走了出去，便睁开了假寐的眼睛。

"自己蠢哩！"她埋怨似的说，"这样老啦，还同他争执什么？顺从他一点，像对小孩子一般的戴戴高帽子，不就行了吗？他到底是为的你的儿子！"

"为的我的儿子！照他的主意，阿毛简直不必教训，不必读书，只是拿吃的东西塞进他的肚子里去，塞死了就是！他对阿毛的爱，只是害阿毛的！我不能由他怎么办就怎么办！"英华说着又觉得苦恼起来。

"他到底是你自己的父亲！这样老啦，做儿子的应该顺从他，不能执拗下去的！他还有几年活着呢？"

这话使英华又想到了母亲。母亲在时，只有母亲最爱他，一切顺从着他，他常常觉得父亲没有母亲那样的爱他。自己也不知不觉的，对父亲没有对母亲那样的亲热。但是自从母亲死后，他开始觉得父亲的态度和脾气虽然和母亲的不同，父亲却是和母亲一样的爱他的。而自己感到母亲在时，没有好好的顺从过母亲，给一些快慰给她，起了很大的遗憾，便开始想在父亲在时弥补这种缺陷，对父亲尽一点儿子的孝心。他知道自己的脾气最和父亲的相似，两个人住在一起，争执起来最不容易下场，母亲在时不愿意搬出来就是为的这个。但现在他终于下了决心，不再和父亲执拗，接他住在一起了。父亲以前也不愿意出来，这次似乎被他的孝心所感动，也就依了他的话。他到底也感到了自己已经到了风烛的余年，急切的需要享受一下天伦之乐的。

"到底老啦！"英华也常常这样的自己劝慰着自己，要自己退让，当他又和父亲争执的时候。

但是为了阿毛，他现在渐渐觉得不能退让下去了。阿毛比不来他自己。他自己委屈，受苦，都可以。阿毛却不能随便牺牲。阿毛是无辜的。他这时正像一块洁白的玉，洁白的纸，雕琢得不好，裁剪得不好，将来就会成为废物的。英华对于自己已经完全绝了望了，他现在只希望阿毛的成就。他想把自己的缺陷在阿毛身上除掉。然而父亲总是暗暗的阻碍着他，使他不能直接的严厉的教训他。他稍微认真一点，父亲就立刻出来把阿毛带去，或者把他叫去说了许久。他怪他不该打骂阿毛，说孩子禁不起这种责罚。但是他自己却时常拿老虎鬼怪恐吓他。

"老虎来啦，好宝宝！不要哭！再哭下去，老虎要来啦！啊唷！啊唷！蓬蓬蓬！"惠泽公公敲着板壁说，"听见吗？老虎来敲门啦！"

"把他胆子吓小啦！将来没有一点勇气！"英华反对他说。

"这又不痛不痒！有什么要紧！难道让你打骂好！让他哭上半天好！……"

于是惠泽公公的话又说着说着，止不住了。每次总要拿英华小时来比。

"你忘记了吗？你小的时候……"

"好啦！好啦！跟你说不清楚！"

"我一点不糊涂！糊涂的是你！你……"

惠泽公公仍然继续的说了下去，英华走了，他还是一个人说着。

三

自从阿毛进了学校以后，惠泽公公几乎没有一天不亲自送他去，亲自接他回来。有时他到了学校，就在那里望着走着，或者坐在什么地方打了一个瞌睡，等阿毛散学一同回家。他自己承认已经老了，但是一天来回四次一共八里路，毫不觉得远。英华两夫妻几次劝他不要亲自去，可以让家里的工人去，他怎样也不答应。家里还有一个三岁的孙女，他却只是舍不得阿毛。

"真是劳碌命，有福不会享！"英华这样的说他。

"走走快活得多啦！"他回答说。

其实他的确很辛苦。英华好几次看见他用拳敲着背和腿，有的晚上听见他在梦中哼着。

"让阿毛自己睡一床吧，你也可以舒服一点！"英华提议说。

"一点点大的孩子，怎样一个人睡！夜里会捣开被窝受凉，会滚下床来！他并没挤着我！"

"可是你也多少挤着他吧？就在你的床边开一张铺不是一样吗？"

惠泽公公心里不愿意，他是和阿毛睡惯了的，但一听见他多少挤着阿毛，却觉得也有道理，就答应下来了。

然而他还是舍不得，好几天早上，英华的妻子发现阿毛睡在他的床上。

"公公抱我过来的！"阿毛告诉母亲说。

"他会捣被窝！我不放心！"

晚饭才吃完，他便带着阿毛去睡了。

"书还没有读熟，让他迟一点，您老人家先去睡吧。"

"什么要紧！一点点大的孩子一半游戏一半读书就得啦！紧他做什么！"

英华不答应，一定要他读熟了再去睡，惠泽公公便坐在旁边等着。他打着瞌睡，还是要和阿毛一道上床。

每天早上，天没有亮，惠泽公公醒来了。他坐在床上等到天亮。阿毛的母亲来催阿毛起来，他总是摇着手，叫她出去。

"孩子太辛苦啦！睡觉也没睡得够！学堂里体操，跳舞，好不劳碌，还要读书写字费精神。怎么不让他多睡一会呢！"他埋怨英华说。

"那里会辛苦！睡十个钟头尽够啦！"

"够了会自己醒来的，用不着叫他。"

有一天，阿毛在学校里和人家打弹子输了钱回来向公公讨铜板，给英华知道了。他把他的弹子和铜板全收了起来。"这样一点大就学赌啦！还了得！"他气愤的打了他一个耳光。

惠泽公公立刻把阿毛牵到了自己的房里，自己却走了出来。

"几个铜板有什么要紧！你自己十元二十元要输啦！我没有骂你，

你倒打起阿毛来，亏你有脸！危险的东西你说可以玩，还说什么可以使筋骨强壮！这不碍事的游戏倒不准他玩啦！亏你这么大啦，不会做父亲！动不动就要打儿子！你舍得！我舍不得！……"惠泽公公说着，连眼睛也气得红了。

"游戏可以，赌钱不可以！"

"几个铜板输赢，有什么不可以？去了你一根毫毛吗？你这样要紧！一点大的孩子，动不动就吃耳光！痛在他身上，不就痛着你自己吗？他不是你亲生的儿子吗？……"

"赌惯了会赌大的，怎么教训他不得？"

"也看他怎么赌法！和什么人赌钱！你们这班上流人还要赌钱啦！今天这里一桌，明天那里一桌！他又没有和娘姨的儿子赌，又没有和茶房的儿子赌！都是同学，一样小，作一点输赢玩玩罢啦！……只许官兵放火，不许百姓点灯，哼！亏你这么大啦！你忘记你小的时候了吗？……"

"就是小的时候赌惯了钱，到后来，只想赌啦！"

"我害了你吗！……你现在几岁啦？两岁吗？三岁？你不懂事，哼！真是笑话！要不是看你这么大啦，我今天也得打你一个耳光！你怎么这样糊涂！几个铜板那么要紧，十元二十元倒不要紧！还说我从小害了你！百把元钱一个月，要是我，早就积下许多钱来啦！只有你吃过用过！……"

"你那里懂得我的意思！你又扯开去啦！"

"你意思是说我糊涂啦，老啦，我懂得。……你说不出道理，就拿这些话来讥笑我！……好啦！我不管你们也做得！我本来老啦！糊涂啦，阿毛是你生的，你去管就是！看你把他磨难到什么样子！……"

惠泽公公气着走进了自己的房里。他躺在床上，一天没有出来，饭也不想吃了。他想到这样，想到那样。他恨那个学堂。他觉得现在许多没道理的事全是学堂弄出来。从前尊孔尊皇帝，读四书五经，讲忠臣孝子，现在都给学堂推翻了。

"过时啦，过时啦！"他喃喃的说，"活着和死了一样，连自己亲生的儿子都看不起啦！……做人真没趣味，儿子养大啦，便把老子一脚踢开！说什么你不懂，跟你说不清楚！吃一点现成饭不好吗？倒转来做他的儿子！老子听儿子的话！……这还是好的，再过一代，说不定连饭也没有吃啦！……"

他想着不觉心酸起来。他记起了从前年青时候，正像现在英华这样年纪，怎样的劳苦，怎样的费心血，为了英华。指望他大了，享点后福，那晓得现在这样的不把他放在眼里，他怨恨着不早一点闭上眼睛。

四

天气渐渐冷了下来，惠泽公公渐渐起得迟了。深秋一到，他便像到了隆冬似的怕冷。他现在终于不能再天天送阿毛进学校了。一听到风声，他便起了畏怯，常常坐到床上被窝里去。

"到底老啦！"他自言自语的说。

他的心只系在阿毛一个人身上。他时刻想念着他。阿毛没有在他身边，他好像自己悬挂在半空中一样，他时时从床上走了下来，想到阿毛的学校里去，但又屡次从门口走了回来。他时刻望着钟，数着时刻。

"十一点啦，好去接啦！早一点去，一放学就接回来，不要让他在那里等得心焦！"

"天气冷啦，给他在学堂里包一餐中饭吧！"英华提议说。

"那再好没有啦！免得他跑来跑去！外面风大，到底年纪小！这办法最好！这办法最好！给他包一顿中饭吧！这才像是一个父亲！想出来了好法子！"

但是这办法一实行，他愈加觉得寂寞苦恼了。阿毛清早出门，总到吃晚饭才回来。下了课，放了学，他要在那里玩了许久，常常一身的泥灰，有时跌破了膝盖，头皮。

"呀！啊呀！怎么弄得这样的？快点搽一点药膏！……"他说着连忙给阿毛搽药包扎起来。"明天快活一天，不要到学堂去啦！先生问你，说是公公叫你这样的。……好宝宝，你在翻铁杠吗？那根木头上上去过没有？这个要不得！好孩子，要斯文的玩。那是红毛绿眼睛想出来害人的东西，不要听人家的话。爸爸的话也不对，不要听他的！……都是他不是！他不是！"他说着又埋怨英华起来了。

"你看看他跌得什么样子吧！多么嫩的皮肤，多么软的骨头！经得起这样的几交！……"

"不要紧，马上会好的！"

"不要紧，又是不要紧！破了皮还不要紧！……阿毛明天不要上学堂啦，……"

但是阿毛却喜欢到学校里去。他第二天一清早偏拿着书包去了。他喜欢学校里的运动器具。浪桥，铁杠，秋千，都要玩。跌了一次又去玩了，跌了一次又去玩了。惠泽公公怎样的叮嘱他，他不听话。

惠泽公公渐渐觉察到这个，禁不住心酸起来。阿毛从前最听他的话，最离不开他，却不料现在对他渐渐疏远，渐渐冷淡了。从前的阿毛是他的，现在仿佛不是他的了。从前的阿毛仿佛是他的心，现在那颗心像已跳出了他的胸腔，他觉得自己的怀里空了的一样。

"做人好比做梦！都是空的！"他说。

他感觉到无聊，感觉到日子太长，便开始在自己的房子里念起经来。他不想再管家里的事了，他要开始照着英华的话，吃现成饭。

"随你们怎样吧！我已是风烛残年啦，不会活得长久的！……一闭上眼，便什么也没有啦！……"

他开始觉得自己身体衰弱，精力虚乏起来。

天气愈加冷下去，他坐在床上的时候愈加多了。一点寒气的侵入，在他仿佛是利剑刺着骨髓一样的难受。这里也痛，那里也酸。夜里在梦中辗转着，哼着。

"没有病，没有病！"他回答着英华夫妻说。

然而他到底病了。他的整副的骨肉的组织仿佛在分离着，分离着，预备要总崩溃的样子。他的精神一天比一天衰弱了。他渐渐瘦削起来。

"您老人家病啦！请医生来看一看啦！"

"好好的，有什么病！不要多花钱！"

英华开始着急了。他知道父亲的确病了。他天天在观察他的颜色和精神，只看见他一天不如一天起来。他知道这病没有希望，但还是请了医生来。他想到父亲过去对他的好处，想到他自己对他的执拗，起了很深的懊悔。他现在开始顺从父亲起来，决计不再执拗了。但是惠泽公公已经改变了以前的态度，他现在不大问到家里的事了。

"好的，好的。"英华特地去问他对于什么事情的意见，他总是这样的回答。

英华想填补过去的缺陷，惠泽公公却不再给他机会了。对于阿毛，惠泽公公仍时时想念着，询问着。但他也再不和英华争执了。他只想知道关于阿毛的一切。应该怎样，他不再出主意，也不反对英华的意见了。

"你不会错的。"他只这么一句话，不再像以前似的说个不休。

只有一天，他看见阿毛穿了一条短短的绒裤，让双膝露在外面，便对英华的妻子说：

"阿毛的膝盖会受冷，最好再给他加上一条长一点的夹裤呢。"

在平时，英华又会说出许多道理来，但这次立刻顺从了惠泽公公的话，他给阿毛穿上了夹裤，又带他到惠泽公公的床前，给他看。

惠泽公公点了一点头。

五

冬天的一个晚间，雪落得很大，大地上洁白而且静寂。

惠泽公公忽然在床上摇起手来。英华知道是在叫他，立刻走了过去。

"我看见你的祖父来啦！……我今晚上要走啦！"他低声的说。

英华的心像被刀刺着一样，伏在床沿哭了起来。他知道父亲真的要走了。从他的颜色，声音里，都可以看出来，他的面色是枯黄中带着一点苍白发着滞呆的光，他的面颊上的肉和眼睛全陷下了，只有前额和颊骨高突着，眼睛上已经罩上了一层薄薄的皮。他的声音和缓而且艰涩。

"不要哭！……我享过福啦！……"

"您老人家有什么话叮嘱吗？爹爹！"

惠泽公公停了一会，像想了一想，说：

"把我葬在……你祖父坟边……和你母亲一起……"他说着闭了一会眼皮，像非常疲乏的样子。随后摇着手，叫阿毛靠近着他，把手放在他的头上，说："好宝宝，过了年就大了一岁啦……听爹娘的话……"

他重又疲乏的闭上了眼睛，喘着气。

过了一会，在子孙的呼号的围绕中，他安静的走了。

中 人

端阳快到了。

阿英哥急急忙忙的离开了陈家村,向朱家桥走去。一路来温和的微风的吹拂,使他感觉到浑身通畅,无意中更加增加了两脚的速度,仿佛乘风破浪的模样。

他的前途颇有希望。

美生嫂是他的亲房,刚从南洋回来。听说带着许多钱。美生哥从小和他很要好,可惜现在死了。但这个嫂子对他也不坏,一见面就说:

"哦,你就是阿英叔吗?——多年不见了,老了这许多……我们在南洋常常记挂着你哩!近来好吗?请常常到我家里来走走吧!"

她说着,暗地里打量着他的衣衫,仿佛很怜悯似的皱了一会眉头,随后笑着说:

"听说你这几年来运气不大好……这不必愁闷,运气好起来,谁也不晓得的……像你这样的一个好人!"

最后他出来时,她背着别人,送了他两元现洋,低声的说:

"远远回来，行李多，不便带礼物，……就把这一点点给婶婶买脂粉吧。"

他当时真是感动得快流下眼泪来了！

这三年，他的运气之坏，连做梦也不会做到。最先是死母亲，随后是死儿子，最后是关店铺，半年之内，跟着来。他这里找事，那里托人，只是碰不到机会。一家六口，天天要吃要穿，货价又一天高似一天，兼着关店时负了债，变田卖屋，还债清不了。最后单剩了三间楼房，一年前就想把它押了卖了，却没有一个雇主。大家都说穷，连偿债也不要。他的上代本来是很好的，一到他手里忽然败了下来，陈家村里的人就都议论纷纷，说他是赌光的，嫖光的，吃光的，没有一个人看得起他。从前人家向他借钱，他没有不借给人家；后来他向人家借钱，说了求了多少次，人家才借给他一元两元。而且最近，连一元半元也没有地方借了。人家一见到他，就远远的避了开去，仿佛他身上生着刺，生着什么可怕的传染病一般。

美生嫂的回来，他原是怕去拜望她的。他知道她有钱，他相信她和别的人一样，见着他这个穷人害怕。但想来想去，总觉得她和他是亲房，美生哥从小和他很好，这次美生嫂远道回来，陈家村里的人几乎全去拜望过她了，单有他不去，是于情于理说不过去的。所以他终于去了。他可没有存着对她有所要求的念头。

然而事情却完全出乎他意料之外，美生嫂一见面就非常亲热，说他常常记念他，现在要他常常到她家里去，并不看见他衣服穿的褴褛，有什么不屑的神情，反而说他是好人，安慰他好运气自会来到的。而且，临行还送他钱用。又怕他难堪，故意说是给他的妻子买脂粉用的。这样的情谊，真是他几年来第一次遇到！

她真的是一个十足的好人，他这几天来还听到她许多的消息。说是她在南洋积了不少的钱，现在回到家中要做慈善事业了：要修朱家桥的桥，陈家村的祠堂，要铺石楔镇的路，要设施粥厂，要开平民医院……一个人有一个人的说法，但总之，全是做好事！她有多少钱呢？有的说是五万，有的说是十万，二十万，也有人说是五十万，总之，是一个很有钱的女人！

于是阿英哥不能不对她有所要求了。

他想，倘若她修桥铺路，她应该用得着他去监工，若她办平民医院，应该用得着他做个会计，或事务员，或者至少给她做个挂号或传达。

但这还只是将来的希望，他眼前还有一个更迫切的要求，必须对她提出。那就是，端阳快到了，他需要一笔款子。

他不想开口向她借钱，他想把自己的屋子卖给她。他想起来，这在她应该是需要的。她本是陈家村里的人，从前的屋子已经给火烧掉，现在新屋还没有造，所以这次回来就只好住在朱家桥的亲戚家里。她只有两个十几岁的儿子，人口并不多，他的这三间楼房，现在给她一家三口住是很够的，倘若将来另造新屋，把这一份分给一个儿子也很合宜。况且连着这楼房的祖堂正是她也有份的，什么事情都方便。新屋造起了，这老屋留着做栈房也好，租给人家也好。他想来想去，这事于她没有一点害处。至于他自己呢，将来有了钱，造过一幢新的；没有钱，租人家的屋子住。眼前最要紧的是还清那些债。那是万万不能再拖过端阳节了！年关不曾还过一个钱，——天晓得，他怎样挨过那年关的！……

他一想到这里，不觉心房砰砰的跳了起来，两脚有点踉跄了。

阿芝婶，阿才哥，得福嫂，四喜公……仿佛迎面走来，伸着一只手指逼着他的眼睛，就将刺了进来似的……

"端阳到了！还钱来！"

阿英哥流着一头的汗，慌慌张张走进了美生嫂的屋里。

"喔！——阿英叔！——"美生嫂正从后房走到前房来，惊讶的叫着说。

"阿嫂……"

"请坐，请坐……有什么要紧事情吗？怎么走出汗来了……"

"是……天气热了哩……"阿英哥答应着，红了脸，连忙拿出手巾来指着额角，轻轻的坐在一把红木椅上。

"不错，端阳快到了……"美生嫂笑着说。

阿英哥突然站了起来，他觉得她已经知道他的来意了。

"就是为的这端阳，阿嫂……"他说到这里，畏缩的中止了，心中感到了许多不同的痛苦。

美生嫂会意的射出尖锐的眼光来，瞪了他一下，皱了一皱眉头，立刻用别的话宕了开去：

"在南洋，一年到头比现在还热哩……你不看见我们全晒得漆黑了吗？哈哈，简直和南洋土人差不多呢！……"

"真的吗？……那也，真奇怪了……"阿英叔没精打彩的回答说。他知道溜过了说明来意的机会，心里起了一点焦急。

"在那里住了几年，可真不容易！冬天是没有的，一年四季都是夏天，热死人！吃也吃不惯！为了赚一碗饭吃，在那里受着怎么样的苦呵！"

"钱到底赚得多……"

"那里的话，回到家来，连屋子也没有住！"

"正是为的这个，阿嫂，我特地来和你商量的……"

美生嫂惊讶的望着阿英哥，心里疑惑的猜测着，有点摸不着头脑。她最先确信他是借钱而来的，却不料倒是和她商量她的事情。

"叔叔有什么指教呢？"她虚心的说。

"嫂嫂是陈家村人，祖业根基都在陈家村……"

"这话很对……"

"陈家村里的人全是自己人，朱家桥到底只有一家亲戚，无论什么事情总是住在陈家村方便……"

"唉，一点不错……住在朱家桥真是冷落，没有几个人相识……"美生嫂叹息着说。

"还有，祖堂也在那边，有什么事情可以公用。这里就没有。"

"叔叔的话极有道理，不瞒你说，我住在这里早就觉着了这苦处，只是……我们陈家村的老屋……"

"那不要紧。现在倒有极合宜的屋子。"

"是怎样的屋子，在哪里呀？"美生嫂热心的问。

"三间楼房……和祖堂连起来的……"阿英哥嗫嚅的说，心中起了惭愧。

"那不是和叔叔的一个地方吗？是谁的，要多少钱呢？那地方倒是好极了，离河离街都很近，外面有大墙。"她高兴的说。

"倘嫌少了，要自己新造，这三间楼房留着也有用处。"

"我哪里有力量造新屋！有这么三间楼房也就够了。叔叔可问过出主，要多少钱？是谁的呢？倘若要买，自然就请叔叔做个中人。"

阿英哥满脸通红了，又害羞又欢喜，他站了起来，走近美生嫂的身边，望了一望门口，低声的嗫嚅的说：

"不瞒阿嫂……那屋子……就是……我的……因为端阳到了……我要还一些债……价钱随阿嫂……"

"怎么？……"美生嫂惊诧地说，皱了一皱眉头，投出轻蔑的眼光来。"那你们自己住什么呢？"

"另外……想办法……"

"那不能！"美生嫂坚决的说，"我不能要你的屋，把你们赶到别处去！这太罪过了！"

"不，阿嫂……"阿英哥嗫嚅的说，"我们可以另外租屋的，拣便宜一点，……小一点……有一间房子也就够了……"

"喔，这真是罪过！"美生嫂摇着头说，"我宁愿买别人的屋子。你是我的亲房！"

"因为是亲房，所以说要请阿嫂帮忙……端阳节快到了，我欠着许多债……无论是卖，是押……"

"你一共欠了许多债呢？"

"一共六百多元……"

"喔，这数目并不多呀！……"她仰着头说，"屋子值多少呢？"

"新造总在三千元以上，卖起……阿嫂肯买，任凭阿嫂吧……我也不好讨价……"

"不瞒叔叔说，"美生嫂微微的合了一下眼睛，说，"屋子倒是顶合宜的，叔叔一定要卖，我不妨答应下来，只是我现在的钱也不多，还有许多用处……都很要紧，你让我盘算一两天吧。"

"谢谢阿嫂，"阿英哥感激的说，"那末，我过一两天再来听回音……总望阿嫂帮我的忙……"他说着高兴的走了出去。

"那自然，叔叔的事情，好帮总要帮的！"

美生嫂说着，对着他的背影露出苦笑来，随后她暗暗的叹息着说：

"唉！一个男子汉这样的没用！"她摇着头。"田卖完了，还要卖屋！从前家产也不少，竟会穷到没饭吃！……做人真难，说穷了，被人欺，说有钱，大家就打主意这个来借，那个来捐……刚才说不愿意买，他就说押也好，倘若说连押也不要，那他一定要说借了，倒不如答应他买的好……但是，买不买呢？嘻！真是各人苦处自己晓得！

美生嫂想到这里，不觉皱上了眉头。

她的苦处，真是只有她自己晓得。现在人家都说她发了财回来了，却不晓得她还有多少钱。

三四年前，她手边积下了一点钱，那是真的。但以后南洋的生意一天不如一天，她的钱也渐渐流出去了。一年前，美生哥生了三个月的病，不能做生意，还须吃药打针，死后几乎连棺材也买不起，她现在总算带着两个孩子把美生哥的棺材运回来了。这是一件太困难的事！幸而她会设法，这里募捐，那里借债，哭哭啼啼的弄到了三千元路费。回到家乡，念佛出丧，开山做坟，家乡自有家乡的老办法，一点也不能省俭。

"南洋回来的！"大家都这么说，伸着舌头。下面的意思不说也就明白了：南洋是顶顶有钱的地方，从那边回来的没有一个不发财。无论怎样办，说是在那边做生意亏了本，没有一个人不摇头，说这是假话。在南洋，大家相信，即使做一个茶房，也能发财。十年前就有过这样的例子。

"那是出金子出珠子的地方，到处都是，土人把它当沙子一样看待的！"从前那个做茶房的发了财回来告诉大家说。大家听了，都想去，只是没有这许多路费。现在美生嫂居然在那边住了许多年，还扛着一口棺材回来，谁能不相信她发了财呢？许多人甚至不相信美生哥真的死了，他们还怀疑着那口棺材里面是藏着金子的。

美生嫂知道穷人不容易过日子，到处会给人家奚落，讥笑，欺侮，平日就假装有钱的样子，现在回到家乡，也就愈加不得不把自己当做有钱的人了。因为虽说她是这乡间生长的女人，离开久了，人地生疏了许多，娘家夫家的亲人又没有一个，孤零零的最不容易立足。所以当人家羡慕称赞她发了财回来的时候，她便故意装出谦虚的样子，似承认而不承认的说：

"哪里的话，在南洋也不过混日子，那里说得上发财！有几百万几千万家当，才配得上说发财呢！"

她这么说，听的人就很清楚了。倘若她没有百万家当，几十万是该有的，没有几十万，几万也总是有的。于是她终是一个发了财的人了。

发了财回来，做些什么事呢？大家都关心着这事。有些人相信她将买田造屋，因为她的老屋已经没有了。有些人相信她将做好事，修桥铺路，办医院，因为她前生有点欠缺，所以今生早年守寡，现在得来修点功德。有些人相信她将开点铺做生意，因为她有两个儿子，丈夫死了，不能坐吃山空。大家这样猜想，那样猜想，一传十，十传百，不晓得怎的这些意思就全变成了美生嫂自定的计划，说她决定买田造屋了，决定修桥铺路了，决定……于是今天这个来，明天那个来，有卖田的，卖屋的，有木匠，有石匠，有泥水匠，有中人，有介绍人……

"没有的事！"美生嫂回答说。"我没有钱！"

但是没有一个人相信，只是纷纷的来说情。她没办法了，只得回答说：

"缓一些时候吧，我现在还没决定先做哪一样呢。决定了，再请帮忙呀。"

大家这才安心的回去了。而她要做许多大事业也就更加使人确信起来。

"但是，天呵！"美生嫂皱着眉头，暗暗叫苦说。"日子正长着，只有五百元钱，叫我怎样养大这两个孩子呀！……"

她想到这里，心中像火烧着的一样，汗珠一颗一颗的从额上涌了出来。

她在南洋起身时候，对于未来的计划原是盘算得很好的：她想这三千元钱除了路费和美生哥的葬费以外，应该还有一千元剩余，家里有八亩三分田，每年收得四千斤租谷，一家三口还吃不了，至于菜蔬零用，乡里是很省的，每月顶多十元，而那一千元借给人家，倘若有四分利息，每年就有四百元，养大孩子是一点也不用愁的了。那晓得到得家乡，路费已经多用了，葬费又给大家扯开了袋口，到现在只剩下了五百元。租谷呢，近几年来早已打了个大折头，虽然勉强够吃了，钱粮大捐税多，却和拿钱去买差不了好多。乡里的生活程度也早已比前几年高了好几倍，每月二十元还愁敷衍不下了。至于放债，都是生疏的穷人，本来相信不了，放心不下。而现在却也并不能维持她这一生的生活了。

将来怎么办呢？横在她眼前的办法是很显明的：不久以后，她必须把那八亩三分的田卖出去了。发了财的人也卖田吗？那她倒有办法。她可以说，因为自己是个女人，儿子们太小，一年两季秤租不方便，或者说那几亩田不好，她要换好的，或者说……然而，到处都是穷人，大家的田都没有人要，她又卖给谁呢？

"现在，阿英叔却来要我买他的屋子了！咳，咳！"她想到这里，心中说不出的痛苦，简直笑不得，哭不得，连鼻梁也皱了起来。

"呵呵，天气真热，天气真热！"忽然门口有人这样说着走了进来。"美生嫂在家吗？"

美生嫂立刻辨别出来这是贵生乡长的声音，赶忙迎了出去。

"刚才喜鹊叫了又叫，我道是谁来，原来是叔叔！"她微笑着说，转过身，跟在贵生乡长后面走了进来。

"请坐，请坐，叔叔，"她说着，一面从南洋带来的金色热水瓶里倒了一杯茶水，一面又端出瓜子和香烟来。

贵生乡长的肥胖的身子缓慢的坐下椅子，又缓缓的转动着臃肿的头颈，微仰的射出尖锐的眼光望了一望四周的家具，打量一下美生嫂的瘦削的身材，沉默的点了几下头，仿佛有了什么判断似的。

"天气真热，端阳还没到。哈哈！"贵生乡长习惯的假笑着说。

"真是！这样热的天气要叔叔走过来，真是过意不去。我坐在房子里都觉得热哩。"美生嫂说着，用手帕揩着自己的额角，生怕刚才的汗珠给贵生乡长看了出来。

"那到没有什么要紧。我原来是趁便来转一转的。刚才看见阿英从这里走了出去，喜气洋洋的，想必你……"贵生乡长说到这里，忽然停住了，等待着美生嫂接下去。

"还不是和别人一样，叔叔……我实在麻烦不下去了，这个要我买田，那个要我买屋……你说，我有什么办法？"

"想是阿英要把他的三间楼房卖给阿嫂了。"

"就是这样……"

"哦，答应他了吗？"贵生乡长故意做出惊异的神情问。

"怎么样？叔叔，你说？"美生嫂诧异的问。

"怪不得他得意洋洋的……咳，现在做人真难……不留神便会吃亏……"

"叔叔的话里有因，请问这事情到底怎么样呢？"

"我说，阿嫂，"贵生乡长像极诚恳似的说，"做人是不容易的，……请勿怪我直说，你到底是个女人家，几年出门才回来，这里情形早已大变了，你不会明白的……现在的人多么猾头！往往一间屋子这里押了又在那里抵，又在别处卖的！"

"幸亏我还没有答应他！"美生嫂假装着欢喜的说，"叔叔不提醒我，我几乎上当了！"

"你要买产业，中人最要紧。现在可靠的中人真不容易找。有些人贪好处，往往假装不知道，弄得一业二主。老实对阿嫂说，我是这里的乡长，情形最熟悉，也不怕人家刁皮的……"

"我早已想到了，来问叔叔的，所以答应他给我盘算一两天哩。"美生嫂假装着诚恳的说，"给叔叔这么一说，我决计不要那屋子了。"

"喔，那到不必，"贵生乡长微笑着说。"但问阿嫂，那屋子合宜不合宜呢？"

"那倒是再合宜没有了，离街离河都近，又有大墙，又有祖堂。"

"他要多少钱呢？"

"他没说，只说任凭我。说是新造总要三千元。推想起来，叔叔，你说该值多少呢？"

"这也很难说。阿嫂一定要买，我给你去讲价，总之，这是越少越好的。我不会叫阿嫂吃亏。"贵生乡长说着，用手摸着自己的面颊，极有把握的样子。

"房子虽然合宜，不过我不想买。听了叔叔的一番话，我宁愿自己造呢。"

"那自然是自己造的好，"贵生乡长说着，微笑的瞟了她一眼，"不过这事情更麻烦，你一个女人家须得慢慢的来，照我的意思，这里弊端更多着呢：木匠，泥水匠，木行，砖瓦店……况且也不是很快就可以造成的……我看暂时把它拿下，倒也是个好办法，反正花的钱并不多。况且新的造起了，旧的也有用处的：租给人家也好，自己做栈房也好。不瞒阿嫂说，"贵生乡长做出非常好意的神情说，"我倒非常希望便搬到陈家村去：一则我们陈家村人大家有面子，二则阿嫂有什么事情，我也好照顾。现在地方上常常不太平，那一村的人是只顾那一村的人哩。"

贵生乡长说到这里，又瞟了美生嫂一眼，看见她脸上掠过一阵阴影，显出不安的神情来，便又微笑的继续的说：

"我因此劝你早点搬到陈家村去，阿嫂。怕多花钱，不买它也好，花三五百元钱作抵押吧。你要是搬到陈家村去了，那你才什么都方便，什么也不必担心，我们是自己人，我是乡长，什么事情都有我在着……"

美生嫂起先似有点抑不住心中的恐慌，现在又给贵生乡长一席话说得安定了。而且她心里又起了一阵喜悦，觉得他给她出的主意实在不错。那三间楼房原是她所非常需要的，只因自己没有钱，所以决计止住了自己的欲望，只是假意的和阿英哥敷衍，和贵生乡长敷衍。但现在贵生乡长说只要花三五百元钱作抵押，不由得真的动了心了。说是三五百元，也许三百元，二百五十元就够了，她想。她剩余下来的五百元，现在正没处存放，一面也正没屋子住。这事情倒是一举两得。而且，还是体面的事情！还帮了阿英叔的忙，还给了乡长的面子！

"只是不晓得那屋子抵押给别人过没有哩？"

"这个我清楚。阿英是个老实人，他不会骗人的。"

"那末，就烦叔叔做中人，可以吗？钱还是少一点，横直将来要退还的。"美生嫂衷心的说。

"那自然，我知道的。我没有不帮阿嫂的忙。"

贵生乡长笑着说，心里非常的得意。他最先就知道这个女人有点厉害，须费一些唇舌，现在果然落入他的掌中了。

"此外，阿嫂有什么事情，只管来通知我。"他继续着说，"我是陈家村的乡长，陈家村里的人都归我管的。我们有保卫团，谁不服，就捉谁。各村的乡长和上面的区长，县长都是和我要好的哩，哈哈！……"他说着得意的笑了起来，眯着眼。

"叔叔才大福大，也是前生修来的功德。要在前清，怕也是戴红翎的三品官哩。……我们老百姓全托叔叔的庇护呀！"美生嫂感激的说。

"那也是实话，现在的乡长虽没有官的名目，其实也和做官一样了。只是，这个乡长却也委实不易做。"贵生乡长眉头一皱，心里就有了主意。"下面所管的人都是自己人，大小事体颇不容易应付，要能体恤，要能公平。而上面呢，像区长，像县长，得要十分的服从，一个命令下来，限三天就是三天，要怎样就得怎样，绝对没有通融的，尤其是一些户口捐哪，壮丁捐哪，大家拿不出来，只得我自己来垫凑，也亏得村中几个有钱的人来帮助。……譬如最近，上面又有命令下来了，派陈家村筹两千元航空捐，就把我逼得要命，航空捐，从前是已经征收过好几次的，一直到现在，钱粮里还附征着。大家都说不愿意再付了，也没有能力再付了。他们不晓得这次的航空捐和以前是不同的。"从前是为的打××人，现在是××，我们陈家村能不捐款吗？但大家是自己人，又不好强迫，你说，阿嫂，这事情怎么办呢？"

"这也的确为难……"美生嫂皱着眉头说，她心里已经感觉到一种恐慌了。她知道贵生乡长的话说下去，一定是要她捐钱的，因此立刻想出了一句话来抵制。"我们在南洋也付过不少的般空捐哩！收了又收，谁也不愿意！"

"可不是呀！"贵生乡长微笑着说。"谁也不愿意！幸亏得几个有钱的帮我的忙，两百三百的拿出来，要不然我这乡长真不能当了，而且，这数凑不成，也是本村的几个有钱的吃亏，上面追究起来，是逃不脱的。……"

贵生乡长说到这里停住了，故意给她一些思索的时间，用眼光钉着她，观察着她的神色。美生嫂是一个聪明人，早已知道这话的意义，把脸色沉了下来。而且那数目使她害怕，开口就是几百元，这简直是要她的命了！她一时怔得说不出话来，脸色非常的苍白。

贵生乡长见着这情形，微笑了一下，又继续的说了：

"阿嫂，这笔款子明天一早就要解往县里去了，我现在还差四百元，你说怎么办呢？照我的意思，——唉，这话也实在不好说，——照我的想法，还得请阿嫂帮个忙，我自己垫一百元，阿嫂捐一百五十元，另外借我一百五十元，以后设法归还你。你说这样行得吗？"

美生嫂一时说不出话来，只是发着怔，过了半晌，才喃喃的像恳求似的说：

"叔叔，这数目太大了……我实在没有……"

"那不必客气，阿嫂有多少钱，这里全县的人都知道的。捐得少了，岂止说出去不好听，恐怕区长县长都会生气哩！……这数目实在也不多，这次请给我一个面子吧，我们总是帮来帮去的——啊，阿嫂嫌多了，就请凑两百元，那一百元我再到别处去设法，过了端节，我代你付给阿英一百元就是……这是最少的数目了，你不能少的，阿嫂，再也不能少了……"

贵生乡长停顿了一下，见美生嫂说不出话来，他又重复的像是命令像是请求的说：

"不能少，阿嫂，你不能少了！"

"叔叔……"

"上面不会答应的呀！"贵生乡长不待她说下去，立刻带着命令和埋怨的口气说。

"唉……"美生嫂叹着气眼眶里隐藏了眼泪。

"我们是自己人，阿嫂，"贵生乡长又把话软了下来，"我知道阿嫂的苦处，美生哥这么早过了世，侄子们还正年少，钱是顶要紧的，所以只捐这一点，要是别个当乡长，恐怕会硬派你一千元呢。"

"我好命苦呵，这么早就……"美生嫂给他的话触动了伤处，哽咽的说，眼泪流了下来。

"那也不必，侄子们再过几年就大了，一准比爹会赚钱……喔，阿英那里的价钱，我给你去办交涉，我做中人再好没有了，"贵生乡长得意的安慰她说。"阿嫂在这里出了捐钱，我给你在那里压低价钱，准定叫你不吃亏，你看着吧！"

美生嫂痛苦的用手绢掩着润湿的眼睛，一句话也不说。她明白贵生乡长每一句话的用意，恨不得站起来打他几个耳光，但她没有勇气。她不相信那是什么航空捐，她知道这只是借名目饱私囊——明敲她的竹杠！而区是不能不拿出来的了。她只得咬着牙齿，勉强的装出笑脸说：

"就依叔叔的话……以后也不必还了……"她想，还是索性做个人情，反正是决没有归还的希望的。

她站起来走到了另外一间房子去。

"那不必，那不必，房子，我会给弄好的。"贵生乡长满肚欢喜的说。

他听见房子里抽屉声，钥匙声，箱子声先后响了起来，中间似乎还夹杂着叹息声，啜泣声。

过了许久，美生嫂强装着笑脸，走了出来，捧着一包纸票，放在贵生乡长的面前，苦笑着嘲嘘似的说：

"只有这么一点点呢，叔叔……"

"呵呵呵，真难得……"他连忙点了一点数目，站起身来。"再会，再会！"他冷然的骄傲的走了，头也不回，仿佛生了气的样子。

"好不容易。这女人……"他一路想着，跨出了大门，不再理会美生嫂在后面说着"慢走呵，叔叔"的一套话。

"这简直像是逼债！"美生嫂痛恨的磨着牙齿，自言自语的说。"我前生欠了他什么债呀！……"

她禁不住心中酸苦，退到床上，痛哭了起来。

第二天中午，阿英哥急忙的高兴的从陈家村跑到来听回音的时候，美生嫂刚从床上起来。

阿英哥想，这事情是一定成功的，这屋子给她住，没有一样不合宜。至于价钱，端阳节快到了，无论她出多少，他都愿意，横直此外也找不到别的主顾。

"阿嫂，我特来听消息，我想你一定可以帮我的忙哩。"他一进门就这么说。

美生嫂浮肿着脸，一时不晓得怎么回答，她哭了一夜全没有想到见了他怎样说，却不防他很快的就来了。

"喔，"她吸着声音说，脸色有点苍白。她想告诉他不买了，却说不出理由来，她不能对他说没有钱。但她皱了一下眉头，立刻有了回答的话。于是她苦笑的说：

"叔叔，我已经想过了，那房子的确再合宜也没有了……但是，我们总得都有一个中人,才好说话呢。……我已请了乡长做中人,你也去找一个中人吧……我们以后就请中人和中人去做买卖……"

"那自然,阿嫂不说,我倒忘记了,"阿英哥诚实的说,"这是老规矩,我就去找一个中人和乡长接洽去……"

他说着,满脸笑容的别了美生嫂走了。

他觉得他的买卖已经完全成功,端阳节已经安然渡过了。

一只拖鞋

国良叔才把右脚伸进客堂内,就猛然惊吓的缩了回来,倒退几步,靠住墙,满脸通红的发着愣。

那是什么样的地板啊!。

不但清洁,美丽,而且高贵。不像是普通的杉木,像是比红木还好过几倍的什么新的木板铺成的。看不出拼合的痕迹,光滑细致得和玉一样,亮晶晶的漆着红漆,几乎可以照出影子来。

用这样好的木料做成的桌面,他也还不曾见过,虽然他已经活上四十几岁了。

他羞惭的低下头,望着自己的脚:

是一双惯走山路下烂田的脚,又阔又大,又粗糙又肮脏;穿着一双烂得只剩下了几根筋络的草鞋,鞋底里还嵌着这几天从路上带来的黄土和黑泥,碎石和煤渣。

这怎么可以进去呢?虽然这里是他嫡堂阿哥李国材的房子,虽然堂阿嫂在乡里全靠他照应,而且这次特地停了秋忙,冒着大热,爬山过岭，终于在昨天半夜里把李国材的十二岁儿子送到了这里。这样的脚踏在那样的地板上，不是会把地板踏坏的吗？

他抬起头来，又对着那地板愣了一阵，把眼光略略抬高了些。

那样的椅子又是从来不曾见过的：不是竹做木做，却是花皮做的；又大又阔，可以坐得两三个人；另两个简直是床了，长得很；都和车子一样，有着四个轮子。不用说，躺在那里是和神仙一样的，既舒服又凉爽。

桌子茶几全是紫檀木做的，新式雕花，上面还漆着美丽的花纹。两只玻璃橱中放满了奇异的磁器和古玩。长几上放着银盾，磁瓶，金杯，银钟。一个雕刻的红木架子挂着彩灯。墙壁是金黄色的，漆出花。挂着字联，图画。最奇怪的是房子中央悬着一个大球，四片黑色的大薄板，像是铁的也像是木的。

国良叔有十几年没到上海来了，以前又没进过这样大的公馆，眼前这一切引起了他非常的惊叹。

"到底是上海！……到底是做官人家！……"他喃喃的自语着。

他立刻小心的离开了门边，走到院子里。他明白自己是个种田人，穿着一套破旧的黑土布单衫，汗透了背脊的人是不宜走到那样的客堂里去的。他已经够满意，昨天夜里和当差们睡在一间小小的洋房里，点着明亮的电灯，躺在柔软的帆布床上。这比起他乡下的破漏而狭窄的土屋，黯淡的菜油灯，石头一样的铺板舒服得几百倍了。

"叫别一个乡下人到人家的公馆门口去站一刻看吧！"国良叔想，"那就是犯罪的，那就会被人家用棍子赶开去的！"

于是他高兴的微笑了，想不到自己却有在这公馆里睡觉吃饭的一天，想不到穿得非常精致的当差都来和气的招呼他，把他当做了上客。但这还不稀奇，最稀奇的却是这公馆的主人；是他的嫡堂兄弟哩！

"我们老爷，……我们老爷……"

大家全是这样的称呼他的堂兄弟李国材。国良叔知道这老爷是什么委员官，管理国家大事的。他一听见这称呼就仿佛自己也是老爷似的，不由得满脸光彩起来。

但同时，国良叔却把他自己和李国材分得很清楚："做官的是做官的，种田的是种田的。"他以为他自己最好是和种田的人来往，而他堂兄弟是做官的人也最好是和做官的人来往。

"我到底是个粗人，"他想，"又打扮得这样！幸亏客堂里没有别的客人……倘若碰到了什么委员老爷，那才不便呢。……"

他这样想着，不觉得又红了一阵脸，心跳起来，转了一个弯，走到院子里面去，像怕给谁见到似的，躲在一棵大柳树旁呆望着。

院子很大，看上去有三四亩田，满栽着高大的垂柳，团团绕着一幢很大的三层楼洋房：两条光滑的水门汀大路，两旁栽着低矮的整齐的树丛，草坪里筑着花坛，开着各色的花。红色的洋楼上有宽阔的凉台。窗子外面罩着半圆形的帐篷，木的百叶窗里面是玻璃窗，再里面是纱窗，是窗帘。一切都显得堂皇，美丽，幽雅。

国良叔又不觉得暗暗的赞叹了起来：

"真像皇宫……真像皇宫……"

这时三层楼上的一个窗子忽然开开了，昨天跟他到上海来的堂侄伸出头来，叫着说：

"叔叔！叔叔！你上来呀！"

国良叔突然惊恐的跑到窗子下，挥着手，回答说：

"下去！下去！阿宝！不要把头伸出来！啊啊，怕掉下来呀！……不得了，不得了！……"他伸着手像想接住那将要掉下来的孩子似的。

"不会，不会！……你上来呀！叔叔！"阿宝在窗口摇着手，"这里好玩呢，来看呀！"

"你下来吧，我不上来。"

"做什么不上来呀？一定要你上来，一定！"

"好的好的，"国良叔没法固执了，"你先下来吧，我们先在这里玩玩，再上去，好吗？我还有话和你说呢。"

阿宝立刻走开窗口，像打滚似的从三层楼上奔了下来，抱住了国良叔。

"你怎么不上去呀，叔叔？楼上真好玩！圆的方的，银子金子的东西多极了，雕出花，雕出字，一个一个放在架子上。还有瓶子，壶，好看得说不出呢！……还有……"

"你看，"国良叔点点头非常满意的说，"这路也好玩呢，这样平，这样光滑。我们乡里的是泥路，是石子路……你看这草地，我们乡里哪有这样齐，哪里会不生刺不生蛇……你真好福气，阿宝，你现在可以长住在你爸爸的这一个公馆里了……"

"我一定要妈妈也来住！"

"自然呀，你是个孝子……"

"还有叔叔也住在这里！"

国良叔苦笑了一下，回答说：

"好的，等你大了，我也来……"

"现在就不要回去呀！"阿宝叫着说。

"不回去，好的，我现在不回去，我在上海还有事呢。你放心吧，好好住在这里。你爸爸是做大官的，你真快活！——他起来了吗？"

"没有，好像天亮睡的。"

"可不是，你得孝敬他，你是他生的。他一夜没睡觉，想必公事忙，也无非为的儿孙呵。"

"他和一个女人躺在床上，讲一夜的话呢。不晓得吃的什么烟，咕噜咕噜的真难闻！我不喜欢那女人！"

"嗤！别做声！……你得好好对那女人，听见吗？"国良叔恐慌的附着阿宝的耳朵说。

"你来吧，"阿宝紧紧的拖着他的手。"楼上还有一样东西真古怪，你去看呀！……"

国良叔不觉得又心慌了。

"慢些好吗？……我现在还有事呢。"

"不行！你自己说的，我下来了你再上去，你不能骗我的！"

"你不晓得，阿宝，"国良叔苦恼的说，"你不晓得我的意思。"

"我不管！你不能骗我。"阿宝拼命拖着他。

"慢些吧，慢些……我怎么好……"

"立刻就去，立刻！我要问你一样奇怪的东西呀！"

国良叔终于由他拖着走了。跟跟跄跄的心中好不恐慌，给急得流了一背脊的汗。

走到客堂门口，阿宝忽然停住下来，张着小口，惊异的叫着说：

"哪！就是这个！你看！这是什么呀？"他指着房子中央悬着的一个黑球，球上有着四片薄板的。

"我不知道……"国良叔摇着头回答说。

"走，走，走，我告诉你！"阿宝又推着他叫他进去。

"我吗？"国良叔红着脸，望望地板，又望望自己的脚。"你看，一双这样的脚怎样进去呢，好孩子？"

"管它什么，是我们的家里！走，走，走，一定要进去！我告诉你！"

"好，好，好，你且慢些，"国良叔说着，小心的四面望了一望，"你让我脱掉了这双草鞋吧。"

"你要脱就快脱，不进去是不行的！"阿宝说着笑了起来。

国良叔立刻把草鞋脱下了，扳起脚底来一望，又在两腿上交互的擦了一擦，才轻手轻脚的走进了几步。

"你坐下！"阿宝说着用力把国良叔往那把极大的皮椅上一推。

国良叔吓得失色了。

一把那样奇怪的椅子：它居然跳了起来，几乎把国良叔栽了一个跟斗。

"哈，哈，哈！真有趣！"阿宝望着颠簸不定的国良叔说，"你上了当了！我昨晚上也上了当的呢！他们都笑我，叫我乡下少爷，现在我笑你是乡下叔叔了呀！"

"好的，好的，"国良叔回答说，紧紧的扳着椅子，一动也不敢动，"我原是乡下人，你从今天起可做了上海少爷了，哈，哈，哈，……"

"你听我念巫咒！"阿宝靠近墙壁站着，一手指着那一个黑球画着圆圈"天上上，地下下，东西南北，上下四方．走！一，二，三！一，二，三！"

国良叔看见那黑球下的四片薄板开始转动了。

"啊，啊！……"他惊讶的叫着，紧紧的扳着椅子。

那薄板愈转愈快，渐渐四片连成了一片似的，发出了呼呼的声音，送出来一阵阵凉风。

"这叫做电扇呀！叔叔，你懂得吗？你坐的椅子叫做沙发，有弹簧的！"

"你真聪明，怎么才到上海，就晓得了！"

"你看，我叫它停，"阿宝笑着说又指着那电扇，"停，停，停！一，二，三！一，二，三！……"

"现在可给我看见了，你肩上有一个开关呀！哈，哈，哈！你忘记了，你还没出世，我就到过上海的呢！我是'老上海'呀！"

"好，好，好！"阿宝顽皮的笑着说，又开了电扇，让它旋转着，随即跳到了另一个角落里,"我同你'老上海'比赛,看你可懂得这个!……"

他对着一个茶几上的小小方盒子站下,旋转着盒子上的两个开关。

喀喀喀……

那盒子忽然噪杂的响了起来,随后渐渐清晰了,低了。有人在念阿弥陀佛。随后咕咕响了几声,变了吹喇叭的声音,随后又变了女人唱歌的声音,随后又变了狗的嗥声……

"我知道这个,"国良叔得意的说,"这叫做留声机!你输了,我是'老上海',到底见闻比你广,哈,哈,哈!……"

"你输了!我'新上海'赢了!这叫做无线电!无线电呀!听见吗?"

"我不相信。"

"你不相信,去问来!看是谁对!无线电,我说这叫做无线电。……"

"少爷!"

当差阿二忽然进来了。他惊讶的望望电扇和无线电,连忙按了一下开关,又跑过去关上了无线电。

"你才到上海,慢慢的玩这些吧,这些都有电,不懂得会闯祸的……老爷正在楼上睡觉哩!他叫我带你出去买衣裳鞋袜。汽车备好了,走吧。"

"这话说得是,有电的东西不好玩的,"国良叔小心的按着椅子,轻轻站了起来,"你爸爸真喜欢你,这乡下衣服真的该脱下了,哈……"

国良叔忽然止住了笑声,红起脸来,他看见阿二正板着面孔,睁着眼在望他。那一双尖利的眼光从他的脸上移到了沙发上,从沙发上移到了他的衣上,脚上,又从他的脚上移到了地板上,随后又移到了他的脚上，他的脸上。

"快些走吧，老爷知道了会生气的。"他说着牵着阿宝的手走出了客堂，又用尖利的眼光扫了一下国良叔的脸。

国良叔羞惭的低下头，跟着走出了客堂。

汽车已经停在院子里，雪亮的，阿二便带着阿宝走进了车里。

"我要叔叔一道去！"阿宝伸出手来摇着。

"他有事的，我晓得，"阿二大声的说，望着车外的国良叔。

"是的，我有事呢，阿宝，我要给你妈妈和婶婶带几个口信，办一些零碎东西，不能陪了。"

"一路去不好吗？"

"路不同，"阿二插入说。"喂，阿三，"他对着汽车外站着的另一个当差摇着手，"你去把客堂间地板拖洗一下吧，还有那沙发，给揩一下！"

汽车迅速的开着走了，国良叔望见阿二还从后面的车玻璃内朝他望着，露着讥笑的神色。

国良叔满脸通红的呆站着，心在猛烈的激撞。他知道自己做错了事了，他原来不想进客堂去的。只因为他太爱阿宝，固执不过他，就糊糊涂涂的惹下了祸，幸亏得还只碰见阿二，倘若碰见了什么委员客人，还不晓得怎样哩！

突然，他往客堂门口跑去了。

"阿三哥，让我来洗吧，是我弄脏的。"他抢住阿三手中的拖把。

"哪里的话，"阿三微笑的凝视着他。"这是我们当差的事。你是叔爷呀……"

国良叔远远摇着头：

"我哪里配，你叫我名字吧，我只是一个种田人，乡下人……"

"叔爷还是叔爷呀，"阿三说着走进了客堂，"你不过少了一点打扮。你去息息吧，前两天一定很累了。我们主人是读书知理的，说不定他会叫一桌菜来请请你叔爷，"阿三戏谑似的说，"我看你买一双新鞋子也好哩……"

"那怎敢，那怎敢……"国良叔站在门边又红起脸来，"你给我辞了吧，说我明天一早就要回去的。"

"我想他今天晚上一定会请你吃饭，这是他的老规矩呀。"

"真是那样，才把我窘死了……这怎么可以呵……"

"换一双鞋子就得了，没有什么要紧，可不是嫡堂兄弟吗？"

"嫡堂兄弟是嫡堂兄弟……他……"国良叔说着，看见阿三已经拖洗去了脚印和沙发上的汗渍，便提起门口那双破烂的草鞋。"谢谢你，谢谢你，我真的糊涂，这鞋子的确太不成样了……"

他把那双草鞋收在自己的藤篮内，打着赤脚，走出了李公馆。

"本来太不像样了，"他一路想着，"阿哥做老爷，住洋房，阿弟种田穿草鞋，给别人看了，自己倒不要紧，阿哥的面子可太不好看……阿三的话是不错的，买一双鞋子……不走进房子里去倒也不要紧，偏偏阿宝缠得利害……要请我吃饭怕是真的，不然阿三不会这样说……那就更糟了！他的陪客一定都是做官的，我坐在那里，无论穿着草鞋打着赤脚，成什么样子呀！……"

他决定买鞋子了，买了鞋子再到几个地方去看人，然后到李公馆吃晚饭，那时便索性再和阿宝痛快玩一阵，第二天清早偷偷的不让他知道就上火车搭汽船回到乡里去。

他将买一双什么样的鞋子呢？

阿二和阿三穿的是光亮的黑漆皮鞋，显得轻快，干净又美观。但他不想要那样的鞋子，他觉得太光亮了，穿起来太漂亮，到乡里是穿不出去的。而且那样的鞋子在上海似乎并不普遍，一路望去，很少人穿。

"说不定这式样是专门给当差穿的，"他想，"我究竟不是当差的。"

他沿着马路缓慢的走去，一面望着热闹的来往的人的脚。

有些人赤着脚，也有些人穿着草鞋。他们大半是拉洋车的，推小车的。

"我不干这事情，我是种田人，现在是委员老爷的嫡堂兄弟，"他想，"我老早应该穿上鞋子了。"

笃笃笃笃，有女人在他身边走了过去。那是一双古怪的皮鞋，后跟有三四寸高，又小又细，皮底没有落地，桥似的。

"只有上海女人才穿这种鞋子。"他想，摇了一摇头。

喀橐，喀橐……他看见对面一个穿西装的人走来了，他穿的是一双尖头黄皮鞋，威风凛凛的。

"我是中国人，不吃外国饭，"他想，"不必冒充。"

橐落，橐落……有两个工人打扮的来了，穿的是木屐。

"这个我知道，"他对自己说，"十几年前见过东洋矮子，就是穿的这木屐，我是不想穿的……"

旁边走过了一个学生，没有一点声音，穿的是一双胶底帆布鞋。

"扎带子很麻烦，"他想，"况且我不是学生。"

他看见对面有五六个人走来了，都穿着旧式平面的布鞋子，一个穿白纺绸长衫的是缎鞋。

"对了，可见上海也不通行这鞋子，我就买一双布的吧，这是上下人等都可穿的。"

铁塔，铁塔……一个女的走过去，两个男的走过来，一个穿西装的，两个烫头发的，一个工人打扮的，两个穿长衫的，全穿着皮的拖鞋。

"呵，呵，"国良叔暗暗叫着说，"这拖鞋倒也舒服……只是走不快路的样子，奔跑不得：我不买……"

笃笃笃笃……橐落橐落……喀橐喀橐……铁塔铁塔……

国良叔一路望着各种各样的鞋子，一面已经打定主意了。

"旧式平面布鞋顶好，价钱一定便宜—穿起来又合身份！像种田人也像叔爷，像乡下人也像上海人……"

于是他一路走着，开始注意鞋铺了。

马路两旁全是外国人和中国人的店铺，每家店门口挂着极大的各色布招子和黑漆金字的招牌。门窗几乎全是玻璃的，里面摆着各色各样的货物。一切都新奇，美丽，炫目。

这里陈列着各色的绸缎，有的像朝霞的鲜红，有的像春水的蔚蓝，有的像星光的闪耀，有的像月光的银白……这里陈列着男人的洁白的汗衫和草帽，女人的粉红的短裤和长袜，各种的香水香粉和胭脂……这里陈列着时髦的家具，和新式的皮箱和皮包……这里陈列着钻石和金饰，钟表和眼镜……这里陈列着糖果和点心、啤酒和汽水……这里是车行……这里是酒馆……这里是旅馆……是跳舞场……是电影院……是游艺场……高耸入云的数不清层数的洋房，满悬着红绿色电灯的广告，……到处拥挤着人和车，到处开着无线电……

"到底是上海，到底是上海！……"

国良叔暗暗的赞叹着，头昏眼花的不晓得想什么好，看什么好，听什么好，一路停停顿顿走去，几乎连买鞋子的事情也忘记了。

鞋铺很少。有几家只在玻璃窗内摆着时髦的皮鞋，有几家只摆着胶底帆布的学生鞋。国良叔望了一会，终于走过去了。

"看起来这里没有我所要的样子，"他想。"马路这样阔，人这样热闹，店铺这样多，东西都是顶好顶时髦，也顶贵的。"

他转了几个弯，渐渐向冷静的街上走了去。

这里的店铺几乎全是卖杂货的，看不见一家鞋铺。

他又转了几个弯。这种的街上几乎全是饭店和旅馆，也看不见一家鞋铺。

"上海这地方，真古怪！"国良叔喃喃的自语着，"十几年不来全变了样了！从前街道不是这样的，店铺也不是这样的。走了半天，连方向也忘记了。腿子走酸，还找不到一家鞋铺，……这就不如乡里，短短的街道，要用的东西都有卖。这里店铺多，却很少是我们需要的，譬如平面的旧式鞋子，又不是没有人穿……"

国良叔这样想着，忽然惊诧的站住了——他明明看见了眼前这一条街道的西边全是鞋铺，而且玻璃窗内摆的全是平面的旧式鞋子！

"哦！我说上海这地方古怪，一点也不错！没有鞋铺的地方一家也没有，有的地方就几十家挤在一起！生意这样做法，我真不赞成！……不过买鞋子的人倒也好，比较比较价钱……"

他放缓了脚步，仔细看那玻璃窗内的鞋子了。

这些店铺的大小和装饰都差不多，显得并不大也并不装饰得讲究。摆着几双没有光彩的皮鞋，几双胶底帆布学生鞋，最多的都是旧式平面的鞋子：缎面的；直贡呢的和布的；黄皮底的；白皮底的和布底的。

国良叔看了几家，决定走到店里去了。

"买一双鞋子。"他说，一面揩着额上的汗。

"什么样的？"店里的伙计问。

"旧式鞋子平面的。"

"什么料子呢？"

"布的。"

"鞋底呢？"

"也是布的。"

伙计用一种轻蔑的眼光望了一下国良叔的面孔，衣服和脚，便丢出一块揩布来。

"先把脚揩一揩吧。"他冷然的说。

国良叔的面孔突然红了起来，心突突的跳着，正像他第一次把脚伸进李公馆客堂内的时候一样心情。他很明白，自己的脚太脏了，会把新鞋子穿坏的。他从地上拾起揩布，一边坐在椅上就仔细的揩起脚来。

"就把这一双试试看吧。"那伙计说，递过来一双旧式鞋子。

国良叔接着鞋就用鞋底对着脚底比了一比，仍恐怕弄脏了鞋，不敢往脚上穿。

"太小了。"他说。

"穿呀，不穿哪里晓得！"那伙计命令似的说。

国良叔顺从地往脚上套了。

"你看，小了这许多呢。"

那伙计望了一望，立刻收回了鞋，到架子上拿了一双大的。

"穿这一双。"他说。

国良叔把这鞋套了上去。

"也太小。"他说。

"太小？给你这个！"他丢过来一只鞋溜。

"用鞋溜怕太紧了。"国良叔拿着鞋溜，不想用。

"穿这种鞋子谁不用鞋溜呀！"那人说着抢过鞋溜，扳起国良叔的脚，代他穿了起来。"用力！用力踏进去呀！"

"啊啊……踏不进去的，脚尖已经痛了。"国良叔用了一阵力，依然没穿进去，叫苦似的说。

那伙计收起鞋子，用刷子刷了一刷鞋里。看看号码，又往架上望了一望，冷然的说：

"没有你穿的——走吧！"

国良叔站起身，低着头走了，走到玻璃窗外，还隐隐约约的听见那伙计在骂着："阿木林！"他心里很不舒服，但同时他原谅了那伙计，因为他觉得自己脚原是太脏了，而人家的鞋子是新的。

"本来不应该，"他想。"我还是先去借一双旧鞋穿着再来买新鞋吧。"

他在另一家鞋铺门口停住脚，预备回头走的时候，那家店里忽然出来了一个伙计，非常和气的说：

"喂，客人要买鞋子吗？请里面坐。我们这里又便宜又好呢。进来，进来，试试看吧。"

国良叔没做声，踌躇的望着那个人。

"不要紧的，试试不合适，不买也不要紧的……保你满意……"那伙计说着，连连点着头。

国良叔觉得不进去像是对不住人似的，便没主意的跟进了店里。

"客人要买布鞋吗？请坐，请坐，……试试大小看吧，"他说着拿出一双鞋子来，推着国良叔坐下，一面就扳起了他的脚。

"慢些呀，"国良叔不安的叫着，缩回了脚。"先揩一揩脚……我的脚脏呢……"

"不要紧，不要紧，试一试就知道了，"伙计重又扳起了他的脚，"唔，大小。有的是。"

他转身换了一双，看看号码，比比大小，又换了一双。

"这双怎样？"他拿着一个鞋溜，扳起脚，用力给扳了进去。"刚刚合适，再好没有了！"

国良叔紧皱起眉头，几乎发抖了。

"啊啊，太紧太紧，……痛得利害呀……"

"不要紧，不要紧，一刻刻就会松的。"

"换过一双吧，"国良叔说着，用力扳下了鞋子，"你看，这样尖头的，我的脚是阔头的。"

"这是新式，这尖头。我们这里再没有比这大的了。"

"请你拿一双阔头的来吧，我要阔头的。"

"阔头的，哈，哈，客人，你到别家去问吧，我保你走遍全上海买不到一双……你买到一双，我们送你十双……除非你定做……给你定做一双吧？快得很，三天就做起了。"

国良叔摇了一摇头："我明天一早要回乡下去。"

"要回乡下去吗，"那伙计微笑的估量着国良叔的神色，"那么我看你买别一种鞋子吧，要阔头要舒服的鞋子是有的，你且试试看……"

他拿出一双皮拖鞋来。

国良叔站起身，摇着手，回答说："我不要这鞋子。这是拖鞋。"

"你坐下，坐下，"那伙计牵住了他，又把他推在椅子上。"这是皮的，可是比布鞋便宜呀，卖布鞋一元，皮拖鞋只卖八角哩……现在上海的鞋子全是尖头的，只有拖鞋是阔头。穿起来顶舒服，你试试看吧，不买也不要紧，我们这里顶客气，比不得卖野人头的不买就骂人……你看，你看，多么合适呀……站起来走走看吧。"

他把那双皮拖鞋套进了国良叔的脚，拖着他站了起来。

"再好没有了，你看，多么合适！这就一点也不痛，一点也不紧了，自由自在的！"

"舒服是真的，"国良叔点点头说，"但只能在家里穿。"

"啊，你看吧，现在哪一个不穿拖鞋！"那伙计用手指着街上的行人，"男的女的老的少的，士农工商，上下人等，都穿着拖鞋在街上走了，这是实在情形，你亲眼看见的。你没到过虹口吗？那些街上更多了。东洋人是不穿皮鞋和布鞋的，没有一个不穿拖鞋，木头的或是布的。这是他们的礼节，穿皮鞋反而不合礼节……你穿这拖鞋，保你合意，又大方，又舒服，又便宜，又经穿。鞋子要卖一元，这只值八角。你嫌贵了，就少出一角钱，我们这里做生意顶公道，不合意可以来换的，现在且拿了去吧。你不相信，你去问来，哪一家有阔头的大尺寸的布的，你就再把这拖鞋退还我们，我们还你现钱，你现在且穿上吧，天气热，马路滚烫的……我们做生意顶客气，为的是下次光顾，这次简直是半卖半送，亏本的……"

国良叔听着他一路说下去，开不得口了。他觉得人家这样客气，实在不好意思拒绝。穿拖鞋的人多，这是他早已看到了。穿着舒服，他更知道。他本来是不穿鞋子的，不要说尖头，就是阔头的，他也怕穿。若说经穿，自然是皮的比布的耐久。若说价钱，七角钱确实也够便宜了。

"上海比不得乡下，"那伙计仍笑嘻嘻的继续着说，"骗人的买卖太多了，你是个老实人，一定会上当。我们在这里开了三十几年，牌子顶老，信用顶好，就是我们顶规矩，说实话。你穿了去吧，保你满意，十分满意。我开发票给你，注明包退包换。"

那伙计走到账桌边，提起笔写起发票来。

国良叔不能不买了。他点点头，从肚兜里摸出一张钞票，递到账桌上去。随后接了找回的余钱，便和气的穿着拖鞋走出了店铺。

铁塔，铁塔……

国良叔的脚底下发出了一阵阵合拍的声音，和无数的拖鞋声和奏着，仿佛上了跳舞场，觉得全身轻漾的摇摆起来，一路走去，忘记了街道和方向。

"现在才像一个叔爷了，"他想，不时微笑的望望脚上发光的皮拖鞋，"在李公馆穿这鞋子倒也合适，不像是做客，像在自己家里一样，自由自在，大大方方，人家一看见我，就知道我是李国材的嫡堂兄弟了。回到家里，这才把乡下人吓得伸出舌头！……呀！看呵，一双什么样的鞋子呀！……上海带来的！叔爷穿的！走过柏油路，走过水门汀路，进过李公馆的花园，客堂，楼上哩！……哈，哈，哈……"

他信步走去，转了几个弯，忽然记起了一件要紧的事情：

"现在应该到阿新的家里去了。阿宝的娘和婶婶不是要我去看他，叫他给她们买点零碎的东西吗？我在那里吃了中饭，就回李公馆，晚上还得吃酒席的……"

他想着，立刻从肚兜里摸出一张地名来，走到一家烟纸店的柜台口。

"先生，谢谢你。这地方朝哪边去的？"他指着那张条子。

"花园街吗？远着呢。往北走，十字路口再问吧。"柜台里的人回答说，指着方向。

"谢谢你，"国良叔说着，收起了条子。

这街道渐渐冷落，也渐渐狭窄了。店铺少，行人也少。国良叔仿佛从前在这里走过似的，但现在记不起这条街道的名字了。走到十字街头，他又拿来纸条和气的去问一家店里的人。

"这里是租界，"店里的人回答说，"你往西边，十字路口转弯朝北，就是中国地界了，到那里再问。"

国良叔说声谢谢，重又照指示的地方向前走去。他觉得肚子有点饥饿了，抬起头来望望太阳已快到头顶上，立刻加紧了脚步。

他走着走着，已经到了中国地界，马路上显得非常忙乱，步行的人很少，大半都是满装着箱笼什物的汽车，塌车，老虎车，独轮车和人力车。

"先生，谢谢你，这地方往哪边走？"国良叔又把纸条递在一家烟纸店的柜台上。

"花园街？——哼！"一个年轻的伙计回答说："你不看见大家在搬场吗？那里早已做了人家的司令部，连我们这里也快搬场了——快些进来不要站在外面，看，那边陆战队来了……"

国良叔慌张的跑过了店堂，心里却不明白。他只看见店堂里的人全低下了头，偷偷的朝外望，只不敢昂起头来，沉默得连呼吸也被遏制住了似的，大家的脸色全变青了，眉头皱着，嘴唇在颤动，显着憎恶和隐怒。

国良叔感觉到发生了什么意外的事，恐惧的用背斜对着街上，同时却用眼光偷偷的往十字路口望了去。

一大队兵士从北跑过了这街道。他们都戴着铜帽，背着皮袋，穿着皮鞋，擎着上了明晃晃的刺刀的枪杆。他们急急忙忙的跑着，冲锋一般，朝西走了去。随后风驰电掣似的来了四辆马特车，坐着同样装式的兵士，装着机关枪；接着又来了二辆满装着同样兵士的卡车；它们在这一家店门口掠过，向西驰去了。马路旁的行人和车辆都惊慌的闪在一边。国良叔看见对面几家的店铺把门窗关上了。

"怎么，怎么呀？……"他惊骇的问，"要打仗了吗；……这军队开到哪里去的呢？……"

"开到哪里去，"那个年轻的伙计说，"开到这里来的——那是××兵呀！……"

"××兵！这里是……"

"这里是中国地界！"

"什么？"国良叔诧异的问。

"中国地界！"

"我这条子上写着的地方呢？"

"中国地界！××人的司令部！"

"已经开过火了吗？什么时候打败的呢？……"

"开火？"那青年愤愤的说，"谁和他们开火！"

"你的话古怪，先生，不是打了败仗，怎么就让人家进来的呢？"

"你走吧，呆头呆脑的懂得什么！这里不是好玩的，"另一个伙计插了进来，随后朝着那同事说："不要多嘴，去把香烟装在箱子里！"

那青年默然走开了。国良叔也立刻停了问话，知道这是不能多嘴的大事。他踌躇了一会，决计回到李公馆去，便把那张条子收了，摸出另一张字条来。

"先生，费你的心，再指点我回去的道路吧。"

那伙计望了一望说：

"往东南走，远着呢，路上小心吧，我看你倒是个老实人……记住，不要多嘴，听见吗？"

"是，是，……谢谢你，先生……"

国良叔出了店堂，小心的一步一步向那个人指着的方向走了去。他看见军队过后，街上又渐渐平静了，行人和车辆又多了起来，刚才关上的店铺又开了一点门。

"阿新一定搬家了，"他想，"口信带不到，阿宝的妈妈和婶婶的东西也没带回，却吓了一大跳。……幸亏把阿宝送到了上海，总算完了一件大事……我自己在上海住过看过，又买了这一双拖鞋，晚上还有酒席吃，倒也罢了……"

他这样想着，心里又渐渐舒畅起来，忘记了刚才的惊吓，铁塔铁塔的响着，走到了一个十字路口。

但在这里，他忽然惊跳起来，加紧着脚步，几乎把一只拖鞋落掉了……

他看见十字路口站着一个背枪的兵士，正在瞪着眼望他。

"这是东洋兵！……"他恐惧的想，远远的停住脚，暗地里望着他。

但那穿白制服的兵士并没追来，也不再望他，仿佛并没注意他似的，在挥着手指挥车辆。

"靠左靠左！……"他说的是中国话。

国良叔仔细望了一阵。从他的脸色和态度上确定了是中国人，才完全安了心。

"这一带不怕××兵了，"他想，放缓了脚步，"有中国警察在这里的，背着枪……"

铁塔铁塔，他拖着新买的皮拖鞋，问了一次路，又到了一个十字路口。

这里一样站着一个中国警察，背着枪，穿着白色的制服。

国良叔放心的从街西横向街东，靠近了十字路口警察所站的岗位。

"站住！"那警察突然举起枪，恶狠狠的朝着国良叔吆喊了一声。

国良叔吓得发抖了。他呆木的站住脚，瞪着眼睛只是望着那警察，他一时不能决定面前立的是中国人还是××人。

"把拖鞋留下一只来！"那警察吆喊的说，"上面命令，不准穿拖鞋！新生活——懂得吗？"

"懂得，懂得……"国良叔并没仔细想，便把两只拖鞋一起脱在地上。

"谁要你两只！糊涂虫！"那警察说着用枪杆一拨，把一只拖鞋拨到了自己后面的一大堆拖鞋里，立刻又把另一只踢开了丈把远。

国良叔惊慌的跑去拾起了那一只，赤着脚，想逃了。

"哈哈哈哈……"附近的人忽然哄笑了起来。

国良叔给这笑声留住了脚步，回过头去望见那警察正在用枪杆敲着他的鞋底。

"白亮亮的，新买的，才穿上！"他笑说着。随后看见国良叔还站在那里，便又板起了面孔，恶狠狠的叫着："只要上面命令，老子刀不留情！要杀便杀！哪怕你是什么人！……"

国良叔立刻失了色，赤着脚仓皇的跑着走了，紧紧的把那一只新买的皮拖鞋夹在自己的腋窝下。

"新生……"他只听清楚这两个字，无心去猜测底下那一个模糊的字，也不问这句话是什么意思，一口气跑过了几条街，直到发现已经走了原先所走过的旅馆饭店最多的街道，才又安心下来，放缓了脚步。

"这里好像不要紧了，是租界。"他安慰着自己说，觉得远离了虎口似的。

但他心里又立刻起了另一件不快的感觉。他看见很多人穿着拖鞋，铁塔铁塔的在他身边挨了过去，而他自己刚买的一双新的皮拖鞋却只孤零零的剩下了一只了。

"唉，唉……"他惋惜的叹着气，紧紧夹着那一只拖鞋。

他仰起头来悲哀的望着天空，忽然看见太阳已经落下了远处西边的一家二层楼的屋顶，同时发现了自己腹中的空虚，和湿透了衣衫的一身的汗。

"完了，完了……"他苦恼的想，"这样子，怎么好吃李公馆的酒席……赤着脚，一身汗臭……"

他已经等待不到晚间的酒席，也不想坐到李公馆的客堂里去。他决计索性迟一点回去，让李公馆吃过了饭。他知道这里离开李公馆已经不远，迟一点回去是不怕的。

"而且是租界……"他想着走进了近边的一家茶店，泡了一壶茶，买了四个烧饼，津津有味的吃喝起来。在这里喝茶的全是一些衣衫褴褛打赤脚穿草鞋的人，大家看见他进去了都像认识他似的对他点了点头。国良叔觉得像回到了自己乡里似的，觉得这里充满了亲气。

"啊呀！……"和他同桌的一个车夫模样的人忽然惊讶的叫了起来。"你怎么带着一只拖鞋呀，老哥？还有一只呢？"

国良叔摇了摇头，叹着气，回答说：

"刚才买的……"

"刚才买的怎么只有一只呀？"

"原来有两只……"

"那么？……"

"给人家拿去了……"

"拿去了？谁呀？怎么拿去一只呢？"

"不准穿……"

"哈哈哈哈……我知道了。"

"你看见的吗？"

"我没看见可是我知道。在中国地界，一个警察，是不是呀？"

"是的，老哥。"

"那一只可以拿回来的。"

"你怎么知道呢，老哥？这是上面命令呀。"

"我知道，可以拿回来，也是上面命令。只要你穿着一双别的鞋子，拿着这一只拖鞋去对，就可以拿回来的。"

"真的吗，老哥？"国良叔说着站了起来，但又忽然坐下了。"唉，难道我再出一元钱去买一双布鞋穿吗！……我哪里来这许多钱呢？……我是个穷人……"

"穿着草鞋也可以的，我把这双旧草鞋送给你吧。"

"谢谢你，老哥，你为人真好呵，"国良叔又站了起来。"买一双草鞋的钱，我是有的，不容你费心。"

"这里可不容易买到，还是送了你吧……"

"不要瞎想了！"旁边座位上一个工人敲着桌子插了进来。"我也掉过一只拖鞋的，可并没找回来！他说你去对，你就去对吧！……那里堆着好多拖鞋的，山一样高。那里是十字路口，怎么允许你翻上翻下的找！你到局里去找吧，不上一分钟，他会这样告诉你，一面用枪杆敲着你的腿，叫你滚开……你就到局里去找吧，那里的拖鞋更多了，这里来了一车，那里来了一车，统统放在一处……你找了一天找不到，怕要到总栈里去找了，那里像是堆满了几间屋子的……"

"算了，算了，老哥，坐下来喝茶吧，"另一个工人说，"我也掉过一只的，一点不错，你还是把这只拖鞋留起来做个纪念吧……买一双拖鞋，我们要花去几天的工钱，这样找起来，又得少收入了几天工钱，结果却又找不到……"

国良叔叹声气，付了茶钱，预备走了。

"慢些吧，老哥，"坐在他对面的那个车夫模样的人叫着说，"找一张报纸包了这一只拖鞋吧，这地方不是好玩的。人家看见你拿着一只拖鞋，会疑心你是偷来的呢，况且又是新的……"

他从地上捡起一张旧报纸给包好了，又递还给国良叔。

国良叔点点头，说不出的感激，走了。

太阳早已下了山，天已黑了。马路两边点起了红绿的明耀的电灯，正是最热闹最美丽的上海开始的时候。

但国良叔却没有好心情。他只想回到乡里去。他的乡思给刚才茶馆里的人引起了。那样的亲切关顾是只有在乡里，在一样的穷苦的种田人中间才有的。"阿哥"，"阿弟"，"阿伯"，"阿叔"，在乡里个个是熟人，是亲人，你喊我，我喊你，你到我家里，我到你家里，什么也给你想到，提到。在李公馆就不同：他不敢跑到客堂间去，不敢上楼去，无论怎样喜欢他的侄儿子阿宝；他的嫡堂兄弟李国材昨夜只在二楼的凉台上见他到了凉台下，说了几句客套话，也便完了，没有请他上楼，也没有多的话。

"做官的到底是做官的，种田的到底是种田的，"他想，感觉到这是应该如此，但同时也感觉到了没趣。

他一路想着，蹒跚的走进了李公馆，心里又起了一阵恐慌。他怕他的堂兄弟在客堂间里备好了酒席，正在那里等待他。

"那就糟了，那就糟了……"他想，同时闻到了自己身上的汗臭。

"啊，你回来了吗？我们等你好久了。"阿二坐在汽车间的门口说，"少爷买了许多衣服，穿起来真漂亮，下午三点钟跟着老爷和奶奶坐火车去庐山了。这里有一封信，是老爷托你带回家去的；几元钱，是给你做路费的，他说谢谢你。"

国良叔呆了一阵，望着那一幢黑暗的三层楼，没精打采的收了信和钱。

"阿三哥呢？"

"上大世界去了。"

国良叔走进阿三的房子，倒了一盆水抹去了身上的汗，把那一只新买的拖鞋和一封信一包钱放进藤篮，做了枕头，便睡了。

"这样很好……明天一早走……"

第二天黎明他起来洗了脸穿上旧草鞋把钱放在肚兜里提着那个藤篮出发了。阿二和阿三正睡得浓，他便不再去惊醒他们，只叫醒了管门的阿大。

他心里很舒畅，想到自己三天内可以到得家乡。十几年没到上海了，这次两夜一天的担搁，却使他很为苦恼，不但打消了他来时的一团高兴，而且把他十几年来在那偏僻的乡间安静的心意也搅乱了。

"再不到上海来了。"他暗暗的想，毫不留意的往南火车站走了。

但有一点他却也不能不觉得怅惘：那便是在乡里看着他长大，平日当做自己亲生儿子一样看待的阿宝，现在终于给他送到上海，不容易再见到了。

"从此东西分飞——拆散了……"他感伤的想。

忽然他又想到了那一只失掉的新买的皮拖鞋：

"好像石沉大海，再也捞不到……"

他紧紧的夹着那个装着另一只拖鞋的藤篮，不时伸进手去摸摸像怕再失掉似的。

"纪念，带回家去做个纪念，那个人的话一点不错。好不容易来到上海，好不容易买了一双拖鞋，现在只剩一只了。所以这一只也就更宝贵，值得纪念了。它可是在上海买的，走过许多热闹的街道，看过许多的景致，冒过许多险，走过大公馆，现在还要跟着我坐火车，坐汽船，爬山过岭呀……"

他这样想着又不觉渐渐高兴起来,像得到了胜利似的,无意中加紧了脚步。

街上的空气渐渐紧张了,人多了起来,车子多了起来,店铺也多开了门。看看将到南站,中国地界内愈加热闹了。尤其是那青天白日的国旗,几乎家家户户都高挂了起来。

"不晓得是什么事情,都挂起国旗来了,昨天是没有的,"国良叔想,"好像欢送我回家一样……哈哈……说不定昨天夜里打退了东洋人……"

国良叔不觉大踏步走了起来,好像自己就是得胜回来的老兵士一般。

但突然,他站住了,一脸苍白,心突突的跳撞起来。

他看见两个穿白制服背着枪的中国警察从马路的对面向他跑了过来。

"嗨!……"其中的一个吆喊着。

国良叔惊吓的低下了头,两腿战栗着,不晓得发生了什么事。

"把国旗挂起来!听见吗?上面命令,孔夫子生日!什么时候了?再不挂起来,拉你们老板到局里去!"

"是,是……立刻去挂了……"国良叔旁边有人回答说。

国良叔清醒了过来,转过头去,看见身边一家小小的旧货店里站着一个中年的女人,在那里发抖。

"原来不关我的事。"国良叔偷偷的拍拍自己的心口,平静了下来,随即往前走了。

"上海这地方真不好玩,一连受了几次吓,下次再不来了……"

他挤进热闹的车站,买了票,跟着许多人走上火车,拣一个空位坐下,把藤篮放在膝上,两手支着低垂的头。

"现在没事了,"他想,"早点开吧!"

他知道这火车是走得非常快的,两点钟后他就将换了汽船,今晚宿在客栈里明天一早便步行走山路晚上宿在岭上的客栈里，后天再走半天就到家了。

"很快很快，今天明天后天……"

他这样想着仿佛现在已到了家似的，心里十分舒畅，渐渐打起瞌睡来。

"站起来，站起来！"有人敲着他的肩膀。

国良叔朦陇中听见有人这样咕喊着。揉着眼一边就机械的站起来了。

"给我搜查！"

国良叔满脸苍白了。他看见一大队中国兵拿手枪的拿手枪，背长枪的背长枪，恶狠狠的站在他身边。说话的那个人摸摸他的两腋，拍拍他的胸背，一直从胯下摸了下去。随后抢去了藤篮，给开了开来，一样一样的拿出来。

"谁的？"那长官击着那一只拖鞋，用着犀利的眼光望望鞋，望望国良叔的脚和面孔。

"我的……"国良叔嗫嚅的回答说。

"你的？"他又望了一望他的脚，"还有一只呢？"

"失掉了……"

"失掉了？新买的？"

"昨天买的……"

"昨天买的？昨天买的就失掉了一只？"

"是…"

"在什么地方？……"

"中国地界……"

"放你娘的屁！"那长官一把握住了国良叔的臂膀，"老实说出来！逃不过老子的眼！"

"老爷……"国良叔发着抖，哀呼着。

"给绑起来，带下去，不是好人！"那官长发了一个命令，后面的几个兵士立刻用绳索绑了国良叔的手从人群中拖下了火车，拥到办公室去。

国良叔昏晕了。

"招出来——是××党？老子饶你狗命！"那长官举着皮鞭。

"不，不……老爷……饶命……"

"到哪里去？"

"回家去……"

"什么地方？"

"黄山呑……"

"黄山呑？从哪里来？"

"黄山呑……"

"什么？在上海做什么？"

"给堂阿哥送孩子来……老爷……"

"什么时候到的？"

"前天……"

"堂阿哥住在哪里？"

"地名在这里……老爷……"国良叔指着肚兜。

那长官立刻扳开他的肚兜，拿出纸条来。

"什么？堂阿哥叫什么名字？"

"老爷，叫李国材……是委员……"

"委员？……李国材？……"那长官口气软了。转身朝着身边的一个兵士："你去查一查电话簿，打个电话去，看有这回事没有！……那么，"他又问国良叔，"你叫什么名字呢？陈……"

"不，老爷……我叫李国良……"

"好，李国良，我问你，那一只拖鞋呢？"

"给警察老爷扣留了说……是路上不准穿拖鞋……说是新生……"

"这话倒有点像了，你且把这一只拖鞋检查一下，"那长官把拖鞋交给了另一个兵士。

"报告！"派出打电话的那个兵士回来了，做着立正的姿势，举着手，"有这件事情，这个人是委员老爷的嫡堂兄弟……"

"得了，得了，放了他吧……"

"报告！"老二个兵士又说了起来，"底底面面都检查过，没看见什么……"

"好，还了你吧，李国良……是你晦气，莫怪我们，我们是公事，上面命令……赶快上火车，只差三分钟了……再会再会……"

国良叔像得到大赦了似的，提着藤篮，举起腿跑了。

"还有三分钟！"他只听见这句话。

"拖鞋带去，拖鞋！"那兵士赶上一步把那一只拖鞋塞在他的手中。

国良叔看见打旗的已把绿旗扬出了。火车呜呜叫了起来，机头在喀喀的响着。

他仓皇的跑向前，连跳带爬的上了最后的一辆车子。

火车立刻移动起来，渐渐驰出了车站。

国良叔靠着车厢昏晕了一阵，慢慢清醒转来，捧着那一只拖鞋。

那一只拖鞋已经给割得面是面，底是底，里子是里子。

"完了，完了！"国良叔叫着说，"没有一点用处，连这一只也不要了！"

他悲哀的望了它一阵，把它从车窗里丢了出去。

过了一会，国良叔的脸上露出了一点苦笑。

陈老夫子

天还未亮,陈老夫子已经醒来了。他轻轻燃起洋烛,穿上宽大的制服,便走到案头,端正的坐下,把银边硬脚的老花眼镜往额上一插,开始改阅作文簿。

他的眼睛有点模糊,因为睡眠不足。这原是他上了五十岁以后的习惯:一到五更就怎样也睡不熟。但以前是睡得早,所以一早醒来仍然精神十分充足;这学期自从兼任级任以来,每夜须到十一二点上床,精神就差了。虽然他说自己还只五十多岁,实际上已经有了五十八岁。为了生活的负担重,薪水打六折,他决然在每周十六小时的功课和文读员之外,又兼任了这个级任。承李校长的情,他的目的达到了,每月可以多得八元薪金。但因此工作却加重了,不能不把从前每天早上闭目"打定"的老习惯推翻,一醒来就努力工作。

这时外面还异常的沉寂。只有对面房中赵教官的雄壮的鼾声时时透进他的纸窗来。于是案头那半支洋烛便像受了震动似的起了晃摇,忽大忽小的缩动着光圈,使他的疲乏的眼睛也时时跟着跳动起来。他缓慢的小心的蘸着红笔，在卷子上勾着，剔着，点着，圈着，改着字句，作着顶批。但他的手指有点僵硬，着笔时常常起了微微的颤栗，仿佛和眼睛和烛光和赵教官的鼾声成了一个合拍的舞蹈。有时他轻轻的晃着刚剃光的和尚头，作一刻沉思或背诵，有时用左手敲着腰和背，于是坐着的旧藤椅就像伴奏似的低低的发出了吱吱的声音。

虽然过了一夜，淡黄色的袖木桌面依然不染一点尘埃，发着鲜洁的光辉。砚台，墨水瓶，浆糊和笔架都端正的摆在靠窗的一边。只有装在玻璃框内的四寸照片斜对着左边的烛光。那是他的最小的一个儿子半年前的照片，穿着制服，雄赳赳的极有精神，也长得很肥嫩。桌子的右端叠着一堆中装的作文簿，左端叠着一堆洋装的笔记簿：它们都和他的头顶一样高，整齐得有如刀削过那样。洋烛的光圈缩小时，这些卷子上的光线阴暗下来，它们就好像是两只书箱模样。

他并不休息，一本完了，把它移到左边的笔记簿的旁边，再从右边的高堆上取下了一本，同时趁着这余暇，望了一望右边的照片，微笑的点了点头，脑子里掠过一种念头：

"大了！"

有时他也苦恼的摇摇头，暗暗的想：

"瘦了……"

但当念头才上来时，他已经把作文簿翻开在自己的面前，重又开始改阅了。

虽然着笔不快，改完了还要重看一遍，到得外面的第一线晨光透进纸窗，洋烛的光渐渐变成红黄色的时候，左边的作文簿却已经和他的嘴角一样高，右边的那一堆也已低得和他的鼻子一样齐了。

这时起床的军号声就在操场上响了起来。教员宿舍前的那一个院子里异常的骚动了。

于是陈老夫子得到了暂时的休息，套上笔，望了一望右边的那一堆的高矮，接着凝视了一下照片，摘下眼镜，吹熄了剩余的洋烛，然后慢慢的直起腿子，轻轻敲着腰和背，走去开了门，让晨光透进来。

外面已经大亮。但教员宿舍里还沉静如故。对面房里的赵教官依然发着雄壮的鼾声。他倾听了一会隔壁房里的声音，那位和他一道担任着值周的吴教员也还没一点动静。

"时候到了……年青人，让他们多睡一刻吧……"

他喃喃的自语着，轻轻的走到了院子的门边。

侍候教员的工友也正熟睡着。

"想必睡得迟了……"他想。

他走回自己的房里，把热水瓶里剩余的半冷的水倾在脸盆里，将就的洗了脸，然后捧着点名册，往前院的学生宿舍去了。

气候已经到了深秋，院子里的寒气袭进了他的宽大的制服，他觉得有点冷意，赶忙加紧着脚步走着。

学生们像乱了巢的鸟儿显得异常的忙碌：在奔动，在洗脸，在穿衣，在扫地，在招叠被褥。到处一片喧嚷声。

陈老夫子走进了第一号宿舍，站住脚，略略望了一望空着的床铺。

"都起来了……"一个学生懒洋洋的说。

他静默的点了一点头，退了出去，走进第二号宿舍。

这里的人也全起来了，在收拾房子，一面在谈话。没有谁把眼光转到他脸上去，仿佛并没看见他来到。

他走进了第三号。

有人在打着呼哨唱歌，一面扫着地；他没抬起头来，只看见陈老夫子的两只脚。他把所有的尘埃全往他的脚上扫了去：

"走开！呆着做什么！"

陈老夫子连忙退出门外，蹬蹬脚上的尘埃，微怒的望着那个学生。

但那学生依然没抬起头来，仿佛并不认识这双脚是谁的。

陈老夫子没奈何的走进了第四号。

"早已起来了……"有人这样冷然的说。

他走到第五号的门口，门关着。他轻轻敲了几下，咳嗽一声。

里面有人在纸窗的破洞里张了一下，就低声的说：

"嘘！……陈老头！……"

"老而不死……"另一个人回答着。

陈老夫子又起了一点愤怒，用力举起手，对着门敲了下去，里面有人突然把门拉开了，拉得那样的猛烈，陈老夫子几乎意外的跟着那阵风扑了进去。

"哈，哈，哈……"大家笑了起来，"老先生，早安……"

陈老夫子忍住气，默然退了出来。还没走到第六号，就听见了那里面的说话声：

"像找狗屎一样，老头儿起得这么早……"

他忿然站住在门口，往里面瞪了一眼，就往第七号走去。

这里没有一个人，门洞开着，房子床铺都没收拾。

他踌躇了一会，走向第八号宿舍。

现在他的心猛烈的跳跃了。这里面正住着他的十七岁小儿子陈志仁。他一共生了三个儿子。头两个辛辛苦苦的养大到十五六岁，都死了，只剩着这一个最小的。他是怎样的爱着他，为了他，他几乎把自己的一切全忘记了。他家里没有一点恒产，全靠他一人收入。他从私塾，从初小，从高小一直升到初中教员，现在算是薪水特别多了，但生活程度也就一天一天高了起来，把历年刻苦所得的积蓄先后给头两个儿子定了婚，儿子却都死了。教员虽然当得久，学校里却常常闹风潮，忽而停办半年，忽而重新改组，几个月没有进款。现在算是安定了，薪水却打六折，每月也只有五十几元收入，还要给扣去这样捐那样税，欠薪两月。他已经负了许多债,为了儿子的前途,他每年设法维持着他的学费,一直到他今年升入了初中三年级。为了儿子,他愿意勉强挣扎着工作。他是这样的爱他,几乎每一刻都纪念着他。

而现在,当他踏进第八号宿舍的时候,他又看见儿子了。

志仁的确是个好学生,陈老夫子非常的满意:别的人这时还在洗脸,叠被褥,志仁却早已坐在桌子旁读书了。陈老夫子不懂得英文,但他可听得出志仁读音的清晰和纯熟。

他不觉微微的露出了一点得意的笑容。

但这笑容只像电光似的立刻闪了过去。他发现了最里面的一个床上高高的耸起了被,有人蒙着头还睡在那里。

"起床号吹过许久了,"他走过去揭开了被头,推醒了那个学生。

那学生突然惊醒了,朦胧着眼,坐了起来。

"唔?……"

"快些起来。"

"是……"那学生懒洋洋的回答,打了一个呵欠。

陈老夫子不快活的转过身,对着自己的儿子:

"你下次再不叫他起床,一律连坐……记住,实行军训,就得照军法处分的!"

志仁低下了头。

"是——"其余的学生拖长着声音代志仁回答着。

陈老夫子到另一个号舍去了。这里立刻起了一阵笑声:

"军法,军法……"

"从前是校规校规呀……"

"革命吧,小陈,打倒顽固的家长……"

"喔啊,今天不受军训了,给那老头儿打断了Svete dream!可恼,可恼……小陈,代我请个假吧,说我生病了……哦,My lofer,My lofer……"

"生的那个病吗？……出点汗吧……哈，哈，哈……"别一个学生回答说。

志仁没理睬他们。他又重新坐下读书了。

陈老夫子按次的从这一个号舍出来，走进了另一个号舍，一刻钟内兜转圈子，完全查毕了。

这时集合的号声响了。学生们乱纷纷的跳着跑着，叫着唱着，一齐往院子外面拥了出去。

陈老夫子刚刚走到院子的门边，就被紧紧的挤在角落里。他想往后退，后面已经挤住了许多人。

"嘶……"有人低声的做着记号，暗地里对陈老夫子撅一撅嘴。大家便会意的往那角落里挤去。

陈老夫子背贴着墙，把点名册压在胸口，用力挡着别人，几乎连呼吸都困难了。

"两个……两个……走呀………"他断断续续的喊着，"维持……军纪……"

"维持军纪，听见吗？"有人大声的叫着。

"鸟军纪！"大家骂着，"你这坏蛋，你是什么东西！"

"是老先生说的，他在这里，你们听见吗？"

"哦，哦！……"大家叫着，但依然往那角落里挤了去。

陈老夫子的脸色全红了，头发了晕，眼前的人群跳跃着，飞腾着，像在他的头上跳舞；耳内轰轰的响着，仿佛在战场上一般。

好久好久，他才透过气，慢慢的觉醒过来，发觉院子里的人全空了，自己独自靠着墙壁站着。他的脚异样的痛，给谁踏了好几脚，两腿在发抖。

"唉……"他低声叹了一口气，无力的拍了一拍身上的尘埃，勉强往操场上走去。

学生们杂乱的在那里站着，蹲着，坐着，谈论着，叫喊着，嬉笑着，扭打着。

"站队，……站队……"陈老夫子已经渐渐恢复了一点精力，一路在人群中走着，一路大声的喊。

但没有谁理他。

一分钟后，号声又响了。赵教官扣上最后的一粒钮扣，已经出现在操场的入口处。他穿着一身灰色的军服，斜肩着宽阔的黄皮带，胸间挂着光辉夺目的短刀的铜鞘，两腿裹着发光的黑色皮绑腿，蹬着一双上了踢马刺的黑皮靴，雄赳赳的走上了教练台。

赵教官的哨子响时，学生们已经自动的站好了队。"立——正！"赵教官在台上喊着。

于是学生们就一齐动作起来，跟着他的命令一会儿举举手，一会儿蹬蹬脚，一会儿弯弯腰，一会儿仰仰头。

陈老夫子捧着点名册，在行列中间走着，静默的望望学生们的面孔，照着站立的位次，在点名册上记下了×或√。

直至他点完一半的名，另一个值周的级任教员吴先生赶到了。他微笑的站在教练台旁，对学生们望了一会，翻开簿子做了几个记号，就算点过了名。随后他穿过学生的行列，走到了队伍的后面。

陈老夫子已经在那里跟着大家弯腰伸臂受军训了。

"老夫子的精力真不坏，"吴教员站在旁边望着，低声的说，"我其实只有三十几岁就吃不消了。"

"哈哈……老吴自己认输了，难得难得，"陈老夫子略略停顿了一会操练，回答说，"我无非是老当益壮，究竟不及你们年青人……"

"军事训练一来，级任真不好干，我们都怕你吃不消，那晓得你比我们还强……"

"勉强罢了,吃了这碗饭。你们年青人,今天东明天西,头头是道,我这昏庸老朽能够保持这只饭碗已是大幸了。"

陈老夫子感慨的说了这话,重又跟着大家操练起来。

但不久,他突然走到了行列间,按下了他儿子的背。

"往下!……再往下弯!……起来!……哼!我看你怎么得了!……你偷懒,太偷懒了!……"他说着愤怒的望了一会,然后又退到了原处。

近边的同学偷偷的望了一望他,对他撅了撅嘴,又低低的对志仁说:"革命呀,小陈……"

志仁满脸通红,眼眶里贮着闪耀的泪珠。

"我看令郎……"吴教员低声的说。

陈老夫子立刻截断了他的话:

"请你说陈志仁!"

"我看……陈志仁很用功,——别的就说不十分清楚,至少数学是特别好的。他应该不会偷懒……"

"哼!你看呀!"陈老夫子怒气未消,指着他儿子说,"腰没弯到一半就起来了……"

"他到底年青……近来面色很不好,老夫子也不要太紧了……"

陈老夫子突然失了色。吴教员的话是真的,他也已经看出了志仁有了什么病似的,比以前瘦了许多,面色很苍白。

但他立刻抑制住自己情感,仰起头望着近边屋顶上的曙光,假装着十分泰然的模样,说:

"好好的,有什么要紧……你也太偏袒他了……"

他说着独自循着墙走了去。他记起了前两个儿子初病时候的样子来了:也正是不知不觉的瘦了下去,面色一天比一天苍白了起来,有一天忽然发着高度的热,说着吃语,第二天就死了……

他的心突突的跳了起来，眼前变成了很黑暗。早间的军训已经完毕，学生已经散了队，他全不知道。直到赵教官大声的喊了好几声"老夫子，"他才回复了知觉，匆忙的回到原处，拾起点名册，和赵教官一起离开了操场。

"老夫子，"赵教官一面走一面说，"有了什么新诗吗？"

"没什么心事……"

"哈，哈，你太看不起我了。你一个人在墙边踱了半天，不是想出了新的好诗，我不信！你常常念给学生们听，就不肯念给我听吗？我也是高中毕了业的丘八呀！"

陈老夫子这时才明白自己听错了话。

"哈，哈，我道你问我心事，原来是新诗……咳，不满老赵说，近来实在忙不过来了，那里还有工夫做诗呵。"

"你说的老实话，我看你也太辛苦了，这个级任真不容易……"

"可不是！真不容易呀……何况年纪也大了……"

"别说年纪吧，像我二十八岁也吃不消……哼，丘八真不是人干的！"赵教官的语气激昂了起来，"自从吃了这碗饭，没一夜睡得够！今天早饭又不想吃了……再见吧，老夫子，我还得补充呢！"

赵教官用力拉开自己的房门，和陈老夫子行了一个军礼，又立刻砰的一声关上门，倒到床上去继续睡觉了。

陈老夫子默然走进自己的房子，站住在书桌前，凝目注视着志仁的照片。

"胖胖的，咳，胖胖的……"他摇着头，喃喃的自语着，"那时面色也还红红的……"

他正想坐到椅子上去，早饭的铃声忽然响了。他可并不觉得饿，也不想吃，但他踌躇了片刻，终于向食堂走了去。他想借此来振作自己的精神。

但一走进教职员膳堂,他又记起了志仁的苍白的面孔,同时自己的腰背和腿子起了隐隐的酸痛,他终于只喝了半碗稀饭,回到了自己的房里。

上午第一堂是初三的国文,正是志仁的那一班。陈老夫子立刻可以重新见到他了。他决计仔细的观察他的面色。现在这一班还有好几本作文簿没有改完,他须重新工作了。

他端正的坐下,把银边硬脚的老花眼镜往额上一插,取下了一本作文簿,同时苦恼的望了一望志仁的照片。

他忽然微笑了:他的眼光无意的从照片旁掠了过去,看见躺在那里的一本作文簿上正写着陈志仁三个大字。他赶忙亲切的取了下来,把以先的一本重又放在右边的一堆。他要先改志仁的文章。

多么清秀的笔迹!多么流利的文句!多么人情入理的语言!……志仁的真切的声音,面貌,态度,风格,思想,情绪,灵魂……一切全栩栩如生的表现在这里了……

他开始仔细的读了下去,从题目起:

"抗敌救国刍议……题目用得很好,"他一面喃喃的说着,"态度很谦虚,正是做人应该这样的……用'平议'就显得自大了……论抗敌救国……抗敌救国论……都太骄傲……用'夫'字开篇,妙极,妙极!……破题亦妙!……承得好,这是正承……呵,呵,呵,转得神鬼不测!……谁说八股文难学,这就够像样了……之乎者也,处处传神!……可悲,可悲,中国这样情形……"他摇着头。"该杀!真是该杀!那些卖国贼和汉奸!……"他拍着桌子。"说得是,说得是,只有这一条路了——唔!什么?他要到前线上去吗?……"

陈老夫子颓然的靠倒在椅背上,静默了。

他生了三个儿子,现在只剩这一个了。还只十七岁。没结婚。也没定下女人。

"糊涂东西！"他突然疯狂似的跳了起来。"你有什么用处！何况眼前吃粮的兵也够多了！……"

但过了一会，他又笑了：

"哈，哈，哈……我忘记了，这原来是作文呀，没有这句话，这篇文章是不能结束的。……这也亏他想得出了……然而，"他说着提起了红笔，"且在'我'字下添一个'辈'字吧，表示我对他的警告，就是说要去大家去……"

他微微的笑着，蘸足了红墨水，准备一路用图和点打了下去。

但他又忽然停止了。他知道别的学生会向志仁要卷子看，点太多了，别人会不高兴，因为他们是父子。

他决定一路改了去，挑剔着每一个字句，而且多打一些顶批，批出他不妥当的地方。

但他又觉得为难了。批改得太多，也是会引起别人不高兴的，会说他对自己儿子的文章特别仔细。

他踌躇了许久，只得略略改动了几个字：打了几个叉，无精打彩的写上两个字的总批：平平。随后他把这本作文簿移到了左边的一堆。随后又向右边的一堆取下了另一本，望一望志仁的照片。

他忽然不忍起来，又取来志仁的卷子，稍稍加上一些因和点。

"多少总得给他一点，他也绞尽了脑汁的，我应该鼓励他……"

他开始改阅另一本了。

但刚刚改完头一行，预备钟忽然当当的响了起来。

他只得摇一摇头，重又把它掩上，放到右边那一堆上去。随后数了一数卷子：

"还有八本，下午交。底下是初二的了，明天交。"

他摘下眼镜，站了起来。同时另一个念头又上来了：他觉得志仁的卷子不应该放在最上面。他赶忙把它夹在这一堆的中间。然后从抽屉里取出国文课本，放在作文簿的上面，两手捧着一大堆，带上门，往教员休息室走去。

今天得开始讲那一篇节录的孝经了，他记得，这是他背得烂熟了的。但怎样能使学生们听了感动，听了喜欢呢？他一路上思索着，想找几个有趣的譬喻。他知道学生们的心理：倘若讲得没趣味，是有很多人会打磕睡的。

"有了，有了，这样起。"他暗暗的想，走进了教员休息室。

房子里冷清清的只有一个工友和一个教务员。

接着上课铃丁零零的响了。陈老夫子在那一堆作文簿和国文课本上又加了一个点名册和粉笔盒，捧着走向初三的课堂去。

"老夫子真早，"迎面来了孙教员，"国英算的教员顶吃苦，老是排在第一堂！我连洗脸的时间也没有了！……"

陈老夫子微笑的走了过去。

全校的学生都在院子里喧闹着。初三的一班直等到陈老夫子站在门口用眼光望着，大家才阑珊的缓慢的一个一个的走进课堂。

"哈，哈，哈，哈……"院子里的别班学生拍着手笑了起来。

"碰到陈老头就没办法了，一分一秒也不差！"有人低声的说着。

陈老夫子严肃的朝着院子里的学生们瞪了一眼，便随着最后的一个学生走进课堂，顺手关上了门。

他走上讲台，先点名，后发卷，然后翻开了课本。学生们正在互相交换着卷子，争夺着卷子，谈论着文章，他轻轻拍拍桌子，说：

"静下，静下，翻开课本来。"

"老先生，这是一个什么字呀？"忽然有人拿着卷子，一直走到讲台前来。

"就是'乃'字。"

"古里古怪怎么不用简笔字呀？……"那学生喃喃的说着。

"让你多认识一个字。"

"老先生，这个字什么意思呢？"另一个学生走来了。

"我也不认识这个字，"又来了一个学生。

"不行，不行！"陈老夫子大声说着。"我老早通知过你们，必须在下了课问我，现在是授课的时间，要照课本讲了。"

"一个字呀，老先生！"

"你一个，他一个，一点钟就混过去了……不行，不行！我不准！"

学生们静默了，果坐着。

"书呢？翻开书来……今天讲孝经……"

"讲点时事吧，国难严重……"

"孝为立国之本……"

"太远了……"

"我提议讲一个故事。"另一个学生说。

"赞成，赞成。"大家和着。

陈老夫子轻轻的拍着桌子：

"不许做声，听我讲，自然会有故事的！"

"好，好，好！"大家回答着，接着静默了，仰着头望着。

陈老夫子瞪了他们一眼，开始讲了：

"静静听着，我先讲一个故事：一个孩子爱听故事……"

"老先生又要骂人了！"

"听我讲下去：于是这个孩子一天到晚缠着他父亲，要他讲故事……"

"还不是！你又要骂我们了！"

"静静的听我讲：他父亲说，'我有正经事要做，没有这许多时间讲故事给你听。'于是这孩子就拍的一个耳光打在他父亲的脸上，骂一声'老头儿'！"

"哈，哈，哈……"满堂哄笑了起来。

"然而他父亲说这不是不孝，因为这孩子还只有三岁……"

"哈，哈，哈……"大家笑得前仰后倒起来了。

陈老夫子这样讲着，忽然记起了自己的儿子。他睁大着眼睛，往第三排望了去。

他现在真的微笑了：他看见志仁的面孔很红。

"好好的……老吴撒谎！"他想。

他愉快的继续说了下去：

"静下，静下，再听我讲。……这就是所谓开宗明义第一章：仲尼居，曾子侍。仲尼者，孔子字也，曾子的先生；居者，闲居也。曾子者，孔子弟子也；侍者，侍坐也。正好像你们坐在这里似的……"

"哈，哈，哈……我们做起曾子来了，老先生真会戴高帽子……"

"子曰：先生有至德要道，以顺天下，民用和睦，上下无怨，汝知之乎？……"

"再讲一个故事吧，老先生，讲书实在太枯燥了。"

"听我讲：子者，谓师也，指孔子。孔子说，古代圣明之帝王都有至美之德，重要之道，能顺天下人心，因此上下人心和睦无怨，你晓得吗？……"

陈老夫子抬起头来，望望大家，许多人已经懒洋洋的把头支在手腕上，渐渐闭上眼睛。

"醒来，醒来！听我讲孝经！这是经书之一，人人必读的！"

大家仿佛没有听见。

他拍了一下桌子。大家才微微的睁开一点眼睛来，下课铃却忽然响了。

学生们哄着奔出了课堂。

"真没办法，这些大孩子……"

陈老夫子叹息着，苦笑了一下，回到教员休息室。这里坐着许多教员，他一一点着头，把点名册和粉笔盒放下，便挟着一本课本，一直到校长办公室去。

第二堂，他没有课。他现在要办理一些文读了。李校长没有来，他先一件一件的看过，拟好，放在校长桌子上，用东西压住了，才退到自己的寝室里去。

他现在心安了。他看见志仁的面色是红的。微笑的望了一会桌上的照片，他躺倒床上想休息。他觉得非常的疲乏，腰和背和腿一阵一阵的在酸痛。他合上了眼。

但下课铃又立刻响了。第三堂是初二的国文，第四堂是初三的历史。

他匆忙的拿着教本又往课堂里跑了去。

初二的学生和初三的一样不容易对付，闹这样闹那样，只想早些下堂。初三的历史，只爱听打仗和恋爱。他接着站了两个钟头，感不到一点兴趣，只是带着沉重的疲乏回来。

但有一点使他愉快的，是他又见到了志仁。他的颜色依然是红的，听讲很用心，和别的学生完全不一样。而且他还按时交了历史笔记簿来。

"有这样一个儿子，也就够满足了……"他想。

于是他中饭多吃了半碗。

随后他又和疲乏与苦痛挣扎着，在上第五堂初三乙组的历史以前，赶完了剩余的第八本卷子。

第六堂略略得到了一点休息。他在校长办公室里静静的靠着椅背坐了半小时，只做了半小时工作。

但接着綦重的工作又来了。全校的学生分做了两队，一队在外操场受军训，一队在内操场作课外运动，一小时后，两队互换了操场，下了军训的再作一小时课外运动,作过课外运动的再受一小时军训。这两小时内,课堂,图书馆,阅报舍,游艺室,自习室,和寝室的门全给锁上了,学生们不出席是不行的。同时两个值周的教员捧着点名册在进场和散场时点着名。

陈老夫子先在外操场。他点完了名,不愿意呆站着,也跟在队伍后面立正,稍息,踏步走。

"人是磨练出来的。"他想,"越苦越有精神,越舒服越萎靡。"

当实行军事训练的消息最先传到他耳鼓的时候,他很为他儿子担心,他觉得他儿子年纪太小了,发育还没完全,一定吃不起过分的苦,因此他老是觉得他瘦了,他的脸色苍白了。但今天上午,他经过了两次仔细的观察,志仁的脸色却是红红的,比平常红得多了。

"足见得他身体很好。"他想,完全宽了心。

这一小时内的军训,他仍然几次把眼光投到志仁的脸上去,依然是很红。

早晨受军训的时候,他看见志仁懒洋洋的,走过去按下了他的背,经过吴教员一说,心里起了不安,觉得自己也的确逼得他太紧了。但现在,他相信是应该把他逼得紧一点,可以使他身体更加好起来。他知道志仁平日是不爱运动,只专心在功课方面的。

"身体发育得迟,也许就是这个原因了。"他想。

因此他现在一次两次的只是严肃的,有时还含着埋怨的神情把眼光投到志仁的脸上去,同时望望他的步伐和快慢,暗地里示意给他,叫他留心。

志仁显然是个孝子,他似乎知道自己的行动很能影响到他父亲的地位和荣誉,所以他虽然爱静不爱动,还是很努力的挣扎着。这一点,陈老夫子相信,只有他做父亲的人才能体察出来。

"有着这样的儿子,也就可以心满意足了,"他想。

于是他自己的精神也抖擞起来，忘记了一切的苦恼和身体的疼痛。

只有接着来的一小时，从外操场换到内操场，他感到了工作的苦恼。

现在是课外运动。学生们全是玩的球类：两个排球场，两个篮球场，一个足球场。他完全不会玩这些，也不懂一点规则，不能亲自参加。哪边输哪边赢，他虽然知道，却一点也不觉得兴奋，因为他知道这是游戏。他的卷子还有许多没有改，他想回去又不能，因为他是监视人。他一走，学生就会偷跑的。

他只好无聊的呆站在操场的门边。这里没有凳子，他又不愿意和别的教员似的坐在地上，他觉得这于教员的身分有关。

这便比一连在课堂里站上三个钟头还苦了，因为上课的时候，他把精神集中到了课题上，容易忘记疲乏。现在是，疲乏完全袭来了。背和腰，腿和脚在猛烈的酸痛，脑子里昏昏沉沉的一阵阵起着头晕，眼睑疲乏的只想合了拢去。他的前后就是墙，他非常需要把自己的身体靠到墙上去。但他不这样做，因为他不愿意。

直至散场铃响，他才重新鼓着精神，一一点完了名，跟着学生和教体育的冯教员走出了操场。

"老夫子什么都学得来，打球可没办法了，哈，哈，哈……"冯教员一路说着。

"已经不中用了呀，"陈老夫子回答说。"那里及得来你们年青人……"

他走进房里，望着志仁的照片，微笑的点点头。喃喃的说：

"你可比什么人都强了……"

他坐下，戴上眼镜，拿了笔，想再开始改卷子。

但他又忽然放下笔，摘下眼镜，站起身来：

"差一点忘记了，了不得！……今天是校长三十八岁生日，五点半公宴，现在应该出发了……"

他脱下制服，换了一件长袍和马褂，洗了脸，出了校门，一直往东大街走去。

两腿很沉重，好不容易才挨到了杏花楼。

"五点半了！"他懊恼的说，"向来是在约定时间前五分钟到的……"

但这预定的房间里却并没别的人来到。陈老夫子知道大家总是迟了半小时后才能到，便趁着机会休息了。他闭上眼睛，盘着腿，在喧闹的酒楼上打起定来，仿佛灵魂离了躯壳似的。

然而他却很清醒。当第一个同事走上楼梯的时候，他已经辨出了脚步声，霍然站起身子来。

"我知道是老孙来了，哈，哈，哈，迟到，该罚……"

瘦长子孙教员伸长着脖颈，行了一个鹅头礼，望了一望四周，微笑的翘起大拇指，说：

"除了老夫子，我是第一名呀！"

"哈，哈，哈！难得难得，足下终于屈居第二了……"

"那末，小弟就屈居第三了……"吴教员说着走了进来。

"哈，哈，哈，老吴迟到，才该罚呢，老夫子！"

"我是值周呀！"

"老夫子也是值周，可是老早就到了。怕是到你那Sweetheart那里去了吧？"

"Sweet heart！"吴教员兴奋的说，"穷教员休想！这碗饭不是人吃的！教员已经够了，还加上一个级任！饭也吃不下，睡也睡不够！一天到晚昏头昏脑的！"

"老夫子还多了一个文牍，你看他多有精神！"孙教员说，又翘起一个大拇指。

"他例外，谁也比不上他。他又天才高。文牍，谁也办不了！"

"好说，好说，"陈老夫子欠了个身。"文牍无非是'等因奉此'千篇一律。功课也只会背旧书，开留声机……"

"你老人家别客气了，"孙教员又行了一个鹅头礼，"你是清朝的附贡生，履历表上填着的，抵赖不过！"

"哈，哈，哈！"陈老夫子笑着说，"这也不过是'之乎者也'，和现在'的呢吗呀'一模一样的……"

"老夫子到底是个有学问的人，处处谦虚，做事却比谁负责。"孙教员称赞说。

"笑话，笑话，"陈老夫子回答说，"勉强干着的，也无非看'孔方兄'的面上。"

"这是实话，老夫子，我们也无非为的Dollars呀！"

"哈，哈，哈……"门口一阵笑声，范教员挺着大肚子走了进来，随后指指后面的赵教官，"你们海誓山盟'到老死'，只要他一阵机关枪就完了。"

"那时你的生物学也Finish了！"孙教员报复说，"他的指挥刀可以给你解剖大肚子的！"

"呜呼哀哉，X等于Y……"吴教员假装着哭丧的声音。

"别提了！"赵教官大声的叫着说，"丘八不是人干的！没一夜睡得够！啊啊！"

"大家别叫苦了！"门口有人说着。

大家望了去：

"哈，哈，财神菩萨！"

"军长！秘书！参谋长！报告好消息！"李会计笑眯眯的立在门口，做着军礼。

"鸟消息！"赵教官说。

"明天发薪！"

"哈，哈，哈……"

"三成……"

"嗤！……"

"暂扣三分之一的救国捐。"

大家沉下了脸，半晌不做声。

"苦中作乐，明晚老吴请客吧，Sweet heart那里去！"孙教员提议说。

"干脆孤注一掷，然后谁赢谁请客！"赵教官说。

陈老夫子不插嘴，装着笑脸。他不想在人家面前改正赵教官的别字。

这时李校长来了，穿着一套新西装，满脸露着得意的微笑，后面跟着两个教员，一个事务员，一个训育员，一个书记。

"恭喜，恭喜！"大家拍手叫着，行着礼。

"财政局长到我家里来了，接着又去看县长，迟到，原谅。"

"好说，好说，校长公事忙……"陈老夫子回答着。"有两件公事在我桌子上，请陈老拟办。"

"是……"陈老夫子回答着，望望楼梯口上的时钟。

现在正式的宴会开始了。但陈老夫子喝不下酒，吃不下菜，胃口作酸。他看看将到七点钟，便首先退了席，因为七点半钟是学生上自习的时候。

他很疲乏。不会喝酒的人喝了几杯反而发起抖来了，深秋的晚间在他好像到了冬天那样的冷。每一根骨头都异样的疼痛着，有什么东西在耳内嗡嗡的叫着，街道像在海波似的起伏。

到学校里坐了一会，才感觉到舒服了一些，自习钟却当当的响了。

他立刻带下几本卷子和点名册往自习室走去。这里靠近着院子门边有一间小小的房子，是值周的级任晚上休息的。在这里可以管住学生往外面跑。

他点完了名，回到休息室，叫人取来了公文，拟办好了，然后开始改卷子。

学生们相当的安静。第一是功课紧，第二是寝室的门全给锁上了。

陈老夫子静静的改阅卷子，略略忘记了自己的疲乏。只是有一点不快活，每当他取卷子的时候，看不到志仁的照片。

志仁自己就在第四号的自习室里，但陈老夫子不能去看他。一则避嫌疑，二则也怕扰乱志仁的功课，三则他自己的工作也极其紧张。

待到第二堂自习开始，陈老夫子又去点名了。他很高兴，趁此可以再看见自己的儿子。

但一进第四号自习室，他愤怒得跳起来了：

志仁竟伏在案头打瞌睡！

"什么！"陈老夫子大声叫着，"这是什么地方，什么时候！你胆敢睡觉！……"

他向志仁走了过去，痉挛的举着拳头。

志仁抬起头来了：脸色血一样的红，眼睛失了光，喘着气，——突然又把头倒在桌子上。

陈老夫子失了色，垂下手，跑过去捧住了志仁的头。

头像火一样的热。

"怎……怎……么呀，……志仁？……"

他几乎哭了出来，但一记起这是自习室，立刻控制住了自己。

"烦大家帮我的忙……"他比较镇定的对别的学生说，"他病得很利害……把他抬到我的房里去……还请叫个工友……去请……医生……"

别的同学立刻抱着抬着志仁离开了自习室。

"他刚才还好好的,我们以为他睡着了……"

"这……这像他的两个……"陈老夫子把话咽住了。

他不愿意这样想。

他把志仁躺在自己的床上,盖上被,握着他的火热的手,跪在床边。

"志仁……睁开眼睛来……"他低声哽咽着说,"我是你的爸爸……我的……好孩子……"

他倒了一杯开水灌在志仁的口里,随后又跪在床边:

"告诉我……志仁……我,你的亲爸爸……你要什么吗?……告诉我……"

志仁微微睁开了一点无光的眼睛,断断续续的说:

"爸……我要……一支……枪……前线去……抗敌……"

"好的……好的……"陈老夫子流着眼泪,"你放心……我一定给你……一支枪……啊……一支枪……"

他仰起头来,脸上起了痛苦的痉挛,随后缓慢的伏到了儿子的手臂上。

陈老奶

第二个儿子终于出去当兵了。没有谁能晓得陈老奶的内心起了什么样的震动。第二天,她没有起床。她什么也不吃,话也不愿说。大儿子和大媳妇走进去的时候,她挥着手要他们出去。跟她说话,她摇摇头,转过了脸。她那个顶心痛的孙子,平常是怎样纠缠她也不觉得一点厌烦的,现在都变成了陌生人一样,引不起她什么兴趣。她的脸上没有泪痕,也没有什么悲苦的表情,只显得浮上了一层冷漠的光。她没有叹息。呼吸似乎迟缓而且微弱了。这样的一直躺到夜里,大家都熟睡以后,她忽然起来了。她好像变成了一个青年人,并不像已经上了六十岁,也不像饿了一整天似的。在这一夜里,她几乎没有停止过她的动作,仿佛她的心里有一团火在烧着一样,她这样摸摸,那样翻翻箱子,柜子抽屉全给打开了,什么都给翻乱了。大儿子和媳妇听见她的声音,连连的问她,她只是回答说:"找东西",门又不肯开。找什么东西?好像连她自己也不清楚,一直到东方快发白,她像点尽了油的灯火似的,倒到床上。

但是就从这天下午起,她忽然恢复了正常的生活。她没有病,只比以前瘦削些,眼圈大了一点,显得眼窝更加下陷了。走起路来,虽然有点踉跄,但可以相信这是因为小脚的缘故,倘使不遇到强力的跌撞,她是决不会倒下去的。她的心也像很快就平静了,或者至少可以说,即使她在沸滚的水中煎熬着,也不能立刻就在她的外表下找出什么标记来。熟识她的人看不出她和以前有什么不同;不熟识的人也决不会想到,就在不久以前,她的心受过怎样强烈的震动,她的行动起过什么样的变化——不,关于这些,甚至连她自己也好像全忘记了,不但不像曾经发生过一些意外,就连第二个儿子也像不曾存在过似的,她从此不再提起她的这个儿子,别人也竭力避免着在她面前提到他。但当谁稍不留心,偶尔提到他的名字或什么,她冷漠得像没听见或者像不认识他似的。她仿佛本来就不曾生过他,养过他,爱过他,在他身上耗费了无穷无尽的心血一般。她像是把一切都忘记了,——但也只是关于他的一切,别的事情就全记得清清楚楚。如果她的脑里存在着一根专司对他的记忆的神经,那末现在就恰像有谁把这一根神经从她脑里抽出去了。

她现在也爱说话,脸上也常有点笑容了。在家里,她虽没有一定的工作,但她却什么事情都做,甚至没比她的儿子或媳妇做得少。煮饭菜,清房子,无论什么杂事,她都要帮着媳妇做。此外大部分的精力就消耗在那个六岁的孙子身上。她不喜欢闲着,这已是她多年的习惯,但在过去五六年中,无论她一天忙到晚,她只是等于一个打杂差的人,许多事情依着大儿子和媳妇的意见,自己不大愿意提出主张来。"我还管他们做什么呢!年纪都不小了,好坏都是他们的,我也落得享几年清福!"她常常对人家这样说。她一点没有错,她的大儿子和媳妇都是又能干又勤劳,对她又孝敬,有什么不放心呢!只有第二个儿子,究竟还是一匹没上缰络的马,她得用全副精神管他……。但是现在,她又一变为这一家的主人了。不论什么事情几乎都要先得到她的同意才行,不然，她就会生气。她已经几年没有管理银钱，现在她却要她的儿子和媳妇交出来，由她自己来支配了。第二个儿子的出去，在她一生的历程上是一番最可怖的波涛，这是无可否认的。她好像一个懈怠了数年的舵夫，经过这次打击，终于又挺身出来紧握着船舵，负起了一切责任。没有人晓得她这改变是因为谴责自己还是因为要把她的过去的希望重新建筑起来的缘故。但总之，她这样做，全是为了后一代人，却是极其明显的。

她的大儿子现在完全代替了第二个儿子的地位，就连穿衣吃饭也要受她的管束了。

"你看，你的衣服！这算什么呀？"

陈老奶最不喜欢人家不把衣钮一个一个的扣好，她常常说，这种人是不走正路的。她又不许她儿子穿拖鞋，她说只有懒人才这样。她自己吃的极坏，一碗菜要吃好几顿，有谁送了好的食物来，往往搁上好几天，一直到发霉生虫。但她对儿子却并不过分节省，看见他少吃一碗饭就要埋怨。她每次阻止他空肚出门。回来迟了，她要详细的盘问。她最反对的是烟酒嫖赌，她的大儿子恰恰喜欢喝几口酒，有时也高兴打牌。他是一个商人，在这镇上的一家杂货店里做账房，搭了一千多元股本，也算是个体面的人，无论怎样戒不了酒和赌，因为这两件事在他们简直是种必不可少的应酬，许多交易往往就在喝酒打牌中间谈妥的。每当他违了禁，陈老奶好像善于看相的人似的一望他的气色就立刻知道了。

"你又做什么去了？你又——？"她气愤的说。

这种事情如果发生在第二个儿子的身上，照以往的例子，她准会爆炸起来，从她的口里迸发出各种各样咒骂的语句，甚至还会拿起棍子或什么，做出恶狠狠的姿势；但现在，好像，她绝对禁忌着似的，什么咒骂的语句都没有了，总是简短的说："你——？"在这一个字里，可以听出她的气怒，怨恨，沉痛和失望来。

"妈变了，"大儿子暗地里对自己的妻子说，"好多事情看不透，讲不通，我又不是三岁的小孩，要她时时刻刻管着！"

"我们只有依顺她，"他妻子说，"她现在——唉，只有你这一个儿子了呵！"

"她自己简直变得像个小孩子了。"

"那你就哄哄她，让她满意吧，这样老了呵。"

他的妻子真是个顶贤淑的女人，对丈夫对婆婆总是百依百顺，又能刻苦耐劳，把一切都弄得井井有条。因此她常常博得陈老奶的欢心。但她也并非完全没有过错被她婆婆发现，这时她老人家就用叹息的音代替了埋怨，呼出来一个字：

"嗨…………"

但无论怎样，在她的管理之下，这一个家庭即使失去了一个年轻力壮的支柱，却并不因此就显出悲伤颓唐的气象，它反而愈加兴奋振作，如一只张满了风帆的船只与激流相搏斗着，迅速的前进了。

过了三个月，陈老奶的第二个儿子写信来了。他报告他虽然离家很远，但还在后方受训练，一时不会开到前方去。他简略地报告他平安之后，一再请他母亲放心，要她老人家多多保养自己的身体，劝她别太操心劳碌，劝她吃得好一点，多寻点快活的事情散散心。最后他又问候他的哥哥和嫂嫂，要求他们好好侍候母亲。

这封用着普通书信格式和语句写来的家信，首先就打动了哥哥和嫂嫂的感情。他们虽然没一天不为目前和未来挣扎，但自从这个唯一的兄弟走后，却没有一天不像沉在深渊里。讲感情，他们是同胞，讲生活，他们是不可分的左右手。可是，战争使他们遭遇到生别死离之苦，使他们各自孤独起来，在渺茫的生死搏斗场中，谁也不能援助谁了。在从前，当兵是升官发财的一条捷径，像他兄弟那样聪明人也读过几年书的，一出去准会荣宗耀祖，衣锦还乡；但现在可全不同，稍有知识的人都是抱着为救国而牺牲的目的去的，他的弟弟就是这千千万万之中的一个。什么时候能够再见到他呢？没有谁知道？火线上不是只见血肉横飞吗？"不会再回来！"他母亲这样想，哥哥这样想，嫂嫂也这样想。他们几乎已经许久没把他当做活着的人看待了。

可是，信来了，他终于还平安的活着，惦念着家里的亲人……

于是哥哥和嫂嫂首先读到了信，就像从梦里醒转来似的，记起了一切的过去，眼前又辉耀起未来的希望，背着陈老奶哽咽起来。

他们很迟疑，要不要把这消息告诉老年的母亲，母亲变了样，在竭力压抑着心底的悲痛，这是很明白的事，现在究竟要不要触动她的创痛呢？这虽然是个可喜的消息，但它将引起什么样的后果呢？据大儿子的意见，这会给她老人家更大更长久的痛苦，不如完全瞒着她的好。但他的妻子却反对他的意见，她认为这可以使母亲更加安静些。

"这样老了，做什么不让她得点安慰，存点希望呢？"

他们商量了好久，结果还是决定去告诉她。

吃过晚饭，陈老奶逗着孙子睡去后，习惯的独自对着油灯坐着，像在思索什么似的，她儿子和媳妇轻轻走近了她。

"妈，"他手中拿着信，竭力抑制着自己的感情，用极其平静的声调说，"弟弟写信来了，他很平安。"

她好像没有听见似的，只动了一下眉毛，对灯火呆望着，没有什么别的表情。大儿子惶惑的等待了一会，又低声的说了：

"妈，弟弟写了信回来了，他记挂你老人家哩……"

他们看见她那削瘦的下巴动了一动，像是要说话似的，但又忽然停住了，只慢慢的合上了眼睑，像在诚心祈祷一般的过了一会才渐渐睁开来，望着她的儿子。

"你说的是……？"她很安静的问。

"是的,妈,"媳妇立刻接上去说,"弟弟来了信,他还在受训练呢——"

　　"他很好,"大儿子接着说,把信递到她面前,"什么都很好。"

　　陈老奶什么表情也没有,仿佛这事情于她毫不相干一样,对信封望了一会,依然很安静的说:"你就念一遍给我听吧。"

　　大儿子照着她的意思做了,读着读着自己却又禁不住感动起来,声音渐渐低了下去。在这信中,他看到了弟弟对家中人的想念的殷切,也想到了他受训时候可遇到的辛苦来。但这时他的妻子却把注意力集中在她婆婆的身上。她已经贴近了她,怕她老人家会感动得倒下来。她把目光盯着她老人家,看她有什么表示。

　　但是她依然冷淡得利害,等她大儿子读完了信,只淡淡的说道:

　　"还在受训,那也好。"

　　随后她像什么都过去了似的,开始对媳妇嘱咐明天应做的事:买什么菜,怎样煮,孙子的鞋底快烂了,要早点给做新的,罩衣也该给换洗了……最后她看见大儿子惊异的在那里呆着,就对他吩咐道:

　　"起早的人,也要睡得早,保养身体要紧哩!"

　　儿子和媳妇一时猜不透她的意思,硬在她的房里张惶失措的坐了许久,一直等到她安静的上了床,他们才出去。但就在隔壁,他们也不能立刻就睡熟去,为的是怕她会半夜里起来,让自己的不安关着门内发作。

　　但是这一夜她睡着没有什么声息,第二天也和平常一样。这一封信,在儿子和媳妇都认为会激起她极度兴奋的,却竟比一个小石子投到海里还不如,连一丝微波也没漾起,以前,她原是极其善于感动,神经易受刺激的,现在竟变成了一副铁石心肠似的人了。

　　她的心底里存在着什么呢?没有谁知道。她现在几乎是和深不可测的海底一样,连跟她活上了三十年的大儿子也不能认识她了。然而无论怎样，儿子和媳妇都可以看得出来，她是在狂风逆浪中握紧了船舵，不允许有丝毫松懈，要坚决的冲着前进的。

她的努力并非徒然。因着她的坚决与镇定，耐劳与刻苦，几个月以后，这个家庭不但能够在暴风雨中屹然支持着，而且显得稍稍安定了。

他们这一个颇不算小的市镇，本来就很容易激荡，抗战开始以后，物价的增高是和城市里差不多的。可是最近因着搬来两个中学，突然添加了六七百人口，什么东西都供不应求，价格可怕的上涨了。单就青菜来说，以前只卖几分钱一斤的，现在也跳到了一毛半，二毛了。因着这变动，镇上居民的生活就很快失却了平衡，一部分人愈加贫困，另一部分愈加富裕了。

她这一家没什么田地房屋，历年积蓄下来的也只有一千多元，放在杂货店里是利息并不厚的。在这时期，若是单靠大儿子每月二十几元薪水的收入，那他们是绝难维持的。幸而陈老奶有主意，她看到物价在渐渐高涨，就连忙从杂货店里抽了一部分本钱出来，买足了几个月的柴，米，油，盐，另外她又就近租了一块菜园，带着媳妇种了各种蔬菜，把生活暂时安定了以后，她还利用着一二百元做一点小买卖，和几个女人家合股采办一小批豆子，花生，菜油，有时几匹布，几只小猪，物价提高了，她就把它们卖出去，如果低落了，她就留着自己吃用，她儿子曾经主张做更大的买卖，以为这时无论什么东西都可赚钱，即使借了钱来也是极合算的。但是她反对这么做，而且她禁止她儿子另外去做买卖。她说：

"你们年轻人，做事不踏实，只爱买空卖空，不走运就破产，就永不能翻身！这世界，有得饭吃就够了，做什么要发横财呢？我做这点小买卖，是留着退步的，不像你们那样不稳当！"

真的，她做事是再稳当没有了，什么都盘前算后的先想个明白。譬如为了买一二百斤花生，她就先要把市面的行情问清楚，各家的存货打听明白,然后一箩箩选了又选,亲手过了秤,才叫人挑回家里来。

她精明能干胜过她的儿子,不久以后,她几乎成了这镇上第三等的商人了,虽然她并不是正式的商人,也无心做商人。因为她留心一切,爱打听,爱查问,所以什么行情都晓得,什么东西要涨价,什么东西要跌价,她也消息很灵通。她吃饱了饭,常常带着孙子在门口望,在街上走,跟这个攀谈,跟那个点头。

"真作孽呵!"有些人暗地里议论她说,"这样大年纪了,却轮到她来受苦,什么都要她担当!"

但也有些人表示另一种意见说:

"看看榜样吧,年轻人!个个都像她,就天不怕地不怕,什么都担当得起了!"

但是不幸,第二个儿子出门才半年,陈老奶又受到了更大的打击:一个春天的晚上她的大儿子喝得微醺回来,挨了她一顿埋怨,第二天就起不了床了。他发着很高的热,两颊显得特别红,不时咳呛着,她现在终于极度的不安了,正如第二个儿子临走前几天一样,想用所有的力量来挽救。她接连请了几个医生来,但一个说是春瘟,另一个说是酒入了肺,第三个却说是郁积成痨。一连几天药没有停止过,却只见他越来越厉害,言语错乱,到后来竟不认识人了。

她像犯了大罪的人一样,总怀疑着自己是平常太管束了他,那一天晚上的埋怨又伤了他的心。她极度懊悔的去喊他,一再的答应他道:

"你要怎样就怎样吧……只要你的病快些好,想喝酒就给你买点好的……"

她日夜守在他床边,时时刻刻注意着他的脸色,默默的虔心的祈祷着,一面又不时叫媳妇烧开水,煎药来给他喝。

但是,什么希望也没有了。只经过八天,她的大儿子在高热中昏过去了。他从此不再醒来……

这一只暴风雨中镇定的前进的小船，现在撞着了礁石，波涛从船底的裂缝里涌进来了，全船的人起了哀号，连那最坚强的舵工也发出绝望的呼号来。这个年老的母亲的心底有着什么样的悲痛，几乎没有人能够形容。她生下了两个儿子，费尽半生心血，把他们教养大，现在都失去了，而且是在这样纷扰的时代，老的太老，小的太小的时候。留下来的人是多么脆弱呵，像是风中的残烛，像是秋天的枯叶……

还没有谁曾经看见她这样悲恸的号哭过，只有十几年前，当她丈夫丢下她和两个儿子的时候，她也是哭得很伤心的，但比起现在来，却又不同了。那时她的肩上是负着抚养两个儿子的责任，同时也把一切希望寄托在他们兄弟两个人身上，虽然艰苦，前途却是明亮的。但现在，希望在哪里？光又在哪里呢！……她已经是这样的老了，还能活上几年呢？在她活着的时候，她能看见什么呢？……为了后代，她牛马似的劳碌了一生，而结果竟是这样的悲惨吗？……

不，希望仍然是有的，即使是极其渺远呵。就在眼前，也还有一个春笋般的在成长着的承继香火的孙子，和那贤淑的媳妇呵！——唉，即使单为了这个可怜的好媳妇呵……

是的，几天以后，她终于从悲恸中清醒过来了。她抑制着自己的感情，又开始管理家务。而且不止一次的劝慰着日夜浸在泪水里的媳妇。

"你的日子多着哩，比不得我！孩子长得快呵，你总有称心的一天！……"

有时她这样说：

"别怕，我还年轻呢，再帮你十年二十年……啊，你老是伤心，伤心有什么用！倒不如爱惜身体，好好把孩子养大，怎见得不是先苦后甜呵，……"

自然，媳妇是不会忘记以前的事的，但为了老年的母亲和幼小的孩子，便不能不强制着自己的情感，她终于也和母亲一样的渐渐振作起来了。

"我有什么要紧呢！"媳妇回答说，"苦了一生又算什么！只是，你老人家也该享点后福呵！"

"活到这年纪，也算是有福了，有媳妇有孙子，我还有什么不足哩！"

这样互相安慰着，她们又照常工作起来，静静的度过了许多长夜和白昼，让悲伤深埋在最深的心底里。

第二个儿子在这时期里，又曾经写来过第二封信，但陈老奶依然没有什么表示，媳妇只见她的脸上好像掠过一线的笑容似的，动了一动嘴角，随即又把话扯到别的事情上去了。对于大儿子，她从此也一样的不再提到他。

可是，熟识的邻居们可以在这两个遭遇悲惨的婆媳身上看出显著的变化来，一个是头发渐渐秃了顶，脸上的折皱越多越深，眉棱和颧骨愈加高了；一个是脸上蒙着一层黯淡的光，紧蹙着眉毛，老是低着头沉默的深思着。谁要是走进她们的房子，立刻就会感到冷静，凄凉和幽暗。

"可怜呵！这两个婆媳！……"人家都叹息着说。

但这也不过是随便的叹息罢了，谁能帮助她们什么，谁又愿意帮助她们什么呢？在这世上，坏的人多着呢！到处有倚强凌弱的人，到处有蒙面的豺狼……

就在这时，她的大儿子的老板来欺负她们了。他承认陈老奶的大儿子有几百元钱存在他杂货店里，但她大儿子却借支了一千多元，那老板假造了许多张字据，串通了一个伙计做证人，现在来向她催索了。这是她怎样也梦想不到的事情，如果那是真的，她这一家孤儿寡妇怎样度日呢？

"我的天呵，没有这种事，"她叫着说，"我儿子活着的时候，从来没向店里借过钱！他借了这许多钱做什么用呀？他活着的时候，你做什么不和他算清呀！……"

但是，那老板拿着假造的证据，冷笑的说道：

"那么，我们到镇公所去吧，看你要不要还我这笔账——借去做什么用，我那里知道，中风白牌，花雕绍酒，谁又管得着他！你想想他是怎样得病的吧！"

她气得几乎晕倒了。世界上竟有这样恶毒的人，来欺诈一个可怜的女人，还要侮辱那已死了的儿子！倘使她是个青年的男子，她一定把他用拳头赶了出去！但是现在，她有什么办法呢，一个衰老了的女人？她只得跟着人家到镇公所去。

镇长恰好是个精通公文法律的"师爷"，他睁起上眼皮，从玳瑁边的眼镜架上望了陈老奶一眼，再会意的看了看又矮又胖的老板和三角脸的证人，就立刻下了判断说：

"证据齐全，还躲赖什么！"

她叫着，辩解着，诉说着，甚至要发誓了，全没有用，镇长很少理睬她，到最后听得十分厌倦，便走了出去，宣布案子就是这么结束了。

"老实说，我也是个喜欢喝酒打牌的人，"他在大门口含笑的对她说，"你儿子是和我常常在一起的。一次他输了五百，一次三百，这事情你哪里知道呀！"

问题很快被解决了。不管她同意不同意，不到几天，镇长就把存在几处的钱统统提了去。人人都明白，这是一件怎样黑良心的勾当，但没有人敢代她说一句话，只有暗地里叹息说：

"可怜呵，这老太婆！……"

现在她们怎样活下去呢？剩馀的钱没有了，又没有田地房屋，又没有挣钱的人。老的太老。小的太小……

可是陈老奶好像愈加年轻了，她依然紧握着船舵，在暴风雨中行驶。她一天到晚忙碌着，仿佛她的精力怎样也消耗不完似的，虽然她一天比一天老了瘦了。

"眼泪有什么用呀！"她对那常常浸在泪水里的媳妇说，"只有吃得苦中苦，方为人上人！"

她马上改变了她们的生活。她自己戴上一副老花眼镜，开始给人家打起鞋底来。媳妇是很能做针线的，陈老奶就叫她专门给人家缝衣服。有的时候，婆媳俩还给学校里的人洗衣补衣。园里的蔬菜种大了。就卖了大部分出去。遇到礼拜天，学生们纷纷出外游玩时，她就在门口摆下一只炉子，做一些油炸的饼子卖给他们。

物价正在一天天的往上涨，她们的精力也一天比一天消耗得更多。冻饿是给避免了，但人却愈加憔悴起来。尤其是陈老奶，她究竟老了，越是挣扎，越是衰老得很快，不到几个月，头发和牙齿很快就脱光了，背也驼了起来，走路像失了重心似的踉跄得更利害了。

"你老人家本来是早该休养了的，"媳妇苦恼的说，"还是把什么都交给我做吧，我都担当得起的。"

但是陈老奶却固执的回答说：

"我又有什么担当不起呢！你看我老了不是？……早着呢！我没比你老得好多……你看，你的眼皮老是肿肿的，这才是太吃力太熬夜了……"

有时她这样说：

"我是苦惯了的，不动就过不得日子呀！你不看见我老是睡不熟吗？不做一点事情，又怎么过下去呢？"

那是真的，陈老奶睡眠的时间越来越短了。天还没亮，鸡还没啼，她早已就坐在床上了。有时她默默的想着，有时她就在黑暗中摸着打鞋底，一直到天亮，窗子总是在东方发白前就给推开了一部分，她在静静的等候着早晨的来到。她不像一般人似的越老越爱说话，她常常沉默着。她的话总是关联着眼前和未来的事。她不时劝慰着媳妇，教导着孙子，对于自己却很少提起，总说一切都满足，身体也没有什么不舒服。

可是媳妇却看出她眼力渐渐差了，打出来的鞋底常常一针长一针短而且越来越松了，洗出来的衣服也不及以前的干净，有时还看见她的手在颤抖，在摇晃。为了怕她伤心，媳妇不敢对她明说，只有暗地里把她做过的事情重做一遍。这情形，陈老奶虽然没有觉察出来，但过了不久，却似乎也起了一点怀疑，好几次的问媳妇道：

"你看我打的鞋底怎样？怕不够紧吧？"

"结实得很呢，妈！"媳妇哄骗她说，"我打的也不过这样呵！你看又整齐又牢固，我真佩服你老人家哩！"

陈老奶微微笑了一笑，好像很得意的样子。

但是有一天，陈老奶却忽然极其自然的说道：

"有备无患呵，早一点给我准备好，也免得你临时慌张……衣服鞋袜都有了，就差一口寿材了……"

"怎么啦，妈？"媳妇突然吓了一跳，几乎哭了出来，"你怎么这样说呀，妈？你觉得哪里不舒服吗？"

"没有什么，"陈老奶安静的说，"不要着急。你知道我脾气，我是什么都要预备得好好的。现在什么东西都在往上涨，再过两三年用得着它时，又晓得涨到什么样呵。"

媳妇立刻安静了，听见她说是准备两三年后用的，而且想使她安心，也照着她的意思做了。

陈老奶还带着媳妇亲自往棺材店去看材料。和人家讲好厚薄尺寸和价钱，一点不变脸色，却反觉十分满意似的，她看见媳妇皱着眉头，她便笑着说：

"你看，你又怕起来了！我能够把自己以后的事情安排得好好的，还不算有福气吗？世上像我一样的有几个呢？……"

"那自然，"媳妇只好勉强装着笑脸回答说，"谁能及得你呀！譬如我——"

"那有什么难处！"陈老奶笑着回答说，"做人做人只要做呀，譬如走路，一直向前走，不要回头就是了……你看我老了，我可是人老心不老呢……"

但就在同时，媳妇发现了她老人家又起了另一种变化：她时常忽然的闭上眼睛，摇晃了几下头，用手去支着它，或者把身子靠到墙壁去，约莫经过一二分钟才能恢复过来。

"你有点头晕吗，妈？"

"不，"她回答说，"我好像记起了什么，但又记不起来哩……我真有点糊涂了……"

随后，她推说自己记忆力差了，把银钱统统交给了她的媳妇：

"还是你去管吧，我到底老了……"

可是虽然这样，她仍旧一天忙到晚，不大肯休息，她看出媳妇在忧虑她的身体，她还埋怨似的说：

"早着呢！你慌什么呀！我要再活十年的！"

然而时候终于来到了。第二个儿子出门后第三年，一个冬天的晚上，陈老奶坐在床上，背靠着床头，对着那在黯淡的灯光里缝衣的媳妇，轻声的说道：

"你过来，我告诉你……"

媳妇惊讶的坐在床沿上，凝神望着她，看见她的脸上正闪动着一种喜悦的光辉。

"我一连做了好久的梦了，每次都是差不多，"她缓慢而且安详的说，"我看见孙子长大了，成了亲了……又像是大孩子还活着，欢天喜地的在吃谁的喜酒，喝得醉醺醺的……又像是仗打完了，二孩子穿着军装回家了……你好像肥了，老了，做了婆婆，又像是我自己年轻了……喔，你怎么啦？"她看见媳妇眼眶里闪动着泪光，严肃的说道，"我近来做的都是好梦，我心里从来没这样舒畅过……你应该记得我的话，你总有出头的一天的……是吗？"

她看见媳妇伏在她身上哽咽起来，便伸手摸着她的头发，继续的说道：

"别伤心呀，记住我的话：做人总是要吃苦的……先苦后甜呵，你总有快乐的日子……我是很满意了……"

于是她微笑着，渐渐闭上眼睛，躺下去睡熟了。

第二天清晨，媳妇还没醒来，曙光已经从窗隙里射进来了。它压抑着小房中的阴黯，静穆的照明了陈老奶的床铺。陈老奶脸上映着微笑的光辉，安静的休息着。但她的眼睛不再开开来，她已经在深夜里，当媳妇悲伤而且疲劳的进入梦境的时候，和这世界告辞了……

李　妈

一

她在丁老荐头行的门口，已经坐了十四天了。这十四天来，从早到晚，很少离开那里。起先五六天，她还走开几次，例如早上须到斜对面的小菜场买菜，中午和晚间到灶披间去煮饭。但五六天以后，她不再自己煮饭吃了。她起了恐慌。她借来的钱已经不多了，而工作还没有到手。她只得每餐买几个烧饼，就坐在那里咬着。因为除了省钱以外，她还不愿意离开那里。她要在那里等待她的工作。

丁老荐头行开设在爱斯远路的东段。这一带除了几家小小的煤炭店和老虎灶之外，几乎全是姑苏和淮扬的荐头行。每一家的店堂里和门口，都坐满了等待工作的女人：姑娘，妇人，老太婆；高的矮的，瘦的肥的，大脚的小脚的，烂眼的和麻脸的……各色各样的女人都有，等待着不识的客人的选择。凡在这里缓慢的走过，一面左右观望的行人，十之八九便是来选择女工的。有些人要年轻的，有些人要中年的，也有些人要拣年老的。有的请去梳头抱小囝，有的请去煮饭洗衣服，也有的请去专门喂奶或打杂。

她时时望着街上的行人，希望从他们的面上找到工作的消息。但十四天过去了，没有人请她去。荐头行里常常有人来请女工，客人没有指她，丁老荐头也没有提到她；有时她站了起来，说："我去吧！"但是客人摇一摇头。每天上下午，她看见对面几家和自己邻近几家的女人在换班，旧的去了，新的又来了。就是自己的荐头行里的女人也进进出出了许多次。有些运气好的，还没有坐定，便被人家请去了。只有她永久坐在那里等着，没有谁理她。

街上的汽车，脚踏车，人力车，不时在她的眼前轧轧的滚了过去，来往的人如穿梭似的忙碌。她的眼睛和心没有一刻不跟着这些景物移动。坐得久了，她的脑子就昏晕起来，像轮子似的旋转着旋转着，把眼前的世界移开，显出了故乡的景色……

她看见了高大的山，山上满是松柏和柴草，有很多男人女人在那里砍树割柴，发出了丁的斧声，和他们的笑声，歌声，说话声，叫喊声打成了一片混杂的喧哗。她的丈夫也在那里，他已经砍好了一担柴，挑着从斜坡上走了下来。他的左边是一个可怕的深壑，她看见他的高大的担子在左右晃摇，他的脚在战栗着。

"啊呀！……"她恐怖的叫了起来。

她醒了。她原来坐在丁老荐头行的门口。对面的不是山，是高耸的红色的三层楼洋房。忙碌的来去的全是她不相识的男女。晃摇着的不是她丈夫的柴担，是一些人力车，脚踏车，她的丈夫并没有在那里。她永不会再看见他。他已经死了。

那已经是两年以前的事情。正如她刚才所看见的景象一般，她的丈夫和许多乡人在山上砍柴的时候，突然来了一些兵士。他们握着枪，枪上插着明晃晃的刺刀，把山上的樵夫们围住了。男的跟我们去搬东西！女的给我们送饭来！"一个背斜皮带的官长喊着说。大家都恐怖的跟着走了，没有谁敢说一个"不"字。她只走动一步，便被一个士兵用枪杆逼住胸膛，喊着说，"不许跑！跑的，要你狗命！你妈的！"她的丈夫和许多乡人就在这时跟着那些兵走了。从此没有消息。有些人逃回来了。有些人写了信回来，当了兵。有些做苦工死了。也有些被枪炮打成了粉碎。但她的丈夫，没有人知道。因为在本地一起出发的，一到军队里便被四处分开。"不会活着了！"她时常哭号着。有些人劝慰着她，以为虽然没有生的消息，可也没有死的消息，希望还很大的。但正因为这样，更使她悲痛。要是活着，他所受的苦恐怕更其说不出的悲惨的。

　　他并没有什么财产留给她。他们这一家和附近的人家一样，都是世代砍柴种田。山是公的，田是人家的。每天劳碌着，都只够吃过用过。她丈夫留给她的财产，只有两间屋子和两堆柴蓬。但屋子并不是瓦造的，用一半泥土，一半茅草盖成，一年须得修理好几回，所谓两间，实际上也只和人家的一间一样大。两堆柴蓬并不值多少钱，不到一年，已经吃完了。幸亏她自己还有一点力，平常跟着丈夫做惯了，每天也还能够砍一点柴，帮人家做一点田工。然而她丈夫留给她的还有一个更大的债。那便是他们的九岁的儿子。他不像别的小孩似的，能够帮助大人，到山上去拾柴火或到田里去割草。他生得非常瘦小羸弱，一向咳呛着，看上去只有五岁模样。

　　这已经够苦了。但几个月前却又遭了更大的灾祸。那便是飓风的来到，不，倘若单是飓风，倒还不至弄到后来那样，那一次和飓风一起来的还有那可怕的大水。飓风从山顶上旋转下来，她的屋子已经倒了一大半，不料半夜里山上又出蛟了。山洪像倾山倒海似的滚下来，仿佛连她脚下的土地也被卷着走了。她把她的儿子系在几根木头上，自己攀着一根大树，漂着走。幸亏是在山岙里，不久就被树木和岩石挡住。但是他们所有衣服用具全给水氽走了，连一根草也不曾留下。她的邻近的人家都和她差不多，没有谁可以帮助他们母子。她没有办法，只得带着儿子，在别一个村庄上的姑母家里住了几个月。但是她的姑母也只比她好一点，附近的地方也都受过兵灾水灾，没有什么工作可以轮到她，前思后想，只得听着人家的话，把儿子暂时寄养在姑母家里，答应以后每个月寄三元钱给他，她自己跟着信客往上海来了。上海有一个远亲在做木匠，她找到了他，请他给她寻一个娘姨的东家。于是她的远亲费尽了心血，给她找到一家铺保，才进了丁老荐头行的门。

但是十四天过去了，丁老荐头还没有把她介绍出去。有些东家面前，丁老荐头不敢提起，有些东家看了她几眼，便摇了摇头。荐头行里的女人虽然各县各省的都有，都很客气的互相招呼着，谈笑着，但对她却显得特别的冷淡，不大理睬她。有时来了什么东家，一提到她，或者她自己站了起来说，"我去。"大家就嘻嘻笑了起来。这是一种多么难以忍受的耻辱！她通红着脸低下头去，几乎要哭了出来。就是丁老荐头对她也没有好面色，常常一个人喃喃的说："白坐在这里！白坐在这里！"

她的眼前没有一条路。她立刻就要冻饿死了。冬天已将来到，西风飒飒的刮着，她还只穿一件薄薄的单衣。她借来的两元钱，现在只剩了几个银角了。每天吃两顿，一顿三个烧饼，一天也要十八个铜板，这几个银角能够再维持几天呢？她自己冻死饿死，倒还不要紧，活在这世上既没有心灵上的安慰，也没有生活的出路，做人没有一点意味，倒不如早点死了。然而她的阿宝又怎么办呢？她的唯一的儿子，她的丈夫留下来的只有这一根骨肉，她可不能使他绝了烟火。她现在虽然委托了姑母，她可必须按月寄钱去，姑母自己也有许多孩子，也一样的过不得日子。她要是死了，姑母又怎能长久抚养下去？

现在，阿宝在姑母家里已经穿了夹衣吗？每餐吃的什么呢，她不能够知道。她只相信他已经在那里一样的受着冻挨着饿了。她仿佛还听见他的哭泣声，他的喊"妈妈"声，他的可怕的连续的咳呛声……

"我们笑的并不是你！你却掉下眼泪来了！"坐在她左边的朱大姐突然叫着说。

她醒了。她原来坐在丁老荐头行的门口，眼泪流了一脸。

"我在想别的事情！"她说着，赶忙用手帕揩着面孔和眼睛。

她的模糊的含泪的眼睛，这时看见一辆新式的发光的汽车在她脚边驰了过去。那里面坐着一对阔绰的夫妇，正偏着头微笑的向她这边望着。他们的中间还坐着正和阿空那样大小的孩子，穿着红绿的绒衣，朝着她这边伸着手指……

她觉得她脚下的地在动了，在旋转了，将要翻过来了……

二

"李妈！现在轮到你啦！"丁老荐头从外面走了回来，叫着说。

她突然从昏晕中惊醒过来，站起在丁老荐头面前。她看见他的后面还立着一个男工。

"东家派人来，要一个刚从乡里来的娘姨，再合适没有啦。你看，阿三哥，"他回头对着那个站在背后的人说，"这个李妈刚从乡下出来，再老实没有啦！又能吃苦，挑得起百把斤的担子哩！"

"好吧，"阿三哥打量了她一下，说，"就带她去试试看。"

她的心突突跳了起来，脸全红了。她是多么喜欢，她现在得到了工作。她有了命了！连她的阿宝也有了命了！

"哈哈哈！'老上海'不要，要乡下人！上头土脑的，请去做菩萨！"陈妈笑着说，故意做着丑脸。

大家都笑了。有几个人还笑得直不起腰来。

她的头上仿佛泼了一桶水似的，脸色变得铁青，胸口像被石头压着似的，透不出气。

"妈的！尖刻鬼！"丁老荐头睁着眼睛，骂着说，"谁要你们这些'老上海'，刁精古怪的！今天揩油，明天躲懒！还要搬嘴吵架！东家要不恨死你们这班'老上海'！今天就不会要乡下人啦！"

"一点不错！丁老荐头是个明白人！你快点陪她去吧！我到别处去啦！"阿三哥说着走了。

李妈心上的那块石头落下去了。她到底还有日子可以活下去。现在她的工作终于到手了。而且被别人嘲笑的气也出了一大半了。

丁老荐头亲自陪了她去。他的脸色显得很高兴，对她客气了许多，时时关照着她：

"靠边一点，汽车来啦！但也不要慌！慌了反容易给它撞倒！……站着不要动！到了十字路口，先要看红绿灯。红灯亮啦，就不要跑过去。……走吧！绿灯亮啦！不要慌！汽车都停啦！……靠这边走，靠这边走！在那里好好试做三天再说，后天我会来看你，把事情弄好的。……这里是啦，一点点路。吉祥里。"

"吉祥里！"李妈低低的学着说。她觉得这预兆很好。她正在想，好好的给这个东家做下去，薪工慢慢加起来，把儿子好好的养大。十年之后，他便是一个大人，可以给她翻身了。

"弄内八号，跟我来。"

李妈的心又突突的跳了。再过几分钟，她将走进一座庄严辉煌的人家，她将在那里住下，一天一天做着工。她将卑下的尊称一些不相识的人做"老爷"，"太太"，"小姐"，"大少爷"，她将一切听他们的命令和指挥，她从今将为人家辛苦着，不能再像从前似的要怎样就怎样，现在她自己的手脚和气力不再受她自己的支配了……

丁老荐头已经敲着八号的后门,已经走进去了。

她惧怯的站住在门外,红了脸。这是东家的门了,没有命令,她不敢贸然走进去。

"太太!娘姨来啦!一个真正的乡下人,刚从乡里来的,"丁老荐头在里面说着。

"来了吗?在哪里?"年轻太太的声音。

"在门外等着呢——李妈!进来!"

她吃惊的提起脚来。她现在踏着东家的地了。这是多么可怕的一个地方,它是她的东家所有的。她小心的轻轻的走了进去,像怕踏碎脚下的地一样。

"就是她吗?"

"是的,太太!"丁老荐头回答着。

她看见太太的眼光对她射了过来,立刻恐惧的低下了头。她觉得自己的头颈也红了。

什么样的太太,她没有看清楚。她只在门边瞥见她穿着一身发光的衣服,连面上也闪烁的射出光来。她恐惧得两腿颤抖着。

"什么地方人?"

"苏州那边!"丁老荐头给她回答着。

"是在朱东桥,太太,"李妈纠正丁老荐头的话。

"几时到的上海?"

"二十几天啦,"她回答说。

"给人家做过吗?"

"还没有。"

"这个人非常老实,太太!"丁老荐头插入说,"'老上海'都习不过。太太用惯了娘姨的,自然晓得。"

"家里有什么人?"

"只有一个九岁的儿子,没有别的人……他……"

"带来了吗?"太太愕然的问。

"没有,太太,寄养在姑母家里。"

"那还好!否则常常来来去去,会麻烦死啦!……好,就试做三天。"

"好好做下去,李妈,东家再好没有啦!"丁老荐头说着又转过去对太太说,"人很老实的,太太,有什么事情问我就是!今天就写好保单吗,太太?"

"试三天再说!"

"不会错的,太太!你一定合意!有什么事情问我就是,今天就写好保单吧,免得我多跑一趟!……不写吗?不写也可以,试三天再说!那末我回去啦,好好的做吧,李妈!我过两天再来。东家再好没有啦。太太,车钱给我带了去吧!"

"这一点路要什么车钱!"

"这是规矩,太太,不论远近都要的。"

"难道在一条马路上也要?"

"都是一样,太太,保单上写明了的。你自己带来的也要。这是规矩。我不会骗你!"

"你们这些荐头行真没有道理!哪里有这种规矩!就拿十个铜板去买香烟吃吧!"

"起码两角,太太,保单上写明了的!我拿保单给你看,太太!"

"好啦好啦!就拿一角去吧!真没有道理!"

"马马虎虎,马马虎虎!不会错的,太太!后天我来写保单,不合意可以换!再会再会!李妈,好好做下去!我后天会来的。"

"真会敲竹杠!"太太看他走了,喃喃的说,随后她又转过身来对李妈说,"我们这里第一要干净,地板要天天拖洗。事情和别人家的一样，不算忙。大小六个人吃饭。早上总是煮稀饭，买菜，洗地板，洗衣服，煮中饭。吃过饭再洗一点衣服，或者烫衣服，打扫房间，接着便煮晚饭——你会煮菜吗？"

"煮得不好，太太！"

"试试看吧！你晚上就睡在楼梯底下。早上要起得早哩！懂得吗？"

"懂得啦，太太！"

"到楼上去见见老太爷和老太太，顺便带一点衣服来洗吧！"

李妈跟着太太上去了。她现在才敢大胆的去望太太的后身。她的衣服是全丝的，沙沙的微响着，一会儿发着白光，一会儿发着绿光。她的裤子短得看不见，一种黄色的丝袜一直盖到她的大腿上。她穿着高跟的皮鞋，在楼梯上得得的响着。李妈觉得非常奇怪，这样鞋子也能上楼梯。

"娘姨来啦，"太太说：

李妈一进门，只略略望了一望，又低下头来。她看见两个很老的人坐在桌子边，不敢仔细去看他们的面孔。

"叫老太爷，老太太！"太太说。

"是！老太爷，老太太！"

"才从乡里出来哩！"太太和他们说着，又转过身来说，"到我的房间来吧！"

李妈现在跟着走到三层楼上了。房间里陈列些什么样的东西，她几乎睁不开眼睛来！一切发着光！黄铜的床，大镜子的衣橱，梳妆台，写字台……这房间里的东西值多少钱呢？她不知道。单是那个衣橱，她想，也许尽够她母子两人几年的吃用了。

"衣橱下面的屉子里有几套里衣，你拿去洗吧！娘姨！"

李妈连忙应声蹲了下去。现在她的手指触到了那宝贵的衣橱的底下了。这是她有生以来的第一次。她的手指在战栗着。像怕触下橱屉的漆来。她轻轻的把它抽出来了。那里紧紧的塞满了衣服。

"数一数！一共几件？"

她一件一件拿了出来：四双袜子，五条裤子，三件汗衫，三件绒衣。

"一共十五件。太太！"

"快一点拿到底下去洗！肥皂，脚盆，就在楼梯下！"

"是，太太！"她拿着衣服下去了。

洗衣服是李妈最拿手的事情。她从小就给自己家里人洗衣服，一直洗到她有了丈夫，有了儿子，来到上海的荐头行。这十五件衣服，在她看来是不用多少时候的。她有的是气力。

她开始工作了。这是她第一次给人家做娘姨，也就是做娘姨的第一次工作。一个脚盆，一个板刷，一块肥皂，水和两只手，不到半点钟，已经有一半洗完了。

"娘姨！"太太忽然在三层楼的亭子间叫了起来。

李妈抬起头来，看见她伸着一个头在窗外。

"汗衫怎么用板刷刷？那是丝的！晓得吗？还有那丝袜！"

李妈的脸突然红了。她没有想到丝的东西比棉纱的不耐洗。她向来用板刷洗惯了衣服的。

"晓得啦！太太！"她在底下回答着。

"晓得啦！两三元钱一双丝袜哩！弄破了可要赔的！"

她的脸上的红色突然消散了。她想不到一双丝袜会值两三元钱，真要洗出破洞来，她怎么赔得起？据丁老荐头行里的人说，娘姨薪工最大的是六元，她新来，当然不会赚得那么多，要是弄破一双丝袜，不就是白做大半个月的苦工吗？她想着禁不住心慌起来。她现在连绒布的里衣也不敢用板刷去刷了，只是用手轻轻的挂着，擦着。绒布的衣服虽然便宜，她可也赔不起。何况这绒布又显然是特别漂亮，有颜色有花纹的。

但是过了一会，太太又在楼窗上叫了：

"娘姨！快一点洗！快要煮饭啦！这样轻轻的搓着，搓到什么时候！洗衣服不用气力，洗得干净吗？"

李妈慌了。她不知道怎样才好：又要快，又要洗得白，又要当心损伤。她不是没有气力，也不是不肯用出来，是有气力无处用。气力用得太大了，比板刷还利害，会把衣服扯破的。这不像走路，可以快就快，慢就慢；也不像挑柴割稻，可以把整个气力全用出来。这样的衣服，只有慢慢的轻轻的搓着擦着的。然而怎么办呢？她一点也想不出来。

时候果然不早了。少爷和小姐已经从学校里回来。他们望了她一眼，没有理她，便一直往楼上走去，小姐大约有十岁了，少爷的身材正像她的阿宝那样高矮。然而都长得红红的，胖胖的，一点不像阿宝那么青白，瘦削。阿宝全是因为在肚子里没有好好调养，出胎后忍饥受冻的缘故。

想到阿宝，她禁不住心酸起来，连眼泪也流出来了。现在天气已经冷了，谁知道他现在穿着什么衣服？又谁晓得他病倒了没有？姑母怎样在那里过活？她的孩子们有没有和阿宝吵架呢？……

"娘姨！"太太的叫声又响了，同时还伴着脚步声，她下楼来了。"不必洗啦！等你慢慢的洗完，大家要饿肚啦！不看见少爷小姐回来了吗？快到厨房去煮饭吧！"

李妈慌忙站了起来，向厨房里去，预备听太太的吩咐。

"慢点慢点！把脚盆推边一点，不要碍着路！吃过晚饭再洗！"

"是，太太！"李妈又走了转来。

"好啦！到楼上去量两升米来！——喂！空手怎么拿！真蠢！淘米的箕子挂在厨房里！"

李妈愈加慌了。她拿着淘米的箕子，两手战栗着，再向楼上走了去。

"娘姨！米放在二层楼亭子间里！——亭子间呀！喂！那是前楼！不是亭子间！——就是那间小房间呀！——门并没有锁！把那把子转动一下就开了！——喂！怎么门也不晓得开！真是蠢极啦！怎么转了又松啦！推开去再松手呀！——对啦！进去吧！麻布袋里就是米！"

李妈汗都出来了，当她从楼上下来的时候，太太心里急得生了气，她也急得快要哭出来。一切的事情，在她都是这样的生疏，太太一急，她愈加弄不清楚了。她并不生得蠢。她现在是含着满腹的恐慌。她怕太太不要她在这里，又怕弄坏了东西赔不起。

这一餐晚饭是怎样弄好的，她忙到什么样子，只有天晓得。一个屋子里的人都催着催着，连连的骂了。老爷回来的时候，甚至还拍着桌子。太太时时刻刻在厨房里蹬着脚。"这样教不会！这样教不会！真蠢呀！怎么乡下人比猪还不如！"

李妈可不能忍耐。她想不到头一天就会挨骂。她也是一个人，怎么说她比猪还不如！倘不是为的要活着，她可忍受不了，立刻走了。她的眼泪时时涌上了眼眶。但是在太太的面前，她不敢让它流出来。她知道，倘若哭了出来，太太会愈加不喜欢她的。

这一天的晚饭，她没有吃。她的心里充满了忧虑，苦痛和恐怖。

三

第三天下午，李妈又坐在丁老荐头行的门口了。她白做了三天苦工，没有拿到一个钱，饿了两餐饭，受了许多惊恐，听了许多难受的辱骂。只有丁老荐头却赚到了四角车钱。荐头行里的人还都嘲笑着她。她从前只想出来给人家做娘姨，以为比在乡里受苦好些，现在全明白了：娘姨是最下贱的，比猪还不如！

然而她现在不做娘姨，还有别的出路吗？没有！她只能再坐到丁老荐头行的门口来。她不相信她自己真是一个比猪还不如的蠢东西。她在乡下也算是一个聪明能干的女人。她做过和男人一样的事情，生过小孩，把他养大到九岁。娘姨所做的事情，无非是煮饭，洗衣，倒茶，听使唤的那些事情。三天的试工，虽然因为初做不熟识，她可也全做了。为什么东家还要骂她比猪还不如呢？她可也是一个人！倘有别的路好走，她决不愿意再给人家做娘姨。倘没有阿宝，她也尽可在乡里随便的混着过日子。然而阿宝，他现在是在病着，是在饿着。她现在怎样好呢？一到上海，比不得在那乡里，连穷邻居也没有了。一个女人，孤零零的，现在连吃烧饼的钱也没有了哩！

她想着想着，不觉又暗暗的流下泪来。

然而希望也并不是没有的。她还有一个阿宝。他现在已经九岁了。一到二十岁，便是一个大人。她和她的丈夫命运坏，阿宝的命运也许要好些。谁能说他不会翻身呢？十年光阴不算长，眨一眨眼，就过了。现在只要她能够忍耐。那一个东家固然凶恶，什么话都会骂，别的东家也许有好的。况且那三天，本来也该怪自己，初做娘姨，不懂规矩，又胆小。现在不同些了，她已经不是乡下人，她曾经在上海做过三天工。她算是一个"新上海"了。

"在上海做过吗？"新的东家又派人来，指着她问了。

"做过啦！很能干，洗得很白的衣服，煮的菜也还吃得！人又老实！"丁老荐头代她回答说。

于是李妈有运气，又有了工作了。丁老荐头仍然亲自陪她去。

新的东家的屋子也在巷堂里，也是三层楼，只是墙壁的颜色红了一些，巷堂里清静了一些。李妈走到那里，觉得有点熟识似的，没有从前那样生疏而且害怕了。

太太和老爷的样子都还和气，没有从前那个东家的可怕。人也少，他们只有三个孩子，大的还住在学校里。

"事情很少，李妈，好好做下去吧！东家再好没有啦！"丁老荐头又照样说着，拿了车钱走了。

李妈自己也觉得，东家比较的好了。事情呢，却没有比从前那一家少。这里虽然没有老太爷和老太太，却多了一个五六个月的孩子，要给他洗屎布尿布，要抱着他玩。但这在李妈倒不觉得难。她有的是气力，她自己也生过孩子，弄惯了的。她现在很愿意小心的，吃苦的做下去。

新的东家也觉得李妈还不错，第三天丁老荐头来时，决计把她留下了。

"每个月四元工钱！"太太说。

"多出一元吧，太太！"丁老荐头代李妈要求说。

"做得好，以后再加！"

李妈听着这话非常高兴。她想，单是四元工钱，她每月寄三元给姑妈作阿宝的伙食费外，还有一元可以储蓄，几年以后就成百数了。做得好不好，全在她自己，她哪里会不好好的做下去，那末，加起薪工来。她的钱愈可积得多了。

她这样想着，心里喜欢起来，做事愈加用力，愈加快了。天还没有亮，她便起来，生着了炉子，把稀饭煮在那里，一面去倒马桶，扫地，抹桌子，洗茶杯，泡开水。随后三少爷醒来了，她去给他换衣服，洗脸，喂稀饭，抱着他玩。太太和二少爷起来后，她倒好脸水，搬出稀饭来给他们吃，自己就空着肚子，背着三少爷到小菜场买菜去。回来后报了账，给太太过了眼，收拾起碗筷，把冷的稀饭煮热，侍候老爷吃了，才将剩下来的自己吃，有时剩的不多，也就半饿着开始去洗衣服，一直到煮中饭。预备好中饭，到学校里去接十岁的二少爷。吃了饭又送他去。下半天，抱孩子，洗地板。晚饭后还给三少爷做衣服，或给二少爷补破洞。她忙碌得几乎没有一刻休息，晚上总在十一二点才睡觉，可是天没亮又起来了。

这样的不到半个月,她不但不觉得苦,反而觉得自己越做越有精神了。她的每一个筋骨像愈加有力起来,肚子也容易饿了。

"做人只要吃得下饭,便什么都不怕啦!"她常常自己安慰自己说。

然而这在东家却是一件不高兴的事。以前饭剩得少,也吃一个空,现在饭剩得多,也吃一个空。肚子总是只有那么大,怎么会越吃越多呢?每次量米的时候,太太都看着,现在她明明多量了半升了。

"娘姨!米多了,怎么没有剩饭呀?"太太露着严厉的颜色问了。她的心里在怀疑着李妈偷了米去。

"不晓得怎的,这一晌吃得多了。"李妈回答着,她还不曾猜想到太太心里什么样的想法。

"是你量的米,煮的饭!不晓得!这一晌并没有什么客人!哼!"

"想是我这几天胃口好,多吃了一些。"

"谅你吃得来多少!除非你还有一个吃生米的肚子!"

李妈的面色转青了。她懂得这话的意义。她想辩白几句,但是一想到吃东家的饭,便默着了。没有办法,只好忍耐,她想。

然而这在东家,却是等于默认了。太太在时时刻刻注意她,二少爷仿佛也在常常暗中跟着她的样子。她清早开开后门去倒马桶,好几次发现太太露出半个头在亭子间的窗口。早晨买菜去,太太一样一样叮嘱了去:

"白菜半角,牛肉一角半,豆腐六个铜板,洋蕃薯半角……"她说着就数出刚刚不多也不少的钱来。

"牛肉越买越少啦!只值得一角铜钱!白菜又坏!哪里要十二个铜板一斤!"当李妈回来的时候,太太这样气愤的说。

有几次,太太还故意叫她在家多洗一点东西,自己却提着篮子,亲自买菜去了。

李妈渐渐不安了。她每次买菜,没有一次不拣了又拣,这里还价,那里还价，跑了半天才把最上算的买了来。她自己没有赚过一个铜板。她不是不晓得赚钱，是她不愿意。她亲眼看见许多娘姨在小菜场买的一角钱菜，回来报一角半的账。有时隔壁的林妈还教她也学着做：东家叫你买一斤白菜，你只买十二两；十二铜板一斤的，告诉她十六个铜板！但是李妈不愿意，她觉得这样很卑贱。做得规矩，东家喜欢，自然会加薪工的。然而像她这样诚实，东家却把她和别的娘姨一样看待了。虽然不像以前那个东家似的恶狠狠的骂她，说的话可更叫她受不住，面色也非常难看。

"揩油吃油！吃油揩油！"这已经不止一次了，二少爷在她的面前故意这样似唱非唱的说着走了过去，有时还假装不经意的踢她一脚。

有一次，当她要洗衣服，向太太去要肥皂的时候，太太几乎骂了：

"前天才交给你，今天又来拿！难道这东西不值钱，还是我们偷来的？前天的哪里去啦？狗拖去了吗？……"

她并不计算一下，这两天来，李妈洗了多少衣服，也不想一想，二少爷在学校里做点什么，一套一套的衣服全弄得墨迹，泥迹，而三少爷的衣服是满了奶迹屎迹尿迹的；也不曾仔细看一看，给他们洗得多么白。

东家完全把她当做一个什么都要揩油的人了。他们随便什么都收藏了起来，要用的时候，让李妈自己去讨，又用眼睛盯着她。他们有什么寻不着，也来问李妈，仿佛她不仅会揩油，而且还会挖开他们的箱子偷东西似的。

李妈现在只有一肚子的闷气，说不出话来，也没有对谁可以说。她本来已经没有几个亲人，一到上海连半个也没有了。有一次隔壁的林妈在后门口找着她说几句闲话，立刻被太太责备了一场，像怕她们在串通着做什么勾当似的。她想到从前丈夫在的时候，有说有笑，自由自在，用自己的气力，吃自己的饭，禁不住眼泪簌簌滚了下来。她现在过着什么样子的日子！她日夜劳苦着，仅仅为了四元钱的代价，诚实得和对自己一样，东家却还不把她当做一个人看待！她怎能吃得下饭，安心做下去呢？

"现在越来越不成样啦！"太太又埋怨了。"只看见你一个人坐着胡思乱想，事情也不做！要享福，到家里去！躲什么懒！"

太太给她的工作愈加多了，她想：你越躲懒，我越叫你多做一点！一天到晚不让她休息。扫了地不久，又叫她去扫了。才洗过地板，又在催着去洗了。刚刚买了香烟来，又叫她去买花生米，买了花生米回来，又叫她去买鸡蛋糕。不往街上跑，便在家里抱小孩，小孩睡了，便去补旧衣服。现在不要穿的东西也从箱底里翻出来了。

"混帐！不愿意做，就滚蛋！"太太愈加凶了。她也和从前那一个东家似的骂了起来。

李妈怎能受得住？她至少也得还几句嘴的。然而吃她的饭又怎样做得？她能够不吃她的饭，再坐到丁老荐头行的门口去吗？别人的讥笑，丁老荐头的难看的脸色，且不管它，只是她吃什么呢？她的阿宝怎样过日子呢？她不是每个月须寄钱给姑母吗？现在已经到上海一个多月了，还没有弄到一个钱！这一个月的薪工虽说是四元，已经给丁老荐头拿了八角荐头钱去了。如果再换东家，她又须坐在荐头行里等待着，谁能知道要等一个月还是半个月才再找到新的东家呢？即使一去就有了东家，四元钱一个月的薪工，可又得给丁老荐头扣去八角钱的荐头钱，一个月换一个东家，她只实得三元二角薪工，一个月换二次东家，她愈加吃亏，只实得二元四角，好处全给丁老荐头得了去，他两边拿荐头钱，连车钱倒有五六元。万一再是这里试三天，那里试三天，又怎么样呢？她一个人只要有饭吃还不要紧，她的阿宝又怎样活下去呢？

她这样一想，不觉愣住了。她没有别的办法，她只有忍辱挨骂的过下去，甚至连打，也得忍受着的。

但是东家看出她这种想头，愈加对她凶了。每一分钟，都给她派定了工作，不让她休息。而且骂的话比从前的东家还利害了。老爷也骂，二少爷也骂，偶然回来一次的大少爷也骂了。一天到晚，谁也没有对她好面色，好听的话。

李妈终于忍耐不住了。不到一个月，只好走了。

"人总是人！不是石头，也不是畜生！"她说。

四

李妈现在又坐在丁老荐头行的门口了。她要找一个好的东家。她想，所有做东家的人决不会和从前两个东家一般恶。

但是在最近的半个月中，她又一连的试做了三次，把她从前的念头打消了。

"天下老鸦一般黑！"这是她所得到的结论。这个刻薄，那个凶，全没有把娘姨当做人看待。没有一个东家不怕娘姨偷东西，时时刻刻在留心着。也没有一个东家不骂娘姨躲懒的。做得好是应该，做得不好扣工钱，还要挨打挨骂。

"到底也是人！到底也是爹娘养的！"李妈想。她渐渐发气了。

"没有一家会做得长久！"这不仅她一个人是这样，所有的娘姨全是这样的。丁老荐头行里的娘姨没有一个不是去了又来，来了又去。她亲眼看见隔壁的，对面的荐头行里的娘姨也全是如此。

然而这些人可并没有像她那样的苦恼，她们都比她穿得好些，吃得好些。她们并没有从家里寄钱来，反而她们是有钱寄到家里去的。她们一样有家眷。有些人甚至还有三四个孩子，也有些人有公婆，也有些人有吃鸦片的丈夫。

李妈起初没注意，后来渐渐明白了。她首先看出来的是，那些"老上海"决不做满三天便被人家辞退。李妈见着荐头行把保单写定以后，以为她们一定会在那里长做下去，但不到一个月，她们却又回来坐在荐头行的门口了。

"试做三天，不是人家就留了你吗？怎么不到一个月又回来了呢？"

"你想在哪了个东家过老吗？不要妄想！""老上海"的娘姨回答她说。

"那末你不是吃了亏？白付了荐头钱，现在又丢了事？"

"还不是东家的钱！傻瓜！"

李妈不明白。她想：东家自己付的荐头钱更多，哪里还会再给娘姨付荐头钱？但是她随后明白了：那是揩了油。她已经亲眼看见过别的娘姨是怎样揩油的。她觉得这很不正当。做娘姨的好好做下去，薪工自然会——

她突然想到那些东家了：他们都是这样说的，可是以后又怎么样呢？不加薪工，还要骂，还要打！不揩油，也当做揩油！不躲懒，也是躲懒！谁能做得长久呢？

李妈现在懂得了。她可也并不生来是傻瓜！

新的东家又有了。她不再看做可以长久做下去。三天一过，她准备着随时给东家辞退了。

"娘姨！这东西哪里这样贵呀？"

"你自己去买吧！看看别的娘姨怎样买的！"她先睁起眼睛来，比东家还恶。

"咳！难道问你不得！"

"早就告诉过你，几个铜板一斤！不相信我，另外请过一个，我也做不下去！"她拿起包袱要走了。

"走就走！"太太说着。但是她心里一想，丁老荐头来一次要车钱，换娘姨又得换保单，换保单又得出荐头钱，也划不来，只好转弯了。"我随便问问你，你就生气啦！我并没有赶你走！"

李妈又留下了。她可并不愿意走。然而她也仍然随时准备着走。

"上午煮了这许多菜，怎么就没有啦，娘姨。"

"剩下的菜谁要吃！倒给叫化子的去啦！"

"什么话！这样好的菜也倒掉了！"太太发气了。

"你要吃，明天给你留着！我可不高兴吃！"

第二天她把剩菜全搬出来了，连剩下的菜汤也在内。

太太气得面色一阵青一阵红，说不出话来。她要退了她，又觉得花不来，而且荐头行里的娘姨全是一个样：天下老鸦一般黑！反而吃亏荐头钱，车钱！她又只得忍住了。

"衣服洗得快一点，不好吗？娘姨！老是这样慢！"

"你只晓得洗得慢！不晓得脏得什么样！"她站了起来，把衣服丢开了。"我不会做，让我回去！"但是太太不说要她走，她也不走了。她索性每天上午不洗衣服了，留到下午去洗。每天晚上，吃完饭，她便倒在床上，想她自己的事情，或者和别的娘姨闲谈去了。

"晚上是我自己的工夫！"她说。"管不得我！"

老爷常常在外面打麻将，十二点钟以后才回来。她不高兴时，就睡在床上不起来，让太太自己去开门。

"门也不开吗？"

"我睡熟了，哪里听见！比不得你们白天好睡午觉！"

有时李妈揩了油，终于给太太查出来了。但是她毫不怕，也不红脸，她泰然的说：

"哪一个娘姨不揩油！不揩油的事情谁高兴做！一个月只拿你这一点工钱，我们可也有子女！"

她的脾气越变越坏了。东家的小孩，也都怕了她，她现在不肯再被他们踢打，她睁着凶恶的眼睛走了近去，打他们了。

然而东家有的是钱,终于不得不多花一点荐头钱和车钱,又把她辞退了。

李妈可并不惋惜,她只要在那里做上一个礼拜,她就已经赚上了个把月的工钱哩!

五

她又坐在丁老荐头行的门口了。她现在已经是一个十足的"老上海"。那里的娘姨不再讥笑她,谁都同她要好了。

"现在你和我们是一伙啦!"别的人拍拍她的腿子说。

丁老荐头也对她特别看重起来。每次的事情,就叫她去挡头阵。

她现在不愁没有饭吃了。这家出来,那家进去;那家出来,这家进去。丁老荐头行成了她的家,一个月里总要在那里住上几天。

每次当汽车在她的面前呜呜的飞似的驰过去的时候,她仿佛看见了她的阿宝坐在那车里。

"现在我们也翻身啦!"她喃喃的自言自语的说。

许是不至于罢

一

有谁愿意知道王阿虞财主的情形吗？——请听乡下老婆婆的话：

"啊唷，阿毛，王阿虞的家产足有二十万了！王家桥河东的那所住屋真好呵！围墙又高屋又大，东边轩子，西边轩子，前进后进，前院后院，前楼后楼，前街后街密密的连着，数不清有几间房子！左弯右弯，前转后转，像我这样年纪的老大婆走进去了，还能钻得出来吗？这所屋真好，阿毛！他屋里的橡子板壁不像我们的橡子板壁，他的橡子板壁都是红油油得血红的！石板不像我们这里的高高低低，屋柱要比我们的大一倍！屋檐非常阔，雨天来去不会淋到雨！每一间房里都有一个自鸣钟，桌子椅子是花梨木做的多，上面都罩着绒的布！这样的房子，我不想多，只要你能造三五间给我做婆婆的住一住，阿毛，我也就心满意足了。……

"他的钱哪里来的呢？这自然是运气好，开店赚出来的！你看，他现在在小碶头开了几爿店：一爿米店，一爿木行，一爿砖瓦店，一个砖瓦厂。除了这自己开的几爿店外，小碶头的几爿大店，如可富绸缎店，开成南货店，新时昌酱油店都有他的股份。——新开张的仁生堂药店，文记纸号，一定也有他的股份！这爿店年年赚钱，去年更好，听说赚了二万，——有些人说是五万！他店里的伙计都有六十元以上的花红，没有一个不眉笑目舞，一个姓陈的学徒，也分到五十元！今年许多大老板纷纷向王阿虞荐人，上等的职司插不进，都要荐学徒给他。隔壁阿兰嫂是他嫡堂的嫂嫂，要荐一个表侄去做他店里的学徒，说是只肯答应她'下年'呢！啊，阿毛，你若是早几年在他店里做学徒，现在也可以赚大铜钱了！小碶头离家又近，一杯热茶时辰就可走到，哪一天我要断气了，你还可以奔了来送终！……

"'钱可通神'，是的确的，阿毛，王阿虞没有读过几年书，他能不能写信还说不定，一班有名的读书人却和他要好起来了！例如小碶头的自治会长周伯谋，从前在县衙门做过师爷的顾阿林那些人，不是容易奉承得上的。你将来若是也能发财，阿毛，这些人和你相交起来，我做婆婆的也可以扬眉吐气，不会再像现在的被人家欺侮了！……"

二

欢乐把微笑送到财主王阿虞的唇边，使他的脑中涌出无边的满足：

"难道二十万的家产还说少吗？一县能有几个二十万的则主？哈哈！丁旺，财旺，是最要紧的事情，我，都有了！四个儿子虽不算多，却也不算少。假若他们将来也像我这样的不会生儿子，四四也有十六个！十六再用四乘，我便有六十四个的曾孙子！四六二百四十，四四十六，二百四十加十六，我有二百五十六个玄孙！

哈哈哈！……玄孙自然不是我可以看见的，曾孙，却有点说不定。像现在这样的鲜健，谁能说我不能活到八九十岁呢？其实没有看见曾孙也并没有什么要紧，能够看见这四个儿子统统有了一个二个的小孩也算好福气了。哈哈，现在大儿子已有一个小孩，二媳妇怀了妊，过几天可以娶来的三媳妇如果再生得早，二年后娶四媳妇，三年后四个儿子便都有孩子了！哈哈，这有什么难吗？……

"有了钱，做人真容易！从前阿姆对我说，她穷的时候受尽人家多少欺侮，一举一动不容说都须十分的小心，就是在自己的屋内和自己的人讲话也不能过于随便！我现在走出去，谁不嘻嘻的喊我'阿叔''阿伯'？非常恭敬的对着我？许多的纠纷争斗，没有价值的人去说得喉咙破也不能排解，我走去只说一句话便可了事！哈哈！……

"王家桥借钱的人这样多，真弄得我为难！真是穷的倒也罢了，无奈他们借了钱多是吃得好好，穿得好好的去假充阔老！也罢，这毕竟是少数，又是自己族内人，我不妨手头宽松一点，同他们发生一点好感。……

"哈哈，三儿的婚期近了，二十五，初五，初十，只有十五天了！忙是要一天比一天忙了，但是现在已经可以说都已预备齐全。新床，新橱，新桌，新凳，四个月前都已漆好，房子里面的一切东西，前天亦已摆放的妥贴，各种事情都有人来代我排布，我只要稍微指点一下就够了。三儿，他做我的儿子真快活，不要他担，不要他扛，只要到了时辰拖着长袍拜堂！哈哈！……"

突然，财主脸上的笑容隐没了。忧虑带着绉纹侵占到他的眉旁，使他的脑中充满了雷雨期中的黑云：

"上海还正在开战，从衢州退到宁波的军队说是要独立，不管他谁胜谁输，都是不得了的事！败兵，土匪，加上乡间的流氓！无论他文来武来，架我，架妻子，架儿子或媳妇，这二十万的家产总要弄得一秃精光的了！咳咳！……命，而且性命有没有还难预料！如果他捉住我，要一万就给他一万，要十万就给他十万，他肯放我倒也还好，只怕那种人杀人惯了没有良心，拿到钱就是砰的一枪怎么办？……哦，不要紧！躲到警察所去，听到风头不好便早一天去躲着！——啊呀，不好！扰乱的时候，警察变了强盗怎么办？……宁波的银行里去？——银行更要被抢！上海的租界去？路上不太平！……呵，怎么办呢？——或者，菩萨会保佑我的？……"

三

九月初十的吉期差三天了，财主的大屋门口来去进出的人如鳞一般的多，如梭一般的忙。大屋内的各处柱上都贴着红的对联，有几间门旁贴着"局房"、"库房"等等的红条，院子的上面，搭着雪白的帐篷、篷的下面结着红色的彩球。玻璃的花灯，分出许多大小方圆的种类，挂满了堂内堂外，轩内轩外，以及走廊等处。凡是财主的亲戚都已先后于吉期一星期前全家老小的来了。帮忙时帮忙，没有忙可帮时他们便凑上四人这里一桌，那里一桌的打牌。全屋如要崩倒似的喧闹，清静连在夜深也不敢来窥视了。

财主的心中深深的藏着隐忧，脸上装出微笑。他在喧哗中不时沉思着。所有的嫁妆已破例的于一星期前分三次用船秘密接来，这一层可以不必担忧。现在只怕人手繁杂，盗贼混入和花轿抬到半途，新娘子被土匪劫去。上海战争得这样利害，宁波独立的风声又紧，前几天镇海关外都说有四只兵舰示威。那里的人每天有不少搬到乡间来。但是这里的乡间比不来别处，这里离镇海只有二十四里！如果海军在柴桥上陆去拊宁波或镇海之背，那这里便要变成战场了！

吉期越近，财主的心越慌了。他叮嘱总管一切简省，不要力求热闹。从小碑头，他又借来了几个警察。他在白天假装着镇静，在夜里睡不熟觉。别人嘴里虽说他眼肿是因为忙碌的缘故，其实心里何尝不晓得他是为的担忧。

远近的贺礼大半都于前一天送来。许多贺客因为他是财主，恐怕贺礼过轻了难看，都加倍的送。例如划船的阿本，他也借凑了一点去送了四角。

王家桥虽然是在山内，人家喊它为"乡下"，可是人烟稠密得像一个小镇。几条大小路多在屋衖里穿过。如果细细的计算一下，至少也有五六百人家。(他们都是一些善人，男女老幼在百忙中也念"阿弥陀佛"。)这里面，没有送贺礼的大约还没有五十家，他们都想和财主要好。

吉期前一天晚上，喜筵开始了。这一餐叫做"杀猪饭"，因为第二日五更敬神的猪羊须在那晚杀好。照规矩，这一餐是只给自己最亲的族内和办事人吃的，但是因为财主有钱，菜又好，桌数又备得多，远近的人多来吃了。

在那晚，财主的耳膜快被"恭喜"撞破了，虽然他还不大出去招呼！

第二天，财主的心的负担更沉重了。他夜里做了一个恶梦：一个穿缎袍的不相识的先生坐着轿子来会他。他一走出去那个不相识者便和轿夫把他拖入轿内，飞也似的抬着他走了。他知道这就是所谓土匪架人，他又知道，他是做不得声的，他只在轿内缩做一团的坐着。跑了一会，仿佛跑到山上了。那土匪仍不肯放，只是满山的乱跑。他知道这是要混乱追者的眼目，使他们找不到盗窟。忽然，轿子在岩石上一撞，他和轿子就从山上滚了下去……他醒了。

他醒来不久，大约五更，便起来穿带着带了儿子拜祖先了。他非常诚心的恳切的——甚至眼泪往肚里流了——祈求祖先保他平安。他多拜了八拜。

早上的一餐酒席叫"享先饭"，也是只给最亲的族内人和办事人吃的，这一餐没有外客来吃。

中午的一餐是"正席"，远近的贺客都纷纷于十一时前来到了。花轿已于九时前抬去接新娘子，财主暗的里捏着一把汗。贺客填满了这样大的一所屋子，他不敢在人群中多坐多立。十一点多，正席开始了。近处住着的人家听见大屋内在奏乐，许多小孩子多从隔河的跑了过去，或在隔河的望着。有几家妇女可以在屋上望见大屋的便预备了一个梯子，不时的爬上去望一望，把自己的男孩子放到屋上去，自己和女孩站在梯子上。他们都知道花轿将于散席前来到，她们又相信财主家的花轿和别人家的不同，财主家的新娘子的铺陈比别人家的多，财主家的一切花样和别人家的不同，所以她们必须扩一扩眼界。

喜酒开始了一会，财主走了出来向大众道谢，贺客们都站了起来：对他恭喜，而且扯着他要他喝敬酒。——这里面最殷勤的是他的本村人。——他推辞不掉，便高声的对大众说："我不会喝酒，但是诸位先生的盛意使我不敢因拒，我只好对大家喝三杯了！"于是他满满的喝了三杯，走了。

贺客们都非常的高兴，大声的在那里猜拳，行令，他们看见财主便是羡慕他的福气，尊敬他的忠实，和气。王家桥的贺客们，脸上都露出一种骄傲似的光荣，他们不时的称赞财主，又不时骄傲的说，王家桥有了这样的一个财主。他们提到财主，便在"财主"上加上"我们的"三字，"我们的财主！"表示财主是他们王家桥的人！

但是忧虑锁住了财主的心，不让它和外面的喜气稍稍接触一下。他担忧着路上的花轿，他时时刻刻看壁上的钟，而且不时的问总管先生轿子快到了没有。十一点四十分，五十分，十二点，钟上的指针迅速的移了过去，财主的心愈加慌了。他不敢把自己所忧虑的事情和一个亲信的人讲，他恐怕自己的忧虑是空的，而且出了口反不利。

十二点半，妇人和孩子们散席了，花轿还没有来。贺客们都说这次的花轿算是到得迟了，一些老婆婆不喜欢看新娘子，手中提了一包花生，橘子，蛋片，肉圆等物先走了。孩子们都在大门外游戏，花轿来时他们便可以先望到。

十二点五十五分了；花轿还没有来！财主问花轿的次数更多了，"为什么还不到呢？为什么呢？"他微露焦急的样子不时的说。

钟声突然敲了一下。

长针迅速的移到了一点十五分。贺客统统散了席，纷纷的走了许多。

他想派一个人去看一看，但是他不敢出口。

壁上时钟的长针尖直指地上了，花轿仍然没有来。

"今天的花轿真迟！"办事人都心焦起来。

长针到了四十分。

财主的心突突的跳着：抢有钱人家的新娘子去，从前不是没有听见过。

忽然，他听见一阵喧哗声，——他突然站了起来。

"花轿到了！花轿到了！"他听见门外的孩子们大声的喊着。

于是微笑飞到了他的脸上，他的心的重担除掉了。

"门外放了三个大纸炮，无数的鞭炮，花轿便进了门。

站在梯子上的妇女和在别处看望着的人都看见抬进大门的只有一顶颜色不鲜明的，形式不时新的旧花轿，没有铺陈，也没有吹手，花轿前只有两盏大灯笼。于是他们都明白了财主的用意，记起了几天前晚上在大屋的河边系着的几只有篷的大船，他们都佩服财主的措施。

四

是黑暗的世界。风在四处巡游,低声的打着呼哨。屋子惧怯的屏了息,敛了光伏着。岸上的树战栗着,不时发出低微的凄凉的叹息;河中的水慌张的拥挤着,带着一种几乎听不见的呜咽。一切,地球上的一切仿佛往下的,往下的沉了下去。……

突然一种慌乱的锣声被风吹遍了村上的各处,惊醒了人们的欢乐的梦,忧郁的梦,悲哀的梦,骇怖的梦,以及一切的梦。

王家桥的人都在朦胧中惊愕的翻起身来。

"乱锣!火!火!……"

"是什么铜锣?大的,小的?"

"大的!是住家铜锣!火在屋前屋后!水龙铜锣还没有敲!——快!"

王家桥的人慌张的起了床,他们都怕火在自己的屋前屋后。一些妇女孩子带了未尽的梦,疯子似的从床上跳了下来,发着抖,衣服也不穿。他们开了门出去四面的望屋前屋后的红光。——但是没有,没有红光!屋上的天墨一般的黑。

细听声音,他们知道是在财主王阿虞屋的那一带。但是那边也没有红光。

自然,这不是更锣,不是喜锣,也不是丧锣,一听了接连而慌张的锣声,王家桥的三岁小孩也知道。

他们连忙倒退转来,关上了门。在房内,他们屏息的听着。

"这锣不是报火!"他们都晓得。"这一定是哪一家被抢劫!"

并非报火报抢的锣有大小的分别,或敲法的不同,这是经验和揣想告诉他们的。他们看不见火光,听不见大路上的脚步声,也听不见街上的水龙铜锣来接。

那末,到底是哪一家被抢呢?不消说他们立刻知道是财主王阿虞的家了。试想:有什么愚蠢的强盗会不抢财主去抢穷主吗?

"强盗是最贫苦的人,财主的钱给强盗抢些去是好的,"他们有这种思想吗?没有!他们恨强盗,他们怕强盗,一百个里面九十九个半想要做财主。那末他们为什么不去驱逐强盗呢?甚至大家不集合起来大声的恐吓强盗呢?他们和财主有什么冤恨吗?没有!他们尊敬财主,他们中有不必向财主借钱的人,也都和财主要好!他们只是保守着一个原则:"管自己!"

锣声约莫响了五分钟之久停止了。

风在各处巡游,路上静静的没有一个人走动。屋中多透出几许灯光,但是屋中人都像沉睡着的一般。

半点钟之后,财主的屋门外有一盏灯笼,一个四五十岁的木匠——他是财主最亲的族内人——和一个相等年纪的粗做女工——她是财主屋旁的小屋中的邻居——隔着门在问门内的管门人:

"去了吗?"

"去了。"

"几个人?"

"一个。是贼!"

"哦,哦!偷去什么东西?"

"七八只皮箱。"

"贵重吗?"

"还好。要你们半夜到这里来,真真对不起!"

"笑话,笑话!明天再见罢!'

"对不起,对不起!"

这两人回去之后，路上又沉寂了。数分钟后，前后屋中的火光都消灭了。

于是黑暗又继续的统治了这世界，风仍在四处独自的巡游，低声的打着呼哨。

五

第二天，财主失窃后的第一天，曙光才从东边射出来的时候，有许多人向财主的屋内先后的走了进去。

他们，都是财主的本村人，和财主很要好。他们痛恨盗贼，他们都代财主可惜，他们没有吃过早饭仅仅的洗了脸便从财主的屋前屋后走了出来。他们这次去并不是想去吃财主的早饭，他们没有这希望，他们是去"慰问"财主——仅仅的慰问一下。

"昨晚受惊了，阿哥。"

"没有什么。"财主泰然的回答说。

"这真真想不到！——我们昨夜以为是哪里起了火，起来一看，四面没有火光，过一会锣也不敲了，我们猜想火没有穿屋，当时救灭了，我们就睡了。……"

"哦，哦！……"财主笑着说。

"我们也是这样想！"别一个人插入说。

"我们倒疑是抢劫，只是想不到是你的家里……"又一个人说。

"是哪，铜锣多敲几下，我们也许听清楚了……"又一个人说。

"真是，——只敲一会儿。我们又都是朦朦胧胧的。"又一个人说。

"如果听出是你家里敲乱锣，我们早就拿着扁担、门闩来了。"又一个人说。

"哦，哦！哈哈！"财主笑着说，表示感谢的样子。

"这还会不来！王家桥的男子又多！"又一个人说。

"我们也来的！"又是一个。

"自然，我们不会看着的！"又是一个。

"一二十个强盗也抵不住我们许多人！"又是一个。

"只是夜深了，未免太对不住大家！——哦，昨夜也够惊扰你们了，害得你们睡不熟，现在又要你们走过来，真真对不起！"财主对大众道谢说。

"没有什么，没有什么！"大家都齐声的回答。

"昨夜到底有几个强盗？"一个人问。

"一个。不是强盗，是贼！"

"呀，还是贼吗？偷去什么？"

"偷去八只皮箱。"

"是谁的？新娘子的？"

"不是。是老房的，我的先妻的。"

"贵重不贵重？"

"还好，只值一二百元。"

"是怎样走进来的，请你详细讲给我们听听。"

"好的，"于是财主便开始叙述昨夜的事情了。"半夜里，我正睡得很熟的时候，我的妻子把我推醒了，她轻轻的说要我仔细听。于是我听见后房有脚步声，移箱子声。我怕，我不知道是贼，我总以为是强盗。我们两人听了许久不敢做声，过了半点钟，我听见没有撬门声，知道并不想到我的房里来，也不见有灯光，才猜到是贼，于是听到贼拿东西出去时，我们立刻翻起身来，拿了床底下的铜锣，狠命的敲，一面紧紧的推着房门。这样，屋内的人都起来了，贼也走了。贼是用竹竿爬进来的，这竹竿还在院子内。大约他进了墙，便把东边的门开开，又把园内的篱笆门开开，留好了出路。他起初是想偷新娘子的东西。他在新房的窗子旁的板壁上挠了一个大大的洞，但是因为里面钉着洋铁，他没有法子想，到我的后房来了。凑巧徼堂门没有关，于是他走到后房门口，把门撬了开来。……"

这时来了几个人，告诉他离开五六百步远的一个墓地中，遗弃着几只空箱子。小碶头来了十几个警察和一个所长。于是这些慰问的人都退了出来。财主作揖打恭的比以前还客气，直送他们到大门外。慰问的客越来越多了。除了王家桥外，远处也有许多人来。

下午，在人客繁杂间，来了一个新闻记者，这个新闻记者是宁波S报的特约通讯员，他在小碶头的一个小学校当教员。财主照前的详细讲给他听。

"那末，先生对于本村人，就是说对于王家桥人，满意不满意，他们昨夜听见锣声不来援助你？"新闻记者听了财主的详细的叙述以后，问。

"没有什么不满意。他们虽然没有来援助我，但是他们现在并不来破坏我。失窃是小事。"财主回答说。

"唔，唔！"新闻记者说，"现今，外地有一班讲共产主义者都说富翁的钱都是从穷人手中剥夺去的，他们都主张抢回富翁的钱，他们说这是真理，先生，你听见过吗？"

"哦哦！这，我没有听见过。"

"现在有些人很不满意你们本村人坐视不助，但照鄙人推测，恐怕他们都是和共产党有联络的。鄙人到此不久，不识此地人情，不知先生以为如何？"

"这绝对没有的事情！"财主决然的回答说。

"有些人又以为本村人对于有钱可借有势可靠的财主尚不肯帮助，对于无钱无势的人家一定要更进一步而至于欺侮了。——但不知他们对于一般无钱无势的人怎么样？先生系本地人必所深识，请勿厌啰嗦，给我一个最后的回答。"

"唔，唔，本村人许是不至于罢！"财主想了一会，微笑的回答说。于是新闻记者便告辞的退了出来。

慰问的客踏穿了财主的门限，直至三日五日后，尚有不少的人在财主的屋中进出。听说一礼拜后，财主吃了一斤十全大补丸。

银　变

一

赵老板清早起来，满面带着笑容。昨夜梦中的快乐到这时还留在他心头，只觉得一身通畅，飘飘然像在云端里荡漾着一般。这梦太好了，从来不曾做到过，甚至十年前，当他把银条银块一箩一箩从省城里秘密的运回来的时候。

他昨夜梦见两个铜钱，亮晶晶的在草地上发光，他和二十几年前一样的想法，这两个铜钱可以买一篮豆牙菜，赶忙弯下腰去，拾了起来，揣进自己的怀里。但等他第二次低下头去看时，附近的草地上却又出现了四五个铜钱，一样的亮晶晶的发着光，仿佛还是雍正的和康熙的，又大又厚。他再弯下腰去拾时，看见草地上的钱愈加多了。……倘若是银元，或者至少是银角呵，他想，欢喜中带了一点惋惜……但就在这时，怀中的铜钱已经变了样了：原来是一块块又大又厚的玉，一颗颗又光又圆的珠子，结结实实的装了个满怀……现在发了一笔大财了，他想，欢喜得透不过气来……于是他醒了。

当，当，当，……壁上的时钟正敲了十二下。

他用手摸了一摸胸口，觉得这里并没有什么，只有一条棉被盖在上面。这是梦，他想，刚才的珠王是真的，现在的棉被是假的。他不相信自己真的睡在床上，用力睁着眼，踢着脚，握着拳，抖动身子，故意打了几个寒噤，想和往日一般，要从梦中觉醒过来。但是徒然，一切都证明了现在是醒着的：棉被，枕头，床子和冷静而黑暗的周围。他不禁起了无限的惋惜，觉得平白的得了一笔横财，又立刻让它平白的失掉了去。失意的听着呆板的的答的答的钟声，他一直翻来覆去，有一点多钟没有睡熟，后来实在疲乏了，忽然转了念头，觉得虽然是个梦，至少也是一个好梦，才心定神安的打着鼾睡熟了。

清早起来，他还是这样想着：这梦的确是不易做到的好梦。说不定他又该得一笔横财了，所以先来了一个吉兆。别的时候的梦不可靠，只有夜半十二时的梦最真实，尤其是每月初一月半——而昨天却正是阴历十一月十五。

什么横财呢？地上拾得元宝的事，自然不会有了。航空奖券是从来舍不得买的。但开钱庄的老板却也常有得横财的机会。例如存户的逃避或死亡，放款银号的倒闭，在这天灾人祸接二连三而来，百业凋零的年头是普通的事。或者现在法币政策才宣布，银价不稳定的时候，还要来一次意外的变动。或者这梦是应验在……

赵老板想到这里，欢喜得摸起胡须来。看相的人说过，五十岁以后的运气是在下巴上，下巴上的胡须越长，运气越好。他的胡须现在愈加长了，正像他的现银越聚越多一样——哈，法币政策宣布后，把现银运到日本去的买卖愈加赚钱了！前天他的大儿子才押着一批现银出去。说不定今天明天又要来一批更好的买卖哩！

昨夜的梦，一定是应验在这上面啦，赵老板想。在这时候，一万元现银换得二万元纸币也说不定，上下午的行情，没有人捉摸得定，但总之，现银越缺乏，现银的价格越高，谁有现银，谁就发财。中国不许用，政府要收去，日本可是通用，日本人可是愿意出高价来收买。这是他合该发财了，从前在地底下埋着的现银，忽然变成了珠子和玉一样的宝贵。——昨夜的梦真是太妙了，倘若铜钱变了金子，还不算希奇，因为金子的价格到底上落得不多，只有珠子和玉是没有时价的。谁爱上了它，可以从一元加到一百元，从一千元加到一万元。现在现银的价格就是这样，只要等别地方的现银都收完了，留下来的只有他一家，怕日本人不像买珠子和玉一样的出高价。而且这地方又太方便了，长丰钱庄正开在热闹的毕家碶上，而热闹的毕家碶却是乡下的市镇，比不得县城地方，'容易惹人注目；而这乡下的毕家碶却又在海边，驶出去的船只只要打着日本旗子，通过两三个岛屿，和停泊在海面假装渔船的日本船相遇，便万事如意了。这买卖是够平稳了。毕家碶上的公安派出所林所长和赵老板是换帖的兄弟，而林所长和水上侦缉队李队长又是换帖的兄弟。大家分一点好处，明知道是私运现银，也就不来为难了。

"哈，几个月后，"赵老板得意的想："三十万财产说不定要变做三百万啦！这才算是发了财！三十万算什么！……"

他高兴的在房里来回的走着，连门也不开，像怕他的秘密给钱庄里的伙计们知道似的。随后他走近账桌，开开抽屉，翻出一本破烂的增广玉匣记通书出来。这是一本木刻的百科全书，里面有图有符，人生的吉凶祸福，可以从这里推求，赵老板最相信它，平日闲来无事，翻来覆去的念着，也颇感觉有味。现在他把周公解梦那一部分翻开来了。

"诗曰：夜有纷纷梦，神魂预吉凶……黄粱巫峡事，非此莫能穷。"他坐在椅上，摇头念着他最记得的句子，一面寻出了"金银珠玉绢帛第九章"，细细的看了下去。

金钱珠玉大吉利——这是第二句。

玉积如山大富贵——第五句。

赵老板得意的笑了一笑，又看了下去。

珠玉满怀主大凶……

赵老板感觉到一阵头晕，伏着桌子喘息起来了。

这样一个好梦会是大凶之兆，真使他吃吓不小。没有什么吉利也就罢了，至少不要有凶；倘是小凶，还不在乎，怎么当得起大凶？这大凶从何而来呢？为了什么事情呢？就在眼前还是在一年半年以后呢？

赵老板忧郁的站了起来，推开通书，缓慢的又在房中踱来踱去的走了，不知怎样，他的脚忽然变得非常沉重，仿佛陷没在泥渡中一般，接着像愈陷愈下了，一直到了胸口，使他感觉到异样的压迫，上气和下气被什么截做两段，连结不起来。

"珠玉满怀……珠玉满怀……"他喃喃的念着，起了异样的恐慌。

他相信梦书上的解释不会错。珠玉不藏在箱子里，藏在怀里，又是满怀，不用说是最叫人触目的，这叫做露财。露财便是凶多吉少。例如他自己，从前没有钱的时候，是并没有人来向他借钱的，无论什么事情，他也不怕得罪人家，不管是有钱的人或有势的人，但自从有了钱以后，大家就来向他借钱了，今天这个，明天那个，忙个不停，好像他的钱是应该分给他们用的；无论什么事情，他都不敢得罪人了，尤其是有势力的人，一个不高兴，他们就说你是有钱的人，叫你破一点财。这两年来市面一落千丈，穷人愈加多，借钱的人愈加多了，借了去便很难归还，任凭你催他们十次百次，或拆掉他们的屋子把他们送到警察局里去。

"天下反啦！借了钱可以不还！"他愤怒的自言自语的说。"没有钱怎样还吗？谁叫你没有钱！没有生意做——谁叫你没有生意做呢？

哼……"

赵老板走近账桌，开开抽屉，拿出一本账簿来。他的额上立刻聚满了深长的皱痕，两条眉毛变成弯曲的毛虫。他禁不住叹了一口气。欠钱的人太多了，五元起，一直到两三千元，写满了厚厚的一本簿子。几笔上五百一千的，简直没有一点希望，他们有势也有钱，问他借钱，是明敲竹杠。只有那些借得最少的可以紧迫着催讨，今天已经十一月十六，阳历是十二月十一了，必须叫他们在阳历年内付清。要不然——休想太太平平过年！

赵老板牙齿一咬，鼻子的两侧露出两条深刻的弧形的皱纹来。他提起笔，把账簿里的人名和欠款一一摘录在一个手摺上。

"毕尚吉……哼！"他愤怒的说，"老婆死了也不讨，没有一点负担，难道二十元钱也还不清吗？一年半啦！打牌九，叉麻将就舍得！——这次限他五天，要不然，拆掉他的屋子！不要面皮的东西！——吴阿贵……二十元……赵阿大……三十五……林大富……十五……周菊香……"

赵老板连早饭也咽不下了，借钱的人竟有这么多，一直抄到十一点钟。随后他把唐账房叫了来说：

"给我每天去催，派得力的人去！……过了限期，通知林所长，照去年年底一样办！……"

随后待唐账房走出去后，赵老板又在房中不安的走了起来，不时望着壁上的挂钟。已经十一点半了，他的大儿子德兴还不见回来。照预定的时间，他应该回来一点多钟了。这孩子做事情真马虎，二十三岁了，还是不很可靠，老是在外面赌钱弄女人。这次派他去押银子，无非是想叫他吃一点苦，练习做事的能力。因为同去的同福木行姚经理和万隆米行陈经理都是最能干的人物，一路可以指点他。这是最秘密的事情，连自己钱庄里的人也只知道是赶到县城里去换法币。赵老板自己老了，经不起海中的波浪，所以也只有派大儿子德兴去。这次十万元现银，赵老板名下占了四万，剩下来的六万是同福木行和万隆米行的。虽然也多少冒了一点险，但好处却比任何的买卖好。一百零一元纸币掉进一百元现银，卖给××人至少可作一百十元，像这次是作一百十五元算的，利息多么好呵！再过几天，一百二十，一百三十，也没有人知道！

赵老板想到这里，不觉又快活起来，微笑重新走上了他的眉目间。

"赵老板！"

赵老板知道是姚经理的声音，立刻转过身来，带着笑容，对着门边的客人。但几乎在同一的时间里，他的笑容就消失了，心中突突的跳了起来。

走进来的果然是姚经理和陈经理，但他们都露着仓惶的神情，一进门就把门带上了。

"不好啦，赵老板！……"姚经理低声的说，战栗着声音。

"什么？……"赵老板吃吓的望着面前两副苍白的面孔，也禁不住战栗起来。

"德兴给他们……"

"给他们捉去啦……"陈经理低声的说。

"什么？……你们说什么？……"赵老板不相信自己的耳朵，重复的问。

"你坐下，赵老板，事情不要紧，……两三天就可回来的……"陈经理的肥圆的脸上渐渐露出红色来。"并不是官厅，比不得犯罪……"

"那是谁呀，不是官厅？……"赵老板急忙的问，"谁敢捉我的儿子？……"

"是万家湾的土匪，新从盘龙岛上来的……"姚经理的态度也渐渐安定了，一对深陷的眼珠又恢复了庄严的神情。"船过那里，一定要我们靠岸……"

"我们高举着××国旗,他毫不理会,竟开起枪来……"陈经理插入说。

"水上侦缉队见到我们的旗,倒低低头,让我们通过啦,那晓得土匪却不管,一定要检查……"

"完啦,完啦……"赵老板叹息着说,敲着自己的心口,"十万元现银,唉,我的四万元!

"自然是大家晦气啦!……运气不好,有什么法子……"陈经理也叹着气,说,"只是德兴更倒霉,他们把他绑着走啦,说要你送三百担米去才愿放他回来……限十天之内……"

"唉,唉……"赵老板蹬着脚,说。

"我们两人情愿吃苦,代德兴留在那里,但土匪头不答应,一定要留下德兴……"

"那是独只眼的土匪头,"姚经理插入说,"他恶狠狠的说:你们休想欺骗我独眼龙!我的手下早已布满了毕家碶!他是长丰钱庄的小老板,怕我不知道吗?哼!回去告诉大老板,逾期不缴出米来,我这里就撕票啦!……"

"唉,唉!……"赵老板呆木了一样,说不出话来,只会连声的叹息。

"他还说,倘若你敢报官,他便派人到赵家村,烧掉你的屋子,杀你一家人哩……"

"报官!我就去报官!"赵老板气愤的说,"我有钱,不会请官兵保护我吗?……四万元给抢去啦,大儿子也不要啦!……我给他拚个命……我还有两个儿子!……飞机,炸弹,大炮,兵舰,机关枪,一齐去,量他独眼龙有多少人马!……解决得快,大儿子说不定也救得转来……"

"那不行,赵老板,"姚经理摇着头,说,"到底人命要紧。虽然只有两三千土匪,官兵不见得对付得了,也不见得肯认真对付,……独眼龙是个狠匪,你也防不胜防……"

"根本不能报官,"陈经理接着说,"本地的官厅不要紧,倘给上面的官厅知道了,是我们私运现银惹出来的……"

"唉,唉!……"赵老板失望的倒在椅上,痛苦得说不出话来。

"唉,唉!……"姚经理和陈经理也叹着气,静默了。

"四万元现银……三百担米……六元算……又是一千八百……唉……"赵老板喃喃的说,"珠玉满怀……果然应验啦……早做这梦,我就不做这买卖啦……这梦……这梦……"

他咬着牙齿,握着拳,蹬着脚,用力睁着眼睛,他不相信眼前这一切,怀疑着仍在梦里,想竭力从梦中觉醒过来。

二

五六天后,赵老板的脾气完全变了。无论什么事情,一点不合他意,他就拍桌骂了起来。他一生从来不曾遇到过这样大的不幸。这四万元现银和三百担米,简直挖他的心肺一样痛。他平常是一分一厘都算得清清楚楚,不肯放松,现在竟做一次的破了四万多财。别的事情可以和别人谈谈说说,这一次却一句话也不能对人家讲,甚至连叹息的声音也只能闷在喉咙里,连苦恼的神情也不能露在面上。

"德兴到那里去啦,怎么一去十来天才回来呢?"人家这样的问他。

他只得微笑着说:

"叫他到县城里去,他却到省城里看朋友去啦……说是一个朋友在省政府当秘书长,他忽然想做官去啦……你想我能答应吗?家里又不是没有吃用……哈,哈……"

"总是路上辛苦了吧,我看他瘦了许多哩。"

"可不是……"赵老板说着,立刻变了面色,怀疑人家已经知道了他的秘密似的。随后又怕人家再问下去,就赶忙谈到别的问题上去了。

德兴的确消瘦了。当他一进门的时候,赵老板几乎认不出来是谁。昨夜灯光底下偷偷的出现在他面前的时候,完全像一个乞丐:穿着一身破烂的衣服,赤着脚,蓬着发,发着抖。他只轻轻的叫了一声爸,就哽咽起来。他被土匪剥下了衣服,挨了几次皮鞭,丢在一个冰冷的山洞里,每天只给他一碗粗饭。当姚经理把三百担米送到的时候,独眼龙把他提了出去,又给他三十下皮鞭。

"你的爷赵道生是个奸商,让我再教训你一顿,回去叫他改头换面的做人,不要再重利盘剥,私运现银,贩卖烟土!要不然,我独眼龙有一天会到毕家碶上来!"独眼龙踞在桌子上愤怒的说。

德兴几乎痛死,冻死,饿死,吓死了。以后怎样到的家里,连他自己也不知道。

"狗东西!……"赵老板咬着牙,暗地里骂着说。抢了我的钱,还要骂我奸商!做买卖不取巧投机,怎么做?一个一个铜板都是我心血积下来的!只有你狗东西杀人放火,明抢暗劫,丧天害理!……"

一想到独眼龙,赵老板的眼睛里就冒起火来,恨不能把他一口咬死,一刀劈死。但因为没处发泄,他于是天天对着钱庄里的小伙计们怒骂了。

"给我滚出去,……你这狗东西……只配做贼做强盗!……"他像发了疯似的一天到晚喃喃的骂着。

一走到账桌边,他就取出账簿来,翻着,骂着那些欠账的人。

"毕尚吉!……狗养的贼种!……吴阿贵!……不要面皮的东西!……赵阿大!……混帐!……林大富!……狗东西!……赵天生!……婊子生的!……吴元本!猪猡!二十元,二十元,三十五，十五，六十，七十，一百，四十……"他用力拨动着算盘珠，笃笃的发出很重的声音来。

"一个怕一个，我怕土匪，难道也怕你们不成！……年关到啦，还不送钱来！……独眼龙要我的命，我要你们的命！……"他用力把算盘一丢，立刻走到了店堂里。

"唐账房，你们干的什么事！……收来了几笔账？"

"昨天催了二十七家，收了四家，吴元本，赵天生的门给封啦，赵阿大交给了林所长……今年的账真难收，老板……"唐账房低着头，嗫嚅的说。

"给我赶紧去催！过期的，全给我拆屋，封门，送公安局！……哼！那有借了不还的道理！……"

"是的，是的，我知道，老板……"

赵老板皱着眉头，又踱进了自己的房里，喃喃的骂着：

"这些东西真不成样……有债也不会讨……吃白饭，拿工钱……哼，这些东西……"

"赵老板！……许久不见啦！好吗？"门外有人喊着说。

赵老板转过头去，进来了一位斯文的客人。他穿着一件天蓝的绸长袍，一件黑缎的背心，金黄的表链从背心的右袋斜挂到背心的左上角小袋里。一副瘦长的身材，瘦长的面庞，活泼的眼珠。'显得清秀，精致，风流。

"你这个人……"赵老板带着怒气的说。

"哈，哈，哈！……"客人用笑声打断了赵老板的语音。"阳历过年啦，特来给赵老板贺年哩！……发财，发财！……"

"发什么财！"赵老板不快活的说，"大家借了钱都不还……"

"哈，哈，小意思！不还你的能有几个！……大老板，不在乎，发财还是发财——明年要成财百万啦……"客人说着，不待主人招待，便在账桌边坐下了。

"明年，明年，这样年头，今年也过不了，还说什么明年……像你，毕尚吉也有……"。

"哈，哈，我毕尚吉也有三十五岁啦，那里及得你来……"客人立刻用话接了上来。

"我这里……"

"可不是！你多财多福！儿子生了三个啦，我连老婆也没有哩！……今年过年真不得了，从前一个难关，近来过了阳历年还有阴历年，大老板不帮点忙，我们这些穷人只好造反啦！——我今天有一件要紧事，特来和老板商量呢！……"

"什么？要紧事吗？"赵老板吃惊的说，不由得心跳起来，仿佛又有了什么祸事似的。

"是的，于你有关呢，坐下，坐下，慢慢的告诉你……"

"于我有关吗？"赵老板给呆住了，无意识的坐倒在账桌前的椅上。"快点说，什么事？"

"咳，总是我倒霉……昨晚上输了二百多元……今天和赵老板商量，借一百元做本钱……"

"瞎说！"赵老板立刻站了起来，生着气。你这个人真没道理！前账未清，怎么再开口！……你难道忘记了我这里还有账！"

"小意思，算是给我毕尚吉做压岁钱吧……"

"放——屁！"赵老板用力骂着说，心中发了火。"你是我的什么人？你来敲我的竹杠！"

"好好和你商量，怎么开口就骂起来？哈，哈，哈！坐下来，慢慢说吧！……"

"谁和你商量！——给我滚出去！"

"啊，一百元并不多呀！"

"你这不要面皮的东西！……"

"谁不要面皮？"毕尚吉慢慢站了起来，仍露着笑脸。

"你——你！你不要面皮！去年借去的二十元，给我三天内送来！要不然……"

"要不然——怎么样呢？"

"弄你做不得人！"赵老板咬着牙齿说。

"哦——不要生气吧，赵老板！我劝你少拆一点屋子，少捉几个人，要不然，穷人会造反哩！"毕尚吉冷笑着说。

"你敢！我怕你这光棍不成！"

"哈，哈，敢就敢，不敢就不敢……我劝你慎重一点吧……一百元不为多。"

"你还想一千还是一万吗？呸！二十元钱不还来，你看我办法！……"

"随你的便，随你的便，只不要后悔……一百元，决不算多……"

"给我滚！……"

"滚就滚。我是读书人从来不板面孔，不骂人。你也骂得我够啦，送一送吧……"毕尚吉狡猾的眨了几下眼睛，偏着头。

"不打你出去还不够吗？不要脸的东西！冒充什么读书人！"赵老板握着拳头，狠狠的说，恨不得对准着毕尚吉的鼻子，一拳打了过去。

"是的，承你多情啦！再会，再会，新年发财，新年发财！……"毕尚吉微笑的挥了一挥手，大声的说着，慢慢的退了出去。

"畜生！……"赵老板说着，砰的关上了门。"和土匪有什么分别！……非把他送到公安局里去不可！……十个毕尚吉也不在乎！……说什么穷人造反！看你穷光蛋有这胆量！……我赚了钱来，应该给你们分的吗？……哼！真的反啦！借了钱可以不还，还要强借！……良心在哪里？王法在哪里？……不错，独眼龙抢了我现银，那是他有本领，你毕尚吉为什么不去落草呢？……"

赵老板说着，一阵心痛，倒下在椅上。"。

"唉，四万二千元，天晓得！……独眼龙吃我的血！……天呵，天呵！……"

他突然站了起来，愤怒的握着拳头：

"我要毕尚吉的命！……"

但他立刻又坐倒在别一个椅上：

"独眼龙！独眼龙！……"

他说着又站了起来，来回的踱着，一会儿又呆木的站住了脚，搓着手。他的面色一会儿红了，一会儿变得非常的苍白。最后他咬了一阵牙齿，走到账桌边坐下，取出一张信纸来。写了一封信：

  伯华所长道兄先生阁下兹启者毕尚吉此人一向门路不正嫖赌为生前欠弟款任凭催索皆置之不理乃今日忽又前来索诈恐吓声言即欲造反起事与独眼力合兵进攻省城为此秘密奉告即祈迅速逮捕正法以靖地方为幸……

赵老板握笔的时候，气得两手都战栗了。现在写好后重复的看了几遍，不觉心中宽畅起来，面上露出了一阵微笑。

"现在你可落在我手里啦，毕尚吉，毕尚吉！哈，哈！"他摇着头，得意的说。"量你有多大本领！……哈，要解决你真是不费一点气力！"

他喃喃的说着，写好信封，把它紧紧封好，立刻派了一个工人送到公安派出所去，叮嘱着说：

"送给林所长，拿回信回来，——听见吗？"

随后他又不耐烦的在房里来回的踱着，等待着林所长的回信，这封信一去,他相信毕尚吉今天晚上就会捉去,而且就会被枪毙的。不要说是毕家碛,即使是在附近百数十里中,平常无论什么事情,只要他说一句话,要怎样就怎样。倘若是他的名片,效力就更大;名片上写了几个字上去,那就还要大了。赵道生的名片是可以吓死乡下人的。至于他的亲笔信,即使是官厅,也有符咒那样的效力。何况今天收信的人是一个小小的所长?更何况林所长算是和他换过帖,要好的兄弟呢?

"珠玉满怀主大凶……"赵老板忽然又想起了那个梦,"自己已经应验过啦,现在让它应验到毕尚吉的身上去!……不是枪毙,就是杀头……要改为坐牢也不能!没有谁会给它说情,又没有家产可以买通官路……你这人运气太好啦,刚刚遇到独眼龙来到附近的时候。造反是你自己说的,可怪不得我!……哈哈……"

赵老板一面想,一面笑,不时往门口望着。从长丰钱庄到派出所只有大半里路,果然他的工人立刻就回来了。而且带了林所长的回信。

赵老板微笑的拆了开来,是匆忙而草率的几句话:

惠示敬悉弟当立派得力弟兄武装出动前去围捕……

赵老板重复的暗诵了几次,晃着头,不觉哈哈大笑起来,随后又怕这秘密泄露了出去,又立刻机警的遏制了笑容,假皱着眉毛。

忽然,他听见了屋外一些脚步声,急速的走了过去,中间还夹杂着枪把和刺刀的敲击声。他赶忙走到店堂里,看见十个巡警紧急的往东走了去。

"不晓得又到哪里捉强盗去啦……"他的伙计惊讶的说。

"时局不安静,坏人真多——"另一个人说。

"说不定独眼龙……"

"不要胡说!……"

赵老板知道那就是去捉毕尚吉的,遏制着自己的笑容,默然走进了自己的房里,带上门,坐在椅上,才哈哈的笑了起来。

他的几天来的痛苦，暂时给快乐遮住了。

三

毕尚吉没有给捕到。他从长丰钱庄出去后，没有回家，有人在往县城去的路上见到他匆匆忙忙的走着。

赵老板又多了一层懊恼和忧愁。懊恼的是自己的办法来得太急了，毕尚吉一定推测到是他做的。忧愁的是，他知道毕尚吉相当的坏，难免不对他寻报复，他是毕家碶上的人，长丰钱庄正开在毕家碶上，谁晓得他会想出什么鬼计来！

于是第二天早晨，赵老板回到自己的家里去了。一则暂时避避风头，二则想调养身体。他的精神近来渐渐不佳了。他已有十来天不曾好好的睡觉，每夜躺在床上老是合不上眼睛，这样想那样想，一直到天亮。一天三餐，尝不出味道。

"四万元现银……三百担米……独眼龙……毕尚吉……"这些念头老是盘旋在他的脑里。苦恼和气愤像挫刀似的不息的挫着他的心头。他不时感到头晕，眼花，面热，耳鸣。

赵家村靠山临水，比毕家碶清静许多，但也颇不冷静，周围有一千多住户。他所新造的七间两衖大屋紧靠着赵家村的街道，街上住着保卫队，没有盗劫的恐慌。他家里也藏着两枚手枪，有三个男工守卫屋子。饮食起居，样样有人侍候。赵老板一回到家里，就觉得神志安定，心里快活了一大半。

当天夜里，他和老板娘讲了半夜的话，把心里的郁闷全倾吐完了，第一次睡了一大觉，直至上午十点钟，县政府蒋科长来到的时候，他才被人叫了醒来。

"蒋科长？……什么事情呢？……林所长把毕尚吉的事情呈报县里

去了吗?……"他一面匆忙的穿衣洗脸,一面猜测着。

蒋科长和他是老朋友,但近来很少来往,今天忽然跑来找他,自然有很要紧的事了。

赵老板急忙的走到了客堂。

"哈哈,长久不见啦,赵老板!你好吗?"蒋科长挺着大肚子,呆笨的从嵌镶的靠背椅上站了起来,笑着,点了几下肥大的头。

"你好,你好!还是前年夏天见过面,——现在好福气,胖得不认得啦!"赵老板笑着说。"请坐,请坐,老朋友,别客气!"

"好说,好说,那有你福气好,财如山积!——你坐,你坐!"蒋科长说着,和赵老板同时坐了下来。

"今天什么风,光顾到敝舍来?——吸烟,吸烟!"赵老板说着,又站了起来,从桌子上拿了一枝纸烟,亲自擦着火柴,送了过去。

"有要紧事通知你……"蒋科长自然的接了纸烟,吸了两口,低声的说,望了一望门口。"就请坐在这里,好讲话……"

他指着手边的一把椅子。

赵老板惊讶的坐下了,侧着耳朵过去。

"毕尚吉这个人,平常和你有什么仇恨吗?"蒋科长低声的问。

赵老板微微笑了一笑。他想,果然给他猜着了。略略踌躇了片刻,他摇着头,说:

"没有!"

"那末,这事情不妙啦,赵老板……他在县府里提了状纸呢!"

"什么?……他告我吗?"赵老板突然站了起来。

"正是……"蒋科长点了点头。

"告我什么?你请说!……"

"你猜猜看吧!"蒋科长依然笑着,不慌不忙的说。

赵老板的脸色突然青了一阵。蒋科长的语气有点像审问,他怀疑他知道了什么秘密。

"我怎么猜得出！……毕尚吉是狡诈百出的……"

"罪名可大呢：贩卖烟土，偷运现银，勾结土匪……哈哈哈……"赵老板的脸色更加惨白了，他感觉到蒋科长的笑声里带着讥刺，每一个字说得特别的着力，仿佛一针针刺着他的心。随后他忽然红起脸来，愤怒的说：

"哼！那土匪！他自己勾结了独眼龙，亲口对我说要造反啦，倒反来诬陷我吗？……蒋科长……是一百元钱的事情呀！他以前欠了我二十元，没有还，前天竟跑来向我再借一百元呢！我不答应，他一定要强借，他说要不然，他要造反啦！——这是他亲口说的，你去问他！毕家碨的人都知道，他和独眼龙有来往！……"

"那是他的事情，关于老兄的一部分，怎么翻案呢？我是特来和老兄商量的，老兄用得着我的地方，没有不设法帮忙哩……"

"全仗老兄啦，全仗老兄……毕尚吉平常就是一个流氓……这次明明是索诈不遂，乱咬我一口……还请老兄帮忙……我那里会做那些违法的事情，不正当的勾当……"

"那自然，谁也不会相信，郝县长也和我暗中说过啦。"蒋科长微笑着说，"人心真是险恶，为了这一点点小款子，就把你告得那么凶——谁也不会相信！"

赵老板的心头忽然宽松了。他坐了下来，又对蒋科长递了一支香烟过去，低声的说：

"这样好极啦！郝县长既然这样表示，我看还是不受理这案子，你说可以吗？"

蒋科长摇了一摇头：

"这个不可能。罪名太大啦，本应该立刻派兵来包围，逮捕，搜查的，我已经在县长面前求了情，说这么一来，会把你弄得身败名裂，还是想一个变通的办法，和普通的民事一样办，只派人来传你，先缴三千元保。县长已经答应啦，只等你立刻付款去。"

"那可以！我立刻就叫人送去！……不，……不是这样办……"赵老板忽然转了一个念头，"我看现在就烦老兄带四千元法币去，请你再向县长求个情，缴二千保算了。一千，孝敬县长，一千孝敬老兄……你看这样好吗？"

"哈哈，老朋友，那有这样！再求情也可以，郝县长也一定可以办到，只是我看教敬他的倒少了一点，不如把我名下的加给他了吧！……你看怎么样？"

"那里的话！老兄名下，一定少不得，这一点点小款，给嫂子小姐买点脂粉罢了，老朋友正应该孝敬呢……县长名下，就依老兄的意思，再加一千吧……总之，这事情要求老兄帮忙，全部翻案……"

"那极容易，老兄放心好啦！"蒋科长极有把握的模样，摆了一摆头。"我不便多坐，这事情早一点解决，以后再细细的谈吧。"

"是的，是的，以后请吃饭……你且再坐一坐，我就来啦……"赵老板说着，立刻回到自己的卧室。

他在墙上按下一个手指，墙壁倏然开开两扇门来，他伸手到暗处，钞票一捆一捆的递到桌上，略略检点了一下，用一块白布包了，正想走出去的时候，老板娘忽然进来了。

"又做什么呀？——这么样一大包！明天会弄到饭也没有吃呀！……"她失望的叫了起来。

"你女人家懂得什么！"赵老板回答说，但同时也就起了惋惜，痛苦的抚摩了一下手中的布包，又复立刻走了出去。

"只怕不很好带……乡下只有十元一张的……慢点，让我去拿一只小箱子来吧！"赵老板说。

"不妨，不妨！"蒋科长说。"我这里正带着一只空的小提包，本想去买一点东西的,现在就装了这个吧。"

蒋科长从身边拿起提包,便把钞票一一放了进去。"

"老实啦……"

"笑话,笑话……"

"再会吧……万事放心……"蒋科长提着皮包走了。

"全仗老兄,全仗老兄……"。

赵老板一直送到大门口,直到他坐上轿,出发了,才转了身。

"唉,唉!……"赵老板走进自己的卧室,开始叹息了起来。

他觉得一阵头晕,胸口有什么东西冲到了喉咙,两腿发着抖,立刻倒在床上。

"你怎么呀?"老板娘立刻跑了进来,推着他身子。

赵老板脸色完全惨白了,翕动着嘴唇,喘不过气来。老板娘连忙灌了他一杯热开水,拍着他的背,抚摩着他的心口。

"唉,唉,……珠玉满怀……"他终于渐渐发出低微的声音来,"又是五千元……五千元……"

"谁叫你给他这许多!……已经拿去啦,还难过做什么……"老板娘又埋怨又劝慰的说。她的白嫩的脸上也是一阵红一阵青。

"你哪里晓得!……,毕尚吉告了我多大的罪……这官司要是败了,我就没命啦……一家都没命啦……唉,唉,毕尚吉,我和你结下了什么大仇,你要为了一百元钱,这样害我呀!……珠玉满怀……珠玉满怀……现在果然应验啦……"

赵老板的心上像压住了一块石头。他现在开始病了。他感到头重,眼花,胸膈烦满,一身疼痛无力。老板娘只是焦急的给他桂元汤,莲子汤,参汤,白木耳吃,一连三天才觉得稍稍转了势。

但是第四天,他得勉强起来,忙碌了,他派人到县城里去请了一个律师,和他商议,请他明天代他出庭,并且来一个反诉,对付毕尚吉。

律师代他出庭了，但是原告毕尚吉没有到，也没有代理律师到庭，结果延期再审。

赵老板忧郁的过了一个阳历年，等待着正月六日重审的日期。

正月五日，县城里的报纸，忽然把这消息宣布了。用红色的特号字刊在第二面本县消息栏的头一篇：

奸商赵道生罪恶贯天

勾结土匪助银助粮！
偷运现银悬挂X旗！
贩卖烟土祸国殃民！

后面登了一大篇的消息。把赵老板的秘密完全揭穿了。最后还来了一篇社评，痛骂一顿，结论认为枪毙抄没还不足抵罪。

这一天黄昏时光，当赵老板的大儿子德兴从毕家碾带着报纸急急忙忙的交给赵老板看的时候，赵老板全身发抖了。他没有一句话，只是透不过气来。

他本来预备第二天亲自到庭，一则相信郝县长不会对他怎样，二则毕尚吉第一次没有到庭，显然不敢露面，他亲自出庭可以证明他没有做过那些事情，所以并不畏罪逃避。但现在他没有胆量去了，仍委托律师出庭辩护。

这一天全城鼎沸了，法庭里挤满了旁听的人，大家都关心这件事情。

毕尚吉仍没有到，也没有出庭，他只来了一封申明书，说他没有钱请律师，而自己又病了。于是结果又改了期。

当天下午，官厅方面派了人到毕家碾，把长丰钱庄三年来的所有大小账簿全吊去检查了。

"那只好停业啦,老板,没有一本账簿,还怎么做买卖呢?……这比把现银提光了,还要恶毒!没有现银,我们可以开支票,可以到上行去通融,拿去了我们的账簿,好像我们瞎了眼睛,聋了耳朵,哑了嘴巴……"唐账房哭丧着脸,到赵家村来诉说了。"谁晓得他们怎样查法!叫我们核对起来,一天到晚两个人不偷懒,也得两三个月呢!……他们不见得这么闲,拖了下去,怎么办呀?……人欠欠人的账全在那上面,我们怎么记得清楚?"

"他们没有告诉你什么时候归还吗?"

"我当然问过啦,来的人说,还不还,不能知道,要通融可以到他家里去商量。他愿意暗中帮我们的忙……"

"唉,……"赵老板摇着头说,"又得花钱啦……我走不动你和德兴一道去吧:向他求情,送他钱用,可少则少,先探一探他口气,报馆里也一齐去疏通,今天副刊上也在骂啦……真冤枉我!"

"可不是!谁也知道这是冤枉的!……毕家碶上的人全知道啦……"

唐账房和德兴进城去了,第二天回来的报告是:总共八千元,三天内发还账簿;报馆里给长丰钱庄登长年广告,收费三千元。

赵老板连连摇着头,没有一句话。这一万三千元没有折头好打。

随后林所长来了,报告他一件新的消息:县府的公事到了派出所和水上侦缉队,要他们会同调查这个月内的船只,有没有给长丰钱庄或赵老板装载过银米烟土。

"都是自己兄弟,你尽管放心,我们自有办法的。"林所长安慰着赵老板说。"只是李队长那里,我看得送一点礼去,我这里弟兄们也派一点点酒钱吧,不必太多,我自己是决不要分文的……"

赵老板惊讶的睁了眼睛,呆了一会,心痛的说:

"你说得是。……你说多少呢？"

"他说非八千元不办，我已经给你说了情，减做六千啦……他说自己不要，部下非这数目不可，我看他的部下比我少一半，有三千元也够啦，大约他自己总要拿三千的。"

"是，是……"赵老板忧郁的说，"那末老兄这边也该六千啦？……"

"那不必！五千也就够啦！我不怕我的部下闹的！"

赵老板点了几下头，假意感激的说：

"多谢老兄……"

其实他几乎哭了出来。这两处一万一千元，加上报馆，县府，去了一万三千，再加上独眼龙那里的四万二千，总共七万一千了。他做梦也想不到，有了一点钱，会被大家这样的敲诈。独眼龙拿了四万多去，放了儿子一条命，现在这一批人虽然拿了他许多钱，放了他一条命，但他的名誉全给破坏了，这样的活着，要比一刀杀死还痛苦。而且，这案子到底结果怎样，还不能知道。他反诉毕尚吉勾结独眼龙，不但没有被捕，而且反而又在毕家碶大模大样的出现了，几次开庭，总是推病不到。而他却每改一次期，得多用许多钱。

这样的拖延了两个月，赵老板的案子总算审结了。

胜利是属于赵老板的。他没有罪。

但他用去了不小的一笔钱。

"完啦，完啦！"他叹息着说，"我只有这一点钱呀！……"

他于是真的病了。心口有一块什么东西结成了一团，不时感觉到疼痛。咳嗽得很利害，吐出浓厚的痰来，有时还带着红色。夜里常常发热，出汗，做恶梦。医生说是肝火，肺火，心火，开了许多方子，却没有一点效力。

"钱已经用去啦，还懊恼做什么呀？"老板娘见他没有一刻快乐，便安慰他说,"用去了又会回来的……何况你又打胜了官司……。"

"那自然,要是打败了,还了得!"赵老板回答着说,心里也稍稍起了一点自慰,"毕尚吉是什么东西呢!"

"可不是!……"老板娘说着笑了起来,"即使他告到省里,京里,也没用的!"

赵老板的脸色突然惨白了。眼前的屋子急速的旋转了起来,他的两脚发着抖,仿佛被谁倒悬在空中一样。

他看见的面上的一切全变了样子,像是在省里,像是在京里。他的屋前停满了银色的大汽车,几千万人纷忙的杂乱的从他的屋内搬出来一箱一箱的现银和钞票,装满了汽车,疾驰的驶了出去。随后那些人运来了一架很大的起重机,把他的屋子像吊箱子似的吊了起来,也用汽车拖着走了……

一个穿着黑色袍子,戴着黑纱帽子的人,端坐在一张高桌后,伸起一枚食指,大声的喊着说:

"上诉人毕尚吉,被告赵道生,罪案……着将……"

屋顶下

本德婆婆的脸上突然掠过一阵阴影。她的心像被石头压着似的，沉了下去。

"你没问过我！"

这话又冲上了她的喉头，但又照例的无声的翕动一下嘴唇，缩回去了。

她转过身，走出了厨房。

"好贵的黄鱼！"被按捺下去的话在她的肚子里咕噜着。"八月才上头，桂花黄鱼，老虎屙！两角大洋一斤，不会买东洋鱼！一条吃上半个月！不做忌日，不请客！前天猪肉，昨天鸭蛋，今天黄鱼！豆油不用，用生油，生油不用，用猪油，怎么吃不穷！哼！你丈夫赚得多少钱？二十五元一个月，了不起！比起老头以前的工钱来，自然天差地！可是以前，一个铜板买得十块豆腐。现在呢？一个铜板买一块！哪一样不贵死人……我当媳妇，一碗咸菜，一碟盐，养大儿子，赎回屋子，哼，不从牙齿缝里漏下来，怎有今天！今天，你却要败家了！……一年两年，孩子多了起来，看你怎样过日！"

本德婆婆想着，走进房里，叹了一口气。在她的瘦削的额上，皱纹簇成了结。她的下唇紧紧的盖过了干瘪的上唇，窒息的忍着从心中冲出来的怒气。深陷的两眼上，罩上了一层模糊的云。她的头顶上竖着几根稀疏的白发，后脑缀着一个假发髻，她的背已经往前弯了。她的两只小脚走动起来，有点踉跄。她的年纪，好像有了六七十岁，但实际上她还只活了五十四年。别的女人生产太多，所以老得快，她却是因为工作的劳苦。四十五岁以前的二十几年中，她很少休息，她虽然小脚，她可做着和男子一样的事情。她给人家挑担，砻谷，舂米，磨粉，种菜。倘若三年前不害一场大病，也许她现在还是一个很强健的女工。但现在是全都完了。一切都出于意外的突然衰弱下来，眼睛，手脚，体力，都十分不行了。而且因为缺乏好的调养，还在继续的衰弱着。照阿芝叔的意思，他母亲的身体是容易健康起来的，只要多看几次医生，多吃一些药。但本德婆婆却舍不得用钱。"自己会好的，"她固执的这样说，当她开始害病的时候。直至病得愈加利害，她知道医得迟了，愈加不肯请医生。她说已经医不好了，不必白费钱。"年纪本来也到了把啦，瓜熟自落。"她要把她历年积聚下来的钱，留作别的更大的用处，于是这病一直拖延下来，有时仿佛完全好了，有时又像变了痨病，受不得冷，当不得热，咳嗽，头晕，背痛，腰酸，发汗，无力。"补药吃得好，"许多人都这样说。但是她摇着头说："那还了得，像我们这样人家吃补药！"她以前并不是没有害过病，可都是自己好的，没有吃过药，更不曾吃过补药。她一面发热，一面还要砻谷，舂米。"像现在，既不必做苦工，又不必风吹晒太阳，病不好，是天数，一千剂一万剂补药都是徒然的，"她说。

"不会长久了，"她很明白，而且确信。她于是急切的需要一个继承她的事业的人。阿芝叔已经二十五岁了，近几年来在轮船上做茶房，也颇刻苦俭约，晓得争气，但没有结婚，可不能算已成家立业，她的责任还未全尽，而她辛苦一生的目的也还没有达到。虽然她明白瓜熟自落，人老终死，没有什么舍不得，要是真的一场大病死了，她死不瞑目，永久要在地下抱憾的。儿子没有成家，她的一切过去的努力便落了空。因此，她虽然病着，她急忙给阿芝叔讨了一个媳妇来了。

"我的担子放下了。"她很满意的说。身体能够健康起来，是她的福，倘若能够抱到孙子，更是她无边的福了。至于后来挑担子的人怎样，也只好随他们去。她现在已经缴了印，一切里外的事情交给儿子和媳妇去主张。她的身体坏到这个样子，在家一天，做一天客人。

"有什么错处，不妨骂她。"阿芝叔临行时这末对她说。

这话够有道理了。自己的儿子总是好的。年轻的人自然应该听长辈的教训。但她可决不愿意骂媳妇。虽然媳妇不是自己生的，她可是自己的儿子的亲人。

"晓得我还活得多少日子，有现成饭吃，就够心满意足了。"

"自然你不必再操心了，不过她到底才当家，又初进门，年纪轻。"

"安心去好啦，她生得很忠厚，又不笨，不会三长两短的！"本德婆婆望着媳妇在旁边低下发红的脸，惆怅的别情忽然找着了安慰，不觉微笑起来。

然而阿芝叔的话的确是有道理的，阿芝婶年纪轻，初进门，才当家，本德婆婆虽然老了而且有病，可不能不时时指点她。当家有如把舵，要精明，要懂得人情世故，要刻苦，要做得体面。一个不小心，触到暗礁，便会闯下大祸，弄得家破人亡的。现在本德婆婆已经将舵交给了阿芝婶了，但她还得给她瞭望，给她探测水的深浅，风雨的来去，给她最好的最有经验的意见，有时甚至还得帮她握着舵。本德婆婆明白这些。她希望由她辛苦的创造了几十年的家庭一天比一天好起来。于是她的撒手的念头又渐渐消灭了。她有病，她需要多多休养，但她仍勉强的行动着，注意着，指点着。凡她胜任的事情，她都和阿芝姉分着做。

天还没有亮，本德婆婆已像往日似的坐起在床上，默然思忖着各种事情。待第一线黯淡的晨光透过窗隙，她咳嗽着，打开了窗和门。"可以起来了，"她喊着阿芝姉，一面便去拿扫帚。

"我会扫的，婆婆，你多困一会吧，大清早哩。"

"起早惯了，睡不熟，没有事做也过不得。你去煮饭吧，我会扫的。……一天的事情，全在早上。"

扫完地，本德婆婆便走到厨房，整理着碗筷，该洗的洗，该覆着的覆着，该拿出来的拿出来，帮着阿芝姉。吃过饭，她又去整理箱里的衣服鞋袜，指点着阿芝姉，把旧的剪开，拼起来，补缀着。

一天到晚，都有事做。做完这样，本德婆婆又想到了那样。她的瘦小的腿子总是跟跄的拖动着小脚来往的走着。她说现在阿芝姉当家了，但实际上却和她自己当家没有分别。

这使阿芝姉非常的为难。婆婆虽然比不得自己的母亲，她可是自己丈夫的母亲，她现在身体这样坏，怎能再辛苦。倘若有了三长两短，又如何对得住自己的丈夫。既然是自己当家了，就应该给婆婆吃现成饭。"啊呀，身体这样坏，还在这里做事体！媳妇不在家吗？"邻居已经说了好几次了，这话几乎比当面骂她还难受。可不是，摆着一个年轻力壮的媳妇，让可怜的婆婆辛苦着，别人一定会猜测她偷懒，或者和婆婆讲不来话的。她也曾竭力依照婆婆的话日夜忙碌着，她想，一切都一次做完了，应该再没有什么事了，哪晓得本德婆婆像一个发明家似的，尽有许多事情找出来。补完冬衣，她又拿出夏衣来；上完一双鞋底，她又在那里调浆糊剪鞋面。揩过窗子，她提着水桶要抹地板了。她家里只有这两个人，但她好像在那里预备十几个人的家庭一样。阿芝姉还没有怀孕，本德婆婆已经拿出了许多零布和旧衣，拿着剪刀在剪小孩的衣服，教她怎样拼，怎样缝，这一岁穿，这三岁穿，这可以留到十二岁，随后又可以留给第二个孩子，第三个孩子。她常常叹着气说，她不会长久，但她的计划却至少还要活几十年的样子。阿芝婶没有办法，最后想在精神方面给她一点安逸了。

"婆婆，今天吃点什么菜呢？"这几乎是天天要问的。

"你自己主意好了，我好坏都吃得下。"每次是一样的回答。

阿芝婶想，这麻烦应该免掉了。婆婆的口味，她已经懂得。应该吃什么菜，阿芝叔也关照过："身体不好，要多买一点新鲜菜。她舍不得吃，要逼她吃。"于是她便慢慢自己做起主意来，不再问婆婆了。

然而本德婆婆却有点感到冷淡了，这冷淡，在她觉得仿佛还含有轻视的意思。而且每次要带一点好的贵的菜回来，更使她心痛。她自己是熬惯了嘴的，倘不是从牙齿缝里省下来，哪有今日。媳妇是一个年轻的人，自然不能和她并论。她也认为多少要吃得好一点。不过也须有个限制。例如，一个月中吃一两次好菜，就尽够了。若说天天这样，不但穷人，就连财百万也没有几年好吃的。因为媳妇才起头管家，本德婆婆心里虽然不快活，可是一向缄默着，甚至连面色也不肯露出来。起初她还陪着吃一点，后来只拨动一下筷子就完了。她不这样，阿芝妹是不吃的。倘若阿芝婶也不吃，她可更难过，让煮得好好的菜坏了去。

然而今天，本德婆婆实在不能忍耐了。

"你没有问过我！"这话虽然又给她按捺住，样子却做不出来了。她的脸上满露着不能掩饰的不快活的神色，紧紧的闭着嘴，很像无法遏抑心里的怒气似的，她从厨房走出来，心像箭刺似的，躺在床上叹着气，想了半天。

吃饭的时候，金色的，鲜洁的，美味的黄鱼摆在本德婆婆的面前，本德婆婆的筷子只是在素菜碗里上下。

"婆婆，趁新鲜吧。煮得不好呢。"阿芝婶催过两次了。

"嗯，"这声音很沉重，满含着怒气。她的眼光只射到素菜碗里，怕看面前的黄鱼似的。

吃晚饭的时候，鱼又原样的摆在本德婆婆的面前。但是本德婆婆的怒气仍未息。

"婆婆，过夜会变味呢。"

"你吃吧，"声音又有点沉重。

第二天早晨，本德婆婆只对黄鱼瞟了一眼。

阿芝婶想，婆婆胃口不好了。这两天颜色很难看，说话也懒洋洋的，不要病又发了，清早还听见她咳嗽了好几声，药不肯吃，只有多吃几碗饭。荤菜似乎吃厌了，不如买一碗新鲜的素菜。

于是午饭的桌上，芋艿代替了黄鱼。

本德婆婆狠狠的瞟了一眼。

这又是才上市的！还只有荸荠那样大小。八月初三才给灶君菩萨尝过口味，今天又买了！

她气愤的把芋艿碗向媳妇面前推去，换来一碗咸菜。

阿芝婶吃了一惊，停住了筷。

"初三那天，婆婆不是说芋艿好吃吗？"

"自然！你自己吃吧！"本德婆婆咬着牙齿说。

阿芝婶的心突突的跳动起来，满脸发着烧，低下头来。婆婆发气了。为的什么呢？她想不到。也许芋艿不该这样煮？然而那正是婆婆喜欢吃的，照着初三那天婆婆的话：先在饭镬里蒸熟，再摆在菜镬里，加一点油盐和水，轻轻翻动几次，然后撒下葱蒜，略盖一会盖子，便铲进碗里——这叫做落镬芋艿，或者是咸淡没调得好？然而婆婆并没有动过筷子。

"一定是病又发作了，所以爱发气，"阿芝婶想，"好的菜都不想吃。"

怎么办呢？阿芝婶心里着急得很。药又不肯吃……不错，她想到了，这才是开胃健脾的。晚上煨在火缸里，明天早晨给她吃。

她决定下来，下午又出街了。

本德婆婆看着她走出去，愈加生了气。"抢白她一句，一定向别人诉苦去了！丢着家里的事情！"她叹了一口气，也走了出去，立住在大门口。她模糊的看见阿芝婶已经走到桥边。从桥的那边来了一个女人，那是最喜欢讲论人家长短，东西挑拨，绰号叫做"风扇"的阿七嫂。走到桥上，两个人对了面，停住脚，讲了许久话。阿七嫂一面说着什么，一面还举起右手做着手势，仿佛在骂什么人。随后阿芝婶东西望了一下，看见前面又来了一个人，便一直向街里走去。

"同这种人一起，还有什么好话！"本德婆婆的心像刀割似的痛，跟跄的走进房里，倒在一张靠背椅上，伤心起来，她想到养大儿子的一番苦心，却不料今日讨了一个这样不争气的媳妇，不由得润湿了干枯的老眼。她也曾经生过两个儿子，三个女儿，现在却只剩了一个男的，一个女的，而女的又出了嫁。倘若大儿子没有死，她现在可还有一个媳妇，几个孩子。倘若那两个女儿也活着，她还有说话的人，还有消气的方法。而现在，却剩了自己一个人，孤孤单单的过着日子。希望讨一个好媳妇，把家里弄得更好一点，总不辜负自己辛苦一生，哪晓得……

阿芝婶回来了。本德婆婆看见她从房门口走过，一直到厨房去，手里提着一包东西。

又买吃的东西！钱当水用了！水，也得节省，防天旱！穷人家哪能这样浪费！

本德婆婆气得动不得了。她像失了心似的，在椅子上一直果坐了半天。

她不想吃晚饭，也吃不下，但想知道又添了一碗什么菜，她终于沉着脸，勉强的坐到桌子边去。

没有添什么菜。芋艿还原样的摆在桌上。黄鱼不见了。吃中饭的时候，它还没有动过。现在可被倒给狗吃了。

本德婆婆站起来，气愤的往厨房走去。

"婆婆要什么东西，我去拿来。"

"自己会拿的！"

她掀开食罩，没有看见黄鱼。开开羹橱，也没有。碗盏桶里一只带腥气的空碗，那正是盛黄鱼的！

她怒气冲天的正想走出厨房，突然嗅到一阵香气。她又走回去，揭开煨在火缸里的瓦罐。

红枣！

现在本德婆婆可绝对不能再忍耐了！再放任下去，会弄得连糠也没有吃！年纪轻轻，饭有三碗好吃，居然吃起补品来了！她拔起脚步，像吃了人参一般，毫不踉跄，走回房里。

"我牙齿缝里省下来！你要一天败光它！……"她咬着牙齿，声音尖锐得和刺刀一样。"你丈夫赚得多少钱？你有多少嫁妆？……这样好吃懒做！……"她说着，痉挛的倒在椅子上，眼睛火一般的红，一脸苍白。

阿芝婶的头上仿佛落下了一声霹雳，完全骇住了。脸色一阵红，一阵青。浑身战栗着。为了什么，婆婆这样生气，没有机会给她细想，也不能够问婆婆。

"我错了，婆婆，"她的声音颤动着，"你不要气坏了身体，我晓得听你的话……"她说着，眼泪流了下来。

"今天黄鱼明天肉！……你在娘家吃什么！……哼！还要补！……"

阿芝婶现在明白了：一场好意变成了恶意，原来婆婆以为是她贪嘴了。天晓得！她几时为的自己！婆婆爱吃什么，该吃什么，全是丈夫再三叮嘱过来的。不信，可以去问他！

"婆婆！……"阿芝婶打算说个明白，但一想到婆婆正在发气，解释不清反招疑心，话又缩回去了。

"公婆比不得爹娘，"她记起了母亲常常说的话，"没有错，也要认错的。"现在只有委屈一下，认错了，她想。

"婆婆，我错了，以后不敢了……"她抑住一肚子苦恼，含着伤心的眼泪，又说了一遍。

"你买东西可问过我！……"

"我错了！婆婆。"

本德婆婆的气似乎平了一些，挺直了背，望着阿芝婶，眼眶里也微湿起来。

"嗨，"她叹着气，说，"无非都是为的你们，你们的日子正长着。我还有多少日子，样子早已摆出了的。"

"为的你们？"阿芝婶听着眼泪涌了出来。她自己本也是为的婆婆，也正因为她样子早已摆出了的。……

"你可知道，我怎样把你丈夫养大？"本德婆婆的语气渐渐和婉了，"不讲不知道……"

她开始叙述她的故事。从她进门起，讲到一个一个生下孩子，丈夫的死亡，抚养儿女的困难，工作的劳苦，一直到儿子结婚。她又夹杂些人家的故事，谁怎样起家，谁怎样败家，谁是好人，谁是坏人。她有时含着眼泪，有时含着微笑。

阿芝婶低着头，坐在旁边倾听着。虽然进门不久，关于婆婆的事，丈夫早已详细的讲给她听过了。阿芝婶自己的娘家，也并不曾比较的好。她也是从小就吃过苦的。阿芝叔在家的时候，她曾要求过几次，让她出去给人家做娘姨，但是阿芝叔不肯答应。一则爱她，怕她受苦，二则母亲衰老，非她侍候不可。她很明白，后者的责任重大而且艰难，然而又不得不担当。今天这一番意外的风波，虽然平息了，日子可正长着。吃人家饭，随时可以卷起铺盖；进了婆家，却没有办法。媳妇难做，谁都这样说。可是每一个女人得做媳妇，受尽不少磨难。阿芝婶也只得忍受下去。

本德婆婆也在心里想着：好的媳妇原也不大有，不是好吃懒做，便是搬嘴吵架，或者走人家败门风。媳妇比不得自己亲生的女儿，打过骂过便无事，大不了，早点把她送出门；媳妇一进来，却不能退回去，气闷烦恼，从此鸡犬不宁。但是后代不能不要，每个儿子都须给他讨一个媳妇。做婆婆的，好在来日不多，譬如早闭上眼睛。本德婆婆也渐渐想明白了。

"人在家吗？"门口忽然有人问了起来，接着便是脚步声。

"乾生叔吗？"本德婆婆回答着，早就听出了是谁的声音。

阿芝婶慌忙拿了一面镜子，走到厨房去。

"夜饭用过吗？"

"吃过了。你们想必更早吧。"本德婆婆站了起来。

"坐下，坐下。……正在吃饭，挂号信到了。阿芝真争气，中秋还没有到，钱又寄来了。"

"怕不见得呢，信在哪里？就烦乾生叔拆开来，看一看吧。——阿芝老婆！倒茶来！点起灯！"

"不必，不必，天还亮。"乾生叔说着，从衣袋里取出信和眼镜，凑近窗边。

"公公吃茶！"阿芝婶托着茶盘，从里面走出来，端了一杯给乾生叔。

"手脚真快，还没坐定，茶就来了。"

"便茶。"随后她又端了一杯给本德婆婆："婆婆，吃茶。"

"啊，又是四十元！"乾生叔取出汇票，望了一下，微笑的说，一手摸着棕色的胡髭。"生意想必很得意。——年纪到底老了，要不点灯，戴着眼镜看信，还有点模糊。——真是一个孝子，不负你辛苦一生！要老婆好好侍候你，常常买好的菜给你吃，身体这样坏，要快点吃补药，要你切不可做事情，多困困，钱，不要愁，娘的身上不可省。不肯吃，逼你吃。从前三番四次叮嘱过她，有没有照办？倘有错处，要你骂骂她。近来船上客人多，外快不少，不久可再寄钱来。问你近来身体可好了一点？——唔，你现在总该心足了，阿嫂，一对这样的儿媳！"

"哪里的话，乾生叔，倘能再帮他们几年忙就好了。谁晓得现在病得这样不中用！"本德婆婆说着，叹了一口气。

但是本德婆婆的心里却非常轻松了。儿子实在是有着十足的孝心的。就是媳妇——她转过头去望了一望，媳妇正在用手巾抹着眼睛，仿佛在那里伤心。明明是刚才的事情，她受了委屈了。儿子的信一句句说得很清楚，无意中替她解释得明明白白，媳妇原是好的。可是，这样的花钱，绝对错了。

"两夫妻都是傻子哩，乾生叔，"本德婆婆继续的说了，"那个会这样说，这个真会这样做，鱼呀肉呀买了来给我吃！全不想到积谷防饥，浪用钱！"

"不是我阿叔批评你，阿嫂，"乾生叔摘下眼镜，说，"你只知其一，不知其二；积谷防饥，底下是一句养儿防老，你现在这样，正是养老的时候了。他们很对。否则，要他们做什么！"

"咳，还有什么老好养，病得这样！有福享，要让他们去享了！我只要他们争气，就心满意足了。"

真没办法，阿芝婶想，劝不转来，只好由她去，从此就照着她办吧，也免得疑心我自己贪嘴巴。说是没问过她，这也容易改，以后就样样去问她，不管大小里外的事——官样文章！自己又乐得少背一点干系。譬如没当家。婆婆本来比不得亲生的娘。

媳妇到底比不得亲生的女儿，本德婆婆想。自从那次事情以后，她看出阿芝姊变了态度了。话说得很少,使她感到冷淡。什么事情都来问她,又使她厌烦。明明第一次告诉过她,第二次又来问了,仿佛教不会一样。其实她并不蠢,是在那里作假,本德婆婆很知道。这情形,使本德婆婆敏锐的感到:她是在报复从前自己给她的责备:你怪我没问你,现在便样样问你——我不负责!这样下去,又是不得了。例如十五那天,就给她丢尽了脸了。

那天早晨,本德婆婆吃完饭,走到乾生叔店里去的时候,凑巧家里来了一个收账的人。那是贳器店老板阿爱。他和李阿宝是两亲家。李阿宝和阿芝叔在一只轮船上做茶房,多过嘴。这次阿芝叔结婚,本不想到阿爱那里去贳碗盏,不料总管阿芝叔没问他,就叫人去通知了阿爱,送了一张定单去。待阿芝叔知道,东西已经送到,只好用了他的。照老规矩,中秋节的账,有钱付六成,没钱付三四成。八月十五已经是节前最末一日,没有叫人家空手出门的。却不料阿芝姊竟回答他要等婆婆回来。大忙的日子,人家天还没亮便要跑出门,这家收账,那家收账,怎能在这里坐着等,晓得你婆婆几时回来。不近人情。给阿爱猜测起来,不是故意刁难他,便是家里没有钱。再把钱送去,还要被他猜是借来的。传到李阿宝耳朵里,又有背地里给他讲坏话的资料了:"哪,有钱讨老婆,没钱付账!"

"钱箱钥匙是你管的!……"本德婆婆不能不埋怨了。

"没有问过婆婆……怎么付给他!"

本德婆婆生气了,这句话仿佛是在塞她的嘴。

"你说什么话!要你不必问,就全不问!要你问,就全来问!故意装聋作哑,拨一拨,动一动!"

阿芝姊红着脸,低下头,缄默着。她心里可也生了气,不问你,要挨骂!问你,又要挨骂!我也是爹娘养的!

看看阿芝姊不做声,本德婆婆也就把怒气忍耐住了。虽然郁积在心里更难受，但明天八月十六，正是中秋节，闹起来，六神不安，这半年要走坏运的。没有办法，只有走开了事。

然而这在阿芝姗虽然知道，可没有方法了。她藏着一肚皮冤枉气，实在吐不出来。夜里在床上，她暗暗偷流着眼泪，东思西想着，半夜睡不熟。

第二天，阿芝姗清早爬起床，略略修饰一下，就特别忙碌起来：日常家务之外，还要跑街买许多菜，买来了要洗，要煮，要做羹饭，要请亲房来吃。这些都须在上午弄好。本德婆婆尽管帮着忙，依然忙个不了。她年轻，本来爱困，昨夜没有睡得足，今天精神恍恍惚惚的好不容易支撑着。

客散后，一只久候着的黑狗连连摇着尾巴，缠着阿芝姗要东西吃。她正在收拾桌上的碗盏，便用手里的筷子把桌上一堆肉骨和虾头往地上划去。

"乓！"一只夹在里面的羹匙跟着跌碎了。

阿芝姗吃了一惊，通红着脸。这可闯下大祸了，今天是中秋节！

本德婆婆正站在门口，苍白了脸，瞪着眼。她呆了半响，气得说不出话来。

"狗养的！偏偏要在今天打碎东西！你想败我一家吗？瞎了眼睛！贱骨头！它是你的娘，还是你的爹，待它这样好？啊！你得过它什么好处？天天喂它！今天鱼，明天肉！连那天没有动过筷的黄鱼也孝敬了它！……"本德婆婆一口气连着骂下去。

阿芝姗现在不能再忍耐了！骂得这样的恶毒，连爹娘也拖了出来！从来不曾被人家这样骂过！一只羹匙到底是一只羹匙！中秋节到底是中秋节！上梁不正，下梁错！怎能给她这样骂下去！

"啊唷妈哪！"阿芝姗蹬着脚，哭着叫了起来，"我犯了什么罪，今天这样吃苦！我也是坐着花轿，吹吹打打来的！不是童养媳，不是丫头使女！几时得过你好处！几时亏待过你！……"

"我几时得过你好处！我几时亏待过你！"本德婆婆拍着桌子。"你这畜生！你瞎了眼珠！你故意趁着过节寻祸！你有什么嫁妆？你有什么漂亮？啊！几只皮箱？几件衣裳？你这臭货！你这贱货！你娘家有几幢屋？几亩田？啊！不要脸！还说什么吹吹打打！你吃过什么苦来？打过你几次？骂过你几次？啊！你吃谁的饭？你赚得多少钱？我家里的钱是偷的还是盗的，你这样看不起，没动过筷的黄鱼也倒给狗吃！……"

"天晓得，我几时把黄鱼喂狗吃！给你吃，骂我！不给你吃，又骂我！我去拿来给你看！"阿芝婶哭号着走进厨房，把羹橱下的第三只甑捧出来，顺手提了一把菜刀。"我开给你看！我跪在这里，对天发誓，"她说着，扑倒在阶上，"要不是那一条黄鱼，我把自己的头砍掉给你看！……"

她举起菜刀，对着甑上的封泥。……

"灵魂哪里去了！灵魂？阿芝婶！"一个女人突然抱住了她的手臂。

"咳，真没话说了，中秋节！"又一个女人叹息着。

"本德婆婆，原谅她吧，她到底年纪轻，不懂事！"又一个女人说。

"是呀，大家要原谅呢，"别一个女人的话，"阿芝嫂，她到底是你的婆婆，年纪又这样老了！"

邻居们全来了，大的小的，男的女的。有些人摇着头，有些人呆望着，有些人劝劝本德婆婆，又跑过去劝劝阿芝婶。

阿芝婶被拖倒在一把椅上，满脸流着泪，颜色苍白得可怕。长生伯母拿着手巾给她抹眼泪，一面劝慰着她。

本德婆婆被大家拥到别一间房子里。她的眼睛愈加深陷，颊骨愈加突出了。仿佛为了这事情，在瞬息间使老了许多。她滴着眼泪，不时艰难的嗳着抑阻在胸膈的气，口里还喃喃的骂着。几个女人不时用手巾扪着她的嘴。过了一会，待邻居们散了一些，只有三四个要好的女人在旁边的时候，她才开始诉说她和媳妇不睦的原因，一直从她进门说起。

"总是一家人，原谅她点吧。年纪轻，都这样，不晓得老年人全是为的他们。将来会懊悔的。"老年的女人们劝说着。

阿芝婶也在房间里诉着苦，一样的从头说起。她告诉人家，她并没有把那一次的黄鱼倒给狗吃。她把它放了许多盐，装在甑里，还预备等婆婆想吃的时候拿出来。

"总是一家人，原谅她点吧。年纪老了，自然有点悖，能有多少日子！将来会明白的。"

过了许久，大家劝阿芝婶端了一杯茶给本德婆婆吃，并且认一个错，让她消气了事。

"大事化小事，小事化无事，媳妇总要吃一些亏的！"

"倒茶可以，认错做不到！"阿芝婶固执的说，"我本来没有错！"

"管它错不错，一家人，日子长着，总得有一个人让步，难道她到你这里来认错？"

于是你一句，我一句，终于说得她不做声了。人家给她煮好开水，泡了茶，连茶盘交给了她。

阿芝婶只得去了，走得很慢，低着头。

"婆婆，总是我错的，"她说着把茶杯放在本德婆婆的面前，便急速的退出来。

本德婆婆咬着牙齿，瞪了她一眼。她的气本来已经消了一些，现在又给闷住了。"总是我错的！"什么样的语气！这就是说：在你面前，你错了也总是我错的！她说这话，哪里是来认错！人家的媳妇，骂骂会听话，她可越骂越不像样了。一番好意全是为的她将来，哪晓得这样下场。

"不管了，由她去！"本德婆婆坚决的想。"我空手撑起一个家，应该在她手里败掉，是天数。将来她没饭吃，该讨饭，也是命里注定好了的。"于是她决计不再过问了。摆在眼前看不惯，她只好让开她。她还有一个亲生的女儿，那里有两个外孙，乐得到那里去快活一向。

第二天清晨，本德婆婆捡点了几件衣服，提着一个包袱，顺路在街上买了一串大饼，搭着航船走了。

"去了也好，"阿芝婶想，"乐得清静自在。这样的家，你看我弄不好吗？年纪虽轻，却也晓得当家，并且还要比你弄得好些。"

只是气还没有地方出，邻居们比不得自己家里的人，阿芝婶想回娘家了，那里有娘有弟妹，且去讲一个痛快。看起来，婆婆会在姑妈那里住上一两个月，横直丈夫的信才来过，没什么别的事，且把门锁上一两天。打算定，收拾好东西，过了一夜，阿芝婶也提着包袱走了。

娘家到底是快活的。才到门口，弟妹们就欢喜的叫了起来，一个叫着娘跑进去，一个奔上来抢包袱。

"啊唷！"露着笑容迎出来的娘一瞥见阿芝婶，突然叫着说，"怎么颜色这样难看呀！彩凤！又瘦又白！"

阿芝婶低着头，眼泪涌了出来，只叫一声"妈"，便扑在娘的身上，抽咽着。这才是自己的娘，自己从来没注意到自己的憔悴，她却一眼就看出来了。

"养得这样大了，还是离不开我，"阿芝婶的娘说，仿佛故意宽慰她的声音。"坐下来，吃一杯茶吧。"

但是阿芝妹只是哭着。

"受了什么委屈了吧？慢慢好讲的。早不是叮嘱过你，公婆不比自己的爹娘，要忍耐一点吗？"

"也看什么事情！"阿芝婶说了。

"有什么了不得，她能有多少日子？"

"我也是爹娘养的！"

"不要说了，媳妇都是难做的，不挨骂的能有几个！"

"难道自己的爹娘也该给她骂！"

阿芝婶的娘缄默了。她的心里在冒火。

"骂我畜生还不够，还骂我的爹娘是……狗！"

"放她娘的屁！"阿芝婶的娘咬着牙齿。

她现在不再埋怨女儿了。这是谁都难受的。昏头昏脑的婆婆是有的，昏得这样可少见，她咬着牙齿，说，倘若就在眼前，她一定伸出手去了。上梁不正，下梁错，就是做媳妇的动手，也不算无理。

这一夜，阿芝婶的娘几乎大半夜没有合眼。她一面听阿芝婶的三番四次的诉说，一面查问着，一面骂着。

第二天中午，她们家里忽然来了一个女客。那是阿芝叔的姊姊。她艰难的拐着一对小脚，通红着脸，气呼呼的走进门来。阿芝婶的娘正在院子里。

"亲家母，弟媳妇在家吗？"

阿芝婶的娘瞪了她一眼。好没道理，她想，空着手不带一点礼物，也不问一句你好吗，眼睛就往里面望，好像人会逃走一样！女儿可没犯过什么罪！不客气，就大家不客气！

"什么事呢？"她慢吞吞的问。

"门锁着，我送妈回家，我不见弟媳妇，"姑妈说。

"晓得了，等一等，我叫她回去就是。"

"叫她同我一道回去吧。"

"没那样容易。要梳头换衣，还得叫人去买礼物，空手怎好意思进门！昨天走来，今天得给她雇一只划船。你先走吧。"

姑妈想：这话好尖，既不请我进去吃杯茶，也不请我坐一下，又不让我带她一道去，还暗暗骂我没送礼物。却全不管我妈在门外等着，吵架吵到我身上来了。

"亲家母，妈和弟媳妇吵了架，气着到我那里去，我平时总留她住上一月半月，这次情形不同，劝了她一番，今天特陪她回家，想叫弟媳妇再和她好好的过日子。……"

"那末你讲吧，谁错？"

"自然妈年纪老，免不了悖，弟媳妇也总该让她一些。……"

"我呢？哼！没理由骂我做狗做猪，我也该让她！"

"你一定误会了，亲家母，还是叫弟媳妇跟我回去，和妈和好吧。"

"等一等我送她去就是，你先去吧。"

"那末，钥匙总该给我带去，难道叫我和妈在门外站下去！"姑妈发气了，语气有点硬。

"好，就在这里等着吧，我进去拿来！"阿芝婶的娘指着院子中她所站着的地方，命令似的，轻蔑的说。

倘不为妈在那里等着，姑妈早就拔步跑了。有什么了不得，她们的房子里？她会拿她们一根草还是一根毛？

接到钥匙，她立刻转过背，气怒的走了。没有一句话，也不屑望一望。

"自己不识相，怪哪个！"阿芝婶的娘自语着，脸上露出一阵胜利的狡笑。她的心里宽舒了不少，仿佛一肚子的冤气已经排出了一大半似的。

吃过中饭，她陪着阿芝婶去了。那是阿芝婶的夫家，也就是阿芝婶自己的永久的家，阿芝婶可不能从此就不回去。吵架是免不了的。趁婆婆不在，回娘家来，又不跟那个姑妈回去，不用说，一进门又得大吵一次的，何况姑妈又受了一顿奚落。可是这也不必担心，有娘在这里。

"做什么来！去了还做什么来！"本德婆婆果然看见阿芝婶就骂了，"有这样好的娘家，满屋是金，满屋是银！还愁没吃没用吗，你这臭货！"

"臭什么？臭什么？"阿芝婶的娘一走进门限，便回答了，"偷过谁，说出来！瘟老太婆！我的女儿偷过谁？你儿子几时戴过绿帽子？拿出证据来！你这狗婆娘！亏你这样昏！臭什么？臭什么？"她骂着，逼了近去。

"还不臭？还不臭？"本德婆婆站了起来，拍着桌子，"就是你这狗东西养出来，就是你这狗东西教出来，就是你这臭东西带出来！还不臭？还不臭？……"

"臭什么？证据拿出来！证据拿出来！证据！证据！证据！瘟老太婆！证据！……"她用手指着本德婆婆，又通了近去。

姑妈拦过来了，她看着亲家母的来势凶，怕她动手打自己的母亲。

"亲家母，你得稳重一点，要知道这里是什么地方！你女儿要在这里吃饭的！……"

"你管不着！我女儿家里！没吃你的饭！你管不着！我不怕你们人多！你是没出了的水！

"这算什么话！这样不讲理！……"姑妈睁起了眼睛。

"赶她出去！臭东西不准进我的门！"本德婆婆骂着，也通了近来，"你敢上门来骂人？你敢上门来骂人？啊！你吃屙的狗老太婆！滚出去！滚出去！滚出去！……"

"骂你又怎样？骂你？你是什么东西？瘟老太婆！"亲家母又抢上一步，"偏在这里！看你怎样！"

"赶你出去！"本德婆婆转身拖了一根门闩，踉跄的冲了过来。

"你打吗？给你打！给你打！给你打！"亲家母同时也扑了过去。

但别人把她们拦住了。

邻居们早已走了过来，把亲家母拥到门外，一面劝解着。她仍拍着手，骂着。随后又被人家拥到别一家的檐下，逼坐在椅子上。阿芝婶一直跟在娘的背后哭号着。

本德婆婆被邻居们拖住以后，忽然说不出话来了。她的气拥住在胸口，透不出喉咙，咬着牙齿，满脸失了色，眼珠向上翻了起来。

　　"妈！妈！"姑妈惊骇的叫着，用力摩着她的胸口。邻居们也慌了，立刻抱住本德婆婆，大声叫着。有人挖开她的牙齿，灌了一口水进去。

　　"嗯，……"过了一会，本德婆婆才透出一口气来，接着又骂了，拍着桌子。

　　亲家母已被几个邻居半送半逼的拥出大门，一直哄到半路上，才让她独自拍着手，骂着回去。

　　现在留下的是阿芝婶的问题了，许多人代她向本德婆婆求情，让她来倒茶说好话了事，但是本德婆婆怎样也不肯答应。她已坚决的打定注意：同媳妇分开吃饭，当做两个人家。她要自己煮饭，自己洗衣服。

　　"呃，这哪里做得到，在一个屋子里！"有人这样说。

　　"她管她，我管我，有什么不可以！"

　　"呃，一个厨房，一头灶呢？"

　　"她先煮也好，我先煮也好。再不然，我用火油炉。"

　　"呃，你到底老了，还有病，怎样做得来！"

　　"我自会做的，再不然，有女儿，有外孙女，可以来来去去的。"

　　"那末，钱怎样办呢？你管还是她管？"

　　"一个月只要五块钱，我又不会多用她的，怕阿芝不寄给我，要我饿死？"

　　"到底太苦了！"

　　"舒服得多！自由自在！从前一个人，还要把儿女养大，空手撑起一份家产来，现在还怕过不得日子！"本德婆婆说着，勇气百倍，她觉得她仿佛还很年轻而且强健一样。

　　别人的劝解终于不能挽回本德婆婆的固执的意见，她立刻就实行了。姑妈懂得本德婆婆的脾气，知道没办法，只好由她去，自己也就暂时留下来帮着她。

"也好，"阿芝婶想，"乐得清静一些。这是她自己要这样，儿子可不能怪我！"

于是这样的事情开始了。在同一屋顶下，在同一厨房里，她们两人分做了两个家庭。她们时刻见到面，虽然都竭力避免着相见，或者低下头来。她们都不讲一句话。有时甚至在和别人说话的时候，走过这个或那个，也就停止了话，像怕被人听见，泄漏了自己的秘密似的。

这样的过了不久，阿芝叔很焦急的写信来了。他已经得到了这消息。他责备阿芝婶，劝慰本德婆婆，仍叫她们和好，至少饭要一起煮。但是他一封一封信来，所得到的回信，只是埋怨，诉苦和眼泪。

"锅子给她故意烧破了。"本德婆婆回信说。

"扫帚给她藏过了。"阿芝婶回信说。

"她故意在门口没一些水，要把我跌死。"本德婆婆的另一信里这样写着。

"她又在骂我，要赶我出去。"阿芝婶的另一信里写着。

"……"

"……"

现在吵架的机会愈加多了。她们的仇是前生结下的，正如她们自己所说。

阿芝叔不能不回来了。写信没有用。他知道，母亲年老了，本有点悖，又加上固执的脾气。但是她的心，却没一样不为的他。他知道，他不能怪母亲。妻子呢，年纪轻，没受过苦，也不能怪她。怎样办呢？他已经想了很久了。他不能不劝慰母亲，也不能不劝慰妻子。但是，怎样说呢？要劝慰母亲，就得先骂妻子，要劝慰妻子，须批评母亲的错处。这又怎样行呢？

"还是让她受一点冤枉罢,在母亲的面前。暗中再安慰她。"他终于决定了一个不得已的办法。

于是一进门,只叫了一声妈,不待本德婆婆的诉苦,他便一直跑到妻子的房里大声骂了:

"塞了廿几年饭,还不晓得做人!我亏待你什么,你这样薄待我的妈!从前怎样三番四次的叮嘱你!……"

他骂着,但他心里却非常痛苦。他原来不能怪阿芝婶。然而,在妈面前,不这样,又有什么办法呢?

阿芝婶哭着,没回答什么话。

本德婆婆在外面听得清清楚楚,那东西在啼啼唬唬的哭。她心里非常痛快。儿子到底是自己养的,她想。

随后阿芝叔便回到本德婆婆的房里,躺倒床上,一面叹着气,一面愤怒的骂着阿芝婶。

"阿弟,妈已经气得身体愈加坏了,你应该自己保重些,妈全靠你一个人呢!"他的姊姊含着泪劝慰说。

"将她退回去!我宁可没有老婆!"阿芝叔仍像认真似的说。

"不要这样说,阿弟!千万不能这样想!我们哪里有这许多钱,退一个,讨一个!"

"咳,悔不当初!"本德婆婆叹着气,说,"现在木已成舟,还有什么办法!总怪我早没给你拣得好些!"

"不退她,妈就跟我出去,让她在这里守活寡!"

"哪里的话,不叫她生儿子,却白养她一生!虽说家里没什么,可也有一份薄薄的产业。要我让她,全归她管,我可不能!那都是我一手撑起来的,倒让她一个人去享福,让她去败光!这个,你想错了,阿芝,我可死也不肯放手。"

"咳,怎么办才好呢?妈,你看能够和好吗,倘若我日夜教训她?"

"除非我死了！"本德婆婆咬着牙齿说。

"阿姊，有什么法子呢？妈不肯去，又不让我和她离！"

"我看一时总无法和好了。弟媳妇年纪轻，没受过苦，所以不会做人。"

"真是贱货，进门的时候，还说要帮我忙，宁愿出去给人家做工，不怕苦。我一则想叫她侍候妈，二则一番好意，怕她受苦，没答应。哪晓得在家里太快活了，弄出祸事来！"

"什么，像她这样的人想给人家做工吗？做梦！叫她去做吧！这样最好，就叫她去！给她吃一些苦再说！告诉她，不要早上进门，晚上就被人家辞退！她有这决心，就叫她去！我没死，不要回来！我不愿意再见到她！"

"妈一个人在家怎么好呢？"阿芝叔说，他心里可不愿意。

"好得多了！清静自在！她在这里，简直要活活气死我！"

"病得这样，怎么放心得下！"

"要死老早死了！样子不对，我自会写快信给你。你记得：我可不要她来送终！"

阿芝叔呆住了。他想不到母亲就会真的要她出去，而且还这样的硬心肠，连送终也不要她。

"让我问一问她看吧。"过了一会，他说。

"问她什么！你还要养着她来逼死我吗？不去，也要叫她去！"

阿芝叔不敢做声了。他的心口像有什么在咬一样。他怎能要她出去做工呢？母亲这样的老了。而她又是这样的年轻，从来没受过苦。他并非不能养活她。

"怎么办才好呢？"他晚上低低的问阿芝婶，皱着眉头。

"全都知道了，你们的意思！"阿芝婶一面流着眼泪，一面发着气，说，"你还想把我留在家里，专门侍候她，不管我死活吗？我早就对你说过,让我出去做工,你不答应,害得我今天半死半活!用不着她赶我,我自己也早已决定主意了。一样有手有脚,人家会做,偏有我不会做!"

"又不是没饭吃!"

"不吃你的饭!生下儿子,我来养!说什么她空手起家,我也做给你们看看!"

"你就跟我出去,另外租一间房子住下吧。"阿芝叔很苦恼的说,他想不出一点好的办法了。

"你的钱,统统寄给她去!我管我的!带我出去,给我找一份人家做工,全随你良心。不肯这样做,我自己也会出去,也会去找事做的!一年两年以后,我租了房子,接你来!十年廿年后,我对着这大门,造一所大屋给你们看!"

阿芝叔知道对她也没法劝解了。两个人的心都是一样硬。他想不到他的凭良心的打算和忧虑都成了空。

"也好,随你们去吧,各人管自己!"他叹息着说,"我总算尽了我的心了。以后可不要悔。"

"自然,一样是人,都应该管管自己!悔什么!"阿芝婶坚决的说。

过了几天,阿芝叔终于痛苦地陪着阿芝婶出去了。他一路走着,不时回转头来望着苦恼而阴暗的屋顶,思念着孤独的老母,一面又看着面前孤傲的急速的行走着的妻子,不觉流下眼泪来。

本德婆婆看着儿媳妇走了,觉得悲伤,同时又很快活。她拔去了一枝眼中钉。她的两眼仿佛又亮了。她的病也仿佛好了。"这种媳妇,还是没有好!"她嘘着气,说。

阿芝婶可也并不要这种婆婆。她的年纪也不小了,她得自己创一份家业。她现在已经走上了这条路,她正在想着怎样刻苦勤俭,怎样粗衣淡饭的支撑起来,造一所更大的屋子,又怎样的把儿子一个一个的养大成人,给他们都讨一个好媳妇。她觉得这时间并不远,眨一眨眼就到了。

秋　夜

"醒醒罢，醒醒罢。"有谁敲着我的纸窗似的说。

"呵，呵——谁呀？"我朦胧的问，揉一揉睡眼。

黑沉沉的看不见一点什么，从帐中望出去。也没有人回答我，也没有别的声音。

"梦罢？"我猜想，转过身来，昏昏的睡去了。

不断的犬吠声，把我惊醒了。我闭着眼仔细的听，知道是邻家赵冰雪先生的小犬——阿乌和来法。声音很可怕，仿佛凄凉的哭着，中间还隔着些呜咽声。我睁开眼，帐顶映得亮晶晶。隔着帐子一望，满室都是白光。我轻轻的坐起来，掀开帐子，看见月光透过了玻璃，照在桌上，椅上，书架上，壁上。

那声音渐渐的近了，仿佛从远处树林中向赵家而来，其中似还夹杂些叫喊声。我惊异起来，下了床，开开窗子一望，天上满布了闪闪的星，一轮明月浮在偏南的星间，月光射在我的脸上，我感着一种清爽，便张开口，吞了几口，犬吠声渐渐的急了。凄惨的叫声，时时间断了呻吟声,听那声音似乎不止一人。

"请救我们被害的人……我们是从战地来的……我们的家屋都被凶恶者占去了,我们的财产也被他们抢夺尽了……我们的父母兄弟姊妹多被他们杀害尽了……"惨叫声突然高了起来。

仿佛有谁泼了一盆冷水向我的颈上似的,我全身起了一阵寒战。

"吞下去的月光作怪罢?"我想。转过身来,向衣架上取下一件夹袍,披在身上。复搬过一把椅子,背着月光坐下。

"请救我们没有父母的人,请救我们无家可归的人!……"叫声更高了。有老人、青年、妇女、小孩的声音。似乎将到村头赵家了。犬吠得更利害,已不是起始的悲哭声,是一种凶暴的怒恨声了。

我忍不住了,心突突的跳着。站起来,扣了衣服,开了门,往外走去。忽然,又是一阵寒战。我看看月下的梧桐,起了恐怖。走回来,从枕头底下拿出一支手枪,复披上一件大衣,倒锁了门,小心的往村头走去。

梧桐岸然的站着。一路走去,只见地上这边一个长的影,那边一个大的影。草上的露珠,闪闪的如眼珠一般,到处都是。四面一望,看不见一个人,只有一个影子伴着我孤独者。"今夜有许多人伴我过夜了,"我走着想,叹了一口气。

奇怪,我愈往前走,那声音愈低了,起初还听得出叫声。这时反而模糊了。"难道失望的回去了吗?"我连忙往前跑去。

突突的脚步声,在静寂中忽然在我的后面跟来,我骇了一跳,回头一看,什么也没有。

"谁呀?"我大声的问。预备好了手枪,收住脚步,四面细看。

突突的声音忽然停止了,只有对面楼屋中回答我一声"谁呀"?

"呵,弱者!"我自己嘲笑自己说,不觉微笑了。"这样的胆怯,还能救人吗?"我放开脚步,复往前跑去。

静寂中听不见什么，只有自己突突的脚步声。这时我要追的声音，几乎听不见了。

"不要失望，不要失望，困苦者！我便是你们的兄弟，我的家便是你们的家！请回转来，请回转来！"哦急得大声的喊了。

"不要失望，不要失望，困苦者！我便是你们的兄弟，我的家便是你们的家！请回转来，请回转来！"四面八方都跟着我喊了一遍。

静寂，静寂，四面八方都是静寂，失望者没有回答我，失望者听不见我的喊声。

失望和痛苦攻上我的心来，我眼泪簌簌的落下来了。

我失望的往前跑，我失望的希望着。

"呵，呵，失望者的呼声已这样的远了，已这样的低微了！……"我失望的想，恨不得多生两只脚拚命跑去。

呼的一声，从草堆中出来一只狗，扑过来咬住我的大衣。我吃了一惊，站住左脚，飞起右脚，往后踢去。它却抛了大衣，向我右脚扑来。幸而缩得快，往前一跃，飞也似的跑走了。

喽喽的叫着，狗从后面追来。我拿出手枪，回过身来，砰的一枪，没有中着，它的来势更凶了。砰的第二枪，似乎中在它的尾上，它跳了一跳，倒地了。然而叫得更凶了。

我忽然抬起头来，往前面一望，呼呼的来了三四只狗。往后一望，又来了无数的狗，都凶恶的叫着。我知道不妙，欲向原路跑回去，原路上正有许多狗冲过来，不得已向左边荒田中乱跑。

我是什么也不顾了，只是拚命的往前跑。虽然这无聊的生活不愿意再继续下去，但是死，总有点害怕呀。

呼呼呼的声音，似乎紧急的追着。我头也不敢回，只是匆匆迫迫越过了狭沟，跳过了土堆，不知东西南北，慌慌忙忙的跑。

这样的跑了许久，许久，跑得精疲力竭，我才偷眼的往后望了一望。

看不见一只狗，也听不见什么声音，我于是放心的停了脚，往四面细望。

一堆一堆小山似的坟墓，团团围住了我，我已镇定的心，不禁又跳了起来。脚旁的草又短又疏，脚轻轻一动，便刷刷的断落了许多。东一株柏树，西一株松树，都离得很远，孤独的站着。在这寂寞的夜里，凄凉的坟墓中，我想起我生活的孤单与漂荡，禁不住悲伤起来，泪儿如雨的落下了。

一阵心痛，我扭缩的倒了……

"呵——"我睁开眼一看，不觉惊奇的叫了出来。

一间清洁幽雅的房子，绿的壁，白的天花板，绒的地毯。从纱帐中望出去、我睡在一张柔软的钢丝床上。洁白的绸被，盖在我的身上。一股沁人的香气充满了帐中。

正在这惊奇间，呀的一声，床后的门开了。进来的似乎有两个人，一个向床前走来，一个站在我的头旁窥我。

"要茶吗，鲁先生？"一个十六七岁的女郎轻轻的掀开纱帐，问我。

"如方便，就请给我一杯，劳驾。"我回答说，看着她的乌黑的眼珠。

"很便，很便。"她说着红了面，好像怕我看她似的走了出去。

不一刻，茶来了。她先扶我坐起，复将茶杯凑到我口边。

"这真对不起，"我喝了半杯茶，感谢的说。

"没有什么。"她说。

"但是，请你告诉我，这是什么地方，你姓什么？"

"我姓林，这里是鲁先生的府上。"她笑着说，雪白的脸上微微起了两朵红云。

"哪一位鲁先生?"

"就是这位。"她笑着指着我说。

"不要取笑。"我说。

"唔,你到处为家的人,怎的这里便不是了。也罢,请一个人来和你谈谈罢。"她说着出去了。

"好伶俐的女子。"我暗自的想。

在我那背后的影子,似乎隐没了一会儿,从外面走进了一个人。走得十分的慢,仿佛踌躇未决的样子。我回过头去,见是一个相熟的女子的模样。正待深深思索的时候,她却掀开帐子,扑的倒在我的身上了。

"呀!"我仔细一看,骇了一跳。

过去的事,不堪回忆,回忆时,心口便如旧创复发般的痛,它如一朵乌云,一到头上时,一切都黑暗了。

我们少年人只堪往着渺茫的未来前进,痴子似的希望着空虚的快乐。纵使悲伤的前进,失望的希望着,也总要比口头追那过去的影快乐些罢。

在无数的悲伤着前进,失望的希望着者之中,我也是一个。我不仅是不肯回忆,而且还竭力的使自己忘却。然而那影子真利害,它有时会在我无意中,射一支箭在我的心上。

今天这事情,又是它来找我的。

竭力想忘去的二年前的事情,今天又浮在我眼前了。竭力想忘去的二年前的一个人,今天又突然的显在我眼前了。最苦的是,箭射在中过的地方,心痛在伤过的地方。

扑倒在我身上呜咽着的是,二年前的爱人兰英。我和她过去的历史已不堪回想了。

"呵,呵,是梦罢,兰英?"我抱住了她,哽咽的说。

"是呵，人生原如梦呵……"她紧紧的将头靠在我的胸上。

"罢了，亲爱的。不要悲伤，起来痛饮一下，再醉到梦里去罢。"

"好！"她慨然的回答着，仰起头，凑过嘴来。我们紧紧的亲了一会。俄顷，她便放了我，叫着说，"拿一瓶最好的烧酒来，松妹。"

"晓得，"外间有人答应说。

我披着衣起来了。

"现在是在夜里吗？"我看见明晃晃的电灯问。

"正是，"她回答说。

"今夜可有月亮？可有星光？"

"没有。夜里本是黑暗，哪有什么光。"她凄凉的说。

我的心突然跳动了一下，问道：

"呵，兰英，这是什么地方？我怎样来到这里的？"

"这是漂流者的家，你是漂流而来的。"她笑着回答说。

"唔，不要取笑，请老实的告诉我，亲爱的。"我恳切的问。

"是呵，说要醉到梦里去，却还要问这是什么地方。这地方就是梦村，你现在做着梦，所以来到这里了。不信吗？你且告诉我，没有到这里以前，你在什么地方？"

我低头想了一会，从头讲给她听。讲到我恐慌的逃走时，她笑得仰不起头了。

"这样的无用，连狗也害怕。"她最后忍不住笑，说。

"唔，你不知道那些狗多么凶，多么多……"我分辩说。

"人怕狗，已经很可耻了，何况又带着手枪……"

"一个人怎样对付？……而且死在狗的嘴里谁甘心？……"

"是呵，谁肯牺牲自己去救人呵！……咳，然而我爱，不肯牺牲自己是救不了人的呀……"她起初似很讥刺，最后却诚恳的劝告我，额上起了无数的皱纹。

我红了脸,低了头的站着。

"酒来了。"说着,走进来了那一位年轻的姑娘,手托着盘。

"请不要回想那过去,且来畅饮一杯热烈的酒罢,亲爱的。"她牵着我的手,走近桌椅旁,从松妹刚放下的盘上取过酒杯,满满的斟了一杯,凑到我的口边。

"呵——"我长长的叹了一口气,一饮而尽。走过去,满斟了一杯,送到她口边,她也一饮而尽。

"鲁先生量大,请拿大杯来,松妹。"她说。

"是。"松妹答应着出去了,不一刻,便拿了两只很大的玻璃杯来。

桌上似乎还摆着许多菜,我不曾注意,两眼只是闪闪的在酒壶和酒杯间。兰英也喝得很快,不曾动一动菜,一面还连呼着"松妹,酒,酒",松妹"是,是"的从外间拿进来好几瓶。

我们两人,只是低着头喝,不愿讲什么话,松妹惊异的在旁看着。

无意中,我忽然抬起头来。兰英惊讶似的也突然仰起头来,我的眼光正射到她的乌黑的眼珠上,我眉头一皱,过去的影刷的从我面前飞过,心口上中了一支箭了。

我呵的一声,拿起玻璃杯,狠狠的往地上摔去,砰的一声,杯子粉碎了。

我回过头去看兰英,兰英两手掩着面,发着抖,凄凉的站着,只叫着"酒,酒"。我忽然被她提醒,捧起酒壶,张开嘴,倒了下去。

我一壶一壶的倒了下去,我一壶一壶的往嘴里倒了下去……

一阵冷战,我醒了。睁开眼一看,满天都是闪闪的星。月亮悬在远远的一株松树上。我的四面都是坟墓;我睡在孺湿的草上。

"呵,呵,又是梦吗?"我惊骇的说,忽的站了起来,摸一摸手枪,还在身边,拿出来看一看,又看一看自己的胸口,叹了一口气,复放入衣袋中。

"砰，砰，砰……"忽然远远的响了起来。随后便是一阵凄惨的哭声，叫喊声。

"唔，又是那声音？"我暗暗的自问。

"这是很好的机会，不要再被梦中的人讥笑了！"我鼓励着自己，连忙循着声音走去。

"砰，砰，砰……"又是一排枪声，接连着便是隆隆隆的大炮声。

我急急的走去，急急的走去，不一会便在一条生疏的街上了。那街上站着许多人，静静的听着，又不时轻轻的谈论。我看他们镇定的态度，不禁奇异起来了。于是走上几步，问一个年轻的男子。

"请问这炮声在什么地方，离这里有多少远？"

"在对河。离这里五六里。"

"那末，为什么大家很镇定似的？"我惊奇的问。

"你害怕吗？那有什么要紧！我们这里常有战事，惯了。你似乎不是本地人，所以这样的胆小。"他反问我，露出讥笑的样子。

"是，我才从外省来。"我答应了这一句，连忙走开。

"惯了，"神经刺激得麻木便是"惯了"。我一面走一面想。"他既觉得胆大，但是为什么不去救人？——也许怕那路上的狗罢？"

叫喊声，哭泣声，渐渐的近了，我急急的，急急的跑去。

"请救我们虎口残生的人……请救我们无家可归的人……请救我们无父母兄弟妻女的人……你以外的人死尽时，你便没有社会了，你便不能生存了……死了一个人，你便少了一个帮手了，你便少了一个兄弟了……"许多人在远处凄凄的叫着，似像向我这面跑来，同时炮声、枪声、隆隆、砰砰的响着。

我急急的，急急的往前跑。

"唅！站住！"一个人从屋旁跳出来，拖住我的手臂。"前面流弹如雨，到处都戒严，你却还要乱跑！不要命吗？"他大声地说。

"很好,很好,"我挣扎着说。"不能救人,又不能自救,没有勇气杀人,又没有勇气自杀,咒诅着社会,又翻不过这世界,厌恨着生活,又跳不出这地球,还是去求流弹的怜悯,给我幸福罢!……"

脱出手,我便飞也似的往前跑去。只听见那人"疯子!"一句话。

扑通一声,不提防,我忽然落在水中了。拚命挣扎,才伸出头来,却又沉了下去。水如箭一般的从四面八方射入我的口。鼻、眼睛、耳朵里……

"醒醒罢,醒醒罢!"有谁敲着我的纸窗,愤怒似的说。

"呵,呵——谁呀?"我朦胧的问,揉一揉睡眼。

黑沉沉的看不见一点什么,从帐中望出去。没有人回答我,只听见呼呼的过了一阵风。随后便是窗外萧萧的落叶声。

"又是梦,又是梦!……"我咒诅说。